INMA AGUILERA (Málaga, 1991) es doctora en Educación y Comunicación social. Se licenció en Periodismo por la Universidad de Málaga y cursó el máster de Radio de RTVE en la Universidad Complutense de Madrid. De regreso a su ciudad natal se especializó en locución y doblaje, poniendo voz a documentales y audiolibros. Actualmente compagina la docencia y la investigación con la escritura. En 2016 recibió el XXI Premio de Novela Ateneo Joven de Sevilla por la obra *El aleteo de la mariposa* y, cuatro años más tarde, una mención especial en el VIII Premio Internacional HQÑ por *El excéntrico señor Dennet*. Con *La dama de La Cartuja* inauguró una nueva etapa en su carrera literaria que le mereció el reconocimiento al mejor libro revelación en los premios Un año de libros 2024. Con *La pintora de la luz*, la continuación de esta apasionante saga histórica, se confirma como uno de los nombres más prometedores del panorama editorial en nuestro país.

Primera edición en esta colección: marzo de 2026

© 2024, Inma Aguilera
Los derechos de esta obra han sido cedidos a través de Bookbank Agencia Literaria
© 2024, 2026, Penguin Random House Grupo Editorial, S. A. U.
Travessera de Gràcia, 47-49. 08021 Barcelona
Diseño de la cubierta: Penguin Random House Grupo Editorial / Sergi Bautista
Ilustración de la cubierta: © Miquel Tejedo

Printed in Spain – Impreso en España

ISBN: 979-13-87652-81-4
Depósito legal: B-1.077-2026

Compuesto en Llibresimes
Impreso en Black Print CPI Ibérica
Sant Andreu de la Barca (Barcelona)

BB 5 2 8 1 4

La dama de La Cartuja

INMA AGUILERA

A mi abuela Paqui,
porque sin ella yo no sería quien soy

Lo malo no es que los sevillanos piensen que tienen la ciudad más bonita del mundo; lo peor es que puede que tengan hasta razón.

Antonio Gala

PRIMERA PARTE

1

Enero de 1902

Trinidad esperaba. Se suponía que a alguien. En realidad, esperaba algo desde hacía mucho. Demasiado. Miró el reloj más cercano, habrían transcurrido unos cuarenta y cinco minutos desde que había llegado a aquella sala de espera. Sentía que llevaba los dieciocho años de su vida aguardando aquel momento. Paseó la mirada por la estancia; era toda de suaves tonos pastel, el techo color crema, las paredes sepia. Un par de cuadros con escenas rurales mostraban paisajes donde apetecía perderse. Trinidad pensó que siempre le habían atraído más esos escenarios que los que había frecuentado hasta la fecha; ella había nacido en una ciudad portuaria y anhelaba la tranquilidad que le sugería el campo.

Después su mirada se detuvo en el elemento principal de la habitación. La loza. Contó ciento ochenta y tres piezas de vajilla de distintos colores y ornamentos. Platos, tazas, salseras, soperas, jarrones. De seguro, cualquier invitado que entraba en la estancia por primera vez se quedaba prendado de aquellos objetos de cerámica inmaculada y dibujos monocromáticos. Esa era la magia de la loza, discreta pero embriagadora cuando captaba la atención. Y aquella loza en concreto era admirada en todo el mundo.

Trinidad se atusó el cabello, incómoda. Notó un ligero temblor en la mano diestra. Con la otra seguía aferrada al asa de su maleta. Decidió aflojar los dedos y colocar el fardo de cuero junto al sofá borgoña donde descansaba. Respiró profundamente. Ni la maleta ni su contenido irían a ninguna parte. Ella tampoco. Se avergonzaba de su poca compostura. Había atravesado numerosos jardines y pasillos antes de alcanzar la sala, pero los nervios del momento no le permitieron disfrutarlos. Trinidad llevaba semanas ansiosa, y aquella última espera se le estaba haciendo eterna.

«Ya estás aquí», se dijo.

Sintió la imperiosa necesidad de levantarse, anduvo unos pasos hacia la ventana abierta y desde allí observó las chimeneas de ladrillo en forma de botella. Eran más pequeñas de lo que suponía. Desde hacía meses estaban apagadas, como el resto de las instalaciones.

La impaciencia estuvo a punto de traicionarla, pero logró doblegarla de nuevo.

«Ya estás aquí», se dijo otra vez, «ya solo queda un poco más».

Y Trinidad continuó esperando en aquella sala de espera. En la contigua estaba teniendo lugar otra lucha mayor.

La pared que separaba ambas estancias parecía gruesa, y sin embargo el ardor con el que hablaba el grupo de personas reunidas al otro lado prácticamente llegaba a oídos de Trinidad.

—¡Tiene que haber otra manera!

—¿Cree que habríamos pasado más de dos horas aquí encerrados si existiese alguna otra alternativa, don Guillermo?

—Pues me niego, Lorenzo, usted perdone.

—No le excuso, no. Cuando los caballeros pierden la razón, el mundo entero está perdido —repuso Lorenzo, enfadado.

—El mundo lleva años condenándose a sí mismo, aquí solo nos lamentamos de las consecuencias —sentenció don Guillermo.

—El único que anda lamiéndose las heridas es usted, señor.

—¿Y tú no tienes nada que decir, sobrina?

Tras largo rato en silencio, la mujer abrió los ojos. Lorenzo y su tío Guillermo habían iniciado aquella absurda y acalorada discusión durante la cual aislarse resultaba tan tentador como inevitable. Cuando las miradas apremiantes de ambos la reclamaron, a doña María de las Cuevas no le quedó más remedio que dedicarles una expresión cansada, a ellos y a las otras siete personas que compartían aquella esplendorosa mesa de reuniones.

En otro tiempo, aquel despacho imponente había hecho las veces de salón de recepciones para lo que fue una gran mansión y que ahora había quedado relegada a un simple lugar de desencuentros. Los asistentes volvieron la cabeza al momento, aguardando la reacción de María de las Cuevas. Ella se limitó a suspirar abatida.

—¿Qué espera que diga, tío Guillermo?

—Me conformaría con que hables. Por algo eres la principal accionista de la empresa.

—Ni mi voz ni mi voto cuentan ya a estas alturas, usted y Lorenzo obran como los directivos. Él, de hecho, no tardará en asumir el mando como presidente del consejo.

—De sobra entiendes que nuestros cargos surgen de un mero formalismo. ¿Qué diría tu padre al verte tan indiferente? O peor, ¿qué diría tu abuelo? —exclamó don Guillermo, airado.

Doña María de las Cuevas Pickman y Gutiérrez los fulminó a él y a su primo político con los ojos. ¿Indiferente ella?

Don Guillermo Alejandro Pickman Pickman era su adorado tío y don Lorenzo López de Carrizosa y Giles, el marido de su prima Susana; sin embargo, y a pesar de los estrechos lazos, la expresión de María de las Cuevas consiguió aplacarlos.

¿Podía alguien sentir más impotencia que ella misma en esos momentos?

Nadie había rememorado a sus antepasados tanto como María de las Cuevas aquellos últimos días. Ostentaba el título de tercera marquesa de la casa Pickman, heredado de su padre don Ricardo, quien lo heredó a su vez del abuelo de María de las Cuevas, el famoso comerciante de origen británico Charles Pickman Jones.

No obstante, el mayor legado del caballero no fue el marquesado. Charles Pickman se hizo célebre en España por fundar la fábrica de loza de La Cartuja de Sevilla en 1841. Sesenta y un años después, la que fue la empresa de vajillas más selecta del país se encontraba clausurada temporalmente, y sus directivos y accionistas estaban pasando por el calvario de decidir si el cierre debía ser definitivo.

Tras la pérdida de Cuba, la incertidumbre de la guerra había llegado a la Península, casi rozando el alarmismo. Por esa razón, el peor momento de todos, el que causó más dolor a María de las Cuevas, fue cuando el pasado octubre tuvo que informar a sus empleados de los cientos de despidos; hombres y mujeres virtuosos y leales que se veían en la calle tras generaciones dedicando su vida a la fabricación de loza. Al enterarse, los maestros grabadores y los estampadores renunciaron a sus puestos, temerosos de que tarde o temprano a ellos también los echaran. La inspiración y la productividad cayeron en picado. La marquesa tenía grabadas sus caras de estupor ante la posibilidad de desaparecer.

El rostro de María de las Cuevas se crispó en una expresión de sufrimiento al revivirlo. Las palabras de su tío Guillermo le habían llegado al alma. Se incorporó y fue hacia la ventana más próxima. Desde allí observó las chimeneas y los hornos inactivos. Se vio a sí misma años atrás, en su infancia, correteando y riendo por aquellas parcelas. También se recordó paseando del brazo de su abuelo Carlos, prometiéndole que siempre cuidaría de aquel lugar: era la única hija de su hijo mayor y debía asumir esa obligación. Se sentía perdida, pero el orgullo le impidió reconocerlo y decidió ponerse de parte del marido de su prima.

—Lorenzo tiene razón, tío. El corazón de esta fábrica eran sus artistas. Sin buenos diseños parece difícil que vuelva a la vida, no es culpa de nadie.

—¿Tú también, sobrina? —Guillermo golpeó la mesa—. ¡Por supuesto que tenemos toda la responsabilidad! Esta fábrica y esta familia han pasado por épocas malas, esta es solo una más.

—¿De verdad lo cree?

A la pregunta sin respuesta de María de las Cuevas siguió otro silencio, mucho más incómodo, cortante como una cuchilla. Quizá aquel *impasse* era la señal que había estado aguardando el mayordomo para interrumpir llamando a la puerta. El caballero británico, de edad avanzada y bigote espeso, se asomó con discreción y se dirigió en un castellano de marcado acento de Oxford a la persona de más rango presente en el despacho.

—Disculpe, señora marquesa, en la sala de recepción se encuentra una joven que pregunta por usted. Lleva rato esperando a que se la atienda.

—Winston, ordené que no se nos molestara durante la reunión —dijo ella en inglés para que no cupiera duda de su malestar.

—¿Una joven? —repitió Guillermo, todavía alterado por la disputa—. ¿Y cómo ha podido acceder a los terrenos de la fábrica?

—Cálmese, tío —medió de nuevo María de las Cuevas—. ¿De quién se trata, Winston?

—Se llama Trinidad Laredo, señora —respondió apurado el hombre—. Afirma que necesita verla con urgencia. Viste muy decentemente, pensé que sería conocida suya, usted me perdone.

Aquella información rebajó la indignación de los presentes, que dejaron la decisión en manos de la anfitriona. El dilema era palpable: priorizar una reunión trascendental o atender la visita, un deber ineludible para una noble. Al final se decantó por lo razonable:

—No conozco a ninguna Trinidad Laredo, Winston. Dígale que me es imposible atenderla hoy. Deberá volver mañana o pedir cita para ser recibida en otro momento, como corresponde. Lo que ella decida. Transmítale mis más sinceras disculpas.

El mayordomo asintió complaciente, se inclinó y cerró la puerta.

Cuando Winston apareció en la sala de espera, Trinidad ya sabía qué iba a decirle: había oído el mensaje de la marquesa a través de la ventana abierta. Se hizo la nueva, no se ofendió ni se frustró. Lo entendía: se había presentado sin avisar. Ellos tenían sus propios problemas y, siendo justa, sus inquietudes eran minucias en comparación. Debería tener un poco más de paciencia. Tras años esperando, le aguardaba otro día más de reflexiones que sabía que se le haría largo, sobre todo porque presentía que las respuestas estaban cerca.

Trinidad agradeció la amabilidad del mayordomo y de su señora y se decantó por la primera opción que le propusieron: regresaría al día siguiente. Se despidió de Winston en un inglés tan refinado que al mayordomo se le notó el desconcierto en su reverencia. El gesto dibujó en el rostro de la chica una sonrisa ladeada. Poco le duró.

Algo alicaída, Trinidad tomó su maleta y salió de aquella habitación, deshaciendo el camino que había recorrido a primera hora de la mañana. Ahora sí que podría recrearse en el trayecto. La fábrica de La Cartuja se ubicaba en el monasterio de Santa María de las Cuevas, al noroeste de Sevilla, al otro lado del río Guadalquivir. La fábrica parecía aislada del mundo, el emplazamiento recordaba los orígenes místicos de los edificios. Aquellos muros centenarios y la inusual quietud en los terrenos le transmitieron una gran serenidad que apaciguó su ansiedad.

Trinidad saludó con la cabeza al guardés y cruzó el umbral del acceso principal a la fábrica. Solo entonces se volvió y alzó la vista para observar la esplendorosa puerta y las paredes blancas, un arco con filos rojizos y hermosos azulejos de colores. Los adornos esféricos, relucientes como el oro, a modo de cuatro llamativas púas. La cruz de hierro fundido en lo más alto, sobre una doble flecha pretendiendo obrar como bandera, corazón y guía indecisa. Las letras en cerámica rezaban: LA CARTUJA. MANUFACTURA DE PRODUCTOS CERÁMICOS. A Trinidad le pareció una entrada tan imponente que le costaba creer su indolencia al cruzarla esa mañana. Dedicó unos momentos más a contemplarla y luego le dio la espalda con la intención de aprovechar el tiempo hasta el momento en que volviera. Ya se había compadecido lo suficiente por aquella jornada. Había otros sitios de Sevilla que explorar, más personas con las que dar, mejores preguntas por hacerse. Levantó con orgullo la barbilla hacia el inmenso cielo azul plagado de nubes blancas y difusas, el vaho de su aliento queriendo alcanzarlas, el olor seco de la loza dando paso al cítrico de las calles sevillanas.

«Ahora, ¿por dónde debo continuar?», se preguntó.

2

Abril de 1871

Macarena maldecía. Maldijo su suerte, a sí misma, a su estirpe y a la madre que la parió. Cuando comprendió la gravedad de su arrebato ya era tarde. Le solía ocurrir, pero jamás había llegado tan lejos. Deseó parapetarse en la indignación y la rabia ante la injusticia, mas ni su poca vergüenza daba para tanto. Se vio rodeada de todas aquellas personas distinguidas, burguesas del más alto abolengo o con títulos nobiliarios por bandera, como dejaban constancia sus enrevesados trajes y tocados. Ella, en contraste, iba ataviada humildemente, y justo delante estaba la señorita Genoveva, la homenajeada del evento, con su despampanante vestido color vainilla de encaje y piedras preciosas ahora cubierto de chocolate, solo porque Macarena había pensado que le sentaría mejor aquella tonalidad escatológica. Genoveva permaneció conmocionada casi un minuto, boquiabierta por la sorpresa y sus ojos de topillo abiertos como nunca.

Se llevó una temblorosa mano a la barbilla para cerciorarse de que lo que tenía en el mentón era efectivamente cacao, al igual que la humillante mancha marrón que se escurría lentamente por los pliegues de su falda. En el momento en que sucumbió al llanto, su voz chillona amenazó con destrozarle las cuerdas vocales y, de paso, dejar sorda a Macarena:

—Pero ¡¿qué me has hecho, andrajosa desgraciada?!

Macarena no era de permanecer callada cuando se la increpaba, pero reconocía que se había excedido. Llevaba un par de semanas trabajando como criada en la mansión de los marqueses de Corbones en la plaza de Doña Elvira, cerca de los jardines del Real Alcázar, considerada la mejor zona de Sevilla. Había buscado el trabajo de mayor categoría al que podía aspirar por puro interés personal, y cada desplante que soportó de los dueños de la casa se lo tomó como una medalla a su escasa paciencia y a sus susceptibles nervios. El marqués de Corbones, don Leandro Ledezma, era un caballero corpulento de andares desequilibrados, que vestía y olía estupendamente, pero cuyo trato se hacía pesado como su presencia. Tenía la sonrisa constantemente a la vista, y también mostraba con exageración las encías. El señor era implacable cuando algo se le antojaba; luego pasaba el rato en el jardín, sentado y fumando en pipa dichoso, sencillo como era en realidad. Su esposa, doña Isabel Sánchez, era igualmente de naturaleza caprichosa, con sus pormenorizadas instrucciones para los detalles más insulsos, y su papada de acordeón hacía un molesto ruido cada vez que le venía con una nueva ordenanza. Ninguno de los dos resultaba especialmente odioso; los nobles parecían ser así de nacimiento, y su amor honesto el uno por el otro provocaba cierta ternura.

El gran tormento de aquella casa procedía de su hija, la señorita Genoveva, que heredaría el marquesado y la considerable fortuna de los Corbones. Crecer sabiéndolo había obrado un daño irreparable a su personalidad: la muchacha era petulante sin tener de lo que presumir más allá de su apellido. Trataba a las criadas peor que a los lacayos por clara envidia hacia las demás jóvenes, todas más lindas que ella. No acertaba a comprender que lo que la afeaba era su carácter. Macarena no fue una excepción, sobre todo porque era la más vistosa de las empleadas, en presencia y actitud. A Genoveva le desagradaban sus ojos almendrados y su cabellera ondulada de ébano, frente a su mirada reducida y a su escasa melena rubia, eternos complejos y justificación de sus lamentos. Insistió a su madre para que Macarena llevase una cofia más apretada que las otras sirvientas, así como el uniforme más sobrio.

Quedó claro desde el principio que ambas muchachas nunca se llevarían bien, pero incluso Macarena, con su temperamento de miura, comprendía que Genoveva era la señorita de aquel hogar y ella, su criada. También achacó más de un comentario a su juventud, puesto que la noble era tres años menor. Aquel día, el de su decimosexto cumpleaños, se celebraba su presentación en sociedad; es decir, que la heredera ya podía ser considerada adulta y estaba oficialmente disponible para contraer matrimonio. En cualquier caso, todo debía ser impecable; por eso, los marqueses de Corbones se habían gastado una fortuna en una fantástica vajilla de loza pintada a mano de La Cartuja, que en aquellos años se había consolidado como la mejor del país.

La fábrica fundada por Charles Pickman, amigo personal de los marqueses, había obtenido en 1862 el reconocimiento de la exiliada reina Isabel II de España, por lo que en abril de 1871 su prestigio estaba más que consolidado. Al comenzar la jornada, don Leandro lamentó la ausencia de su estimado Charles, a quien todos llamaban «don Carlos» por expreso deseo del susodicho, que se sentía un sevillano más. El señor Pickman mandó un obsequio para la homenajeada excusándose por un importante asunto de negocios que debía atender.

En aquel momento, don Leandro agradeció que el caballero de origen británico no se encontrara presente. Genoveva estaba charlando en medio del salón con dos de sus mejores amigas, Gloria Neumann y María Josefa Ortiz, hijas de dos importantes comerciantes, así como con un pretendiente, el abogado Arturo Martínez. En un momento dado, el grupo de jóvenes decidió intercambiar los manjares que estaban degustando. En lugar de pasarse las galletas y las magdalenas con las manos, se les ocurrió jugar con la vajilla. Los carísimos platos de loza iban de mano en mano, en una ruleta peligrosa que divertía a los jóvenes e inquietaba a los testigos adultos. Al final sucedió lo previsible: las piezas chocaron y tintinearon antes de estallar en pedazos. Gloria y María Josefa reaccionaron con un desconcierto muy propio de la inconsciencia juvenil; Arturo se mostró apurado, agitado por las miradas del resto, y se apresuró a asegurar que pagaría los desperfectos. La reacción de Genoveva fue la más sorprendente: continuó carcajeándose y restó importancia al accidente.

—Queridos, no se alteren, los lujos están para disfrutarlos. Esta vajilla es mía y con lo mío hago lo que quiero.

Dicho eso, la joven tomó otro de los bellos platos que había sobre la mesa, uno más grande y con un dibujo mucho más sofisticado, y lo dejó caer al suelo sin parar de reír. Algunos invitados esbozaron una mueca de desencanto por la malicia de la señorita; incluso sus padres apartaron la mirada avergonzados. Macarena, que justo pasaba por allí con una bandeja con tazas de chocolate, sintió que la cólera le abrasaba las entrañas y, sin pensárselo, la dejó en la mesa más cercana y le arrojó el contenido de una de las tazas sobre el vestido. «Ojo por ojo, vestido por plato», pensó. Cuando Genoveva consiguió reponerse de la impresión, no cesó de gritar y de gimotear ante la mirada perpleja de los presentes. Reclamaba la atención de su padre como una criatura, pataleando por que hiciese algo que apaciguara su berrinche. Don Leandro parpadeó varias veces antes de forzar una de esas sonrisas suyas que dejaban sus encías al descubierto. El marqués caminó hacia Macarena y la tomó del brazo.

—¡¿Quién te crees que eres, maldita fregona, para hacerle semejante desplante a mi hija en mi propia casa?! ¡Discúlpate ahora mismo!

Don Leandro apretó la mano alrededor del brazo de Macarena, quien se zafó con un gesto brusco y un golpe de su melena que, como a Sansón, la imbuyó de fuerza ante la adversidad.

—¡No, señor, no pediré perdón ni muerta! Quizá podría hacerlo por excederme en las formas, e incluso por el día elegido para darle un escarmiento a su hija, pero ha sido ella quien ha decidido mostrarse hoy más ruin y consentida que nunca. Seguro que no soy la única que quería afearle su comportamiento. En cuanto a quién me creo que soy para haber reaccionado como lo he hecho, quizá nadie para reprocharles las formas que tienen en su casa, pero sí tengo mucho que decir sobre las piezas que la señorita Genoveva ha destrozado. Soy Macarena, del taller de cerámica Montalván de Triana, crecí entre alfareros y mi madre trabajó en la fábrica de La Cartuja, por lo que sé de buena mano el esfuerzo que hay tras cada pieza de loza. —Y dirigiéndose a Genoveva, añadió—: Usted, señorita, les ha faltado el respeto a todas las personas que han intervenido en la elaboración de esa vajilla, no solo por romperla, sino por asegurar que puede hacer lo que le plazca con ella. ¡El arte podrá comprarse, señores; merecerlo es otra cuestión!

El discurso dejó a los presentes enmudecidos. Hasta Genoveva moderó su llanto. No obstante, aquella muchacha acababa de abochornar a la casa Corbones, por lo que don Leandro se vio obligado a ordenar a los criados que la sacaran de allí. La maniobra fue mucho más discreta de lo que esperaba el marqués. De nuevo, Macarena se zafó de las manos que la sujetaban, en este caso, las de los dos jóvenes que habían sido sus compañeros hasta ese momento: Marcos y Victoriano. Les dio a entender con la mirada que no necesitaba que le indicasen la salida, y ambos negaron sutilmente con la cabeza, apurados por semejante conducta. Las personas de condición similar se entienden sin palabras, y la acompañaron más por solidaridad que por obligación. Los asistentes a la velada también presenciaron la escena, mientras Genoveva se refugiaba en los brazos de su madre, que entre arrullos la invitaba a subir a su habitación para ponerse otro de los cinco vestidos que habían comprado solo para que decidiera cuál usar aquel día. La atención de la mayoría de los invitados se concentró en ellas, puesto que todos estaban interesados en consolar a los anfitriones y a su insoportable hija para ganarse su favor. Solo uno de los presentes continuó observando a Macarena: un caballero maduro, alto, de cabello blanco y ojos claros, a quien el arrebato de la muchacha había suscitado gran interés.

Solo cuando se vio fuera de la mansión, Macarena volvió a maldecir su temperamento. Mantuvo la barbilla y la dignidad bien altas durante el camino a su habitación para recoger sus cosas y el corto trayecto hasta la puerta, mientras Victoriano y Marcos la seguían. Al despedirse, uno le dedicó una mirada de reproche y el otro no pudo ocultar su admiración, pero ninguno pronunció palabra. En cuanto se encontró sola, la joven se abandonó a su enfado y miró con desprecio la ilustre fachada del hogar de los marqueses de Corbones, conteniéndose las ganas de escupir a los pies de la entrada. No lamentaba tanto la pérdida de su empleo como lo que eso implicaba. Había conseguido aquel trabajo por ganarse unas perras y callar bocas; más bien, una muy grande, y cualquiera la aguantaba ahora.

Resignándose a la cruda realidad, Macarena resopló aparatosamente, apretó los dientes y echó a andar rumbo a Triana. No pisaba su barriada desde que consiguió entrar a servir en la mansión de los marqueses. En realidad, desde que la echaron de casa por su mal comportamiento. No era la primera vez que ocurría, ni tampoco era la primera vez que regresaba con el ceño fruncido, enfadada y con la sensación de que había fracasado de nuevo a la hora de demostrar que era una trabajadora digna, capaz de afrontar las dificultades.

Había trabajado como frutera, florista, vendedora ambulante... Cualquier empleo remunerado le parecía bueno; sin embargo, en todos terminó de la misma manera: ofendiendo a alguien, a un cliente o a sí misma. Esta vez tenía una buena excusa, se consoló. ¿La tenía? Reconfortada por su despreocupación natural, se encogió de hombros y tomó la calle Vida en dirección a la calle Agua, sorteando el empedrado y los balcones de hierro casi a ras de suelo mientras tarareaba unas coplas que algún que otro transeúnte aplaudió, más por su actitud, por la alegría que desprendía su persona, que porque su cante fuera realmente loable. De vez en cuando incluso se consentía un giro, unas palmas.

Macarena le dedicó una sonrisa al cielo de su tierra y se deleitó con las flores de los naranjos que bordeaban los muros del Real Alcázar. Ese impresionante palacio, cuyo estilo era una mezcla de arte islámico, mudéjar y gótico, con elementos renacentistas y barrocos, fruto de las distintas manos por las que había pasado a lo largo de la historia, parecía más obra divina que mortal. Y, pese a su infinita belleza, estaba condenado a servir más como reliquia de admiración que como hogar. Macarena estaba convencida de que el Real Alcázar era el sitio más bello del mundo, un paraíso en la tierra; Sevilla entera estaba llena de recovecos que eran insospechados edenes. «A Sevilla le falta mar», decían algunos. «¿Y para qué tanta agua?», replicaba Macarena. No había visto el océano, ni falta que le hacía.

Llevaba ya un buen rato caminando por el centro, distraída entre fachadas y canciones, cuando recordó el incidente de esa mañana y maldijo de nuevo su suerte, esta vez con una sonrisa. Había llegado a la catedral casi sin darse cuenta. Levantó la cabeza al toparse con otro castillo digno de asombro: la Giralda, eterna vigía de la ciudad, delicada cual talla de madera, resplandeciente como el oro. Y la vigía de la vigía, la escultura de hierro de Nuestra Señora de la Fe, que todos llamaban el Giraldillo y que coronaba la torre. Al pasar ante la colosal Giralda, Macarena le lanzó un beso desmedido que hizo reír a una gitana que cantaba junto al muro de la catedral; le ofreció romero por su cara bonita y ella lo rechazó agradecida, tirándole otro beso. Fue por la calle Vinuesa, y luego por la de Adriano, bordeando la plaza de toros de la Maestranza, hasta que alcanzó el puente de Triana. Se detuvo un instante embelesada con la amplitud del Guadalquivir. ¿Quién necesitaba mar? Macarena se inclinó sobre la barandilla de hierro, sintiendo que ese río podía ver a través de su alma. Eso a veces la perturbaba; otras, aliviaba sus cargas.

Continuó paseando. Los hermosos edificios de Triana le dieron la bienvenida, y atravesó el bullicio de la plaza del Altozano. En la calle Alfarería se topó con un grupo de chicos jóvenes que volvían de trabajar, casi todos jornaleros, dos mozos de cuadra y un carpintero. Este último, el más gallardo, la había reconocido de lejos, y observó cómo Macarena pasaba de largo fingiendo ignorarle. Incapaz de contenerse, le lanzó un largo silbido.

—¡Ole las sevillanas buenas, sobre todo las trianeras!

Ante las risas del grupo, Macarena se volvió despacio, con los brazos en jarra, y obsequió al autor del arrebato una mirada altiva.

—Guárdese los cumplidos para sus muchas novias, José Antonio Padilla, que tiene usted ya bastantes pobres ilusas a las que atender.

José Antonio se separó del resto de los muchachos, indicándoles que continuasen sin él, y corrió hacia Macarena. De cerca, resultaba mucho más atractivo: tenía ojos oliváceos, tez tostada, con una amplia sonrisa, de barbilla y hoyuelos marcados. No era de extrañar que provocara suspiros entre las mujeres. Hacía mucho que sus encantos no tenían efecto alguno en Macarena, y jugaba con él de la misma forma que él lo había hecho con ella cuando ambos eran más jóvenes.

—Qué fría eres, Macarena. Nos conocemos desde críos, después de casi un mes sin vernos, pensé que me habrías extrañado tanto como yo a ti.

—Tú no sabes lo que significa esa palabra, Toño. Si echas de menos a alguien, enseguida te entretienes con quien sea, sobre todo si es moza. —Ella hizo por rebasarlo, pero él volvió a pararle los pies con una expresión decidida. Macarena lo miró desde abajo con cara de malas pulgas—. ¿Crees que no he visto cómo le ponías esos mismos ojitos a la vendedora de garrapiñadas nada más doblar la esquina de la calle?

—Qué vigilado me tienes.

«Cómo evitarlo», pensó la muchacha. El desgraciado sabía bien la planta que gastaba y, aunque no tenía abuela, le encantaba que le regalasen los oídos. Macarena se negó, por lo que, para su espanto, Toño se lanzó de nuevo y sacó el peor tema posible:

—¿No deberías estar en casa de los marqueses de Corbones? Oí que habías conseguido que te contrataran como doncella, lo cual me pareció un logro. Te han vuelto a echar, ¿a que sí? Vamos, no lo niegues. Otro podría pensarse que andas en mitad de algún mandado, otro que no te conozca como yo, claro. Fíjate cómo me vienes: parece que te hayan soltado al ruedo y te hayas llevado a dos o tres banderilleros por delante, Macarena. ¡Ay!, si la gente imaginara lo que oculta ese rostro tan bonito...

—Anda, calla, calla, que bastante tengo ya con lo mío.

—Si es que no tienes paciencia, mujer. Doña Justa se ensañará contigo durante semanas.

—Ni me la menciones.

—¿Por qué no vas a pedir trabajo a La Cartuja? Yo llevo ya dos años de carpintero, tratan bien y pagan mejor. Seguro que te contratarían para hacer vajillas: allí solo valoran la buena mano, y la tuya es la mejor de Sevilla.

El rostro de Macarena mostró verdadero pesar por primera vez desde que se habían encontrado.

—Más quisiera, zalamero, de sobra sabes que mis tías no me dejan pisar ese lugar.

—Yo simplemente te lo sugiero. Además, así te vería todos los días, no solo cuando te dejas caer por los tablaos.

La joven esbozó una sonrisa comedida, muy distinta a su habitual mueca burlona. Semejante visión estremeció a Toño y lo animó a inclinarse para robarle un beso. Primero ella se sorprendió, luego se carcajeó y trató de pegarle, pero él huyó raudo entre risas, jactándose de haber conseguido el premio que se había propuesto cuando se acercó a ella. Se despidió ya lejos, agitando su boina.

Macarena negó con la cabeza. José Antonio era dos años mayor y se trataban desde la niñez. Debido a la proximidad de sus casas, coincidían a menudo por Triana y tenían amigos en común; ellos mismos lo fueron cuando todavía eran dos niños inocentes. A aquella primera relación le siguieron demasiados altibajos, o eso consideraba ella. Toño resultaba altivo, comprendió pronto que nació apuesto, elocuente y talentoso, por lo que no tardó en aprovechar aquellas cualidades en su beneficio. Solía conseguir todo cuanto se proponía. A Macarena acabó por molestarle su soberbia, y a Toño, que ella fuera la única en hacérselo saber, solo o delante de sus admiradoras, a lo que él reaccionaba con malicia, con zancadillas o tirándole del pelo, como si tuviese siete años en lugar de catorce.

Macarena sospechaba que Toño le guardaba rencor por una jugarreta de aquellos años. Un día, cuando él estaba en plena exhibición de su carisma y arte gitano, cantando unos fandangos delante de varias niñas guapas del barrio, a ella se le ocurrió contar que el muchacho solía orinarse en la cama de pequeño. La anécdota provocó la estampida de las chicas, que huyeron muertas de risa. Furioso, Toño tiró a Macarena de un empujón y le espetó que en realidad no soportaba que estuviera con otras chicas porque se había encaprichado de él. La joven asintió desde el suelo, sin negar la obviedad, y Toño se puso rojo como un tomate. Ella lo atribuyó a su enfado. ¿A qué, si no? Luego él le gritó «¡Estúpida!» a pleno pulmón y salió despavorido.

Estuvieron bastante sin hablarse, sobre todo porque él se marchó al campo a labrar. Dos años después regresó, distinto, y no solo por la altura y la belleza, todavía más llamativas. Con diecisiete años recién cumplidos había mejorado sus maneras y ya no había moza en Sevilla que se le resistiera. Por eso Macarena no entendió que no le quitase la vista de encima la primera noche que se reencontraron, coincidiendo sus amigos y amigas en la verbena de abril, la cual solía tener lugar en el Prado de San Sebastián. Aquel festejo había empezado como una feria de ganado, pero puesto que la impulsaron dos ilustres concejales, Narciso Bona-plata y José María de Ybarra, despertó el interés de nobles de alta alcurnia, como los duques de Montpensier, y llamó también la atención de las clases populares. A pesar de que compartir un mismo espacio no tenía por qué ser sinónimo de interacción, sí dotó al evento de un encanto singular.

Las carretas, los trajes, los bailes, la buena comida y bebida, todo adquiría otro sabor, otro olor, ¡otra textura en la piel!, cuando lo encontrabas en la Feria de Abril. La gente también parecía diferente, y quizá por eso a Macare-na le pareció normal descubrir a un Toño nuevo. Habla-ron y rieron, dejando de lado las desavenencias del pasa-do, que ni siquiera mencionaron. Ella no se imaginó que el joven aprovecharía para arrinconarla y besarla tan pronto como se quedaron solos. Fue su primer contacto con un hombre, mucho más ardiente de lo que esperaba. Toño no se dejó ni una porción de su busto por palpar. Cuando quiso explorar bajo el mantón y la blusa, Macarena lo apartó y huyó de él, entre bromas pero muy digna, lo que pareció complacerlo más que ofenderle. Pasaron así algún tiempo, buscándose y esquivándose mutuamente, hasta que ella descubrió que no era la única con la que el chico «congeniaba», por llamarlo de alguna manera y no pensar en algo peor.

Macarena se desilusionó un poco, mas no se enfadó en

exceso; tampoco se había entregado a él y nunca fueron más allá de los besos o de algún piropo burlón. Aunque Toño aseguraba que lo tenía enamorado, Macarena jamás le creyó. Ella no era precisamente un ejemplo de dedicación exclusiva; hacía ojitos a todo buen mozo que se le cruzaba o que la trataba bien. No pensaba demasiado en el amor, valoraba más su independencia: la idea de casarse le aterraba hasta la médula. Tenía claro que cuando amase de verdad a un hombre, lo haría por completo, y esperaría lo mismo de él.

En cualquier caso, amar a un hombre como Toño le parecía impensable. Siempre había tenido un carácter irascible y a Macarena no le gustaba el cambio de registro que había presenciado en las tabernas, principalmente cuando bebía. En un instante se convertía en un animal agresivo y no quedaba rastro del mozo encantador. Un hombre ebrio podía ser una compañía puntual, jamás constante. Macarena se dijo que conocía bien a Toño, pero no a José Antonio. Y en él reconocía cada vez menos a su amigo de la infancia.

Dándole vueltas a todo eso, Macarena llegó finalmente a su destino. El taller Montalván era una enorme construcción situada en el primer tercio de la larga calle Alfarería. Aquella vía estaba repleta de artesanos y ceramistas que trabajaban y dormían en el mismo sitio. La alfarería sevillana era conocida en el mundo entero desde hacía siglos y sus técnicas eran tan únicas como codiciadas, guardadas con recelo y transmitidas de generación en generación. En un principio, la calle Alfarería no se diferenciaba de otras de la ciudad: la mayoría de las casas y los negocios se veían de un blanco impoluto, decorados con imágenes religiosas, jardineras de geranios carmesíes y rosados, o con hermosas cancelas de hierro. Su detalle característico era que casi todos los balcones y las puertas estaban adornados con azulejos pintados a mano, la mayoría de estilo e influencia mudéjar, casi siempre obra de algún antepasado de gran talento que sus descendientes se enorgullecían de conservar y exponer.

En otro tiempo, la sede de Montalván había cobijado a varias familias de alfareros, de ahí su tamaño. Estaba compuesta por dos edificios diferenciados por fuera, pero unidos por dentro, y ambos contaban con dos plantas. La fachada de la derecha, más sobria y con predominancia de blancos y azules, correspondía al Montalván original; la infraestructura de la izquierda, más reciente, que hacía esquina con la calle lateral más angosta, mezclaba los tonos marrones de sus paredes con los verdes de sus verjas, y estaba revestida de mosaicos de colores, un alarde de la magia que creaban allí. El lugar disponía de todo tipo de herramientas, grandes hornos y una luz que llegaba a todas partes. Las mesas de trabajo, los taburetes y las estanterías presentaban un aspecto desvencijado, la madera se había tornado grisácea, en muchos casos roída por la carcoma y el paso del tiempo. Esparcidas por los rincones, apiladas o en solitario había todo tipo de piezas de arcilla. Empezadas, terminadas o en proceso. Olía a barro, a óxido y a humedad. Para Macarena, olía a hogar.

La joven accedió por la puerta lateral izquierda, una

cancela de espirales estrecha que daba a la segunda cocina. La entrada era discreta, aunque no dejaba de ser una obra de arte: estaba repleta de querubines de azulejo. Entró en la estancia tratando de no hacer ruido, agarrándose la falda de su uniforme ya obsoleto, como si eso contribuyese a un mayor sigilo. Cuando creyó que había alcanzado el mosaico azulado con el Corazón de Jesús que se encontraba justo en medio de las escaleras que daban a su habitación, la sorprendió un carraspeo que le hizo apretar los ojos y los dientes con fuerza. Miró con reproche al Cristo por no haberla cubierto con su gracia y se preparó para el sermón.

—Ni tres semanas has durado, ¿eh? Cómo lo sabía yo.

Macarena se volvió lentamente. Su tía Justa se encontraba en el diminuto recibidor de madera que conectaba los dos edificios, sentada frente a una de las mesas de bosquejo. Tenía delante las cuentas del negocio. La muchacha no había reparado en ella porque un muro la ocultaba. A esas alturas, Justa era ya capaz de olerla cuando llegaba. La señora, una belleza andaluza de cincuenta años y carácter gruñón, era de las pocas personas capaces de poner a su sobrina en su sitio. Ni siquiera la miró; su expresión jactanciosa bastó para que la joven se corroyese por dentro. Macarena fue a responderle una impertinencia, pero emergió de los fogones la tía Sagrario, unos diez años mayor que Justa, aunque de gesto más afable y carácter vivaracho. Como si su ahijada hubiese estado allí esa misma mañana, le dijo sonriendo:

—Llegas en buen momento, querida. ¿Te sirvo un poco de estofado?

—Ni agua deberíamos darle a esta mendruga —masculló Justa, incorporándose de la silla y avanzando hacia el interior de aquella estancia forrada de madera y frescos bíblicos, con más aspecto de salón de fiestas que de taller. Las molduras de caoba oscura que se extendían hasta el techo y se alternaban con mosaicos exquisitos poco tenían que envidiar al techo de mediacaña de Felipe II—. Después de cómo se fue… ¡Y mírala cómo vuelve! ¡A hurtadillas! A saber la que has organizado esta vez en la casa respetable donde tuvieron la osadía de acogerte.

—No he hecho nada de lo que deba avergonzarme —replicó ella.

—Por supuesto que no: ¡tú no tienes vergüenza!

—Haya paz —medió Sagrario antes de que Macarena entrara al trapo. Y tomando el rostro de la muchacha con ternura entre las manos, le dijo—: Me alegro tanto de verte, mi niña, qué guapa estás. No sabía que las doncellas pudiesen llevar el cabello suelto. Qué encantadores, los Corbones.

—Seguro que la han echado a patadas, Sagra, por eso viene de esta guisa.

—Habla usted sin saber, tía.

—¡Ni falta que me hace, niña! Al final siempre te las apañas para agotar la paciencia de cualquiera, quemasangre que estás hecha. Todavía estamos pagando el destrozo que ocasionaste en la frutería de doña Remedios. Empiezo a pensar que, en esta casa, tres somos multitud.

—¿Y por qué no se larga usted a donde quiera que la soporten?

—Ya.

Sagrario obligó a Macarena a callar pellizcándole las mejillas y fulminó a Justa con la mirada. Consiguió que las dos se estremecieran. Sagrario tenía esa capacidad: por lo general, obraba dulce, pero si alguien la hacía enfadar, procedía a aterrorizar al responsable con un solo gesto o con el tono de voz. Algo que, suponían, debía de ser propio de los ángeles.

Un instante después, Sagrario retiró las manos del rostro de la muchacha, momento que Justa aprovechó para acercársele y darle un coscorrón en la cabeza, luego la rodeó con un brazo y, al final, le plantó cuatro sonoros besos en la sien. Era el juego particular de las tías. Una era la estricta, y la otra, la sosegada, aunque sus papeles tampoco eran rígidos. Macarena, al resguardo del abrazo de su tía Justa, cerró los ojos y sintió que se le encogía el corazón, ya estaba en casa.

Sagrario y Justa llevaban conviviendo y trabajando juntas toda la vida. Ambas nacieron en aquel inmueble, de familias de artesanos de la cerámica. Eran socias, pero se consideraban hermanas. Hermanas de esfuerzos, técnica e inspiración. En un negocio de esas características se forjaban lazos mucho más fuertes que los que podía unir la sangre. Cuando las dos mujeres se casaron, sus maridos también aprendieron el oficio y se trasladaron a vivir con ellas. Desgraciadamente, poco tiempo después una ola de gripe se llevó a los esposos antes de que tuvieran descendencia. El taller Montalván funcionaba casi como una cooperativa y, si bien formaban una gran familia, tras la tragedia que se llevó tantas vidas, los trabajadores que sobrevivieron tuvieron que redoblar los esfuerzos para mantener a los suyos, por lo que Justa y Sagrario debieron salir adelante por su cuenta y ofrecer a sus potenciales clientes algo diferente.

El estilo Montalván se caracterizaba por diseños florales alegres y recargados, así que Sagrario y Justa se atrevieron a hacer realidad un sueño que albergaban desde la infancia: añadir a las decoraciones figuras humanas que, sumadas a los entornos naturales, hacían pensar en escenas mitológicas. Por esa razón, todo el mundo en Triana acabó conociéndolas como «las Moiras». La tercera integrante de ese trío no era otra que la madre de Macarena. La chiquilla se había quedado huérfana muy pronto, y Sagrario y Justa se hicieron cargo de ella, tomándola como ahijada.

Cuando la fábrica de Pickman encendió sus hornos en 1841, muchos artesanos sucumbieron a sus buenas condiciones de trabajo y a la comodidad de un sueldo fijo, lo cual supuso un duro golpe para los negocios de cerámica de Triana.

Años después, Macarena también manifestaría su deseo de trabajar en La Cartuja. En verdad, lo había repetido cientos de veces, con gran ahínco, movida por la curiosidad de labrar en un lugar en el que también lo había hecho su madre. Pero por alguna razón que se negaban a explicarle, Justa y Sagrario le habían prohibido tajantemente poner un pie allí. Tampoco le habían contado demasiado sobre cómo y por qué su madre había acabado en La Cartuja, abandonando a las Moiras y al taller Montalván.

Macarena declinó el estofado que le había ofrecido su tía y cruzó el pasillo que unía ambos edificios para dirigirse al taller del edificio antiguo, su refugio preferido de la alfarería. Allí estaba su pieza favorita, un plato de loza pintado a mano que su madre le había legado. Era tan bonito que destacaba entre todas las piezas de la producción Montalván. El plato estaba decorado con la figura de una joven en medio de un paisaje sevillano, de una hermosura y una originalidad únicas; la chica miraba al frente mostrando su enigmático rostro. Pese a la extraordinaria belleza de la composición, la expresión de ese rostro transmitía una melancolía insólita. Aun así, siempre que veía aquel plato, ella sonreía, y a continuación sentía que un torrente de preguntas se le agolpaba en la cabeza. Ese plato era la obra más genuina de su madre, supuestamente la última que pintó en la fábrica. Macarena la había bautizado como «La dama de La Cartuja». Esa pieza era una fuente de inspiración para ella y avivaba su ambición, por eso llevaba tanto tiempo rogando a sus tías que le permitiesen pedir trabajo en la fábrica. Macarena intuía que allí podría llevar su destreza con la loza un paso más allá. Y también que podría dar respuesta a muchas de las preguntas sobre su madre y la fábrica de los Pickman que la acechaban.

Decidió dejar de dar vueltas a ese tema que tanto la irritaba, apartó la mirada del plato de su madre y examinó las piezas en las que estaban trabajando sus tías. Un objeto situado sobre la mesa principal del taller antiguo llamó su atención. Se acercó para verlo mejor. Se trataba de un jarrón de cuello estrecho que estaban decorando con un motivo floral, una tarea compleja puesto que el color base de la pieza era muy oscuro. En cuanto Macarena se dio cuenta, se inclinó sobre la pieza, entusiasmada.

—¿Es un nuevo encargo? —preguntó a voces Macarena para que la oyeran sus tías al otro lado del pasillo.

—Ya estamos —espetó Justa, que se presentó en el taller con una mueca agria.

Sagrario, que llegó un instante después, restó importancia con la mano a lo que acababa de decir Justa y le contó a la muchacha que se lo había pedido una familia adinerada de Dos Hermanas para decorar el recibidor de su casa. Dado que se trataba de una estancia sin luz directa, estaban tratando de imprimir luminosidad en la superficie. Sagrario le mostró la paleta de tonalidades púrpuras y verdosas con la que estaba trabajando y, para indignación de Justa, le tendió a Macarena su pincel de lengua de gato.

—¡Esto es increíble, Sagrario! —bufó Justa—. Vuelve a casa con el rabo entre las piernas y tú, encima, vas y la premias. Esta niña solo se pone seria con la arcilla.

Sagrario le dedicó una sonrisa cómplice a su querida amiga cascarrabias, que resopló. Macarena ya no las escuchaba. Había tomado asiento en el taburete y se había colocado frente a la mesa de trabajo, decidida a volcarse en aquella tarea. Cuando estaba ante una pieza, emergía un aspecto de su carácter que normalmente permanecía oculto. La constancia nunca había sido su punto fuerte, pero la muchacha era una verdadera artista de la cerámica y, si una pieza conseguía atrapar su interés, se volcaba con una dedicación asombrosa. Macarena adoptó su postura característica: la mano izquierda cerrada en el aire, punto de apoyo de la derecha, que sujetaba el pincel con mimo y precisión. La joven se aislaba así de los problemas, olvidaba quién era y se abandonaba por completo a la pintura, al trazo, al color. En ese caso, concretamente, a unos narcisos que se encargó de revivir. Tras un rato observándola a la luz de la vela que había sobre la mesa del taller, las Moiras también se olvidaron de cenar y se pusieron a trabajar en otros pedidos: Sagrario en un jarrón, y Justa en una gárgola en forma de carpa para un cortijo, las tres acompañándose de un armonioso tarareo. Las tías sabían bien que, una vez la perdían, solo la propia Macarena decidía cuándo salía del trance y regresaba a la realidad. El carácter de la muchacha era tan intrincado y misterioso como el edificio que alojaba el taller Montalván.

Desde fuera, costaba conjeturar la profundidad con que contaba la edificación en su conjunto. Las ventanas del piso superior de la estructura derecha correspondían a las habitaciones de Justa y Sagrario. Si se seguía el pasillo, se alcanzaban el primer patio interior y la cocina principal, actualmente en desuso, sobre la que se apreciaba otro gran mosaico de ángeles. A continuación, por otro estrecho pasillo a la derecha, se encontraban las fuentes y los hornos, y al final se hallaba el patio más grande, a modo de corrala, al que se abrían diversas habitaciones y alguna que otra terraza. Salvo para pasar al proceso de cocción, las tres mujeres evitaban acceder a esa zona; tanto espacio desocupado llegaba a resultar triste.

Macarena seguía pintando concentrada, con todos los sentidos aguzados, por eso notó que la humedad y el olor a óxido de las pinturas se fundían con otro perfume. En la lejanía oyó el tictac de un reloj de bolsillo. Hacía unos minutos que se sentía observada, algo que sucedía con frecuencia en el taller antiguo, ya que contaba con una gran abertura al exterior, a modo de escaparate, para exponer las obras terminadas o el proceso de producción. Muchos curiosos que caminaban por la calle Alfarería se detenían a observar. Macarena levantó la cabeza y miró hacia la ventana. Al otro lado había un hombre bien vestido; no estaba segura de que llegara a ser burgués, pero se veía que no era del barrio. La desconcentración de Macarena era tan insólita que llamó la atención de las otras dos mujeres, que siguieron la mirada de la chica. El caballero les sonrió y preguntó por señas si podía hablar con ellas. Sagrario fue a la puerta que comunicaba el taller con la calle y franqueó la entrada del hombre, que se quitó el sombrero e hizo una reverencia cortés.

—Disculpen la intromisión. Soy Juan Luis Castro y trabajo en la fábrica de La Cartuja. No he podido evitar sentir curiosidad por la señorita.

Enseguida, las Moiras se pusieron a la defensiva. Tanto fue así que Justa se levantó desafiante.

—Se encuentra usted un poco lejos de su «empresa», caballero —le dijo, pronunciando aquella palabra con retintín: muchos artesanos trianeros consideraban que la manera de trabajar de La Cartuja desvirtuaba su oficio. Era más que evidente que no le agradaban las personas venidas de la fábrica, lo que el hombre captó al momento.

—Mi compañera solo quería decir que su visita es de lo más inusual, señor —terció Sagrario—. Es un honor tenerle aquí. ¿Dice que tiene curiosidad por la pieza que está realizando nuestra niña?

—En realidad, quien llamó mi atención fue ella con su discurso de esta tarde, señora. Señorita... ¿Macarena? Sus palabras me han conmovido.

Solo entonces la joven reconoció al tal Juan Luis Castro. Había visto ese cabello blanco y esos ojos azules... ¡en la casa de los Corbones!

Justa y Sagrario se volvieron desconcertadas hacia la chica, sobre todo cuando esta se encogió de hombros y se giró para que no le viesen la cara.

—¿Qué discurso, Macarena? ¿A qué se refiere este caballero? —preguntó Sagrario.

—¿Qué desaguisado has provocado ahora, desvergonzada? —le espetó Justa.

—¡Uno épico, señoras! —respondió el caballero para sorpresa de las tres—. Tanto, que he venido a buscarla con intención de darle las gracias.

Después, Juan Luis Castro les explicó a las Moiras lo acontecido en la mansión de los Corbones durante la presentación en sociedad de la señorita Genoveva. Se detuvo especialmente en la maldad de la joven aristócrata y en cómo Macarena supo plantarle cara, lo cual le había costado el empleo. Justa no pudo evitar enorgullecerse de su ahijada, y Sagrario, aunque desaprobaba su comportamiento, se acercó a la muchacha y la rodeó con el brazo. Macarena trató de restar importancia a su hazaña por el apuro que le generaban los cumplidos del visitante.

—Supongo que, trabajando donde lo hace, el comportamiento de esa niña consentida ha hecho que a usted también le hierva la sangre. No se preocupe por mí, tengo donde caerme muerta y un oficio con el que, además, me desahogo.

Juan Luis sonrió ante el carácter resuelto de la muchacha: debió suponer de antemano que no se sentiría afligida por lo sucedido en el palacio de los marqueses aquella tarde. Su rostro se arrugó y se dirigió a ella con toda la seriedad que le hacía famoso en la fábrica:

—Ha supuesto bien, Macarena. Mi irritación es tan grande que me avergüenzo de no haber sido yo quien dijese algo, porque además soy el supervisor artístico de La Cartuja. Estoy seguro de que Carlos Pickman también la habría aplaudido. Ahora que estoy aquí y que la he visto trabajar, me gustaría hacerle una propuesta. ¿Le gustaría formarse en una de nuestras escuelas para trabajar en el taller de pintado de la fábrica?

Macarena estaba tan perpleja por la propuesta que no pudo evitar poner los ojos como platos. En cambio, Justa y Sagrario intercambiaron una mirada de soslayo. En aquel instante se sintieron presas de un escalofriante *déjà vu*.

3

Marzo de 1850

Felisa trabajaba. Ese era su estado natural. Estaba en la zona
del taller Montalván, donde entraba más luz a esas horas de
la tarde. No era el caso de aquella jornada de marzo. El
cielo de Sevilla estaba encapotado. El resto de los artesanos
habían decidido trasladarse a las salas interiores; en cambio,
Felisa era un animal de costumbres y le costaba abandonar
su rincón. Sus compañeros trataron de disuadirla para que
fuera con ellos, en parte porque no querían que trabajara a
la vista de cualquiera que pasara por la calle.

Desde que la fábrica de La Cartuja comenzó a funcionar
nueve años atrás, en 1841, los artistas de los talleres y los
negocios de la calle Alfarería guardaban con celo sus diseños por temor a que se los robaran. Sin embargo, Pickman
y Compañía había traído a sus propios artesanos expertos
del condado de Stoke-on-Trent, en Staffordshire, la cuna de
la cerámica inglesa, y muchos alfareros sevillanos se lo to-

maron como un insulto. Don Carlos Pickman se justificó diciendo que solo los británicos sabían utilizar la maquinaria que había instalado en el monasterio de Santa María de las Cuevas, la cartuja que había comprado y que acabaría por dar nombre a la fábrica. Don Carlos le contaba a todo aquel que le escuchaba que su intención era formar y emplear a sevillanos, ya que deseaba fundar una fábrica de loza autóctona en la ciudad que lo acogió de joven. Los artistas trianeros no le creyeron. Pensaban que un inglés siempre sería un inglés y que quería someter el arte sevillano al británico porque lo consideraba inferior, y que además los suplantaría por trabajadores británicos por el mismo motivo. No obstante, nadie podía negar que la cerámica estaba viviendo un repunte tras décadas de declive.

Felisa se mantenía al margen de los debates sobre Pickman y Compañía. A ella la había acogido el maestro don Saturnino García Montalván cuando quedó huérfana, siendo un bebé. Su madre falleció en el parto y su padre no tardó en desentenderse de ella. Era consciente de la suerte que había tenido, por eso únicamente le importaba resultar útil y generar ingresos para quien le dio la oportunidad de sobrevivir. Sin embargo, desde que don Saturnino se había puesto por su cuenta todo había cambiado; sentía que el taller era más un lugar de penitencia que un hogar. En ocasiones, incluso una prisión. Solo la concentración mientras trabajaba le permitía olvidar el ambiente lúgubre y asfixiante del negocio. Felisa siempre había sido hábil con las manos, esculpir y pintar la relajaban, aunque nunca creyó que el suyo fuera un talento verdadero, porque lo que se le daba realmente bien era la réplica. De hecho, muchos oficiales la consideraban una virtuosa de la copia.

En el nuevo taller Montalván trabajaban cuatro familias: los Rodríguez, los Sagunto, los López Salcedo y el núcleo que formaban Sagrario y Justa, dos viudas que habían perdido a sus maridos y familias. Por ese motivo, Saturnino García Montalván, el maestro del taller, les pidió a ambas que cuidaran de Felisa como si fuera una hermana más. Sagrario, de carácter complaciente, prometió hacerlo; Justa, en cambio, despotricó largo y tendido, pero también aceptó la petición de su maestro, que poco tiempo después falleció de una repentina enfermedad. Al final, ninguna de las dos cumplió su promesa. De hecho, ya fuera por envidia o por desprecio, ningún artesano del taller Montalván trató nunca a Felisa como a una más.

Esa tarde nublada la joven trabajaba en un juego de seis garrafas de vino idénticas, y le daba vueltas al poco talento que requería el trabajo de copista. Cuando se había atrevido a diseñar algo propio, todos la desalentaban. «Para qué complicarte la vida», le decían. Sobre todo, Sagrario y Justa. Una con más tiento, la otra tajante, pero ambas con evidente animadversión. Felisa suspiró. Apaciguó su frustración con gorgoritos que solo ella escuchaba. Con el dorso de la mano se apartó un mechón de cabello que se le había escapado del peinado entre melodía y melodía. Lo tenía tan rebelde que se le escurría continuamente, por mucho que se lo recogiese en alto. Notó que se había rozado la mejilla con el pincel. Supuso que se acababa de manchar del azul cobalto de las lilas que estaba pintando en la cerámica.

—¡Buenas tardes, señorita! —saludó una voz de hombre desde la ventana que daba a la calle.

Sobresaltada, Felisa se puso en pie y tiró algunos pinceles. El caballero la observaba impasible. De hecho, parecía que le hacía gracia la torpeza de la joven, y aún más el intento fallido de subsanarla.

—¿Se puede visitar el taller? —preguntó.

Felisa asintió y el desconocido se apresuró a entrar. Cuando este se quitó el sombrero, la chica descubrió que se trataba de un hombre extremadamente apuesto, moreno, con una llamativa perilla y una sonrisa encantadora. Además, su ropa era muy elegante. Felisa pensó en su aspecto y se llevó una mano al rostro, donde calculaba que tenía la mancha de pintura, y la otra al delantal, tratando de ocultar los manchurrones. El silencio y la patente incomodidad de la muchacha empujaron al hombre a presentarse:

—Perdone que la haya interrumpido. Me he quedado prendado de las piezas en las que está trabajando. Y de su canto. —Se inclinó ligeramente, consiguiendo que ella se sonrojase. Al caballero parecían divertirle sus reacciones. Se acercó a ella tanto como lo permitían las buenas maneras y le susurró—: Mi nombre es Conrado de Aguirre y Collado, ¿me diría cómo se llama usted, dulce sirena?

La muchacha a duras penas consiguió sostener la mirada, pero no logró balbucear ni una sílaba de su nombre.

—¡Felisa! ¡¿Se puede saber por qué tardas tanto en venir

a comer?! Otra vez nos tienes a todos sentados a la mesa esperándote, ¡como si fueses la única que hace su trabajo con verdadera dedicación!

Al comprobar que la muchacha estaba acompañada, la mujer se detuvo y le lanzó un gesto desconfiado al visitante. Pese a su tono agresivo, Justa era de una belleza impactante, tanto que Conrado dejó de lado a Felisa y caminó hacia ella, deslumbrado. El hombre le tomó la mano con intención de besársela, pero Justa se la apartó con saña. No soportaba a los aduladores. Felisa no pudo ocultar la desilusión que sentía.

—¿Y usted quién demonios es? —preguntó ella, cortante.

—Verá, señorita…

—Señora. Soy viuda, caballero.

—Mejor que mejor.

—Desde luego, no para usted.

—Verá, señora, vengo de la fábrica de La Cartuja y…

—¡Ja! Peor que peor. En este barrio no son bienvenidos.

—Ni siquiera sabe por qué estoy aquí.

—Por supuesto que sí lo sé. Usted es uno de esos señoritos bien parecidos y con pico de oro que se dedican a llevarse artesanos a su fábrica con promesas vacías. —Justa alzó el mentón, desafiándolo—. Se creerá que es el primero que lo intenta. Recuerdo bien la visita del propio Pickman, quince años atrás, cuando todavía no era más que un simple tendero. Hay que ver lo lejos que ha llegado con sus patrañas.

Pese al tono desabrido, el hombre mantuvo todo el tiempo una expresión risueña. Exasperada, Justa empujó a Felisa para que fuera a la cocina de una vez. Cuando ambas le habían dado la espalda, Conrado volvió a la carga:

—¿No cree que tienen más cosas que agradecer que cosas que criticar?

La artesana se volvió despacio. Le molestó la mirada arrogante que gastaba aquel tipo.

—¿Disculpe?

—Cómo no, señora, yo la perdono. Preguntaba si no tienen más asuntos que agradecerle a Carlos Pickman que asuntos que reprocharle; después de todo, y si no he oído mal la historia, fue él quien le dijo a su maestro de Triana que el plomo del color blanco de sus azulejos era tóxico.

Felisa vio cómo se le iba hinchando a Justa la vena de la frente.

—¿No fue por eso por lo que don Saturnino decidió ampliar su taller y aplicar otras técnicas? Bien coloridas —añadió inclinándose ligeramente hacia atrás para dar a entender que se refería a la fachada izquierda—, para que quedase claro que habían aprendido la lección.

Justa calló un breve instante.

—¿Es usted sevillano? —preguntó en tono moderado, aunque su rostro delataba cólera.

—Hasta el tuétano, señora.

—No, le aseguro que no. Si fuese sevillano de verdad, jamás trabajaría para un foráneo como él. —Intensificó la mirada, dejando clara así su postura—. Ese hombre vino a cuestionar seiscientos años de historia y tradición sevillanas.

Conrado permaneció en silencio, así que Justa se dirigió a la joven sin apartar la vista de él:

—Vamos a almorzar, Felisa, nuestro visitante se marcha ya mismo.

La mujer terminó por darle la espalda, pero Felisa continuó mirándolo a los ojos. Ambas reacciones complacieron mucho a Conrado. Puesto que Felisa fue quien lo siguió observando, fue a ella a quien dedicó un guiño. Esperó a que desaparecieran de su campo de visión para salir a la calle y continuar su camino. No estaba dispuesto a rendirse. Había ido hasta Triana con un propósito y no regresaría a La Cartuja hasta conseguirlo.

Esa misma mañana, en el despacho principal de las extensas instalaciones que componían el monasterio de Santa María de las Cuevas, había tenido lugar la reunión semanal de la dirección de la fábrica. Conrado llegó tarde y entró sin disculparse, recomponiéndose la chaqueta y la corbata porque venía de intimar con una de las faeneras de los terrenos de labrado. Algunos de sus superiores le dedicaron una mirada de reproche. En particular, don Max Roberts, uno de los accionistas, y su mujer, la temible Brígida Urquijo, que estaba al frente de la escuela de artes y oficios que llevaba el nombre de su marido y el suyo.

Por su parte, Conrado de Aguirre y Collado llevaba las

cuentas de la compañía. Todos en la fábrica reconocían su habilidad con los números, pero a veces su carácter disipado pesaba más que sus virtudes. Le gustaban demasiado las mujeres, el vino y el juego, por lo que a menudo descuidaba sus responsabilidades o las ponía en riesgo. Cuando tomó asiento donde le pareció, Carlos Pickman y Max Roberts cruzaron una mirada airada.

Ambos compartían una historia similar: desde finales del siglo XVIII, sus respectivas familias exportaban loza y cristal elaborados en el condado de Staffordshire, que más tarde embarcaban en Liverpool rumbo a todos los puertos importantes, entre los cuales se contaba Cádiz, el enlace con las colonias españolas. Charles y Max se instalaron en la ciudad en 1822, pero la atribulada situación política los llevó a trasladarse a Sevilla.

Allí el joven Charles había abierto una tienda en la calle Gallegos donde vendía la loza industrial que habían desarrollado los ceramistas de Staffordshire: imitaba la calidad de las más distinguidas porcelanas chinas, pero era mucho más económica. Además de duradera, a prueba de altas temperaturas y lucía ilustraciones que nada tenían que envidiar a las del más selecto jarrón de la dinastía Ming. Así que Max y Charles pensaron que desde los burgueses hasta los aristócratas más notables serían clientes potenciales de aquellas exclusivas vajillas y cristalerías, perfectas para los interminables eventos que organizaban. Estaban convencidos de que apostaban por un negocio seguro y rentable. Cuando llegaron las restricciones a las importaciones de

Inglaterra, los dos británicos supieron que la solución era fundar una fábrica en Sevilla.

Años después estaban ante los frutos de su inversión. Y eran frutos considerables. Se enorgullecían de ser los burgueses más ricos de Sevilla y querían devolver a la ciudad todo lo que esta les había proporcionado.

Por ese motivo, don Max creó una escuela de artes y oficios en la que enseñaban las técnicas inglesas del arte de la loza. Su bella esposa, doña Brígida Urquijo, supervisaba el centro de enseñanza. Ambos descendían de familias virtuosas y amantes del arte, la de ella un poco menos acaudalada que la de él, aunque más excéntrica y codiciosa. A pesar de ser veinte años más joven que Max, la severidad del rostro de Brígida le confería una madurez que no tenía nada que envidiar a la de su marido. Su perfeccionismo no conocía límites. No existía ser más minucioso que ella, sus discípulos lo sabían mejor que nadie. Aunque algunos critiquen los métodos de doña Brígida, la escuela del matrimonio Roberts y Urquijo enorgullecía especialmente a Carlos Pickman, que tenía grandes esperanzas depositadas en los artesanos y artistas sevillanos que saldrían de allí y trabajarían para Pickman y Compañía.

Precisamente, ese era el asunto que discutían aquella mañana en la sala de reuniones.

—… sé de buena mano que el resto de las fábricas que hay en el territorio español empezarán a hacer meras copias de nuestras producciones. Incluso se están abriendo nuevas fábricas, y todas acabarán por aprender las técnicas de

Staffordshire. Por eso necesitamos más que nunca que nuestra loza destile un estilo autóctono. ¡Quiero más artesanos sevillanos entre nuestras filas, maldita sea, caballeros! —exclamó impetuoso Carlos Pickman. Tenía las mejillas sonrojadas por la excitación.

—Charles, amigo, no te sulfures —le rogó Max en inglés, aunque al momento cambió al español—: Todos estamos trabajando para que La Cartuja haga la mejor loza de España. Dentro y fuera de la fábrica, ¿a que sí, Brígida? —Su esposa asintió sin apenas inmutarse—. Ahí lo tienes. Los alumnos son todavía jóvenes, Charles, pero aprenden deprisa. Y, mientras, contamos con muchos alfareros sevillanos que están muy agradecidos por lo que los maestros de Staffordshire les están enseñando.

—«Agradecidos» —repitió irónico don Carlos—. No es gratitud lo que veo en sus caras cuando paso por los talleres.

—Es lo que tiene trabajar con plazos de entrega ajustados.

—No, Max, les prometí que aquí seguirían trabajando como siempre. Temo que se desanimen, que se extenúen, que trabajen únicamente por el dinero.

—¿Y qué mejor aliciente hay para un operario? —preguntó Brígida, cortante.

Carlos Pickman le dedicó a Brígida Urquijo una mirada molesta.

—Yo no tengo «operarios» en mi fábrica, sino artistas. Todos y cada uno de ellos lo son. O deberían serlo. Quiero que este lugar perdure muchos años, y que el mundo contemple las piezas producidas en él sabiendo que lo que sostienen en sus manos son joyas únicas. Dejé bien claro al principio de esta aventura que mi deseo era que fuese una tarea más sevillana que británica. Es la actitud de todos ustedes —les señaló—, mis altivos socios y subordinados, lo que envenena el ánimo de mis trabajadores. ¡Usted el primero, Conrado! Reserve esa sonrisa para las mozas que le impiden llegar puntualmente a las reuniones. Para ser la máxima autoridad económica de esta empresa, deja mucho que desear, caballero.

—Por favor, don Carlos —replicó Conrado, petulante—, no sea tan duro conmigo. Esta fábrica me importa tanto como a usted.

—Cuesta creerlo, joven. Le contraté porque su padre era buen amigo de Max y porque me impresionaron su destreza con los números y su elocuencia a la hora de negociar con nuestros proveedores. Debí suponer que su lengua estaba emponzoñada como la de las víboras.

—¡Dios santo! —Conrado se carcajeó largo y tendido—. ¿Qué podría hacer para que mejore su injustificada opinión sobre mi persona?

—Nada que esté a su alcance —sentenció don Carlos—. Lo único que me importa es el descontento de mis empleados. Sin duda es la razón de que en la calle Alfarería, el lugar que más admiro de este mundo, corra el rumor de que aquí los tratamos como al ganado. Ya ni siquiera me atrevo a pasear por allí.

Conrado se quedó callado, al igual que el resto de la mesa. Max y Brígida parecían satisfechos de que Pickman se hubiese ensañado con el joven. Los demás únicamente parecían incómodos. El mutismo de Conrado tenía otra razón de ser. Sonrió.

Dos horas después, Conrado partió de La Cartuja en coche de caballos. Estaba decidido a mejorar el humor de Pickman: iba a acabar con la animadversión de Triana hacia la fábrica. Y no solo eso; esperaba reclutar a varios artesanos de allí, así recuperaría la confianza de don Carlos.

Conrado no era el primer emisario de la compañía que se entregaba, con poco éxito, a aquella misión. Se lo advirtió aquella hermosa mujer llamada Justa, del taller Montalván, en su primera visita a la calle Alfarería. Parecía que todos los alfareros que estaban dispuestos a dejar Triana por La Cartuja ya lo habían hecho en su momento y que los que quedaban no pensaban irse jamás. «Parecía». Conrado solía pensar así. No importaban los esfuerzos que hubiesen invertido los demás: lo que él no había hecho estaba por hacer. Su confianza en sí mismo se basaba en dos rasgos de su personalidad: era persuasivo y testarudo. Y también muy atractivo.

Regresó a Triana más veces, pero no al taller Montalván. Tampoco fue necesario. Por la calle Alfarería corrió la voz de que un guapo directivo de Pickman y Compañía buscaba con insistencia y promesas inmejorables nuevos artesanos para La Cartuja. El discurso de Conrado pintaba una realidad paralela que parecía de ensueño. «Parecía».

El taller Montalván no fue inmune a sus encantos. Conrado no fue bien recibido el día que estuvo de visita, pero su oferta terminó por conquistar a muchos miembros de tres de las cuatro familias que trabajaban allí. Justa y Sagrario lo rechazaron de plano. Justa sabía que había calado bien a aquel charlatán y Sagrario la creyó sin pestañear, porque su amiga tenía un don para leer a la gente. Lo que no se esperaban era que Felisa les dijese que ella también quería irse a La Cartuja. No hacía ni una semana que otros artesanos habían dejado el taller. Las dos socias se quedaron mudas, como si no hubiesen escuchado bien.

—¿Y qué pintas tú allí? —le espetó Justa, frunciendo el ceño.

—Pues… vajillas, ¿qué si no? —respondió Felisa con la vista gacha, más inocente que bromista.

—Querida, ese lugar no es como nuestro taller —intervino Sagrario—: el trabajo será extenuante, los procesos están mecanizados, no hay margen para la creatividad.

—Eso no lo sabéis —replicó Felisa con un inusual tono cortante. Al momento, volvió a suavizar la voz—: Además, vosotras mismas me habéis dicho cientos de veces que no estoy hecha para diseñar. Qué mejor lugar para mí que un sitio donde se reproducen piezas en serie.

Las dos mujeres se miraron, sintiéndose culpables. Felisa tenía razón. Desde el primer día que la muchacha apareció en el taller habían sido demasiado exigentes con ella.

Sobre todo Justa, que no tenía más que doce años cuando llegó a su vida Felisa, un bebé desamparado que acaparaba la atención de todos. Se sintió desplazada. Y con su carácter impulsivo e irascible, maltrató cruelmente a la pequeña Felisa, repitiéndole una y otra vez que era una insulsa insoportable. Y Sagrario, aunque tuvo un comportamiento más razonable, también solía reprocharle su poca iniciativa. La verdad era que ambas creían que la joven no tenía talento artístico más allá de la copia, ni la suficiente confianza en sí misma como para dirigir un taller algún día, por lo que no pudieron rebatirle sus argumentos para aspirar a trabajar en La Cartuja. Ella les dijo que le apetecía un cambio de aires, que quería aprender cosas nuevas. Contra todo pronóstico, eso complació a Justa y a Sagrario. Se alegraban de estar ante el primer signo de rebeldía de la muchacha. Parecía que un reto le vendría bien a su timidez. «Parecía».

Llegar a la fábrica Pickman y Compañía llenó el corazón de Felisa de esperanza. Estaba emocionada ante la idea de enfrentarse a una nueva experiencia. Jamás había estado en un recinto tan extenso, ni había visto unas instalaciones más modernas que las que descubrió en el monasterio de Santa María de las Cuevas.

Carlos Pickman había comprado La Cartuja aprovechando las expropiaciones de las tierras y los bienes pertenecientes a las órdenes religiosas españolas, y que el complejo de edificios del monasterio estaba muy deteriorado a causa de la invasión napoleónica. Requería una gran inversión que no cualquier comprador podía permitirse. Pickman y sus socios dedicaron años a las reformas para convertirlo en una fábrica, y mientras tanto se centraron en negociar y cerrar tratos para adquirir las mejores maquinarias y materias primas, todo ello con las guerras carlistas de fondo. Charles Pickman no era un hombre ordinario; pocas cosas le hacían titubear, ninguna retroceder. Bastaba cruzar la entrada principal de La Cartuja para apreciar sus esfuerzos.

Felisa apenas prestó atención a las indicaciones del portero por la impresión. Al acceder al recinto, encontró a su izquierda los grandes terrenos de trabajo. Había jardines de flores, naranjos y limoneros, así como estanques, albercas, norias y molinos a lo lejos, y también estaban las edificaciones de ladrillo que servían como almacenes y talleres. Felisa tuvo la sensación de haber entrado en una ciudad independiente. Se dirigió hacia el norte, como le habían señalado, sorteando almacenes, secaderos y distintas estancias de piedra, cada cual más espaciosa que la anterior. Las chimeneas en forma de botella hicieron detenerse a la muchacha, que nunca había visto nada parecido, y se quedó observando el humo que ascendía en regueros. Parecían gigantes inmóviles esperando a digerir las piezas que se les entregaba como si fueran ofrendas. Un montón de hombres y mujeres vestidos de faena, algunos cubiertos de polvo blanco, estaban ordenadamente distribuidos alrededor de los hornos; unos vigilaban lo que estaba dentro, otros preparaban las tandas siguientes y los más alejados comparaban el resultado final.

Felisa se quedó de piedra al reparar en que un caballero bien vestido, que supuso que sería el supervisor, tomaba una pieza de otras muchas idénticas —un plato de té— y se la llevaba decidido a la boca para lamerla. Felisa preguntó con una seña a una mujer que estaba barriendo cerca, quien le explicó que era un gesto que se hacía continuamente para comprobar la porosidad del bizcocho, que era como se llamaba al resultado de hornear la loza por primera vez antes de pintarla o esmaltarla. Cuando el supervisor, impávido, estampó el plato de té contra el suelo, y luego hizo lo mismo con todos los demás, Felisa dio un respingo. La barrendera estalló en carcajadas por su reacción.

—Aquí se descartan muchas piezas, muchacha. En cada horneado. Y no son pocos los que se hacen cada día. ¡Lo sabremos nosotras, que nos encargamos de recoger los añicos!

—¿Por qué? —preguntó Felisa, todavía atónita.

—Porque el resultado debe ser perfecto. Si don Jerónimo detecta que el bizcocho no es apto para pasar al pintado, les ahorra tiempo a los siguientes. Mejor descartar las piezas que no valen al principio que al final, ¿no cree usted?

Felisa sacudió la cabeza, conmocionada. Algo muy grave tenía que suceder en el taller Montalván para que decidiesen destruir algo; la filosofía era que a cualquier objeto se le podía dar otro uso. Continuó su camino hacia las oficinas, que estaban al final de las instalaciones, lo que permitió a Felisa observar varias de las etapas del proceso de creación de las vajillas, sumergida en el olor de la caliza húmeda y escandalizada por el estruendo de las piezas que se destruían en todas las etapas, tal como le había dicho la barrendera.

Pickman y Compañía era como estar en una versión gigante del taller Montalván. En un hangar se encontraban los mezcladores, quienes elaboraban la barbotina, el preparado arcilloso que terminaría convirtiéndose en loza, y que podía presentarse en forma líquida, destinado a piezas huecas, o sólida, para los objetos planos. En otro depósito se ubicaban los matriceros, encargados de diseñar los moldes en los que se vertería la mezcla para darle la forma deseada antes de que se endureciera. Luego Felisa vio que un grupo de mujeres se dedicaba únicamente a los mangos y las asas de tazas, soperas y salseras; había cientos en fila sobre mesas y estantes, colocados con cuidado por las operarias para no dejar rastro de uñas o huellas. Felisa quedó perpleja ante el elegante y sutil giro de muñeca de los batidores, los encargados de barnizar las piezas de bizcocho una vez pintadas. También le llamó la atención el trabajo de las clasificadoras, señoras que con paciencia y buen pulso desprendían con una escofina los restos que pudiesen haber quedado adheridos en el producto final. Cada trabajador no se ocupaba de una pieza, sino que se consagraba a una fase de muchas, centenares. Miles. Aquel lugar no tenía nada que ver con el taller, en eso Justa y Sagrario estaban en lo cierto. Felisa vio a numerosas personas en fila, como las asas de las tazas, trabajando en la misma tarea. Eso le pareció admirable y le provocó una punzada de inquietud. Felisa era copista, pero hasta ella reconocía que se aburría cuando llevaba varios días realizando la misma tarea en piezas iguales. Luego divisó la sala de decoración. No pudo evitar acercarse. Vio a varios caballeros de aspecto extranjero trabajando sobre mesas de boceto, dibujando o preparando las placas de estampación de cobre que se convertirían en las calcas que decoraban las vajillas. La loza pintada a mano era cada vez menos común; la mayoría de las vajillas llevaban ilustraciones que imitaban las serigrafías, compuestas por diminutos puntos y rayas, y predominaban los colores azules, verdes, rosados, entre ellos uno que tenía el sello propio de La Cartuja: el 202 Rosa. Felisa observó hipnotizada cómo tres hombres comentaban una calcomanía al trasluz. Uno de ellos se dio cuenta de la presencia de la joven, se separó del resto y, sin decir palabra, le cerró la puerta en las narices.

La hicieron esperar bastante en una sala junto a otros hombres y mujeres que seguramente estaban allí por la misma razón que ella. Se entretuvo estudiando las numerosas piezas de loza que había en las estanterías. Eran magníficas. En cambio, las lámparas de velas y los cuadros de paisajes campestres no llamaron su atención. De hecho, los sosegados parajes campestres le provocaron un rechazo instantáneo. Su vida habían sido diecisiete años de quietud, silencio y tedio, tanto físicos como espirituales. Estaba harta de la monotonía. Siempre las mismas caras, las mismas tareas. Precisamente estaba allí porque su corazón suplicaba a gritos un cambio. Radical, a ser posible.

Al fin la mandaron llamar. Un hombre de aspecto sereno, aunque de maneras un tanto cuestionables, don Julio Ariza, capataz de los estampadores, le preguntó por su experiencia y habilidades de forma superficial. Le ofreció trabajo en su sección porque consideró que el supuesto talento de Felisa sería útil para las tazas, el objeto que requería más pericia para cubrir con las calcas. La joven hubiese preferido los platos, que tenían más superficie para pintar y que, por eso mismo, siempre se lo tenían prohibido en el taller Montalván. El salario era bueno, veintiocho reales a la semana, e incluía comida y alojamiento compartido dentro de las instalaciones de La Cartuja. A cambio, debían producir al día de treinta a noventa piezas por sección. No podía quejarse.

Le gustó mucho el lugar donde la ubicaron: tenía su propio espacio, muy limpio y bien iluminado. Estaba entre dos mujeres, Isidora Olmo, ya veterana y de aspecto amable, y Rocío Higuera, solo unos años mayor que Felisa, de conversación vivaracha, aunque su mirada tenía un destello inequívoco de amargura. Le dieron una cálida bienvenida; sin embargo, sus rostros delataban el cansancio acumulado. Con el paso de los días, acabaron confesándole que el trabajo era precioso, pero destrozaba las muñecas y las cervicales, como la propia Felisa no tardó en comprobar. Cada vez que alguna se quejaba, Rocío hacía la misma broma: «¡Peor estarán en la mina, señoras!», y las diez mujeres que compartían aquella sección reían cómplices. Aunque a Felisa siempre le invadía la desazón. Seguía pensando que había hecho bien en solicitar empleo en Pickman y Compañía; por su talento como copista estaba convencida de que aquel oficio casaba más con ella que el de artista de taller. Eso la consolaba y la deprimía. Una parte de ella se preguntaba por qué las cosas habían terminado así.

Al principio, ni Felisa ni Conrado repararon el uno en el otro. Se cruzaron en un par de ocasiones y se comportaron como desconocidos. De hecho, él no la recordaba. Formaba parte de la dirección de la compañía, y ella no era más que una simple operaria entre tantas. Más adelante, a Conrado le bastó ver sonrojarse a la joven para que le sonara su cara bonita. Cuando un día la pilló cantando, regresó a su memoria el encuentro que tuvieron en el taller Montalván. Ella en cambio no había borrado de su mente el guiño que le dedicó antes de marcharse. Tampoco había olvidado ni una sola de las palabras que le dijo, ni lo que le hicieron sentir. Ningún hombre la había elogiado hasta entonces, mucho menos uno tan apuesto y elegante como don Conrado. Felisa rehuía sus atenciones como podía, pero con el paso del tiempo comenzó a desearlas y a atesorar cada una de ellas.

Isidora y Rocío, que presenciaron escandalizadas más de un gesto de coqueteo del joven, advirtieron a Felisa que don Conrado no era el caballero que aparentaba.

—Mejor ni te acerques a ese demonio, muchacha, que nada bueno se hornea en esa cabeza.

—Hazle caso a la Rocío, niña. Ella tiene más de una pobre amiga en los labraos con la que ese indeseable ha jugado vilmente. Y qué disgusto se han llevado.

Felisa asentía, aunque no las escuchaba, solo quería apaciguarlas. Su razón quizá registraba algo de aquellos comentarios, pero el corazón iba ya por libre. El trabajo mecánico de la fábrica resultaba poco satisfactorio, así que había encontrado en los cumplidos de Conrado la única ilusión que la ayudaba a soportar los rigores del día a día.

Dos meses después de su llegada a Pickman y Compañía, Felisa se había enamorado ciegamente de Conrado. Cada jornada, ella le veía flirtear con otras mujeres, operarias de la fábrica o cualquier otra empleada; a todas las agasajaba con halagos u obsequios, y con algunas conseguía desfogarse. Las malas lenguas aseguraban que incluso frecuentaba a muchachas de vida alegre en esos tugurios a los que solía ir a beber o a dilapidar su fortuna. Felisa no se creía las habladurías, ella estaba segura de que conocía sus defectos, y también sus virtudes. Además, Conrado disponía de suficientes amantes como para no tener que pagar a nadie. Tampoco lo creía capaz de gastar dinero por simple derroche. Le encantaba beber y apostar, pero era listo como el hambre. Felisa lo admiraba. De la misma manera que observaba su dudoso comportamiento con las mujeres, también lo veía desvivirse por La Cartuja. Siempre conseguía el mejor precio y las mejores condiciones, y luciendo una amplia e irritante sonrisa, por mucho que desesperase a sus interlocutores.

Felisa no se imaginaba que Conrado también la observaba a menudo. No con la misma devoción que ella a él, pero sí fascinado por su serena belleza y la bondad que transmitía. A primera vista, Conrado gustaba a todas las mujeres; sin embargo, solo conseguía seducir a un tipo muy específico: aquellas que eran atrevidas, despreocupadas y apasionadas; en ningún caso, buenas mujeres, en opinión del propio Conrado. Felisa representaba aquello que no podía tener. Pensaba en ello mientras la observaba desde la ventana de su despacho, tratando de comprender por qué le despertaba tanto interés, mientras Max Roberts y Brígida Urquijo le reprochaban la poca inversión que se destinaba últimamente a su escuela.

—¿Me está escuchando, Conrado? —preguntó molesto Max.

—Por supuesto que sí.

—Por supuesto que no —replicó Brígida desde su asiento, en su habitual pose altiva.

Conrado fulminó a la mujer con una mirada cargada de soberbia.

—No entiendo por qué Charles le sigue soportando —arremetió de nuevo Max—. Para empezar, un joven de veinticinco años no tiene la experiencia necesaria para gestionar con propiedad las cuentas de una empresa de esta envergadura.

—Si lo que quiere es dinero, mister Roberts, con mucho gusto le extenderé un cheque en blanco solo para perder de vista de una vez la «dulce» expresión de su señora.

Max Roberts no fue capaz de replicar al instante, ni siquiera mientras Conrado preparaba el documento, por la terrible ofensa que había recibido Brígida. Se pasó una mano por el escaso cabello rizado que le quedaba y retiró el cheque apretando los dientes.

—Lamento informarle de que va a tener que soportarla toda la mañana, señor, si es que se le puede llamar así. Brígida, querida, te dejo con este truhan solo porque debo volver a la escuela.

Ella asintió. Tenía otros asuntos que discutir con el responsable de las cuentas de la compañía que no tenían que ver con su financiación del centro de enseñanza. Cuando Max se marchó del despacho dando un sonoro portazo, Conrado ladeó la cabeza con gesto desafiante. La señora se levantó y anduvo hacia él unos pasos, con una expresión agresiva que parecía augurar el comienzo de una discusión. En cambio, Brígida tomó el rostro del caballero y lo besó con ímpetu, saboreando cada rincón de su boca. Conrado se apartó al notar que le había mordido la lengua y se puso en pie.

—Que sea la última vez que me hablas así delante de mi marido —susurró Brígida.

—Si vas a reaccionar de esta manera, debería hacerlo cada día.

Conrado sonrió con malicia y Brígida lo atrajo hacia sí y volvió a besarlo. Deslizó las manos por debajo de la chaqueta, le clavó las uñas en la espalda. Él se lo tomó como una señal para cerrar las cortinas y echar la llave. Luego aupó a la mujer sobre su escritorio y la hizo suya con brío, como tantas otras veces.

Brígida era la amante favorita de Conrado. La única mayor que él. La señora era exigente, como en el resto de las tareas a las que se dedicaba. Sus caprichos lo tenían conquistado, también su apetito y su deseo de someterlo. A Brígida no le importaba ser una más, siempre y cuando fuese la más vigorosa y Conrado dejase a todas las demás de lado para complacerla cuando ella lo requería. Felisa era de las pocas que lo sospechaba. Le había bastado interceptar un par de miradas entre doña Brígida y Conrado, invisibles para el desentendido, muy significativas para quien deseaba implicarse.

Llegó el otoño. La joven había pasado medio año en Pickman y Compañía, consolándose con la amistad de Rocío y la presencia distante de Conrado. Escribía a Justa y a Sagrario de vez en cuando y solo esta última respondía escuetamente. Ignoraban por completo cómo era la vida de Felisa en La Cartuja. Por eso valoraba tanto los cumplidos de Conrado, sabía que él jamás la miraría del mismo modo que a ella se le iban los ojos tras él, pero sentía su interés y eso la animaba.

Conrado seguía agasajándola y observándola. Lo primero ocurría de cerca; lo segundo, de lejos. Él sospechaba de los sentimientos de Felisa, aunque no estaba convencido: una joven tan retraída y de apariencia delicada era un misterio para él. Además, debía reconocer que le impresionaba verla trabajar. Aquella muchacha era realmente perfeccionista. Le conmovía verla pintar los trazos de las tazas con el más fino y alargado de los pinceles, usando su mano izquierda como apoyo de la derecha.

Por una u otra razón, Felisa despertaba algo en Conrado, así que él seguía dándole conversación por el mero placer de verla sonrojarse. Sin embargo, el día a día había hecho que la joven se acostumbrara a tratar con él, e incluso a hablarle con naturalidad, algo que Isidora y Rocío celebraban. Conrado comprendió que, si deseaba obtener algo más de Felisa, esa estrategia no estaba funcionando.

Un día por la mañana, al ver que estaba en el taller de decoraciones, decidió acercarse a ella con la excusa de que había detectado un error en una plantilla.

—Qué haríamos en esta fábrica sin trabajadoras tan dedicadas como usted, Felisa.

Al verlo, la muchacha se recolocó el cabello y le dedicó una tímida sonrisa.

—Solo trato de prevenir problemas mayores, señor. Ya sabe que cualquier desperfecto puede hacer que se desechen cientos de piezas buenas.

Conrado se rio con sorna de su comentario y aprovechó que los tres supervisores salían juntos de la estancia para acercarse más a ella.

—Debería aceptar que, aunque ponga todo su empeño, nada puede impedir que se destruyan cientos de vajillas defectuosas.

—Eso no hace que sea menos doloroso, señor —le interrumpió ella, sorprendiéndole con su atrevimiento por primera vez—. Si puedo salvar, aunque sea una pieza, merecerá la pena.

Al darse cuenta de lo impulsiva que había sido y de la mirada atenta de Conrado, Felisa no pudo evitar sonrojarse. Agachó la mirada de una forma que despertó los instintos más primarios de él, esos que ninguna de sus amantes conseguía ya avivar. Conrado alzó la vista un instante para asegurarse de que nadie los veía y la arrinconó en la sala desierta. La joven no tuvo mucho margen de reacción; apenas le dio tiempo a abrir la boca sorprendida cuando notó que él se inclinaba hacia delante. Su primer impulso fue resistirse, pegar la cabeza a la pared, bajar la barbilla, desviarla. Sintió la respiración de Conrado a apenas un centímetro de su boca. Sus labios, en cambio, no llegaron a tocarse. Él se contuvo en el último momento. Confusa, Felisa levantó el rostro y observó de cerca la oscuridad de sus ojos. Conrado hizo lo mismo. Se apartó levemente para descubrir si la había ofendido y le agradó que la chica permaneciese expectante.

—No me equivoqué con usted la primera vez que la vi. Es una sirena.

Dicho esto, Conrado la liberó del embrujo de su proximidad y salió por la puerta, con una de las mayores sensaciones de frustración que había experimentado en su vida. Se consideraba el peor de los pecadores; un agravio más o un agravio menos, qué importaba. Aquel anhelo era demasiado hasta para él. La pureza lo había ahuyentado, instándole a buscar otros lugares más sórdidos y apropiados en los que desahogar su ardor. Y Felisa lo vio marchar, igual de impotente. Se limitó a llevarse la mano al pecho, el corazón a punto de reventar. Ya entonces se dio cuenta. A ella no le hubiese importado arder en el infierno si lo hacía junto a ese hombre.

4

Trinidad rumiaba, a pesar de que se había decantado por un exquisito plato de huevos a la flamenca, y que esa mezcla melosa, combinada con el jamón, era un deleite para cualquiera. En su ciudad era habitual desayunar huevos revueltos, pero lo de los sevillanos era tema aparte. A Trinidad le daba rabia haberse topado con ese manjar en esas circunstancias; con las vueltas que le estaba dando a todo se sabía incapaz de disfrutarlo como se merecía. El sabor amargo de la inquietud se colaba entre sus dientes. Se había pasado la vida atrapada en sus cavilaciones y aventuraba que aquella tarde no sería distinta. Después de que la marquesa de Pickman la hubiera emplazado a regresar la mañana siguiente, la joven, aunque había salido decidida a explorar la ciudad, optó por no alejarse demasiado de los terrenos del monasterio de Santa María de las Cuevas y se quedó en la zona oeste de Sevilla, al otro lado del Guadalquivir. Desde esa ribera la ciudad resultaba imponente.

Trinidad había llegado esa mañana a la fábrica de La Cartuja en coche de caballos y pagó una buena suma al cochero para disponer de sus servicios toda la jornada. Baldomero García Galván, su guía por un día, había cumplido su palabra y la estuvo esperando a la salida que daba al río junto con su yegua Rubia. Cuando lo conoció, en el centro de Sevilla, el buen hombre le contó que le había puesto ese nombre por su color inusual, dorado como el trigo, y que además era una bendita que la llevaría a donde ella quisiera. Cuando Baldomero la vio reaparecer por la puerta de la fábrica, primero se sorprendió, y luego sacudió la cabeza mientras la ayudaba a subir al carruaje y soltaba un «Se lo dije» un poco fuera de lugar para el gusto de Trinidad.

El cochero no hizo preguntas, porque había comprendido que Trinidad era muchacha de posibles, pero la familia Pickman tenía fama de vivir ajena a todo lo que no tuviera que ver con sus propios asuntos, y él se sentía en la obligación de advertírselo. El cochero la puso al corriente del malestar que había entre los sevillanos por la gestión de la fábrica, y la pena que les daba que cerrara. Baldomero no hacía preguntas, pero sí hablaba bastante.

—¡Ni se imagina la decepción, ni se la imagina! —repitió varias veces con mucho dramatismo.

A Trinidad le quedó claro que nadie en Sevilla creía que La Cartuja volviese a encender sus hornos. Sus únicas fuentes eran el sentido testimonio del cochero y la discusión de la familia Pickman que había oído sin querer. No se le ocurrían fuentes mejores. Sin embargo, ella dirigió una mirada esperanzada a su maleta. La esperanza no tenía por qué ocupar mucho espacio. Como cualquier fuego, solo necesitaba una chispa para prenderse.

La chica no articuló palabra hasta que le dijo al cochero que volvería a La Cartuja al día siguiente. Baldomero disimuló como pudo el disgusto y acto seguido se ofreció a llevarla él mismo. Como la veía muy callada y algo alicaída, le propuso parar a comer pasada la zona de los tejares. Conocía una hospedería donde servían la mejor pitanza de Sevilla, capaz de levantar a un muerto y alegrar cualquier cara larga.

—Incluso la suya —se atrevió a rematar el hombre, que estaba embalado—. Además, después podría dar un paseo por Triana.

La chica parpadeó, llevaba tiempo ausente, pero lo que había oído la hizo inclinarse hacia el cochero.

—«Triana». Se refiere al barrio de Sevilla, ¿verdad?

—¡Y el lugar más bello de la Tierra, señorita! Ahora estamos recorriendo sus calles.

—¿Y usted cree que podré alojarme en la hospedería a la que vamos?

—Por supuesto que sí, así estará usted en el corazón de Triana.

Baldomero le contó que había nacido allí. Y también sus hermanos, su padre, su abuelo y el resto de sus ancestros. De hecho, arrastraban el apodo familiar, «los Arrieros», desde la época de la Reconquista, porque siempre se habían dedicado a transportar mercancías o personas con equinos. Cuando pasaron por delante de la casa de su familia, Baldomero se la enseñó orgulloso. Y con el mismo entusiasmo el cochero le habló de sus amigos y vecinos sin escatimar en anécdotas, entre la indignación y el respeto, como si en lugar de pasar delante de sus domicilios estuviesen recibiéndolos todos ellos en fila. A Trinidad le enterneció la galería de personajes curiosos y redobló sus ganas de pasear por el barrio que los albergaba. También porque recordaba a su madre hablando de Triana con el mismo ardor que Baldomero.

Aunque habían pasado por allí de camino a la fábrica, ahora que estaba más atenta le resultó muy diferente. La disposición de las calles le pareció de cuento de hadas, como la decoración de los edificios. Estaba fascinada por el blanco refulgente de las fachadas, el color de los geranios, los naranjos por doquier, el vocerío de los vendedores ambulantes, el cielo azul intenso. Y la luz. Sevilla era tal y como la había imaginado. En enero de 1902, pese al frío, aquella ciudad llena de luminosidad y de color no parecía conocer otra estación que no fuese la primavera. Trinidad tuvo que cerrarse el abrigo, porque, incluso a esas horas del mediodía, en las calles a la sombra el aire arañaba la piel. Baldomero le aseguró que aquello no era nada; por la noche, el fresco de Sevilla se volvía penetrante, lo mismo que a las tres de la tarde, al sol, uno podía sudar tanto como para desbordar el Guadalquivir. La joven se convenció de que le había tocado el cochero más exagerado de Andalucía.

Trinidad agradeció que la hospedería a la que fueron tuviera varias chimeneas encendidas. Nada más entrar, Baldomero hizo las presentaciones. En cuanto doña Dolores Naranjo, Lola «la Alegrías», oyó que la muchacha deseaba alojarse y probar su cocina, se apresuró a abandonar la recepción para darle dos besos. Luego le tomó el rostro entre sus manos y se mostró preocupadísima por la palidez nívea que lucía. Aquella bienvenida cariñosa y entrometida hizo sentir a Trinidad como si hubiera llegado a casa de un familiar al que llevaba tiempo sin ver. La joven, sin ánimo de ofender, pero visiblemente incómoda, dio un paso atrás. Era incapaz de disimular que prefería mantener las distancias, por lo que la dueña del hostal se afanó en asignarle una habitación.

Mientras se dirigían a las escaleras, el cochero anunció que él también se quedaría a almorzar y Lola aprovechó para recitarle a Trinidad todos los platos del menú. La chica le preguntó por los que no conocía, más por hambre que por interés. En realidad, le apetecía poco comer en medio de la algarabía que había oído en la cantina al llegar. Estaba segura de que el vocerío llegaría hasta el último rincón del edificio, y se sorprendió cuando en la primera planta el jaleo se convirtió en un murmullo lejano. Y aún le abrumó más descubrir un precioso patio interior cuando salieron a la galería del tercer piso. Trinidad se asomó por la barandilla para deleitarse en los detalles. Aquella modesta hospedería de un puñado de habitaciones ocultaba un pequeño edén. Los jazmines y las damas de noche trepaban hacia el cielo por columnas cubiertas de azulejos de bellos colores, en los alféizares de las ventanas había macetas de flores y de una fuente en el centro del patio salía el rítmico sonido del agua que reverberaba por todos los rincones. Lola, que ya había abierto la puerta de la habitación, se dio la vuelta para llamar a la muchacha, pero al verla atrapada por la belleza de su cachito de Sevilla le permitió disfrutar unos instantes más.

Una vez sola e instalada en su habitación, Trinidad dejó la maleta en el suelo con cuidado y colgó el abrigo en el armario, que era tan modesto como el resto del mobiliario. El único objeto no meramente funcional era una diminuta pila de agua bendita junto a la puerta, para diez gotas como mucho. La habitación tenía una cama, un perchero, una escupidera y una mesita de noche. La joven miró con atención esta última. Luego fue a buscar la maleta y la colocó sobre la cama decidida a abrirla. No tenía intención de deshacer el equipaje; su estancia sería fugaz, como tenía previsto. Sin embargo, sus nervios agradecerían poner a buen recaudo el contenido más valioso de sus pertenencias. El chasquido del cierre de la maleta al abrirse sonó como un suspiro de alivio. Comprobó que el paquete bien envuelto no se había movido lo más mínimo. No obstante, antes de guardarlo en el cajón de la mesita de noche, la joven ajustó el paño que protegía el bulto plano y redondeado y procedió a meterlo con sumo cuidado. El cajón parecía hecho a medida. Tras comprobar tres veces que estaba más que a salvo, Trinidad salió de la estancia y fue en busca del comedor.

Nada más entrar en la cantina, sintió la misma calidez que la envolvió al llegar a la hospedería. El ambiente era el opuesto al que reinaba en el tranquilo patio interior. Ambos espacios estaban adornados con los mismos azulejos de cuerda seca, pero, en lugar de plantas, las paredes de la cantina estaban abigarradamente decoradas con objetos sin ninguna relación entre ellos: aperos de campo, platos, macetas y botijos de cerámica trianera, carteles de corridas de toros y cuadros de paisajes campestres. Y, en medio de la pared central, presidía la sala la cabeza disecada de un morlaco de grandes pestañas que, según rezaba en la placa, se llamaba Dudosito. Trinidad se pegó un susto importante al verlo. Una ventanita dejaba entrar la brisa de la calle para aplacar la asfixiante mezcla de olor a humanidad, comida y humo de la chimenea.

El comedor tenía siete mesas, pero a su alrededor se sentaba una cantidad de gente como para llenar quince. Estaban felizmente apretados, continuamente estallaban en sonoras risotadas mientras hablaban de familia, trabajo, salud y viejas y nuevas costumbres, y se lanzaban sin pudor a arreglar el mundo. El salón parecía el ejemplo vivo de la superpoblación que Sevilla estaba experimentando con la llegada del siglo xx, lejos de los golpes que había sufrido a comienzos del siglo XIX con la epidemia de fiebre amarilla o la invasión napoleónica. La Revolución industrial y la promesa de prosperidad que esta traía consigo atrajeron a gran parte de la población de los pueblos colindantes. Las fábricas funcionaban al margen de las inclemencias del tiempo o de la ingratitud de los cultivos.

Baldomero bebía vino dulce acompañado de amigos y vecinos con aspecto de agricultores. Por el guiño que le hizo mientras señalaba con la cabeza a uno de los comensales, Trinidad reconoció al joven que Baldomero había puesto verde cuando la llevaba en el coche de caballos. El cochero la invitó a comer con ellos, pero la muchacha prefería estar a solas con sus pensamientos. Justo cuando buscaba la forma de decírselo con tacto, apareció Lola para asignarle un rinconcito individual junto al fuego. La mesita y la silla baja en la que se sentó, con bastante dificultad por culpa del vestido, estaban pintadas en un azul chillón, con detalles de flores muy coloridas y un pequeño paisaje costumbrista en el respaldo. Una vez acomodada, escudriñó curiosa esa parte de la sala, que estaba tan llena de cosas como el resto. Tenía delante una colección de chineros, la loza para mirar y no tocar que había hecho furor entre las clases populares que no se podían permitir una vajilla para eventos pero sí una para admirar y dejar en herencia. Trinidad se detuvo en unas piezas más delicadas que estaban colocadas sobre la chimenea. Al instante reconoció el sello Pickman. Una de ellas incluso estaba del revés para que se viese la procedencia. El ancla hacia abajo, en el centro de un círculo, y alrededor la leyenda: LA CARTUJA DE SEVILLA. PICKMAN, S. A. FABRICADO EN ESPAÑA. COLORES INALTERABLES.

De repente, la joven oyó a Baldomero decir su nombre. Claramente el cochero estaba presumiendo ante sus amigos de conocerla. Trinidad había llamado la atención desde que había llegado, y no solo porque nadie en la hospedería la conocía, sino también porque su ropa no era de allí. Lola los mandó callar mientras se hacía hueco entre las sillas, y luego le sirvió a Trinidad un plato que no había pedido. La Alegrías sabía cómo ganarse a sus huéspedes, sobre todo si eran nuevos, para que repitieran. Si además notaba que eran personas acaudaladas, como era el caso de Trinidad, les dedicaba alguna atención extra. Antes de que la joven pudiera rechazar los huevos a la flamenca y pedir la sencilla sopa que en verdad le apetecía, Lola le soltó un discurso sobre la importancia de alimentarse bien que remató con una oferta para que se quedara toda la semana a su cuidado. Trinidad le dio las gracias y le informó de que solo se hospedaría allí esa noche; tenía prevista una estancia fugaz en Sevilla.

—Eso dicen todos, muchacha, ¡y luego se quedan para siempre! —dijo Lola, y a continuación prorrumpió en una estridente carcajada.

Trinidad la miró perpleja, tanto por su atrevimiento como por aquella risotada que parecía emerger de los pies de la buena mujer y que sacudió sus generosas carnes de arriba abajo. Ahora ya sabía por qué la llamaban la Alegrías. Lola le explicó que cuando hubiera probado la comida sevillana lo entendería. Después de catar los huevos a la flamenca, la joven estaba dispuesta a darle la razón.

Cuando Lola se alejó de su mesa, una extraña sensación de inquietud asaltó a Trinidad. Contempló una vez más los magníficos platos de Pickman que descansaban sobre la chimenea. Había siete en total, entre ellos el que estaba girado, cada cual más hermoso que el anterior, aunque le llamaron la atención dos en concreto: uno tenía el borde cubierto de hojas de yedra verde; el otro estaba ilustrado con una fuente en mitad de un jardín y dos cisnes batiendo las alas, en blanco y negro. Trinidad sintió el típico impulso que la empujaba a tomar su cuaderno de dibujo, pero estaba bloqueada. No había tocado un lápiz desde la primera semana de viaje. Estaba demasiado atribulada y así la inspiración no tenía cabida. Para distraerse, prestó atención a la conversación de la mesa que tenía a su espalda. Era un grupo de unas diez personas, y lo que decían las más cercanas, un hombre y dos mujeres, le interesó al instante. Estaban hablando de la fábrica de La Cartuja y, al parecer, debían de haber trabajado allí. Sí, así era. Ellos y sus familiares. Llevaban un par de meses labrando en las huertas y les estaba resultando un infierno.

—La faena en La Cartuja no tenía nada que ver —se lamentó la señora de mayor edad—. Me lloran las manos de frustración, y no es solo por las ampollas del arado. ¡Y yo que me quejaba de la textura rasposa del bizcocho!

—Cuánto lo echo de menos —dijo la otra mujer.

—Me alegra que mi padre no haya vivido para verlo

—suspiró el hombre—. Yo me dediqué toda la vida a desmoldar, pero él pasó por cada fase de la loza. Siempre se entusiasmaba cuando metían las piezas en los hornos y veía salir el humo. «Ya se está obrando la magia», decía. Se le habría roto el corazón.

Trinidad cerró los párpados. Empatizaba con el pesar de aquel hombre. Tras titubear unos instantes, finalmente se animó a entablar conversación:

—Disculpen, no he podido evitar escuchar sus palabras.

La joven fingió que su curiosidad por la fábrica era espontánea, porque no quería contar la razón por la que se encontraba en Sevilla. De hecho, también omitió que había estado esa misma mañana en La Cartuja para hablar con los Pickman. No estaba segura de si aquellas personas guardaban rencor a la familia propietaria, pero rápidamente llegó a la conclusión de que no; era más bien al contrario. Doña Rosarito, la mayor del grupo, ahogó un sollozo mientras se compadecía de los señores marqueses. Ella los había visto crecer. Recordaba en particular a doña María de las Cuevas; estaba convencida de que la decisión de cerrar la fábrica le habría dolido tanto como desahuciar a un hijo. Trinidad calculó que la señora debía de rondar los cuarenta años, ¿sería demasiado joven para ayudarla? Sin necesidad de preguntar, Rosarito le contó justo lo que quería saber:

—Empecé en la fábrica con once años aprendiendo de mi tía, en la sección de azulejos, que se situaba en la zona oeste de los terrenos, separada de la producción de la loza. ¡Y lo que me gustaba corretear por allí! Ya siendo un polluelo, me escapaba a mirar de lejos el taller de pintura de las vajillas. Me quedaba embobada con aquellos artistas.

—Nos pasaba a todos, Rosarito —recordó Paula, la más joven de los interlocutores de Trinidad, que, como sus compañeros, tenía la mirada perdida en un pasado que no regresaría.

Don Marcial, por su parte, le contó que les quedaba el consuelo de la calle Alfarería. Aquel nombre llamó la atención de Trinidad. Al ver la cara de interés de la joven, el antiguo obrero le explicó que allí vivían casi todos los artesanos de la cerámica de Sevilla. Muchos de ellos habían trabajado durante largo tiempo en La Cartuja y habían regresado a los talleres de Triana tras el cierre temporal de la fábrica el pasado octubre. El nuevo siglo había traído penurias a la loza sevillana, pero si había un lugar en el mundo en donde se negaban a que muriera aquella tradición, ese era la calle Alfarería, que precisamente estaba allí al lado, bastaba con doblar la esquina. Trinidad se dijo que sí o sí debía visitarla.

Regresó Lola con una cesta de mimbre colgada del brazo. Riñó a los tres clientes habituales por abrumar a su nueva huésped con la triste historia de la industria sevillana; sobre todo a Rosarito, con la que saltaba a la vista que tenía bastante confianza. La Alegrías se arrepintió enseguida de haber regañado a su amiga y le anunció que le prepararía una buena infusión de regaliz y yerbaluisa de las que quitaban las penas. Luego se volvió hacia Trinidad y le ofreció un poco de pan recién horneado.

—Pruébelo, niña, que usted también pide a gritos que le levanten la moral. Además, comerse unos huevos sin pan es como dormir sin almohada.

Molesta por la intromisión, la joven puso los ojos en blanco e introdujo la mano en la cesta a regañadientes. Sacó un molletito de hogaza y lo estrujó sin querer porque no esperaba que fuera tan esponjoso. Cuando lo tuvo a la altura del rostro, un aroma inconfundible golpeó sus sentidos. En su memoria, aquel olor estaba acompañado de una melodía.

Se vio en la cocina de su casa, cuando apenas tenía seis años. Sus pequeñas manos cubiertas de harina amasaban al son de aquella canción. Su canción. Vio los delicados dedos que tan bien recordaba que le tomaban las muñecas con mimo. Aquellas hermosas manos jugaban con las suyas, dibujaban espirales como si bailaran por bulerías. Reía y se dejaba llevar, aunque también se quejaba y se enfadaba porque no podía cocinar, cantar y bailar a la vez. ¡Todo a la vez, no! Entonces su madre la estrujaba en un abrazo que levantaba una polvareda de harina que las dejaba perdidas. Después la cubría de besos y cosquillas. «Mami, estás loca», le susurraba siempre Trinidad con una sonrisa. Y ella respondía siempre lo mismo: «Así que te pones de parte de tu padre, ¿eh? No se puede amasar pan de romero sin acompañarlo de unas coplas, listilla. ¡Todo el mundo lo sabe!».

Recordaba el suave tarareo de su madre cerca del oído, mientras la tenía abrazada, mejilla contra mejilla. Cómo canturreaba mientras machacaba el romero, el tomillo, la albahaca, el clavo y el azahar en el mortero de cerámica. También mientras esperaba pacientemente ante el horno a que la levadura hiciera sus milagros. Y cuando colocaba sobre la mesa la hermosa bandeja de loza elegida con tino para hacer justicia a todo aquel esfuerzo. Nada le gustaba más a Trinidad que pegarse a la espalda de su madre y rodearla con sus brazos en aquellos instantes. Momentos en los que su alma se llenaba de vida y, más resplandeciente que el fuego, salía por cada poro de su piel, cuando estaba envuelta del olor a romero y azahar y del amor más puro. En su fuero interno, ella siempre había sentido que esa mujer era su madre.

La Trinidad de dieciocho años estaba petrificada. El torrente de sensaciones indescriptibles desencadenadas por el panecillo de Lola le había cerrado la garganta en un nudo. Se limitó a asentir con gratitud. La dueña del establecimiento interpretó su silencio como una señal de que la había impresionado con sus manjares y atenciones.

—¡¿Ve lo que le decía?! No sé de dónde será usted, muchacha, pero apuesto a que allí no tienen un pan como este.

Trinidad lo mordió. Al reconocer el sabor del romero, volvió a asentir mecánicamente en silencio. «No, como este no», pensó. Lola se retiró para dejar que la joven terminase de comer. Los comensales de la mesa de al lado también volvieron a sus platos. La interrupción había zanjado la conversación. No obstante, a ninguno de los tres antiguos trabajadores de La Cartuja le pasó desapercibida la expresión abatida de la chica mientras se atusaba el cabello, ensimismada. Y los tres se preguntaron qué hacía ella allí. Rosarito miró a la muchacha con el rabillo del ojo insistentemente: el rostro de aquella moza le resultaba familiar.

5

Abril de 1871

Macarena sonreía. Se habría puesto a cantar y a dar palmas
de pura alegría. Sin embargo, era consciente de que no eran
ni el lugar ni el momento: Juan Luis Castro la habría echado de aquel esplendoroso carruaje. Aunque no parecía un
caballero capaz de tratar de forma hostil a una muchacha de
su edad, su porte delataba que era enemigo de lo vulgar.
Macarena no se lo imaginaba tocando el cajón o dando palmas en un tablao. Bajó una vez más la vista a su vestido de
tafetán nuevo. El tejido de color burdeos tenía un efecto
tornasolado, el delicado encaje de las mangas y los remaches perlados eran los más bonitos que había visto nunca, y
además estaba segura de que el sonido que hacía su falda
confería gran categoría al conjunto. Volvió a sonreír.
¿Quién lo habría podido predecir la semana pasada cuando
abandonaba a la fuerza la mansión de los marqueses de
Corbones vestida de criada y con el cabello revuelto? Aho-

ra parecía una joven distinguida. Incapaz de contenerse más, tomó la mano de su acompañante en señal de agradecimiento. El supervisor artístico de La Cartuja de Sevilla todavía no estaba habituado a su impulsividad y se sobresaltó por el gesto, pero al momento se tranquilizó al ver la expresión radiante de Macarena.

—Mil gracias por vestirme de esta guisa, don Juanlu. Dios se lo pague con salud y muchos hijos.

—Espero que Dios solo la escuche para lo primero —dijo él, restándole importancia y librándose de su gesto con delicadeza—. También me conformaría con que se esté quieta, Macarena, parece un animalillo.

La joven ya no le prestaba atención. Si el techito de lona y los flecos del coche lo hubieran permitido, se habría puesto en pie, ajena al traqueteo del trote del caballo.

—¡Tendría que haber visto cómo me miraban mientras esperaba su coche! —exclamó Macarena—. La Maestranza estaba de lo más concurrida y llenita de gente de nivel.

—Le dije que la recogería allí porque me venía de paso desde La Cartuja; no esperaba que fuera tan presumida. ¡A saber desde cuándo llevaba esperando!

—Como dos horas. Para una vez que me arreglo así, me vinieron ganas de lucirme, señor.

—Mire que le rogué discreción, Macarena.

—¡Ay, tendría que haberme visto! ¡En serio! Un mozo bien apuesto y elegante, con planta de torero, sí, debía de ser torero, ¡fíjese lo que le digo!, porque era esbelto y tenía unos ojazos increíbles, pues resulta que me cubrió para que no me manchara de barro cuando pasó otro carruaje. Yo me había acercado casi a la carrera al bordillo porque creía que era el suyo, don Juanlu. El muchacho quedó perdidito, pobre.

—Si usted no abrió la boca, seguro que le mereció la pena.

—Don Juanlu —dijo ladeando la cabeza, divertida—, qué cosas tiene usted, si yo no callo ni bajo tierra.

—En ese caso, seguro que su salvador maldijo su mala pata y se arrepiente del baño de barro que se dio para salvar a una joven bonita.

—Quién hubiese dicho que es usted lisonjero. Aunque parece un caballero de fiar, todavía no me explico cómo consiguió convencer a mis tías para que me permitieran acompañarle.

El caballero la miró a los ojos y sonrió sagaz.

—Hasta los planes más rocambolescos pueden pasar por grandes ideas con las palabras adecuadas.

Cuando Macarena vio aparecer al señor Castro en el taller Montalván ocho días atrás, jamás hubiera imaginado lo que iba a proponerle. Era un caballero de ascendencia prusiana que vestía como un duque gracias a su buen gusto y sobriedad. Los ricos no solían llevar reloj, y si lo hacían era porque debían de ser más trabajadores que señoritos. Por el taller pasaban muchos hombres de su estrato social para encargar piezas exclusivas. Sin embargo, su mirada celeste traslucía una inteligencia despierta y una amabilidad palpable que lo hacían diferente. El caballero se había quedado mirando a Macarena mientras trabajaba como quien contempla a una abeja creando su panal de la nada, fascinado por la perfección fruto de una cualidad innata.

Juan Luis admiraba profundamente a los alfareros, pese a que él nunca había sido capaz de moldear ni una sola pieza de barro. Su pasión lo empujó a convertirse en la persona que más sabía de cerámica, loza, porcelana y alfarería en Sevilla. No obstante, nunca olvidó su vocación artística frustrada. Sus intentos fallidos eran precisamente los que le permitían valorar el talento ajeno y le hacían quedarse embobado cuando observaba a un artesano trabajar con desenvoltura. Hallar esas capacidades en otros nutría sus ilusiones. Y la pericia de Macarena lo embrujó. Le había impresionado que la joven se atreviera a reprender a la señorita Genoveva Ledezma en público, y su impetuoso discurso en defensa del trabajo que implicaba fabricar una vajilla como las de La Cartuja. Fue a buscarla por curiosidad, decidido a ayudarla si podía por lo mucho que le habían conmovido sus palabras. No sospechaba que aquella muchacha era un diamante en bruto.

Nada más verla pintar dos trazos, Juan Luis supo que tenía que llevársela a la fábrica como fuera. La tarea no fue fácil. Si bien Macarena estaba encantada con la propuesta de formarse para trabajar en La Cartuja, sus tías Sagrario y Justa reaccionaron en sentido contrario. El caballero tuvo la sensación de que la discusión se prolongaba durante horas. Las señoras bien podrían haber agotado a otra persona menos insistente. En particular la más joven, que debía de tener la misma edad que él. En un principio le pareció que Justa era la madre de Macarena, por su belleza y su carácter belicoso tan parecido al de la muchacha. Ellas mismas se encargaron de aclararle que Macarena estaba a su cargo y que tendrían la última palabra. Tras enumerar una y otra vez los argumentos para poner en valor el talento de su ahijada, Justa se había cruzado de brazos muy lentamente, mostrando su cerrazón.

—Me niego rotundamente a que mi niña pise el suelo de su fábrica, caballero. Y punto —sentenció.

Macarena resopló ofuscada. De las dos tías, Justa era la que había mostrado la peor de las maneras; sin embargo, la postura de Sagrario no fue muy diferente:

—No pretendemos ofenderle, señor Castro, pero, en nuestra opinión, Macarena no está hecha para el trabajo de operaria.

Hastiado, Juan Luis se llevó dos dedos a la sien mientras cerraba los párpados. Macarena estuvo a punto de intervenir, preocupada por que sus tías lo ahuyentasen o le hicieran cambiar de opinión. Él alzó la mano, pidiéndole calma.

—En ningún momento he dicho que fuese a trabajar como operaria, señoras. Les he explicado que mi deseo es instruirla en nuestra escuela para desarrollar sus aptitudes.

—Para condenarla a realizar tazas y platos en serie.

—Doña Justa, a esa maravillosa tarea estamos entregados todos los que trabajamos para Pickman y Compañía.

Es cierto que en nuestras instalaciones hay cientos de personas dedicadas al trabajo mecánico, pero no será el caso de su ahijada. Cuando digo que deseo llevarla a la escuela es porque le ofrezco convertirse en diseñadora.

—¿Dice usted... para idear los dibujos que irán luego sobre las vajillas? —preguntó Sagrario, que no pudo ocultar una emoción comparable a la de Macarena, lo que preocupó a Justa.

—Mire usted, señor Castro, venir hasta aquí para ilusionar en balde a una joven me parece de muy mal gusto. No es ningún secreto que en La Cartuja todos los artistas son ingleses y que los pobres sevillanos no hacen nada más que pintar lo que esos les ordenan.

—Ya no, doña Justa. Fue así al principio, cuando la complejidad de la maquinaria y de las herramientas requería de supervisión e instrucción de maestros británicos que ya conocían su funcionamiento. Desde sus inicios, la fábrica Pickman ha invertido en formar a los mejores artistas sevillanos, algunos desde que eran casi niños, para que nuestros productos sean absolutamente autóctonos.

—Ese es el problema —arremetió Justa—. O, más bien, los problemas: que piensan que el arte de Triana no es lo suficientemente bueno y exigen que se aprenda el que a ustedes les place. Y, para mayor vergüenza, solo les interesa llevarse a niños y a jóvenes, ¡qué conveniente!

—Si quiere que la contrate a usted también, no tiene más que decirlo, doña Justa.

La mujer, desconcertada, relajó el gesto un instante,

solo por la osadía de Juan Luis; luego se le volvió a hinchar la vena de la frente. Macarena contuvo la risa y Sagrario se colocó entre su socia y el caballero para apaciguar los ánimos.

—Señor Castro, para nosotras no es un tema de chanza; hemos visto marchar a la fábrica a muchos amigos, compañeros e incluso familiares. Fue una decepción para la mayoría. Algunos regresaron en circunstancias dramáticas, con el corazón y las ilusiones rotos.

Macarena rara vez había visto a Justa tan afligida como cuando Sagrario contaba aquella triste experiencia. Dada la seriedad de aquellas palabras, a Juan Luis no le quedó más remedio que erguirse y volver a intentarlo. Si había alguien experto en no rendirse, ese era él.

—Comprendo sus inquietudes, señoras, y solo puedo darles mi palabra de que mi admiración por la joven Macarena es honesta. No les garantizo que la contraten en la fábrica como artista, pero sí que tenga una oportunidad para que desarrolle su talento y que otros lo aprecien tanto como yo. Hace tiempo que busco a artistas en Sevilla, y me ha bastado ver dos veces a Macarena, una hablando en público y otra trabajando, para convencerme de que debe de haber pocas jóvenes en la ciudad más especiales que ella. —Intercambiaron ambos una sonrisa—. Pero también es cierto que primero debo llevarla a la Escuela Roberts y Urquijo y después a la fábrica para que la valoren, porque, aunque soy el supervisor artístico, no todo depende de mí. Pueden verlo como un reto. Ayúdenme a demostrar que

Triana es la verdadera cuna de los artistas de esta ciudad. ¿Qué tienen que perder? Esta mañana he podido comprobar que su ahijada es perfectamente capaz de alzar la voz y mostrar su descontento. Lo peor que podría pasar es que volviera con ustedes, ¿no creen?

Sagrario y Justa se observaron largo rato, y luego a Macarena, que juntó las manos e hizo un puchero de súplica. Las dos mujeres volvieron a cruzar las miradas, hasta que Sagrario sonrió y asintió. Justa resopló. En su rostro se podía ver la congoja que ocultaba aquel enfado. Se acercó a Juan Luis y le señaló con el dedo.

—Más le vale cuidarla, porque, si no, tendrá que responder ante mí.

—No puedo más que admirarle, don Juanlu —le dijo Macarena mientras la ayudaba a bajar del coche de caballos. La joven se remangó la aparatosa falda, pensando en lo afortunada que se sentía por que sus caminos se hubiesen cruzado. Poca gente lo llamaba «don Juanlu», la mayoría con permiso previo, pero ella lo decidió por su cuenta y sin pensar. De la misma forma que se lanzó a sus brazos después de que consiguiera que sus tías cedieran. Se lo recordó mientras mecía la falda de su vestido con una mano. Juan Luis sonrió: pese a reñirla continuamente por sus ademanes descarados, la joven le había caído simpática desde el principio.

—Quien la admira soy yo, Macarena, por eso estamos aquí.

Era la primera vez que la muchacha visitaba la plaza de la Encarnación. La Escuela de Artes y Oficios Roberts y Urquijo, asociada a La Cartuja, se encontraba en la calle Arguijo, una vía angosta justo enfrente de la universidad. Desde allí se apreciaba el edificio, muy bonito y muy estrecho, como la propia calle. Sin embargo, no era más que un efecto visual. Al llegar al portón principal descubrió que la extensión de la sede era casi intimidante. Las numerosas ventanas y miradores estaban profusamente decoradas con azulejos de todos los colores. Cada uno de ellos era una obra de arte en miniatura que a su vez formaba parte de otra mayor. El remate eran las relucientes tejas alternas de color azul, verde, naranja y blanco. Macarena admiró boquiabierta la magnificencia de la fachada y del bello manto de buganvillas fucsias y anaranjadas que en parte la cubría. Juan Luis se rio de su reacción.

—Tanto que había protestado por venir hasta aquí y mire qué cara.

—Porque estaba deseando ver la fábrica, pero esto es…

—A La Cartuja iremos después. Los artistas y diseñadores de la Escuela Roberts y Urquijo pasan más tiempo aquí que en las instalaciones de la fábrica, por eso prefería presentarla primero en su sede. Hemos esperado hasta hoy porque nos reunimos siempre el segundo jueves de cada mes.

—Si tengo que esperar un solo día más, me da algo. Me muero de ganas de conocer a las personas que llevan esta escuela. Seguro que son increíbles.

Juan Luis se reservó su opinión. No dudaba de que Macarena tenía una luz especial, pero también sabía que no todo el mundo sería capaz de apreciarla, especialmente los que se creían más exquisitos. Por eso le había regalado un vestido con el que pudiera causar buena impresión hasta al más escéptico de los hombres. O mujeres.

Mientras un criado recibía a la joven y al supervisor artístico de La Cartuja y los conducía a la recepción principal, otra persona trataba de acceder a la biblioteca con cierto apuro debido a la hora por la puerta lateral del edificio. Lo habían entretenido una serie de imprevisibles contratiempos. Rara vez se atrevía a salir de la escuela o a moverse siquiera sin autorización. Era la primera ocasión en que se retrasaba: no podía creer su mala suerte. Cuando escuchó la voz seca y afilada a su espalda, supo que era aún más grave de lo que se temía.

—Esteban, ¿se puede saber dónde estabas?

El joven cerró los ojos y contuvo una maldición. Se volvió, resignado, para enfrentarse a la mirada acusadora de la mujer que se encontraba hojeando un tomo sobre porcelana china. Brígida Urquijo, de cincuenta y dos años recién cumplidos, tenía el mismo aspecto imponente que cuando contaba treinta. Su cabello de color trigo había dado paso al tono ceniza y algunas canas adornaban su flequillo. Evitaba cualquier expresión de crispación en sus intensos ojos verdes porque tenía fobia a las arrugas. No obstante, la señora lograba intimidar a cualquiera con su respiración aletargada. Aguardaba muy serena la respuesta del joven. Esteban no había cumplido los veinte, aunque parecía mayor, por su estatura y su gesto serio, subrayado por las gruesas cejas, plegadas como una cordillera. Aunque se irguió, agachó la vista.

—Discúlpeme, tía, he salido a dar un paseo.

—¿Tú? ¿El ser más responsable y soporífero de la Tierra escoge el día de la reunión general para deambular por la ciudad?

Esteban mantuvo los ojos fijos en el suelo.

—Mírame cuando te hablo —le ordenó Brígida con su suavidad habitual.

En cuanto Esteban la obedeció, se aproximó a él pausadamente y le cruzó la cara, pero el joven continuó inalterable.

—¿Piensas que no me he dado cuenta de que llevas un traje distinto al que tenías cuando te vi esta mañana? —le espetó sin levantar la voz—. Tu gusto es anodino, aunque no lo suficiente para engañarme. No me importa a qué dedicas tu tiempo libre. Si te reprendo es por mentirme, ¿entiendes?

—Sí, tía.

—Antes que nada soy tu señora.

—Sí, señora.

—Aunque ya llevas cuatro años bajo mi tutela, si intentas pasarte de listo conmigo una vez más, no titubearé en recomendarle a tu padre que te mande de vuelta al seminario. Y sabes bien lo que eso implica.

—Sí, señora —respondió Esteban en un susurro.

La sola mención de su progenitor le provocó un escalofrío. Don Álvaro Urquijo era el único hermano de doña Brígida, y Esteban, su único hijo. Ninguna mala palabra o gesto de Brígida podía ser peor que los de don Álvaro. Su padre siempre había sido un hombre brusco y exigente como el resto de los Urquijo; en cambio, su madre, doña Aurora, era una mujer dulce y bondadosa. Cuando ella enfermó, él sacó su cara más oscura, y sería Esteban quien más lo sufriría. Cuando este cumplió doce años, ya fallecida Aurora, Don Álvaro decidió mandarlo al Seminario Conciliar de San Francisco Javier.

De niño, Esteban jamás había pensado en ser cura. Con el tiempo lo vio como una liberación de sus tormentos familiares: su padre y su nueva esposa no tenían la menor intención de tenerlo alrededor. Luego comprendió que vivir en el seminario sería duro en otros sentidos. Como en todas partes, allí dentro había buenas y malas personas. Entre los compañeros descubrió de todo: unos pocos tenían un deseo genuino de encontrar a Dios y otros parecían abandonarlo cada día, entregados a la vanidad o a la falsedad. Esteban también había lidiado con toda clase de sacerdotes. Extrañaba mucho al padre Valentín; no solo era una excepción entre los curas, sino un ser humano excepcional. La mayoría de los presbíteros del seminario fueron demasiado severos con él. Algunos, como su padre, llegaron a agredirle, física y espiritualmente. Todos le enseñaron mucho. Para bien o para mal, azuzaron su inteligencia. También lo instruyeron en las artes plásticas, en las cuales descubrió una paz que nunca había hallado, ni en su interior ni en ninguna parte.

Llevaba más de tres años viviendo en el seminario cuando su tía Brígida fue a verlo atraída por las noticias que le habían llegado sobre su talento, mucho mayor de lo que ella se dignaba a reconocer. Esteban era lo suficientemente listo como para comprender que aquella mujer gélida le brindaba su ayuda en beneficio propio. Tras producirse algún que otro acontecimiento en el seminario, que resultó de lo más comprometido para Esteban y oportuno para Brígida, su tía no tardó en convencer a su padre para llevárselo a la escuela como su protegido. Tampoco le costó demasiado: don Álvaro no tenía ningún interés en él.

Cuando se trasladó a vivir con su tía, Esteban ya se había vuelto calculador y distante, y también había interiorizado las enseñanzas del seminario, por lo que no supo disfrutar de los privilegios de su nueva existencia. «La vida es frágil», solía repetirle Brígida a modo de advertencia, tratando de empujarlo a disfrutar del día a día y a olvidar su estricta moral católica. Para colmo, en cuanto se supo del parentesco que los unía, se propagó la dentera entre los estudiantes de la escuela, que ya lo envidiaban antes por su exquisita técnica y su precisión con el lápiz, el pincel o cualquier otra herramienta que se propusiera manejar. También preferían evitarlo por su permanente gesto adusto. Todo ello, sumado a que vestía siempre con prendas grises u oscuras, a su pasado como seminarista y al peinado con la raya en medio, le había hecho merecedor del apodo de «el Clérigo».

Justo cuando Brígida iba a arremeter de nuevo contra su sobrino, oyeron que alguien llamaba a la puerta. Era Federico Varela, otro de los jóvenes discípulos de la escuela. Antes de hablar, miró inquieto a Esteban, quien le inspiraba un profundo terror, mucho más que su tía. Se dirigió a ella tratando de que no se notara el pavor que sentía ante la presencia de su compañero.

—Disculpe, doña Brígida, acaba de llegar el señor Castro.

—Bien, llama a los demás para que se dirijan a la sala de reuniones, y asegúrate de recordarles a las doncellas que a don Juan Luis deben servirle el café a temperatura moderada. No soporta la bebida muy caliente. Pero que no se olviden de que a mí sí me gusta ardiendo.

—¿Les digo que preparen algo para su acompañante?

—¿Acompañante? —se extrañó ella—. Juan Luis no me dijo nada de que fuese a venir con alguien.

Tanto Brígida como Esteban fruncieron el ceño. Federico alzó las manos, dando a entender que él no sabía nada. Luego, incapaz de contenerse porque seguía siendo un jovencito, sonrió entusiasta.

—Se trata de una chica de unos veinte años, muy hermosa y vivaracha. Por su atuendo, parece de buena familia.

Con un gesto, Brígida le mandó salir de la habitación. Esteban siguió a Federico evitando cruzar palabra con su tía, cuya expresión había cambiado del enfado a la preocupación después de oír hablar de la visita inesperada. Esteban sabía que su tía estaba interesada en Juan Luis desde hacía algún tiempo, pero que este la rehuía porque la tenía calada y prefería guardar las distancias.

Brígida estaba fuera de sí. Enterarse de que venía acompañado por una joven en la flor de la vida no la calmaba. Ya sabía que no era nada fuera de lo habitual que los caballeros cortejasen a mujeres que podían ser sus hijas. Miró de soslayo al cuadro que presidía la pared central de la biblioteca, un retrato al óleo de Max Roberts. Resopló y abandonó también la estancia.

Cuando Brígida y Esteban entraron en la sala de reuniones, se encontraron con que Juan Luis y la muchacha que lo acompañaba eran el centro de atención. Los seis discípulos restantes de la escuela, todos ellos jóvenes de entre quince y veinticinco años, de buena familia, algunos incluso de noble alcurnia, se reían encantados de todo lo que decía Macarena. Brígida alzó la barbilla y Esteban la bajó. La presencia de los Urquijo puso a los jóvenes en guardia: se apartaron al momento del señor Castro y la joven, dándose codazos unos a otros para rogarse silencio. A más de uno se le escapó un «Cuidado que ya están aquí la Gorgona y el Clérigo», que era como todos conocían a la tía y al sobrino, aunque nadie sabía quién le había puesto aquel acertado apodo a esa mujer capaz de petrificar con la mirada a cualquiera que le llevara la contraria. Juan Luis sonrió y saludó a doña Brígida, gesto al que ella correspondió, pese a que estaba más pendiente de la muchacha. Lo mismo le sucedió a Esteban, pero por otro motivo. En cuanto la vio, se quedó estupefacto. Nadie se esperaba que Macarena saliera corriendo en su dirección y le cogiera las manos.

—¡Ojazos! —exclamó la joven con alegría—. ¿Qué hace aquí? No me diga que es usted un artista de la escuela.

Apurado por las confianzas que se había tomado Macarena y abrumado por su belleza, Esteban se desprendió de las manos de la chica y tomó la actitud más fría posible. Sabía que su tía Brígida no les quitaba los ojos de encima.

—Perdone, señorita, me ha debido de confundir con otro.

Macarena, perpleja, no dejó de observarlo atentamente. Estaba convencida de que no se equivocaba. Sin embargo, la expresión dura del muchacho la llevó a pensar que quizá sí podía haberse confundido. La decepción borró la alegría de su rostro, por lo que Esteban tragó saliva y se irguió de nuevo. Un sutil carraspeo de Brígida los devolvió a la realidad.

—Don Juan Luis, ¿puedo saber quién es esta joven? —preguntó con impostada dulzura.

—Por supuesto, doña Brígida. Les presento a Macarena, del taller Montalván.

—¿Un taller? —repitió la mujer—. ¿Se refiere a un taller alfarero, como los de Triana?

—De Triana soy, señora.

La joven le dedicó una reverencia sobreactuada que turbó a la dama y a todos los presentes. Juan Luis lamentó no haber previsto aquella situación, y viendo la expresión indignada de Brígida, salió al rescate de su acompañante:

—Macarena es una joven artista de Triana con un extraordinario talento para la cerámica. Me he visto obligado a traerla aquí para que se valore formarla.

—¿En modales o en qué? —ironizó Brígida, empleando el tono más cínico posible.

—Dele una oportunidad, se lo ruego; ya sabe que don Carlos tiene en muy alta estima la creatividad de Triana. Estoy convencido de que le dará una gran satisfacción que enseñe a esta muchacha.

Brígida miró a Macarena de arriba abajo con inquina. Reparó en su rostro. Ahora que se fijaba bien, había algo en ella que le resultaba familiar. ¿Tal vez se habían cruzado cuando iba a Triana a buscar pigmentos para la cerámica? Las sevillanas como ella tenían rasgos muy comunes. Macarena, incómoda por aquel escrutinio, tuvo que desviar la vista para otro lado. Quería mirar de nuevo a Esteban, pero él parecía empeñado en apartar la cara, todo lo contrario que el resto de los estudiantes. La indignación de Brígida iba en aumento: incluso Federico contemplaba a la joven como si se tratara de una musa. Entonces se acercó a Juan Luis para comunicarle sus recelos en voz baja:

—Si tanto talento tiene, no sé para qué me la trae a mí. Ha querido adecentarla con un vestido ostentoso, como si eso ocultase su vulgaridad. Por Dios, Juan Luis, no solo no es de familia burguesa, además es mujer. Las mujeres podemos supervisar y aplicar las instrucciones de otros, pero jamás tener ideas originales, y mucho menos diseñar. A mí nunca me lo permitieron.

—Razón de más para que la apoye.

—Don Carlos no lo aprobará —sentenció Brígida con una mueca despectiva.

—Ya lo ha hecho —repuso él ante la mirada atónita de su interlocutora, que no parecía dar crédito a lo que acababa de escuchar—. Ayer le informé de que esta tarde iríamos todos juntos a la fábrica.

—O sea que, a pesar de ser la principal perjudicada por sus extravagantes ideas, le ha parecido que lo mejor era compartir antes sus planes con don Carlos que conmigo.

—No creo que don Carlos esté de acuerdo: sería a él a quien más podría perjudicar o beneficiar la llegada de Macarena.

Brígida apretó la mandíbula. Fue solo un instante, apenas perceptible para quien no la conociera bien. Recorrió con la mirada las caras de sus asustadizos discípulos y se detuvo en la postulante trianera. Asintió con la cabeza y ordenó a los presentes que tomasen asiento cuanto antes. Todos obedecieron sin rechistar. Macarena, atemorizada por el ambiente de la sala, copió cada movimiento de Juan Luis y se guardó de desviar la mirada a Esteban. Brígida fue la última en sentarse, respiró hondo y sonrió con frialdad, como siempre.

«La vida es frágil», se dijo para sus adentros.

Estaba por ver que ella tuviese que cargar con semejante lastre.

Superado el tenso arranque de la jornada, almorzaron todos juntos en la escuela. Macarena estaba gratamente sorprendida por lo acogedor que era el interior del edificio. Al llegar, había visto desde el otro lado de la cancela del recibidor un precioso patio con una fuente que era del mismo mármol que los suelos. Al atravesarlo para dirigirse al comedor, se fijó en las hermosas columnas y en los arcos de la galería de la primera planta, donde se encontraban los dormitorios, y también en la escalera que llevaba hasta allí, revestida de mosaicos de colores y zócalos mudéjares. El comedor, a la vera de un segundo patio que hacía las veces de jardín y de zona de trabajo para materiales y pigmentos que solo podían manipularse al aire libre, era la frontera con la zona del servicio, situada en el ala izquierda de la casa.

Macarena no cabía en sí de gozo por el festín que les sirvieron. De primero, un exquisito gazpacho aderezado con pepino, tomate picado y un chorreón de aceite. Le siguieron unas carrilleras de cerdo guisadas con vino dulce que estaban para chuparse los dedos. «O, mejor, para mojar pan», se dijo. Consiguió que los criados convencieran a las cocineras para que le dieran un par de rebanadas de hogaza, por lo que ella redobló la salva de cumplidos a las artistas de la cocina.

Juan Luis y los discípulos de doña Brígida estaban fascinados por el carácter alegre de Macarena; la señora, no. Esteban también reprobaba su comportamiento. Negaba con la cabeza de vez en cuando e hizo gala de la más refinada de las educaciones sin levantar la vista de su plato.

Macarena lo observaba curiosa, pues su aspecto destacaba entre todos los demás. Federico, que estaba sentado a su derecha, la avisó discretamente de que mantuviese las distancias: Esteban era un joven desagradable y de poca conversación. Otro estudiante algo mayor que ella, Hugo Gómez de Espinosa, le reveló en un aparte el apodo de Esteban y le advirtió que no lo mirase mucho: no era muy diestro en el trato con las mujeres y seguro que ella lo pondría nervioso.

Brígida mandó callar los murmullos y las risitas al instante. «En la mesa, o se habla o se mastica, jamás las dos cosas», repetía siempre.

Macarena miró de nuevo a Esteban y por su expresión incómoda comprendió que él, como Brígida, también los había escuchado.

Después de almorzar, se repartieron en varios carruajes para ir a la fábrica de La Cartuja, que se encontraba a unos cincuenta minutos de trayecto. Macarena, Juan Luis, Brígida y Esteban compartieron vehículo. La joven no dejaba de mirar con detenimiento el rostro del chico; estaba convencida de que se parecía mucho a la persona con la que le había confundido. ¿Cómo olvidar a alguien así? Esteban, incómodo, se vio obligado a mirar por la ventanilla. Macarena se preguntó si sería verdad lo que le había dicho Hugo sobre su ineptitud para relacionarse con las mujeres.

Al llegar a los terrenos del antiguo monasterio, la joven se sorprendió por su extensión. También le agradó descubrir que contaba con amplios jardines, muchas flores y fuentes con peces. También había muchos naranjos en flor; solo esto último ya había colmado su alma de alegría. Las chimeneas que había divisado de lejos le resultaron de lo más impresionantes de cerca. Se paró delante de un conjunto de tres hornos y dijo a viva voz que el de en medio le parecía especialmente rechoncho y bonito.

—No exprese sus preferencias tan alto, Macarena —le dijo Juan Luis entre risas—. Campos se sentirá feliz, pero pondrá celosos a Cros y a Tóbalo.

—¿A quiénes?

El responsable artístico de La Cartuja le señaló divertido las tres estructuras de ladrillo.

—¿Los hornos tienen nombre? —preguntó Macarena, boquiabierta y sonriente.

—Por supuesto —asintió Juan Luis, animándola a proseguir—. Ellos también son dignos empleados de la fábrica, y de gran importancia.

Esteban observó de refilón la reacción de la joven, que aplaudía y abandonaba la ordenada procesión que habían formado sus acompañantes para observar más de cerca cada detalle.

Macarena sentía que estaba descubriendo un lugar de ensueño. Llegó a contar veintidós hornos botella cuyos nombres deseaba conocer cuanto antes. Estaba fascinada con la luminosidad de La Cartuja, con los pulcros y amplios almacenes, con el polvo blanco en suspensión que había en todas partes… «Conseguí llegar, madre», dijo para sus adentros. Le pidió disculpas a Juan Luis por su comportamiento y le explicó que no salía de su asombro; estaba maravillada, en éxtasis, no quería pestañear para no perderse nada. Él le contestó que no había nada que perdonar, era el efecto mágico de La Cartuja.

Brígida se burló de su entusiasmo y Esteban la secundó con una mirada reacia. El grupo aligeró el paso y Macarena terminó rezagándose. Juan Luis fue a buscarla a un acceso que había entre las naves destinadas al empaquetado y los talleres de pintado.

—El Arco de Legos —le informó—. Siglos atrás lo utilizaban los cartujos más humildes de la comunidad religiosa. Ahora hace las veces de muestrario de las losas y mosaicos que fabrica la compañía Pickman.

Tras el arco que se abría en los muros blancos había un porche recubierto de cientos de azulejos de cerámica de colores, con diseños geométricos o compuestos por bellas ilustraciones. Entonces Macarena vislumbró una cara conocida. Le rogó a Juan Luis un momento para ir a saludar y este le dio permiso con un gesto. El resto de la comitiva, encabezada por Brígida, había vuelto sobre sus pasos al notar que no estaban ni el supervisor ni su acompañante. Llegaron a tiempo de ver a Macarena corriendo al encuentro de José Antonio Padilla, que había dejado en el suelo los tablones que llevaba a un almacén. Por un instante, no la reconoció.

—¡Macarena! Qué hermosa estás, pareces toda una señora. ¿Has venido como aspirante a artista? ¿No como obrera, sino como diseñadora? —Toño se rio a carcajadas y la aupó por la cintura—. ¡Puedes con eso y con más! —Le besó las manos de una forma que denotaba un claro interés romántico.

Brígida había huido despavorida para ahorrarse el bochorno de la escena y se había llevado con ella a sus estudiantes y a Juan Luis, que iba a la zaga tratando de quitarle hierro al asunto. Solo seguía allí Esteban, que la esperaba al otro lado del Arco de Legos para conducirla al taller al que debían ir. El joven presenció inquieto el abrazo y el beso de Macarena y aquel operario. «¿Será su novio?», se preguntó. Aquella inquietud le molestó bastante.

Macarena no se había equivocado, pues, en efecto, habían coincidido esa misma mañana en la avenida de la Maestranza. Hacía tiempo que Esteban deseaba explorar aquella zona de la ciudad porque había oído que allí existía algún que otro teatro modesto y lo que se conocía como «cafés cantantes», lugares donde la gente talentosa se reunía para cantar, bailar o tocar la guitarra. Ya había ido un par de veces al Teatro de San Fernando, en el casco antiguo, para escuchar fandangos. Todo lo relacionado con la música le recordaba a su madre, doña Aurora, que había sido una excelente pianista. Sus orígenes nobles la habían condenado a la práctica solitaria, pero más de una vez le confesó a su hijo que le habría encantado aprender flamenco, lo que hubiese horrorizado a sus padres o a don Álvaro. Esteban solo era un niño cuando la veía bailar, antes de que la enfermedad entumeciera su cuerpo y su alma, pero estaba convencido de que su madre habría podido dominar cualquier estilo musical que se propusiese. Aurora le había enseñado algo de solfeo, pero con ella murió también la pasión que alguna vez profesó Esteban por la música. Sin embargo, al fin estaba listo para tratar de recuperarla.

Aquella mañana había salido de la escuela con la esperanza de dar con alguno de esos locales de los que le habían hablado y donde tal vez podría encontrar el entorno que necesitaba. La búsqueda fue un fracaso: a esa hora todos los cafés estaban cerrados. Entonces atisbó a Macarena en la acera. Era la joven más hermosa que había visto en su vida y con aquel vestido tornasolado parecía una criatura celestial. Esteban se dio cuenta de que la muchacha aguardaba un carruaje y echó a correr hacia ella cuando vio que se abalanzaba sobre un coche que no daba muestras de frenar e iba directo a un enorme charco. Sin dudarlo, se interpuso entre las salpicaduras de barro y la joven.

—¿Se encuentra usted bien? —le preguntó Esteban mientras notaba cómo le chorreaba el agua mugrienta desde la coronilla.

Macarena estalló en carcajadas, lo que provocó en él una sonrisa.

—Pero ¿cómo me pregunta eso, criatura? Mírese —le respondió ella, divertida, mientras sacaba un pañuelo y trataba de quitarle los churretones de barro que le resbalaban por el cuello—. Qué lástima de traje, con lo bonito que es.

—Al subir la vista hasta su rostro, Macarena se quedó pasmada—. ¡Jesús, qué ojazos tiene usted!

Esteban la miró abrumado. En verdad tenía unos bonitos ojos color miel, pero nunca nadie los había alabado porque quedaban ocultos tras su expresión malhumorada.

—¿Se encuentra usted bien? ¿Se ha manchado su vestido? —insistió Esteban para desviar la conversación.

A Macarena la voz grave del joven le pareció un complemento arrollador a aquel rostro viril, de rasgos angulosos, que la miraba desde lo alto, y le dedicó una sonrisa amplia.

—Mejor no podría estar. Entre esos ojos de lucero y que me ha salvado como si tal cosa, voy a pensar que es usted un príncipe.

La siguiente reacción de aquel joven enorme de aspecto serio terminó de conquistarla: se sonrojó hasta las orejas. Macarena, fascinada, estaba a punto de echarle otro piropo para no dejar de ver ese rostro arrebolado, sin embargo, Esteban se lo impidió.

—Tenga cuidado, señorita —balbuceó, despidiéndose con delicadeza.

Macarena no le quitó la vista de encima mientras se marchaba y, aunque él no se volvió para mirarla, le gritó bien alto:

—Arriesgaré el tipo más veces si puedo verle otra vez, ¡Ojazos!

Esteban recordó aquella escena mientras observaba desanimado a Macarena charlar con aquel apuesto mozo de La Cartuja. Entendía su fama de clérigo entre los otros estudiantes. Independientemente de su paso por el seminario, no estaba habituado a hablar con ninguna mujer, aparte de su tía; creció entre hombres y tratar con muchachas le resultaba extraño, embarazoso. Cuando se cruzaba con alguna por la calle, le devolvían las mismas miradas espantadas que sus compañeros, como si fuese un ogro intimidante. Su madre había sido la única mujer de su vida y hasta aquella mañana pensaba que sería así siempre. Con Macarena todo había resultado distinto: la dulzura desde la primera palabra que intercambiaron, la expresión de sus ojos al mirarlo... Por un instante le hizo creer que no era como lo veían los demás. Había llegado a pensar que quizá podía albergar esperanzas. Hasta aquel momento. Se dio media vuelta y se alejó. Estaba claro que Macarena trataba de esa forma a todo el mundo.

Carlos Pickman causó una grata impresión en la muchacha. Era el primer británico que conocía y le sorprendió su correcto español con acento extranjero, salpicado de expresiones andaluzas o trianeras que le arrancaron más de una sonrisa. Sentía como si fuera ella la que hubiese aprendido inglés de golpe y lo entendiera a la perfección. El señor Pickman había recibido a doña Brígida y a sus discípulos en su casa, un palacete que habían construido dentro de los terrenos de la fábrica de La Cartuja.

Don Carlos tuvo la deferencia de explicarle a Macarena la historia de los diseños de Pickman y Compañía. En sus inicios, en el año 1841, trabajaban con artistas británicos que se habían trasladado expresamente desde Staffordshire, un total de diecinueve estampadores que incluso trajeron con ellos dos cajas con sus propias planchas de cobre grabadas. Treinta años después, el empresario se enorgullecía de haber incorporado diseños sevillanos procedentes de dos escuelas: una encabezada por el profesor de dibujo don Juan Lizasoain; la otra, por doña Brígida Urquijo. En aquella reunión también estaban presentes dos de los hijos varones de don Carlos: Ricardo, el mayor, se encargaba de las cuentas de la compañía, y Guillermo, el cuarto, aprendía el negocio sin entusiasmo. Los dos se quedaron deslumbrados con Macarena, sobre todo el último, que tenía la misma edad. Guillermo le preguntó cómo podía tener tan buen ánimo, y la joven bromeó con que pasó por un tremendo constipado de niña que la hizo inmune a cualquier mal de la Tierra. Los dos hermanos le rieron las gracias a carcajadas. Brígida, exasperada, pasó el trago con los ojos en blanco. El señor Pickman se acercó a Macarena y cogió sus manos entre las suyas. Ahora tenía todo su interés.

—Así que esta es la joven que ha entusiasmado al escéptico de Juan Luis.

—Macarena es una chica de Triana con gran talento, don Carlos.

—Conque de Triana... Dígame la verdad, muchacha: ¿se me sigue guardando rencor por allí?

Juan Luis se sobresaltó al escuchar la pregunta y le lanzó una mirada de advertencia a Macarena rogándole sin palabras que no se le ocurriese ser sincera. Ella lo captó. Aun así, se volvió de nuevo a don Carlos y le habló con claridad:

—Lo cierto es que sí, señor, pero usted no se preocupe, que es un hombre encantador y honrado. Ya me pelearé yo con mis tías y con quien haga falta para que se les pase la tirria infundada.

El supervisor de arte se llevó la mano a la frente, los discípulos de la escuela pusieron los ojos como platos, Esteban parpadeó como si no hubiera oído bien, Ricardo y Guillermo levantaron las cejas y Brígida sonrió satisfecha por semejante impertinencia. Carlos Pickman primero se sorprendió y después rio con gran estruendo.

—Entonces me quedo más tranquilo. *Oh my God!* Sí que es de Triana, Juan Luis; solo una trianera tiene tanto desparpajo.

El señor Pickman pronunció la última palabra recalcando el acento andaluz de una manera que encantó a Macarena, y se prometió que si su tía Justa volvía a hablar mal de él, se las tendría que ver con ella.

—Rebosa desparpajo y talento, don Carlos —dijo Juan Luis, entre otras cosas para que su patrón no viera la expresión ofuscada de Brígida—. Y además tiene verdaderas ganas de trabajar en La Cartuja, porque admira mucho nuestras producciones.

—Sí, recuerdo que ya me había contado que la vio ofenderse en la casa de los Corbones porque la señorita Genoveva Ledezma se divertía rompiendo la exquisita vajilla que tardamos meses en confeccionar para sus padres. Qué desgracia la de los marqueses, y aún más la del marquesado. —Don Carlos volvió a reír, y dirigiéndose a Macarena, añadió—: Juan Luis también me contó que su madre trabajó para nosotros.

Brígida arrugó el ceño, desconocía aquella información.

—Así es, señor; llevo toda la vida dedicándome a la cerámica y sus vajillas me parecen obras de arte. Tenía muchas ganas de conocer su fábrica porque mis tías y mi madre... —Macarena se detuvo para tomar aire y una breve mirada de Juan Luis le recordó que debía ser escueta, así que recitó lo que este le había ayudado a memorizar—: Perdóneme, señor Pickman, estoy un poco nerviosa. Hago cerámica desde niña y me siento muy honrada de que el señor Castro me haya invitado a formarme para que en un futuro me convierta en artista y diseñadora de su empresa. Soy consciente de que es el camino para dominar el arte de la loza y daré lo mejor de mí para lograrlo.

Después hizo una reverencia algo sobreactuada, pero Juan Luis asintió satisfecho. Miró a don Carlos. Sabía que deseaba con todas sus fuerzas engrosar sus filas con artesanos de calle Alfarería, aunque no estaba muy seguro de que Macarena le convenciera. Por su personalidad, su juventud y su sexo. En 1871 había muchas mujeres en la fábrica, pero ninguna llevaba a cabo tareas creativas. Juan Luis y los estudiantes no podían disimular su expectación.

—¿Qué dice usted, doña Brígida? ¿Se ve capaz de instruir a una jovencita tan enérgica como esta? —preguntó el señor Pickman, dejando la decisión final en manos de la directora de la escuela.

Brígida permaneció en silencio, apretando los labios con fuerza. Por un momento, Esteban y Juan Luis se preocuparon. Don Carlos sabía bien cómo hablar a sus socios y subordinados, y se había dado cuenta enseguida de que a ella no le gustaba la muchacha. Por eso la desafiaba, porque su orgullo no le permitiría negarse: rechazar a Macarena sería como reconocer que no era capaz de meterla en cintura. Resopló como un toro a punto de embestir.

—Por supuesto que sí, don Carlos. Le aseguro que exprimiremos hasta la última gota de talento que tenga.

Miró a Macarena con una sonrisa siniestra que hizo estremecerse a la joven. Juan Luis y don Carlos asintieron conformes y los discípulos aplaudieron contentos. Menos uno.

Dieron por concluida la reunión y todos los participantes abandonaron la sala para retomar sus quehaceres. Guillermo se despidió efusivamente de Macarena, lo cual no pasó desapercibido a Esteban, que estaba alterado por el desarrollo de los acontecimientos. Brígida ordenó a la joven que la siguiera sin abandonar el grupo. Juan Luis decidió caminar a su lado para continuar explicándole lo que se hacía en cada rincón de la fábrica.

Hicieron una parada en la sala de diseño, que fue la que más impresionó a Macarena. Las mesas estaban cubiertas de bocetos y de pruebas de color. Juan Luis le contó que las piezas pintadas a mano llegaban a hornearse hasta cuatro veces y que, en cambio, con la loza blanca bastaban dos. Macarena no cabía en sí de fascinación, quería ver y aprenderlo todo. Aprovechando que se había quedado sola, estudió las paredes del taller, que también estaban repletas de bosquejos y dibujos increíbles. Uno en particular captó toda su atención, por la complejidad y la geometría de las hojas que se entrelazaban alrededor de los bordes de un plato. Macarena no pudo reprimir una exclamación admirada, y Hugo, que estaba cerca, le susurró al oído con cierta molestia que el artífice era Esteban. Ella fue rauda hacia él, que justo entonces revisaba un par de láminas sentado en un taburete. El joven hizo cuanto pudo por ignorarla.

—¿Cómo lo ha hecho? Es sencillamente espectacular, debió llevarle horas, días. Venga, dígame, ¿cómo lo ha hecho, Ojazos? —le preguntó, zalamera.

Ahí Esteban interrumpió su tarea. Dejó las láminas sobre la mesa, pero siguió con la vista fija en el papel.

Macarena se acercó para que nadie más la oyera.

—Sé que ha fingido no conocerme para que esa bruja no le pillara haciendo buenas acciones, pero yo jamás olvidaría esa mirada de caramelo. Y, para colmo, ahora me entero de que pertenece a un artistazo.

Esteban se giró hacia ella tan bruscamente que la sobresaltó.

—Esa «bruja» es mi tía y, desde hoy, su maestra. Puede que hasta ahora le haya servido su carácter descarado para ganarse a la gente, quizá incluso sea talentosa de verdad, pero para dedicarse a esto hace falta mucho más que aptitud y ganas. Hacen falta horas, días, sí, años de esfuerzo y sacrificio. Palabras que dudo que usted conozca.

Macarena estaba totalmente desconcertada. ¿Cómo era posible que fuera tan distinto a cuando se lo cruzó por la mañana? Aquella mirada dulce ahora le pareció agresiva como el fuego.

—Disculpe, pero yo no le he dicho nada como para que me trate con tan malos modos.

—No ha hecho falta, sus actos la delatan. Se ve a la legua que cree que puede obtener lo que se proponga con un pestañeo. —Macarena fue a replicar, pero él no la dejó—: Absténgase de dirigirme la palabra. Puede que haya conseguido la aprobación de don Carlos y de don Juan Luis, pero no la mía. Y le aseguro que le costará mucho ganarse la de mi tía. Yo que usted renunciaría, así se ahorra el disgusto.

Esteban volvió a darle la espalda y continuó con sus bocetos. A Macarena le hervía la sangre. Muy pocos conseguían callarla y humillarla. Decidió no contestarle. Mantener las distancias con aquel maleducado y la mala pécora de su tía, por muy maestra suya que fuese, era la estrategia más inteligente. Por supuesto que no iba a desistir, sabía mejor que nadie lo que eran el esfuerzo y el sacrificio, y se lo iba a demostrar a todos. A don Carlos. A don Juan Luis. A doña Brígida. A sus tías. Y a Esteban. Macarena no estaba para príncipes que se convertían en ranas, porque ella detestaba las ranas.

6

Octubre de 1850

Felisa tarareaba. Algo inusual, ya que por norma era muy discreta. Últimamente, se la notaba más animada y nadie de su entorno podía explicárselo.

Trabajar en la sección de estampación era, en opinión de muchos, el peor de los castigos. La joven estaba colocando una calca sobre el filo de una taza de la colección Alegría, que tenía un estampado geométrico y floral, con camelias y margaritas, en un tono verde que en La Cartuja denominaban «artístico». La reproducción se fijaba sobre la superficie de la loza en la fase de bizcocho para que absorbiese el pigmento. Era una etapa delicada: cada pieza se horneaba con el calco adherido para que se derritiera, y era esencial que se mantuviera en su sitio durante todo el proceso. El más nimio error era motivo para desechar la taza. Hasta que logró dominar aquella técnica, Felisa sufrió muchísimo por cada pieza echada a perder. Gracias a su tesón lo había logrado, y Rocío e Isidora se admiraban de su precisión. Hasta don Julio, su supervisor directo, se sorprendía de su buen hacer y del esfuerzo que le ponía.

A ojos de Rocío, con quien había trabado más amistad, Felisa no tenía motivos para sonreír o cantar en voz alta. Estaba muy sola y recibía poco o ningún cariño de su casa; aunque la joven no se lamentara, la verdad era que Justa y Sagrario apenas le escribían y nunca la fueron a visitar.

Sin embargo, aquella mañana de finales de otoño, Felisa andaba especialmente risueña. Se levantó, después de más de cuatro horas trabajando sin descanso en veinticinco piezas de una vajilla Alegría, para ir a buscar agua a la fuente de los jardines del norte.

—Felisa, ¿por qué no vino a verme ayer como acordamos? —preguntó a su espalda una voz que conocía bien.

La joven derramó el agua de su cazo por el sobresalto. Conrado la miraba expectante y con claras señales de impaciencia. Felisa bajó la cabeza, pero no llegó a volverse para encararlo.

—No sé… no sé a qué se refiere, señor —respondió, atemorizada.

Conrado ladeó la cabeza y sonrió satisfecho; allí podría intimidarla cuanto quisiera, apartados de miradas indiscretas.

—A ver si va a ser usted una joven más taimada de lo que parece.

Felisa tragó saliva y terminó por darse la vuelta. Por supuesto que entendía por qué Conrado le decía aquello.

Dos días antes, se había quedado sola en la zona de trabajo revisando los filos rosados que había hecho esa tarde. Descubrió que había cambiado el pincel sin darse cuenta durante el segundo turno, por lo que las últimas cincuenta líneas le habían salido medio milímetro más gruesas que el resto. Estaba decidida a arreglarlo aunque terminara de madrugada, como fue el caso. En el oscuro trayecto a los dormitorios de las mujeres, acompañada por el eco de los grillos, le pareció ver un bulto sobre los montones de hojarasca que se formaban en una esquina al lado de los secaderos. Al acercarse, descubrió a un maltrecho Conrado, con la lustrosa chaqueta arrugada y el pañuelo desanudado. Era evidente que estaba borracho. Felisa no dudó en socorrerlo. Él canturreaba y lucía una gran sonrisa; sin embargo, a ella le preocupaba que se hubiese lastimado al caer. Pero no era el caso. Felisa trató de incorporarlo y lo animó a levantarse; no era buena idea que permaneciera allí. De la misma manera que ella lo había visto, cualquier otro trabajador podría descubrirlo, y estaba segura de que ese comportamiento tendría graves consecuencias, aunque fuera el director financiero. Conrado se carcajeó y le acarició el rostro, siguiendo la curva de su barbilla con los dedos.

—Creí que eras una sirena, Felisa, ¡pero en realidad eres un ángel! —Conrado suspiró embelesado—. Sí, sí que eres un ángel. ¡Y qué bien hueles, maldita sea! Me gusta el aroma de la caliza y el de las mujeres bonitas, y tú posees ambos.

Esas confianzas y los cumplidos a pares hicieron que Felisa se sonrojara. Para evitar que Conrado siguiese acariciando su cabello, la muchacha lo ayudó a ponerse en pie, entrelazando su brazo con el de él a fin de que no se cayera de nuevo. Le pidió que le indicase dónde se encontraba su casa, rogando para sus adentros que viviera en los terrenos del monasterio, como casi todos los directivos de Pickman y Compañía. Conrado le confirmó que así era y por el camino continuó tarareando, insistiendo a Felisa en que lo acompañara en los coros. Ella le pidió encarecidamente que guardase silencio; de lo contrario, acabarían por despertar a alguien. A Felisa también podía caerle una buena por encubrir aquel comportamiento lamentable.

—Don Conrado, comprendo que no es asunto mío, pero debería moderar su afición a la bebida —dijo Felisa, dejando de lado su prudencia habitual—. Sería una lástima que le despidieran por un desliz.

Conrado dejó de cantar. Estaba más asombrado por su genuina preocupación por él que por la repentina sinceridad de aquella muchacha tan comedida. Aquel día se había comportado como un estúpido integral. Por norma general, separaba sin problema el trabajo del placer, aunque a menudo ambos planos confluyesen en su día a día. También sabía controlar la bebida; sin embargo, aquella tarde había perdido el control. Brígida le había comunicado que a su marido le habían diagnosticado diabetes. Max Roberts siempre había sido muy corpulento, pero últimamente había perdido peso de manera alarmante, y padecía visibles mareos y temblores constantes, además de una continua sed imposible de saciar. La orina dulce terminó por confirmar las sospechas de su médico. Max y Brígida se trasladarían unas semanas a Madrid, quizá un mes, para buscar el mejor tratamiento disponible. Conrado estaba conmocionado por la noticia. No porque le importase la salud de Max ni porque fuese a extrañar a Brígida, sino por las responsabilidades que le habían endilgado. Don Carlos le había encomendado la gestión económica de la escuela de artes y oficios de su mejor amigo, y como albergaba dudas sobre su capacidad, a causa de su actitud, le advirtió que observaría con lupa su gestión. Con su sonrisa arrogante de siempre, Conrado estuvo a punto de responder a su superior de malas maneras por primera vez. Felisa estaba en lo cierto: aquel descuido confirmaba las dudas del señor Pickman.

Cuando llegaron a la puerta de la residencia del directivo, este volvió a observar admirado a la joven y se aferró al brazo con el que lo sostenía. Felisa lo miró suplicante, esperando que Conrado la liberase. En su lugar, él se aproximó más a ella.

—¿No quieres pasar? —le susurró al oído.

Felisa se apartó como pudo y, algo acalorada, negó con la cabeza.

—Gracias, señor, pero es muy tarde. Debería volver a mi habitación.

—De acuerdo. Ven entonces mañana.

La muchacha, sin saber qué hacer, se limitó a asentir. Solo quería zanjar la conversación lo antes posible. El gesto bastó para que Conrado le soltase por fin el brazo. Felisa sintió perder su contacto. Finalmente, le deseó buenas noches y huyó rauda en dirección a los dormitorios.

Ahora estaba de nuevo frente a él. Le miraba perpleja a los ojos mientras Conrado le pedía explicaciones por no haber acudido la segunda noche como habían quedado. Felisa no creyó en ningún momento que se lo hubiese propuesto en serio y, sin embargo, sus palabras habían bastado para que ella estuviera en una nube esas dos jornadas. Puesto que Conrado seguía aguardando, la muchacha trató de responder con la máxima educación:

—No estaba usted en condiciones, señor.

—Ahí le doy la razón, pero solo hasta cierto punto. Hace falta bastante más alcohol que el que bebí esa noche para que a mí se me olvide algo. Además, no me gusta que me dejen plantado, y aún menos que lo haga la primera mujer que invito a entrar en mi casa.

Felisa abrió mucho los ojos; no solo porque no se hubiera olvidado, sino por lo último que había dicho. Eso fue lo que la descolocó por completo. Acababa de decir que ella había sido la primera para él en algo.

Para Conrado su casa era un lugar exclusivamente de descanso, nunca había llevado allí a ninguna de sus amantes. Sin embargo, aquella noche se sintió tan a gusto con Felisa que no deseaba separarse de ella. Era una sensación desconocida, no solo porque iba en contra de su premisa de no compartir su espacio privado con nadie, sino porque la muchacha le provocaba sentimientos desconcertantes y no quería traspasar ciertas líneas con ella. Su dulzura le espantaba y le atraía a partes iguales. Como era un hombre de impulsos, ganó la batalla su lado más perverso. Tomó la mano de Felisa y se llevó sus nudillos a los labios. Le dio un beso pausado que hizo que a ella le temblaran las rodillas.

—¿Vendrías a verme esta noche? —le preguntó mirándola a los ojos.

Unas horas después, Felisa estaba sentada en el sofá del salón de Conrado. La muchacha se las ingenió para que ninguna de sus compañeras sospechase cuál era su plan para esa noche. A punto estuvo de contárselo a Rocío. Su amiga le había propuesto una partida de cartas en su cuarto con Sonsoles, su compañera, y Adela, la compañera de habitación de Felisa, que también se apuntaba. Tuvo que contenerse para no sonreír cuando se excusaba en el cansancio para no ir: su amiga le había dado la mejor coartada posible ante Adela. Rocío se hizo la agraviada y le aconsejó que no perdiera la cabeza con la cerámica. Al fin y al cabo, eran jóvenes y la vida estaba para disfrutarla, no solo para trabajar. Cuando se despidieron, Felisa se debatía entre la alegría de haberse salido con la suya y la culpabilidad.

Llegar a casa de Conrado fue un calvario: por un lado, debía encontrar el trayecto más discreto y, por otro, debía contener los nervios. Solo se cruzó con un capataz de la zona de los hornos de barniz e hizo ver que estaba buscando a algún superior. Después, todo fue como la seda. Recordaba el camino a la perfección. Tras llamar dos veces a la puerta, Conrado abrió y en su rostro se dibujó una sonrisa agradecida. Se apartó para que entrase y observó con atención cada uno de sus movimientos, como el lobo que observa acechante a la ovejita desvalida. La invitó a ponerse cómoda y se rio al verla sentada en el sofá rígida como una estatua. Le hizo todavía más gracia descubrir que no había cambiado de postura mientras él iba a buscar la bandeja de té que la criada le había dejado preparada antes de marcharse. Conrado le tendió una bonita taza decorada con flores y grecas que Felisa aceptó sin casi levantar la vista. Él mientras tanto retrocedió unos pasos sin perder el contacto visual, hasta que apoyó la espalda en la pared. Introdujo las manos en los bolsillos de su impoluto traje oscuro y observó en silencio cómo la joven daba el primer sorbo.

—El té… está muy bueno, gracias —dijo Felisa mientras tragaba aparatosamente.

—Me alegro.

Él continuó mirándola atento, así que ella clavó la vista en la taza. No podía dejar de pensar qué demonios hacía allí bebiendo té. No tenía ninguna experiencia con los hombres y estaba completamente perdida, no sabía a qué atenerse. Se preguntaba si, en caso de que Conrado se le hubiera echado encima nada más cruzar el umbral de su puerta, ella debería haber hecho algo.

—¿Quieres algo más? —le preguntó.

—¿Perdón?

—Que si puedo ofrecerte algo más. Tengo unas pastas deliciosas. Y también magdalenas.

A Felisa casi se le vuelca la taza, no solo por la pregunta, sino también por la amabilidad. De pronto se dio cuenta de que lo había malinterpretado y empezó a sentirse realmente incómoda. Paseó la mirada por el resto de la estancia, que estaba decorada con sobriedad pero con muy buen gusto. Había muchos libros y algún instrumento que no reconoció. Sonrió al descubrir una hilera de objetos familiares.

—¿Son las distintas fases de la loza?

Conrado volvió la cabeza hacia donde ella señalaba y asintió. Con un gesto la invitó a acercarse y Felisa no dejó pasar la oportunidad. Necesitaba levantarse. La pieza escogida era un modelo de plato de té que conocía bien. Había cuatro platos en total: el labrado sin cocer, el bizcocho, el plato con el dibujo de una calca campestre ya fijado y el objeto terminado después de haber sido barnizado y horneado. A Felisa le llamó la atención el plato en la primera fase. Sintió el deseo imperioso de tocarlo y Conrado la animó asintiendo con la cabeza. Lo tomó con mimo.

—El color parece diferente: el bizcocho es completamente blanco, sin cocer se asemeja más a un gris perla.

—Piensa que se calienta a unos mil doscientos grados.

—¿Tanto? ¿Y no se estropea?

—Las piezas se depositan en unas cajas refractarias para que no les dé directamente el fuego —explicó él, admirado por su entusiasmo y perplejidad—. Es un paso imprescindible: así no queda rastro de humedad y la textura cambia por completo.

—Qué suave. Nadie lo habría imaginado trabajando el bizcocho, a veces lo comparamos con una lija fina.

—Tras el primer moldeado y secado, la loza es suave y delicada… como el rostro de una bella muchacha.

Conrado se había inclinado hacia ella; una vez más, sin llegar a tocarla. Felisa recordó de nuevo dónde se encontraba y devolvió a su sitio el plato sin cocer. Se recolocó un mechón de pelo, tan lacio que tendía a soltarse.

—No sabía que le interesara tanto la loza, don Conrado.

Él resopló, aparentemente hastiado. En realidad, le causó una grata sorpresa que a Felisa le bastase pasar unos minutos en su casa para darse cuenta de algo en lo que no había reparado ninguno de sus colegas de la dirección durante los tres años que llevaba trabajando allí.

—Me apasiona desde que era un crío —repuso con los ojos cerrados—. Pese a lo que pueda parecer, fui yo quien hizo todo lo posible por trabajar en Pickman y Compañía desde que supe de su fundación. Siempre me había llamado la atención la loza británica que teníamos, o la que veía en las casas de los amigos y conocidos de mis padres. Pero… desde que aparecieron, las vajillas del señor Pickman me parecieron especiales. Tan bellas, relucientes, delicadas. Hasta su sonido es diferente. —Hurgó en la chaqueta para extraer un cigarrillo y una caja de cerillas con las que encenderlo—. El arte en general tiene algo que me estimula, Felisa, un equilibrio perfecto, enigmático, que, si acaso, solo encuentro en los números. Así que —continuó mientras liberaba una bocanada de humo al tiempo que una risa cáustica— ahora sabes que ese rumor de que fue mi padre quien me metió aquí contra mi voluntad es infundado. Él solo aprovechó su amistad con Max Roberts para convencer a don Carlos de que confiase en mí a pesar de mi juventud y escasa experiencia. Ahí sí le reconozco el mérito.

Felisa permaneció pensativa, observando la minúscula llama de la cerilla.

—¿Es por eso por lo que se comporta como un libertino?

—Virgen santísima, ¡esto sí que no me lo esperaba! —rio él—. ¿Cómo es que esa boquita tan dulce me dedica semejante término?

—Afirma que le agrada el equilibrio… o al menos eso me ha parecido entender. —Felisa trataba de explicarse evitando mirarle a los ojos—. Usted luce bastante meticuloso en su oficio, a pesar de que se esfuerza en mostrarse despreocupado, pero hasta donde yo he visto jamás deja una tarea sin hacer ni resuelta de cualquier manera. No hay problema que no sea capaz de solucionar. En cambio, en su tiempo libre parece sentir pasión por el caos, la vida nocturna o las compañías dudosas.

Conrado, que había escuchado con gran interés su discurso, la contempló un rato más, dio una última calada y apagó el cigarrillo en el cenicero más cercano.

—No sé qué me inquieta más, si lo mucho que has debido observarme para llegar a esa conclusión o lo calado que me tienes. Pero no merezco tanta estima; mi gran talento es causar inconvenientes, no solventarlos. Ojalá don Carlos pensase como tú.

—Señor…

—Llámame Conrado.

—Conrado, disculpe mi atrevimiento. Soy una joven inculta, qué sabré yo.

—No estoy de acuerdo. Y me complace descubrir que tu inseguridad no es tanto timidez como exceso de prudencia. También que entiendas qué cosas me agradan, así que tu… «atrevimiento» me satisface. A la mayoría de las mujeres decentes les repugna mi estilo de vida; en cambio, tú pareces comprenderlo.

—Pienso que, al final, todo se reduce a buscar la libertad. Las trabajadoras humildes también soñamos con cosas en la vida que no tienen que ver con trabajar, Conrado, aunque algunas no podemos permitirnos ni eso.

—Sí, eso me había parecido.

Felisa no le entendió, así que él se aproximó a ella, la arrinconó contra el mueble donde descansaban las piezas de loza y tomó entre sus dedos el mechón de cabello castaño que solía escapársele del recogido.

—Es evidente que te atraigo, querida, y hasta hoy me

preguntaba por qué. —Conrado, al ver que Felisa se sonrojaba de nuevo, dio un paso atrás. Ya había confirmado sus sospechas—. Yo soy tu caos. El elemento discordante que necesitas para compensar una vida monótona que no termina de convencerte. Todo artista necesita momentos de locura para no volverse loco. Si no, ¿cómo explicas que una «humilde trabajadora» que afirma que no puede permitirse ni soñar se presente en plena noche en la casa del caradura oficial de la fábrica en la que trabaja?

Felisa meditó un instante la respuesta.

—No… no sabría decirle. Tampoco comprendo muy bien por qué me ha invitado. De todas las opciones posibles, jamás se me ocurrió que fuésemos a conversar.

Conrado estalló en una sonora carcajada.

—Confieso que yo tampoco me lo esperaba. —Le indicó con la mano que volviera a tomar asiento en el sofá—. Me gustaría pedirte que me cantes.

—¿Que le cante? —repitió Felisa como si no hubiera oído bien, paralizada junto a la estantería—. ¿Yo?

—Sí, sirena, te he oído más de una vez: esa voz tuya me tiene cautivado. Deseaba pedirte que me cantases en privado.

La desilusión se apoderó momentáneamente de Felisa. ¿Eso era todo? Era consciente de que Conrado le acababa de hacer un halago importante, así que regresó al sofá, tomó asiento y decidió complacerle a pesar del apuro que sentía.

—De modo que también le gusta la música.

—La música es el arte más matemático, una tensión continua de equilibrios para lograr armonías.

—Jamás he cantado para nadie, Conrado. ¿Qué le gustaría escuchar?

—Algo que te agrade a ti.

Felisa sintió que le sudaban las manos. Para evitar ponerse más nerviosa de lo que estaba, decidió cerrar los párpados y entonar una soleá que Justa canturreaba a menudo y que a ella solía relajarla. Arrancaba triste, luego alzaba el tono y se cargaba de energía. Su voz era rítmica y llena de matices, escuchándola desaparecía el mundo. Cuando acabó, Felisa abrió de nuevo los ojos y descubrió que Conrado no se había movido del sitio.

—Por favor, continúa.

—Está bien, pero, Conrado, ¿no desea… ponerse cómodo? Si ya me resulta violento cantar para usted, más lo es todavía que me escuche desde ahí.

—Si insistes —respondió él con un suspiro.

No solo tomó asiento a su lado, sino que se tumbó y colocó la cabeza sobre su regazo. Felisa, que no se esperaba aquella proximidad, decidió hacer caso omiso de la situación, como hacía con el resto de las confianzas que se tomaba con ella.

—Felisa —dijo Conrado tras el segundo cante, con los ojos todavía cerrados—, por si lo dudabas, quiero que sepas que por supuesto que me veo tentado de disfrutar de ti como mujer. La atracción que sientes por mí es absolutamente recíproca, pero no pienso dejarme llevar.

La joven tragó saliva.

—¿Por qué? —preguntó entre aliviada y frustrada.

—Me interesan más tu talento y tu amistad —respondió él. Luego no pudo evitar lanzarle una de sus miradas seductoras—. Al menos, por este día.

Conrado cumplió con su palabra. Esa noche, Felisa estuvo cantando en su sofá con él recostado en su regazo y el caballero no intentó nada. Ni esa, ni las siguientes veladas que lo visitó. Felisa estaba completamente desconcertada. Por mucho que Conrado le hubiese dicho que ella le atraía, le costaba creer que un hombre de su naturaleza pudiese controlar sus impulsos hasta ese punto y en esas circunstancias. Cuando vio que él volvía a las andadas con otras mozas, supuso que esa era la explicación de que con ella estuviese tan relajado, sin ir más allá de acariciarle el pelo o acomodarse en su falda.

Felisa no se figuraba la verdad: despertaba en Conrado una fiebre depredadora totalmente desconocida. Ya desde el momento en que la muchacha había cruzado la puerta de su casa, la había desnudado con la mirada. Había deseado hacerlo realidad cuando le expuso su teoría sobre el equilibrio y el caos. Tuvo que recurrir a toda su fuerza de voluntad para no llevársela al dormitorio cuando ella le insistió en que se pusiera cómodo. Felisa se preguntaba cómo era capaz de conformarse con tumbarse sobre su regazo, pero él también. Cada vez que pasaba la noche conversando con ella, al día siguiente salía desbocado a buscar la compañía de otra mujer con la que desfogar su deseo por Felisa. Y cada vez le resultaba más difícil.

Tan solo tres semanas después de la primera noche de cantes, Conrado comprendió que la única mujer a la que deseaba de verdad era Felisa. Quizá por eso se contenía menos e iba tras ella o la observaba mientras trabajaba. La propia Felisa había acabado por acostumbrarse a aquella presencia distante, tanto que la buscaba por el rabillo del ojo todas las horas del día. En el taller, cuando estaban los demás, Felisa se cohibía y lo máximo que hacía era tararear suavemente, pero si Conrado la sorprendía sola, terminaba por alzar la voz y el canturreo se convertía en estrofas bien definidas para su único oyente.

Aquella tarde, aprovechando que una vez más se había quedado a solas en la zona de los hornos de barniz después de la hora de salida, estaba cantando la seguidilla que se había hecho popular entre los trabajadores de La Cartuja, tanto aquellos que vivían en las instalaciones como los que se trasladaban desde Triana antes de despuntar el alba, por el sendero del Guadalquivir. Era la última incorporación a su repertorio:

Mi novio es cartujano,
pintor de loza
que pinta palanganas
color de rosa.

Conrado se aproximó despacio y Felisa pasó del cante a la conversación con naturalidad. Aunque él contaba con elocuencia de sobra para seguir la charla, sentía que su cabeza iba por libre. Cuando le apartó un mechón rebelde que le estaba manchando el rostro de pintura, no pudo evitar rozar su mejilla con los nudillos. Luego sacó su pañuelo y procedió a limpiarla entre risas. La mirada anhelante de Felisa le empujó a aprovechar el gesto para acariciarla con las yemas de los dedos. Lo había hecho casi sin pensar, por costumbre, pero estaban en un lugar de lo menos apropiado.

—Menos mal que solo nos ha visto Tetuán —bromeó Conrado para aliviar la tensión.

Felisa se sobresaltó y miró a ambos lados, preocupada. Conrado se echó a reír y negó con la cabeza; le señaló uno de los tres hornos que estaban cerca de ellos. Ella le riñó y se sumó a sus risas. Pese a aquel momento distendido, no tardaron en perderse de nuevo en silenciosas miradas de anhelo y se despidieron remoloneando para no separarse. Tras darse media vuelta y asegurarse de que ella ya no le veía, él apretó los dientes, frustrado. Felisa lo observó marcharse, al tiempo que se llevaba su pañuelo al rostro y aspiraba profundamente, deleitándose con su fragancia. A él le había ganado la impaciencia; ella se había sentido así desde el principio. La joven deseaba con toda su alma que la tomara entre sus brazos y la hiciese suya. No era propio de ella, pero no le importaba, aquello era lo más real que había experimentado nunca. Pese a sus sentimientos cada vez más fuera de control, Conrado y Felisa estaban agradecidos de que el desliz de ese día hubiera sucedido al final de la jornada, cuando ya no quedaba nadie en los talleres y se hallaban a salvo de las miradas ajenas. Sin embargo, sí que los había visto alguien. Rocío había presenciado la escena desde lejos y estaba horrorizada.

Su compañera del taller de calcas y estampaciones la esperó aquella noche después de cenar en el saloncito común de los dormitorios. No estaba segura ni tenía pruebas, pero intuía que podría pillar a Felisa infraganti. Cuando cerca de las diez la vio salir de puntillas de su cuarto, no tuvo ninguna duda de a dónde se dirigía. Las dos amigas se sostuvieron la mirada. Felisa se debatía entre el espanto y la vergüenza; Rocío estaba decepcionada.

—No puedes estar cuerda.

—No sé a qué te refieres —mintió Felisa.

—Te dije que ese hombre es un desgraciado, chiquilla, ha destrozado un sinfín de vidas.

—No deberías hablar así de alguien a quien no conoces —repuso Felisa a la defensiva.

—No me hace falta conocerlo en persona, me basta con sus acciones —replicó Rocío—. ¿Crees que eres la primera, o la última, a la que mira y toca así?

Harta, Felisa la fulminó con la mirada.

—Rocío, lo que yo haga o deje de hacer no es asunto tuyo —sentenció.

Días después, Felisa estaba una vez más en el salón de Conrado. Mientras ella cantaba, él, echado sobre su regazo, jugueteaba con su pelo, tratando de ocultar la excitación que le producía la suavidad de aquel cabello moreno.

La joven calló de repente, su voz se perdió en el mar de inquietudes que era su corazón. Daba vueltas a su situación y no podía evitarlo: estaba molesta con el mundo y consigo misma.

—¿De verdad le atraigo, Conrado?

Hacía ya tiempo que Felisa se dirigía a él en confianza, aunque jamás había abandonado el tratamiento de respeto. Era parte del juego que se traían, de la barrera que habían establecido entre ellos, una que no tenía que ver con la clase ni la educación. Tras escuchar la pregunta, él se burló, aunque sabía a qué se refería. Se incorporó y la miró un instante alzando una ceja.

—Tú nunca has estado con un hombre, ¿verdad, Felisa?

—La pregunta ofende.

—En realidad buscaba halagarte.

—Ha conseguido lo contrario.

—Me suele pasar.

—Arréglelo. Además, dudo que yo sea la primera inexperta con la que intima.

—Ahí te equivocas. Todas mis amantes han sido mujeres de mucho mundo. Tendrías que haber visto a mi primera enamorada, la condesa Patricia de Sandoval. Yo tenía catorce años y ella, diecisiete. Te aseguro que no era el único muchacho atolondrado al que engatusaba. Lo que pasa es que la impaciencia me resulta tan cautivadora que no quiero perderla y…

Conrado no pudo terminar la frase porque Felisa se inclinó despacio y le besó en los labios. A continuación, se separó un poco, no demasiado, lo justo para ver su cara. Él frunció las cejas.

—No has debido hacer eso.

Era la primera vez que Felisa lo veía molesto.

—¿Porque usted es mi caos y yo soy su paz? ¿Tanto le asusta comprobar que en realidad sea justo al contrario?

Conrado se apartó de golpe. A Felisa le sorprendió un poco su brusquedad, pero le mantuvo la mirada, desafiante. Y él, incapaz ya de contener sus impulsos, la tomó de la cintura para sentarla sobre sus rodillas. Hundió el rostro en su nuca al tiempo que la envolvía con los brazos, apretándola contra su cuerpo. Buscó su boca, la devoró como si quisiera aplacar la sed que lo atormentaba desde hacía semanas. Igual que ella. Felisa correspondía a cada uno de sus movimientos. Conrado deslizó las manos por la camisa de la joven, tratando de sentir la piel de su busto. Desesperado, terminó por desabotonarla de la manera más ruda posible. Felisa cerró los párpados y se inclinó hacia atrás, invitándole a que continuase. La humedad y la suavidad de la lengua de Conrado por su cuello la hicieron suspirar de placer.

Conrado se moría por dejarse llevar allí mismo, en cambio gruñó; no pensaba dar su brazo a torcer, quería decidir él cómo hacer las cosas con ella.

Cuando Felisa notó que las manos de Conrado descendían hacia su falda para dar con sus muslos, sintió que un leve temblor le recorría el cuerpo. Después se sobresaltó al descubrir que sencillamente la estaba aupando para llevarla hasta su dormitorio. La dejó caer sobre la cama con delicadeza y se libró del pañuelo, la chaqueta y la camisa. Felisa no podía apartar los ojos del bello torso masculino con el que había fantaseado los últimos meses. Él anhelaba besar cada parte que había quedado parcialmente descubierta por sus arrebatos, pero sabía por dónde tenía que empezar. Le quitó la falda con mimo y la dejó desnuda de cintura para abajo, se acomodó entre sus piernas y lamió la parte más delicada de su cuerpo. Felisa trató de impedirlo con pudor, pero él se desprendió de sus manos, decidido a demostrarle de lo que era capaz. Ella jadeó, sobrepasada por la situación y las sensaciones; quería desaparecer y, al mismo tiempo, permanecer allí con él para siempre. Cuando alcanzó el punto álgido, Conrado aguardó, repartiendo delicados besos por sus caderas, los muslos y el vientre. Se deslizó sobre ella hasta que sus rostros quedaron al mismo nivel. Pecho contra pecho, los corazones igual de desbocados. Juntó de nuevo sus labios con los de Felisa, embriagado todavía por los sabores, aromas y sonidos que estaba descubriendo en ella.

—Me has terminado conduciendo a las rocas, sirena. Te garantizo que voy a compensarte por todo lo que tú me haces sentir.

Conrado cumplió con su palabra. Felisa era de veras la primera mujer inexperta con la que intimaba, así que procuró ser atento, delicado, algo que hasta a él le sorprendió. Siempre había evitado a las vírgenes por ahorrarse inconvenientes innecesarios. Sin embargo, esa primera noche con Felisa le resultó tan especial como a ella, cada gemido le llevó a creer honestamente que estaba desvirgando a una criatura mitológica, y eso le incomodó. Una parte le decía que esos sentimientos no estaban hechos para él.

Tales pensamientos seguían en su cabeza a la mañana siguiente, cuando despertó junto a Felisa y la descubrió desnuda en su cama, durmiendo plácidamente. Se recreó mirándola, todavía sin interrumpir su sueño para que pudiera volver a los dormitorios sin que nadie la viera.

Al rato se levantó a duras penas y se dirigió hacia la entrada de su casa. Le habían pasado el correo por debajo de la puerta. Se detuvo al reparar en una misiva de Brígida que observó en silencio. En ella, su amante le explicaba escuetamente que ningún médico de la capital conocía la cura para la diabetes, y que ella y su marido volverían pronto a Sevilla. Pero Conrado no llegó a leer aquel mensaje, pues tiró el sobre antes de abrirlo. Volvió a la habitación, a los brazos de Felisa. A las rocas más profundas del océano. No deseaba seguir pensando. No, al menos, por ese día.

7

Enero de 1902

Trinidad observaba. Sevilla se alzaba ante sus ojos al otro lado del río. Iba de camino a la fábrica de La Cartuja en el coche de caballos de Baldomero, con la esperanza de que ese día la marquesa de Pickman, doña María de las Cuevas, sí la recibiera. Perdió la mirada en las infinitas construcciones de ladrillo, entre las que reconoció la Torre del Oro, la Giralda y los pináculos de la catedral; la ciudad le parecía un lugar fantástico. Sin embargo, se sentía una observadora externa, una completa extraña. Esa sensación la había despertado una y otra vez en su habitación de la posada de Lola, y la acompañaba desde que se había levantado. Se había asomado al balcón que daba a la calle Procurador y toda la belleza que la había embriagado el día anterior le pareció asfixiante. Se preguntó qué demonios hacía allí, tan lejos de su hogar.

Por orgullo. Por la necesidad de saber. Por encontrar sus raíces.

Antes de salir, había mirado de reojo la mesita de noche, en cuyo cajón había guardado su posesión más preciada. Por orgullo se embarcó semanas atrás rumbo a Cádiz desde Liverpool; luego le siguieron las interminables horas en el tren hasta Sevilla. El primer viaje de su vida estaba siendo muy largo. Y allí estaba de nuevo, al trote en dirección a La Cartuja, con la misma incertidumbre que había experimentado el día anterior, pero con más angustia. No dejaba de lamentarse por haber cedido a aquel arrebato que la había conducido hasta aquel sitio. Y volvió a dirigir una mirada consternada hacia Sevilla. Al menos tenía que admitir que jamás había contemplado una ciudad tan grandiosa.

Trinidad agradeció que Baldomero la sacase de sus cavilaciones para informarle de que ya estaban llegando. Divisar el monasterio de Santa María de las Cuevas fue una liberación. Estaba de nuevo ante las puertas de La Cartuja. Se irguió para infundirse confianza. Sin embargo, las cosas no tardaron en torcerse. El guarda de la fábrica, Anselmo Bermúdez, se mostró incluso más cascarrabias que el día anterior. Si la marquesa no la recibió la primera vez, ¿por qué iba a hacerlo ahora?

Baldomero vio a lo lejos a la muchacha discutiendo con el guarda y no dudó en bajar del carruaje y dirigirse a la entrada de la fábrica para respaldarla. Ya de cerca, el cochero comprobó que se las arreglaba de maravilla sola. Anselmo no había visto venir la tenacidad de Trinidad, que era una caja de sorpresas y virtudes, pero que sobre todo tenía recursos para enfrentarse a casi cualquier problema. Con paciencia, consiguió ganarse al intransigente guarda, que le acabó confesando que la señora marquesa no se encontraba allí. «Se ha marchado unos minutos antes de que usted llegase, señorita. Puedo dejarle pasar para que pida cita con ella a alguno de los secretarios, pero… no le garantizo nada». Trinidad contuvo la respiración y una cascada de improperios. Apretó los dientes y cruzó la zona de acceso de La Cartuja a grandes zancadas para tener un momento de intimidad.

Baldomero y Anselmo estaban consternados por el disgusto de la joven, que parecía que intentaba descargar toda su frustración caminando en círculos con la vista clavada en el suelo. El guarda, apurado por el disgusto de la muchacha, comenzó a deshacerse en excusas con el cochero. Le contó que las idas y venidas de doña María de las Cuevas eran imprevisibles y que en eso se parecía a su abuelo, el difunto don Carlos Pickman. Por tanto, Anselmo no podía decirles cuándo volvería su señora. Trinidad lo oyó mientras seguía con su caminata furiosa. Rogó paciencia al cielo con los ojos en blanco. ¿Sería su destino no encontrarse con aquella mujer?

Al levantar la vista del suelo, descubrió una ventana de cristal, tan grande como ella misma. En la zona de acceso a la fábrica había extensas edificaciones a ambos lados del camino empedrado. El edificio de la derecha estaba pintado de color crema, y el de la izquierda, decorado con los mismos filos de color borgoña del portón. El ventanal que tenía Trinidad delante daba al interior de lo que parecía una sala de almacenaje, donde había decenas de tazas, platos y soperas de cerámica amontonados. Las paredes, el suelo e incluso el aire estaban impregnados del polvo blanco de la loza. Hipnotizada por aquella estampa, alzó la mano y la apoyó sobre el cristal.

Instantes después, como un destello, acudió a su memoria una estancia parecida, desde donde una Trinidad diez años menor miraba por el ventanal del taller familiar de los Laredo. Aquel día, la cría echó a correr hacia su interior, sorteó a Fernando y el fardo de arcilla que cargaba y estalló en carcajadas cuando la riñó, exasperado. Su hermano mayor era muy serio, pero bastaba que ella le hiciese una carantoña para que cayera aquella coraza. Fernando tenía doce años cuando nació Trinidad. Desde que llegó a la familia se había convertido en su muñequita. Cuando la pequeña vio a su madre sentada en su taburete, no reprimió las ganas de restregar la mejilla contra su espalda, que quedaba a la altura de su cabeza. La mujer ni se inmutó, estaba habituada a sus asaltos mimosos mientras pintaba. Su padre pasó cerca y le revolvió el flequillo para hacerla rabiar, luego la levantó del suelo por el nudo del delantal para despegarla un poco de su esposa. «Trinidad, no molestes a mamá», le dijo. «¿Molestarme? Para mí sería impensable pintar sin sus abrazos», repuso con una sonrisa radiante la aludida.

Como sabía que contaba con el permiso de su madre, la chiquilla escurrió la cabeza por el hueco de su brazo izquierdo para admirar su destreza. Estaba decorando una jarra de leche con querubines danzando entre nubes y geranios. Trinidad se deleitaba en la cara de extrema concentración de su madre mientras apuraba un trazo. En esos momentos, su belleza no parecía de este mundo. Al percatarse de la mirada fascinada de su hija, le dio un beso en la cabeza y arrancó a tararear mientras mojaba el pincel en la pintura rojiza. Cubrió la nariz y el pómulo derecho de Trinidad con una fluida espiral, de la que la pequeña se quejó riéndose a carcajadas. «Te lo has buscado, ya sabes que no puedo evitar dibujar sobre algo bonito cuando lo tengo delante».

Ese hermoso recuerdo le llenó los ojos de lágrimas. Trinidad se preguntó si la cerámica la habría maldecido. Había perdido la capacidad para apreciar su hermosura. Tanto era así que incluso la exasperaba. Se preguntaba por qué. Llevaba la tradición del oficio en la sangre y había crecido completamente entregada a su destino. Luego sucedieron demasiadas cosas que no tenían nada que ver con el arte que aprendió de su madre, pero hasta el amor más puro se podía enturbiar por cuestiones que nada tenían que ver. Eso le dolía. El día anterior había pasado horas sentada en una de las salas de aquel lugar increíble y había sido incapaz de gozar del privilegio de contemplar la belleza de las producciones de La Cartuja.

—¿Tengo el gusto de conocerla, señorita?

La pregunta sacó a Trinidad de sus cavilaciones. Se volvió en dirección a la voz y se encontró con el rostro severo de don Guillermo Pickman, que se había acercado a ella con sigilo. Poco antes, cuando la muchacha había entrado a desfogarse a solas en el monasterio de Santa María de las Cuevas, don Lorenzo y don Guillermo estaban paseando por los jardines próximos al acceso principal, enzarzados en la misma discusión del día anterior e igual de lejos de alcanzar cualquier tipo de consenso. Don Guillermo escuchaba con pocas ganas las catastrofistas opiniones del marido de su sobrina Susana y se detuvo extrañado cuando divisó a Trinidad. Lorenzo había seguido andando, y hablando solo, hasta que se dio cuenta de que había perdido la atención de don Guillermo, que aprovechó que Lorenzo no había reparado en la presencia de la muchacha y le anunció sin más que le apetecía continuar sin su compañía. Su sobrino político apretó los labios y accedió a la extemporánea petición haciendo un esfuerzo por mantener la compostura, pero visiblemente molesto por la volubilidad que caracterizaba a los Pickman.

Trinidad escrutó el rostro de don Guillermo preguntándose en qué momento habría llegado a su lado. Agradeció haber tenido la oportunidad de serenarse antes de que el caballero se le aproximara. Había reconocido enseguida su voz profunda y el tono molesto: lo había escuchado el día anterior desde la habitación colindante a la sala de reuniones.

—Usted es don Guillermo Pickman.

—Y usted debe de ser la joven que se coló ayer en nuestros terrenos. Hoy, al parecer, ha vuelto a repetir la hazaña. No sé si reprenderla o alabarla —dijo el hombre, que continuó escudriñándola con una expresión difícil de interpretar.

Guillermo Pickman estaba tan visiblemente alterado que, por muy elegantes que fuesen su aspecto y sus modales, la joven no alcanzaba a desentrañar su actitud hacia ella, o en realidad hacia cualquiera que quisiera llegar hasta su familia a toda costa. El comentario hizo que Trinidad sintiera tal bochorno que le salió disculparse en inglés. El caballero arqueó una ceja, cargándose de la paciencia que podría expresar un abuelo hacia una nieta desobediente.

—No tiene aspecto de dedicarse al allanamiento de propiedades privadas, señorita Laredo —le dijo don Guillermo en inglés—. Ni tampoco de británica. ¿Es posible que su acento sea de Staffordshire?

—Casi, señor. Nací en Cheshire, pero mis orígenes son sevillanos, al contrario que usted, que nació en Sevilla pero sus orígenes son ingleses.

—Cheshire… —murmuró don Guillermo.

—Sí, de Ellesmere Port, señor.

—Cheshire —repitió don Guillermo por segunda vez para sí—. Salta a la vista. Y debe de hablar perfectamente el español, porque el mayordomo de mi sobrina no mencionó que fuese usted extranjera.

Trinidad asintió y se recolocó el recogido. Pese a lo mucho que le imponía la actitud distante del caballero, decidió aprovechar la oportunidad que se le presentaba de hablar con uno de los miembros de la familia Pickman.

—Le ruego disculpe mi atrevimiento, señor, mi familia también se dedica al negocio de la loza y yo…

—No siga, por favor —la interrumpió, tajante, alzando

la mano—. Si es usted tan espabilada como parece, se habrá dado cuenta de que no es el mejor momento para que se la reciba en estas instalaciones. Desconozco los motivos que tiene para encontrarse aquí, o por qué pone tanto empeño en reunirse con María de las Cuevas, pero los Pickman no atravesamos una buena racha y le ruego que se abstenga de molestarla con asuntos personales.

Trinidad le sostuvo la mirada sin dar crédito. No esperaba que aquel caballero tan educado terminara por despacharla sin miramientos. El propio Guillermo pareció darse cuenta de que se había excedido en la dureza de sus palabras, pero antes de darle la espalda, su rostro reveló un alivio sincero por que Trinidad desistiese en su empeño. A la joven no le quedó más remedio que aceptar la realidad. Los Pickman no querían ni podían recibirla, y no tenía otra salida que proseguir su búsqueda sin contar con su ayuda.

Trinidad se concedió un momento para respirar. Todo aquello la escamaba. Sin embargo, estaba decidida a no rendirse. Los antiguos obreros de La Cartuja le habían proporcionado mucha más información que las personas que creía imprescindibles, lo que demostraba que todos los eslabones de la cadena eran igualmente importantes y valiosos. Debía pedirle a Baldomero que la llevase a Triana de nuevo. Seguro que en la calle Alfarería hallaría alguna pista de lo que tanto necesitaba encontrar.

8

Octubre de 1871

Macarena dibujaba. Cada día, cada instante libre. Horas y horas invertidas en bocetos destinados a decorar sofisticados objetos; en este caso, vajillas. Toda buena obra empezaba con un boceto, y todo artista que se preciase debía comenzar por ahí. Eso fue lo primero que le enseñó doña Brígida al llegar a la Escuela de Artes y Oficios Roberts y Urquijo de Sevilla. La mujer había recogido el guante que le lanzaron Carlos Pickman y Juan Luis Castro y estaba decidida a hacer de Macarena una artista, lo cual iba mucho más allá de las nociones sobre la cerámica y el arte pictórico que requería la loza como rama singular de la alfarería. Su nueva alumna debía cultivarse. «Un obrero trabaja con las manos; un artista, con sus conocimientos», le repetía Brígida, sentenciosa.

Macarena no solía avergonzarse por nada, pero sí le costó reconocer que leía a duras penas. De niña había ido al modesto colegio de Triana, donde pronto quedó claro que era una chiquilla indomable. Ahora lamentaba haberse saltado tantas clases. Llevaba dos semanas en la escuela cuando tuvo que reconocer esta carencia delante de sus compañeros, incluido Esteban, que no le había vuelto a dirigir ni la mirada ni la palabra desde la discusión en la fábrica Pickman y Compañía. Doña Brígida la había escuchado de brazos cruzados. Solía burlarse de su acento cerrado y de sus maneras chabacanas, pero no lo hizo de su condición próxima al analfabetismo. Meditó qué hacer para solventar aquel inconveniente. Hugo y Federico, que estudiaban en la universidad leyes, historia y economía por imposición de sus padres, interrumpieron las elucubraciones de su maestra y se ofrecieron a encargarse de la instrucción de su compañera. Bastaría con dedicar unas horas a la semana a la lectura y la redacción. Esteban escuchó la propuesta con el ceño fruncido. Federico se movía claramente por simpatía hacia la chica, pero Hugo jamás hacía nada de forma altruista; se le notaba un claro interés por aproximarse a Macarena. En cualquier caso, Esteban no pronunció palabra y siguió atento la deliberación. No podía dejar de pensar en la expresión compungida de Macarena mientras les contaba al resto su situación. Al final, doña Brígida accedió a la propuesta de los dos jóvenes y le espetó a su alumna un despectivo «Siéntete afortunada». La muchacha agradeció profusamente la generosidad de sus compañeros y tomó las manos de doña Brígida en señal de gratitud por cuidar de ella y de su formación, pero la maestra se zafó bruscamente con un aspaviento. «No te confundas, niña. Si vas a ser mi única discípula, aspiro a que seas una mujer distinguida. Aunque eso sea un reto imposible hasta para mí». Doña Brígida jamás se dirigía a ella por su nombre. No perdía ocasión de recordarle que era joven, inexperta y de extracción humilde, por eso «trianera» era su apelativo favorito para Macarena. La muchacha suspiró y le quitó hierro al asunto. A fin de cuentas, salía ganando ella, que podría aprender todo lo que necesitaba para convertirse en una artista.

Doña Brígida era un hueso duro de roer. Ni su tía Justa tenía tan mal carácter o un pronto tan imprevisible. Y además, su nivel de exigencia era increíble. La señora no mintió cuando le aseguró a don Carlos que exprimiría su talento. Macarena debía repetir los bocetos una y otra vez hasta que ella los diera por buenos. Al principio extrañaba trabajar la arcilla, así que sacó a hurtadillas un poco de barro del almacén y se hizo algunos recipientes sencillos para su habitación, objetos como un cuenco o un jarrón que no levantaban sospechas. Así se concedía un respiro del trabajo en el papel. Macarena adoraba todas las fases de la alfarería, desde la primera hasta la última. La del pintado era mágica y reconfortante, la etapa final que dotaba de alma al objeto. No obstante, hacerlo surgir de la nada también era extraordinario. En cualquier caso, las tareas de la escuela fueron haciéndose cada día más complejas, tanto que Macarena debió renunciar por completo a la arcilla y centrarse en el dibujo.

Los meses iban pasando. Macarena ya llevaba medio

año en la escuela, lo que suponía todo un logro para ella. Justa y Sagrario estaban admiradas de su comportamiento ejemplar, de su tesón, y se lo decían las pocas veces que iba de visita al taller. Aunque nunca se quejaba ni se lo contaba a nadie, para Macarena la mezquindad con que la trataba doña Brígida era un verdadero calvario. Cuando su mentora la obsequiaba con ropa de trabajo o vestidos más elegantes para acudir a la fábrica, solo lo hacía para que no la avergonzara en público con sus prendas bastas. La examinaba sin avisar para desacreditarla delante de sus compañeros o para cerciorarse de que las clases con Hugo y Federico estaban yendo por el buen camino. Macarena no podía evitar sentirse agradecida, pero el carácter imprevisible de doña Brígida la dejaba exhausta. Al principio llegó a creer que lo hacía adrede para empujarla a renunciar y demostrarle a don Juan Luis que se había equivocado al escogerla. Luego empezó a circular el rumor entre la clase alta de Sevilla de que la señora Urquijo había acogido por caridad a una muchacha humilde en su hogar. Los elogios por sus buenas acciones no suavizaron el trato de doña Brígida; al contrario, su crueldad fue a más. Contra todo pronóstico, aquello logró motivar a Macarena como quizá no lo hubieran hecho las buenas palabras. No pensaba rendirse. Si doña Brígida era tozuda, ella lo era más.

La motivación que azuzaba su fuerza de voluntad no era demostrar a doña Brígida que se equivocaba al juzgarla, ni tampoco agradecer a Juan Luis Castro y a Carlos Pickman la confianza que habían depositado en ella. Lo que Macarena quería sobre todo era callarle la boca a Esteban o, más bien, obligarlo a hablar. Estaba decidida a hacer que se tragara sus palabras, eso de que ella había llegado a la escuela por su labia, y que reconociera su talento de viva voz. Sin embargo, las ocasiones para conseguirlo no abundaban. Aquel individuo reservado apenas se relacionaba con nadie más allá de lo estrictamente necesario. Estaba completamente enfocado en la brega diaria. ¿Cómo conseguiría que la mirase si él no levantaba la cabeza de la mesa de trabajo?

Aquella tarde de octubre de 1871, los discípulos de la Escuela Roberts y Urquijo se habían desplazado a la fábrica de La Cartuja para adaptar sus diseños más recientes a las planchas de cobre que servirían para fabricar las calcas de las vajillas. Por primera vez, Macarena vio con sus propios ojos el don de Esteban. El sobrino de Brígida no solo tenía un talento excepcional para dibujar y diseñar, sino que además era el único de los alumnos de la escuela que sabía grabar planchas. Hacía tiempo que Macarena intuía que Esteban hacía algo a escondidas, algo que justificaba las largas horas encerrado en su habitación y las herramientas que llevaba de un lado a otro y que no tenían nada que ver con la cerámica ni con el dibujo. Macarena trató de sonsacar información sobre Esteban a sus compañeros, pero le tenían tanta manía al Clérigo que siempre desviaban la conversación a temas que consideraban más interesantes.

Aquel fue el día en que Esteban tomó asiento delante de una gran plancha de cobre, colocó a un lado el boceto de referencia y preparó los utensilios para grabar. Federico al fin cedió y satisfizo la curiosidad de Macarena. Esteban era el sevillano más joven al que don Carlos había autorizado a preparar planchas, ya que el tallado del metal normalmente era responsabilidad de los artistas ingleses y los sevillanos más experimentados. Al parecer, había aprendido a serigrafiar en el seminario. El rector del San Francisco Javier se dio cuenta del inmenso talento que tenía el muchacho y le pidió al maestro principal del Museo de Bellas Artes que lo instruyera. Más adelante, ya bajo la tutela de doña Brígida, Esteban pasó varios meses formándose con mister Arthur Williams y don Gervasio Espilla, dos importantes grabadores de la primera etapa de La Cartuja, y así llegó a adquirir el nivel exigido. Macarena se había quedado perpleja con las revelaciones que le había cuchicheado Federico mientras observaban al aludido desde lejos. Existían distintas técnicas para elaborar planchas de cobre o zinc, pero Esteban se había especializado en el bulino y en el grabado a punta seca. El bulino consistía en hacer muescas en el metal con un buril parecido a los que se empleaban para tallar la madera. El grabado a punta seca buscaba un efecto de rayado con un instrumento afilado, el buril mismo, y requería una repetición constante. Precisamente por la poca profundidad de las líneas, algunos consideraban peor esta técnica, pues las planchas resultantes tenían una vida limitada al desgastarse con facilidad; sin embargo, los entendidos consideraban que la calidad de los detalles a menudo lo merecía. Esteban producía cinco o seis planchas con ambas técnicas al año, lo cual era un logro del que doña Brígida estaba especialmente orgullosa, puesto que consideraba los éxitos del joven como un mérito suyo. De todas maneras, crear una buena plancha no garantizaba que se convirtiese en una calca: primero debían aprobarla los maestros estampadores, de ahí pasaba al libro de muestras y, por último, don Carlos y los otros directivos decidían si llegaba a producción. El sueño de todos los diseñadores era formar parte del catálogo. Macarena se fijó en que, a pesar de que le tenía miedo, Federico miraba a Esteban con verdadera admiración.

La joven observó atentamente todos los pasos de Esteban en ese día especial. Primero fue al almacén de planchas, donde se podían encontrar algunas muy antiguas, como las que llevaban los sellos STEAM PLAN PATENT SMITH, de Stoke-on-Trent, o WM. STILES, con su dirección de Londres, en el número 23 de Lisle Street, en Leicester Square. Comparó la plancha nueva en la que iba a trabajar con las del almacén y registró detenidamente a qué altura se marcaban las líneas de trazado. Macarena tuvo que contener una sonrisilla cuando vio que movía nervioso el pie derecho. «El impasible Esteban, alterado; puede que el cielo se nos venga encima», bromeó para sus adentros. A Macarena le sorprendió que su compañero cargara las planchas con tanta facilidad de vuelta a la sala donde estaban todos los estudiantes. Ella había cogido una en una ocasión y casi se le cayó de lo pesada que era.

Cuando el joven se quitó la chaqueta y se remangó, Macarena esclareció todas sus dudas. Se dio cuenta de que era la primera vez que lo veía en mangas de camisa. Tenía los antebrazos muy definidos, supuso que a causa de aquel trabajo aparatoso con el metal. Federico seguía hablándole y Macarena tuvo que concentrarse para apartar la vista de las venas de los brazos del chico y retomar sus propias tareas.

Con independencia de las faenas específicas de aquella jornada, doña Brígida fue muy clara al respecto: los ocho jóvenes aprendices debían estar de vuelta no más tarde de las siete y media. A las ocho, Macarena y Esteban seguían trabajando en el taller de pintado, ambos obsesionados en producir más que el otro. Hugo les avisó sobre las seis y cuarto para que empezaran a recoger, pero Esteban respondió que se quedaría un poco más. Los discípulos intercambiaron miradas, contrariados por su decisión. Les recordó que tallar una plancha llevaba mucho tiempo, y quería marcar toda la superficie para irse a dormir satisfecho. Además, tenían tres coches de caballos de cuatro plazas, y él podía regresar solo en el tercer vehículo. Bastaba con que hiciesen hueco a Macarena. A él le vendría bien trabajar en solitario y no le importaba enfrentarse a su tía cuando llegara.

—De eso nada —replicó ella, girándose en su taburete para encararlo—. Yo me quedo hasta que usted termine, señorito grabador.

Esteban apretó la mandíbula. Pese a sus intentos por ser distante con ella y a los empeños de ella por ser desagradable con él, Macarena siempre terminaba sonriéndole, y aunque le hablase en un tono insolente, siempre acababa gastándole bromas. Sus compañeros arquearon las cejas y, salvo Hugo y Federico, el resto salieron con sigilo, decididos a no inmiscuirse.

—Pienso quedarme por lo menos dos horas más, y ya llevamos doce en La Cartuja.

—¡Estupendo! Yo hoy me había propuesto trabajar quince horas.

—Como si fuera capaz.

—A lo mejor regresa usted antes que yo, fíjese lo que le digo.

Esteban se dio la vuelta, enfrentándola con sus ojos ambarinos. Macarena dio un respingo; hacía tiempo que no la miraba a la cara. Terminó por esbozar una sonrisa triunfal: había conseguido provocarlo, algo que no les pasó inadvertido ni a Federico ni a Hugo.

—Deje de perder el tiempo con él, Macarena —la reprendió Hugo, que estaba molesto por que Macarena mostrase tanto interés por Esteban—. Usted es joven, encantadora y entusiasta, y él, un clérigo fracasado, o un caballero amargado, lo mismo da, que no sabe ni cómo dirigirse a una señorita.

A Macarena le dolió aquel insulto gratuito. Era consciente de que Esteban no interactuaba casi nunca con nadie. Para colmo, la mayoría de los discípulos de la escuela hablaban constantemente de él a sus espaldas, tanto de su aptitud como de su actitud, pero Hugo parecía tenerle especial tirria. Macarena llegó a la conclusión de que aquella fijación, al igual que el miedo de Federico, no eran más que un reflejo del enorme complejo de inferioridad que Esteban les provocaba.

—¿No será usted el caballero amargado que no sabe dirigirse a la señorita que le agrada? —preguntó Esteban, que había vuelto a darles la espalda y tenía la vista clavada en su plancha.

Hugo se encendió. Rojo de rabia, levantó el puño cerrado. Federico, temeroso de la mirada gélida de Esteban o de la incomodidad de Macarena, lo obligó a desistir. Se llevó a empujones a Hugo y se despidió de los otros dos en su nombre.

Finalmente, Macarena y Esteban se quedaron solos en el taller de pintado. Pasaron la primera hora extra concentrados y en silencio, y lo cierto es que la joven se lo estaba pasando bien. Trabajaba en un hermoso paisaje primaveral con charcas de nenúfares, al que tuvo la tentación de añadir algunas ninfas. En el taller Montalván podía permitírselo, pero, ahora que todos sus bocetos debían obtener el visto bueno de doña Brígida, lo descartó. No quería despertar a la bestia. «Quién te ha visto y quién te ve, Macarenita», se dijo, alegrándose de que al menos sus tías no pudieran regodearse con su sumisión. Había entrado en su estado de trance habitual y no volvió a mirar a Esteban. Él, sí. El joven, que se esmeraba en trasladar su propuesta de vajilla con flores de lis y frutas a la plancha de cobre, de vez en cuando no podía evitar observar a Macarena. La trianera iba a todas partes con el cabello suelto; doña Brígida no había conseguido que aceptase más que un medio recogido en contadas ocasiones. Los oscuros bucles de su pelo caían sobre sus delicados hombros de una manera muy sugerente. Llevaba un vestido celeste que le favorecía la silueta. Su cintura dibujaba una bella curva con el pliegue de la falda. Esteban trataba de mirarla lo menos posible; cuando lo hacía, le costaba salir del hechizo que ejercía sobre él el atractivo de la joven. En uno de sus arrebatos despreocupados, Macarena se subió el vestido para colocar el pie izquierdo en el asiento del taburete, dejando al descubierto una de sus piernas hasta el muslo, una visión que provocó que a Esteban casi se le cayera el buril de los dedos. En el momento en que se abrió la puerta del taller, no supo si dar las gracias o maldecir, y se preocupó por si le habrían pillado mirándola. Juan Luis Castro apareció acompañado por dos personas, un hombre y una mujer. Los tres se sorprendieron de encontrarse allí a Macarena y a Esteban.

—¡Pero bueno, jóvenes! ¿Todavía estáis aquí? —los regañó—. Hace rato que apagamos los hornos.

—¡Esto ya es vicio, eh! —exclamó el hombre, don Paco—. La Gorgona los confunde con mulos de carga.

—No creo que sea cosa de doña Brígida —apuntó la mujer, doña Carmela—. Es muy exigente, pero no pide imposibles.

—Habría que ver qué es imposible. Mi tatarabuelo se vino a España desde su tierra, ya lo saben ustedes.

—¡Otra vez con el cuento de que si su señor tatarabuelo fue un guerrero de la China!

—Del Japón, Carmelilla, de ahí mi apellido.

A Macarena le hizo gracia la discusión. Ella ya conocía a don Paco y a doña Carmela porque trabajaban en estrecha colaboración con el taller de diseño: la calidad del trabajo de los artistas era fundamental para ellos. Don Francisco Japón, al que llamaban «Paco el Guerrillero», nacido en Coria del Río, era el maestro estampador de La Cartuja. Se encargaba de elaborar la mezcla de óxidos metálicos disueltos en aceite que servían para impregnar las planchas de cobre y traspasar los dibujos al papel de arroz humedecido con agua de los que se obtenían las calcas. Esa segunda tarea era supervisada por doña Carmela, «la Nana», la maestra transferidora, ayudada por una oficiala y por el cortador. Después llevaban las calcas a la sección de estampado, donde los operarios a las órdenes de su capataz las aplicaban en la loza.

—Doña Brígida os va a comer vivos —resopló hastiado Juan Luis. Sabía de qué pie cojeaban, no era la primera vez que competían por demostrar quién podía trabajar más. Se cruzó de brazos y los perforó con su mirada celeste.

—Pero, don Juanlu, nosotros solo…

—Una reprimenda del copón es lo mejor que os puede pasar, Macarena —la interrumpió—. Marchaos ya mismo y no lo empeoréis.

Ambos jóvenes se miraron y asintieron, sabían que el señor Castro tenía razón. Recogieron sus pertenencias y procedieron a obedecer. Una vez en los jardines exteriores, Macarena y Esteban recuperaron su actitud distante y la separación física, tanta que caminaban ridículamente alejados el uno del otro. Ella no pensaba permitir que ese joven empeñado en ser desagradable con ella la regañara por haber instigado la competición de aquella tarde. Se guardaba un contundente «Fue usted quien empezó» por si se le ocurría sacar el tema. Esteban, en cambio, sí que estaba buscando las palabras para ofrecerle su ayuda. Se había fijado en que arrastraba a duras penas su maletín de herramientas.

—¡Macarena, hermosa!, ¿cómo puedes estar cada día más guapa?

La voz masculina que había roto el silencio era de José Antonio, que salía del almacén de carpintería junto con otros dos compañeros que se ocuparon de cerrar para que pudiera hablar con su pretendida. Esteban observó en silencio las risitas de los operarios y la mirada melosa de Macarena a aquel joven.

—Qué zalamero eres, Toño. Tú, que me miras con buenos ojos.

—Seguro que no soy el único —dijo echando un vistazo fugaz a Esteban, que continuaba inmóvil.

—Será que el trabajo me sienta bien —repuso Macarena, azorada.

—¿Te veré después en el tablao del Castañuela?

—Qué va, criatura. Ya vamos tarde de vuelta a la escuela, la patrona me va a matar.

José Antonio se encogió de hombros. Había oído decir

que doña Brígida era una mujer bastante intransigente. Supuso que Macarena no quería disgustarla y echar a perder la oportunidad que le habían dado. El carpintero miró a Esteban, esta vez directamente, y decidió no desaprovechar la ocasión:

—A él lo he visto más de una vez acompañándote, e incluso me suena de antes, pero creo que no he tenido el gusto de que nos presenten.

Macarena dudó un instante, temía la habitual frialdad de Esteban. Por eso le sorprendió que saliese de él acercarse y tenderle la mano a José Antonio.

—José Antonio Padilla, el Toño, carpintero de La Cartuja y buen amigo de juventud. Esteban Urquijo, artista de la escuela de doña Brígida y sobrino de esta —hizo los honores Macarena.

La muchacha agradeció tener un segundo comentario que añadir sobre él, pues no hubiera sabido qué decir en equivalencia a su relación con Toño. Esteban a veces le parecía más su rival que su compañero, y para nada podía considerarlo un amigo.

—Espero que me cuide a la Macarena, señor —dijo Toño tras un instante con una sonrisa maliciosa—. Se me distrae con facilidad, pero yo bebo los vientos por ella.

La joven le dio un empujón de broma por el comentario, le restó importancia y se despidió. Esteban le mantuvo la mirada a José Antonio, que tampoco dio su brazo a torcer. De hecho, a Esteban le pareció que apretaba los puños y se los guardaba en los bolsillos con impotencia.

Los dos alumnos salieron de los terrenos de La Cartuja y subieron al último coche de caballos de la escuela que quedaba aparcado, esperándolos. Una vez en el vehículo, Esteban permaneció mudo hasta que llegaron al puente de Triana.

—¿Qué es un tablao?

Macarena parpadeó sorprendida por su curiosidad. Esteban se había percatado de que la joven pedía permiso con regularidad para salir por las tardes, más o menos una vez cada dos o tres semanas. Según le explicaba a doña Brígida, iba con sus amigos a cantar y a bailar, y la maestra accedía no sin cierto desprecio. El interés que la reina Isabel II y sus familiares, los duques de Montpensier, manifestaron en su momento tanto por la Feria de Abril como por la devoción religiosa sevillana contagió de fervor por el folclore popular a muchas familias de buen nombre. Doña Brígida lo consideraba un asunto desafortunado que debía quedar en el pasado. Ella misma llevó al cuello durante muchos años la Virgen de los Reyes, la favorita de su majestad. Cuando la reina se exilió, ella hizo lo mismo con la medalla. Así que, cada vez que le daba permiso a Macarena para salir, doña Brígida le soltaba la monserga despectiva de que suponía que era normal que los bárbaros necesitaran esos jolgorios absurdos si dedicaban sus vidas carentes de sentido a trabajar como animales. Macarena se limitaba a asentir; mientras la dejase ir, poco le importaba lo que pensase su maestra. Volvía para la hora de la cena radiante de felicidad y trabajaba mucho mejor al día siguiente, como si se hubiera recargado de energía. Esteban siempre se había preguntado a dónde iba y aprovechó que José Antonio había mencionado el lugar para consultarle al respecto.

—Bendito sea Dios, don Esteban, ¿es usted sevillano y no sabe lo que es un tablao? —preguntó Macarena, regodeándose.

El joven, que captó al momento su tono de satisfacción, apartó la vista y se cruzó de brazos.

—Por supuesto que soy sevillano. Si no quiere explicármelo, no lo haga y punto.

—No se ponga así, hombre. Un tablao es un lugar donde la gente se reúne a beber y a picotear, pero se alterna el palique con el baile, las palmas y algún que otro cante.

—¿Dice usted un café cantante? —preguntó Esteban con más entusiasmo del que quería mostrarle. Con un carraspeo recuperó la compostura.

—Café cantante, café cantante… —se burló Macarena, que había notado la exaltación de su compañero de escuela—. ¡Y tanto que es sevillano!, pero es un señorito. Así llaman los señoritos a los tablaos. Aunque, claro, ¿qué, si no, es usted?

El joven resopló ofuscado, lamentándose de haber comenzado aquella conversación. Macarena se levantó para sentarse a su vera. Se encontraba ahora tan cerca que Esteban podía observar cada detalle de su rostro.

—No me diga que le atraen los saraos, Ojazos. ¡Quién lo diría!

—No me llame así. ¿Y quién le ha dado permiso para sentarse a mi lado?

—Pero sí que le agrada el cante. Es eso, ¿no?

—Ni me agrada ni me deja de agradar.

—Aisss, el Ojazos cantaor. ¡Eso tengo que verlo!

—Que no se dirija a mí de esa manera.

—Mientras me mire con esos ojazos, difícil no caer en la tentación.

Esteban balbuceó un intento de réplica, pero no le salió nada inteligible.

—Debería acompañarme una tarde. Al tablao, digo.

Esteban sopesó la propuesta con cierta incomodidad. Llevaba tiempo intentando dar con un café cantante, no deseaba desperdiciar la oportunidad. Por otra parte, eso implicaría pasar tiempo con Macarena fuera de la escuela. A solas. Por no hablar de otros inconvenientes. Adoptó una postura defensiva, observando el paisaje fuera del vehículo, y preguntó:

—¿Y a José Antonio no le molestaría que vaya con usted?

—¿Al Toño?

—Es su novio, ¿no?

—¿El Toño, mi novio? ¿Eso parece?

—Parecerlo, lo parece —dijo Esteban, y volvió la cabeza para no mirarla a los ojos.

Macarena se quedó perpleja. Era cierto que tenían muy buena relación, y que José Antonio era adulador con ella hasta decir basta. También con otras mozas. Esa misma mañana, cuando los discípulos de la escuela llegaron a La Cartuja, lo vio de lejos tonteando con una de las molineras. Incluso le pareció que la magreaba un poco. Y no era un caso aislado.

—Qué descarado, don Esteban —le respondió Macarena, que acababa de darse cuenta de la ventaja que tenía—. ¿Por qué debería contarle a usted nada de mi vida privada?

—Tiene razón, disculpe.

Insatisfecha de su reacción insípida, Macarena decidió volver a su lugar para ponerse frente a él.

—No lo es.

Esa confesión volvió a captar la mirada ambarina de Esteban.

—Toño y yo nos conocemos desde niños, y hemos sido muy adulones el uno con el otro desde jovencicos, pero en absoluto es mi novio. ¡Dios me libre! Yo todavía no he encontrado al hombre de mi vida, que lo sepa.

Eso cambiaba muchas cosas. También complicaba otras. ¿Qué hacía entonces Macarena cuando salía, si consentía que la tocase cuanto quisiera alguien con quien decía que no tenía una relación? Del tropel de emociones que sentía, Esteban se dejó llevar por la indignación.

—¿Y por eso se distrae con cualquiera? —preguntó, y al instante comprendió que debería haberse mordido la lengua.

—¡Oiga, usted! —exclamó enfadada Macarena—. ¿A santo de qué me acusa de semejante disparate? Yo seré vivaracha, ¡pero más pura que la Virgen de la Inmaculada, perdone!

—Le ruego que me excuse. No soy nadie para juzgar nada de lo que haga.

La trianera lo observó detenidamente. Nunca lo había visto así de afligido. De hecho, casi agradeció que la conversación hubiese tomado aquellos derroteros. No lo había visto tan vulnerable desde el día que se conocieron. Ahí estaba de nuevo su Ojazos, cubierto de barro y preocupado por lo que ella pudiera pensar de él.

—¿No será que a usted le gustaría que le tratase como al Toño? —le preguntó buscando su mirada.

Esteban se puso rojo, tanto que contagió a Macarena. Le espetó de malos modos que, por lo que más quisiera, dejasen ya aquella desafortunada charla y se prepararan para encarar a su tía, que bastante problema sería ya. En eso, Macarena le dio la razón. Sin embargo, no dejó de observar aquellas orejas sonrosadas con mucho gusto. Sí, ahí estaba su Ojazos.

Ninguno de los dos podía imaginar que llegarían a la escuela en un momento de lo más inoportuno para Brígida. Ya se había enfurecido cuando vio aparecer solo a seis de sus ocho discípulos, y se enfadó un poco más, aunque tampoco mucho, cuando se dio cuenta de quiénes se habían quedado en la fábrica. La verdadera fuente de su irritación era que estaba pintando de nuevo. Y pintar le evocaba sensaciones desagradables del pasado.

Hacía tiempo que había optado por volcar sus inclinaciones artísticas en la supervisión, en incentivar el talento de otros más que el suyo propio, a pesar de que desde niña siempre había demostrado ser una pintora extraordinaria. Lo llevaba en las venas, descendía de una larga tradición de artistas y coleccionistas. Y Esteban había salido a la familia. Tenía la habilidad, la ambición y la testarudez de los Urquijo, y estaba convencida de que también había heredado al menos algo de su malicia. La maldición de los Urquijo era ser perfeccionistas en la técnica, bellos en cada trazo, pero que sus producciones carecieran de alma. Excepto las de su sobrino. El muchacho podía resultar desagradable al trato; sin embargo, sus obras transmitían luz y conmovían a cualquiera. Fue la principal razón por la que Brígida decidió adoptarlo como alumno, a pesar de que desde el seminario le previnieron de su naturaleza problemática. Se mofó de las advertencias de los sacerdotes. En realidad, el carácter oscuro de Esteban tenía mucho de la candidez de su madre. Aurora fue el ser más ingenuo que Brígida había conocido en su vida. La ponía nerviosa con sus continuos abrazos, o con aquella sonrisa permanente que ocultaba lo que sentía en realidad. Su hijo hacía lo mismo: ocultaba lo que sentía, pero no detrás de una sonrisa. Eso hacían todos, pensó Brígida mientras pintaba en su alcoba, creían que podían torearla como quisieran. «La vida es frágil, como la loza».

Brígida estaba volcada en acabar un enorme retrato de Juan Luis. El gesto idéntico, la mirada analítica. Inmortalizaba a los hombres que se proponía conquistar, y no tardaba en conseguirlo más de lo que invertía en concluir cada efigie. Sin embargo, aquella se estaba alargando demasiado. El asesor artístico de La Cartuja estaba resultando especialmente arrogante. Brígida sabía que el problema no eran sus encantos de mujer; todo tipo de caballeros la agasajaban con flores y atenciones en todos los círculos sociales que frecuentaba. La edad no era tanto obstáculo como la gente solía creer, menos si la solicitada tenía mucho más que ofrecer que una buena presencia. Brígida había transformado su fogosidad innata en codicia y apetito de poder. Poder sobre el arte. Poder sobre el dinero. Poder sobre la influencia. Poder sobre los hombres, sobre todo si estos podían proporcionarle todo lo demás. Y ahora no estaba interesada en escarceos; quería un compromiso de por vida. Uno muy concreto. Sin embargo, Juan Luis parecía obcecado en rehuirla.

Brígida introdujo dos dedos en el recipiente que contenía la mezcla de aceite y trementina mineral, empleada para disolver el óleo. A veces recurría a una técnica arriesgada: aplicaba la pintura sobre el lienzo directamente con los dedos. Con mano diestra generaba bellos efectos de difuminado, como los de la acuarela, al tiempo que sentía la quemazón en la piel de las yemas. Nunca le había importado pagar un alto precio por un alto fin. Se preguntó si Juan Luis realmente merecía tanto. Seguro que estaba encantado con que sus dos alumnos más prometedores se quedasen en la fábrica de cháchara con él, riéndose los tres a su costa. Brígida estaba deslizando los dedos impregnados de aguarrás sobre la boca del retratado cuando oyó que se abría la puerta principal de la casa. Inspiró profundamente por la nariz, se secó la mano derecha con el paño y recolocó los pinceles en el atril antes de salir de la habitación en dirección a las escaleras.

En cuanto vieron a su maestra, tanto Macarena como Esteban enmudecieron. Fue ahí cuando la joven se dio cuenta de que deberían haberse preparado para aquella situación tal como Esteban la había avisado. Habituada a los gritos de Justa, supuso que la señora Urquijo no podía ser mucho peor y, envalentonada, se lanzó a dar excusas. Su compañero trató de frenarla, pero ya era tarde. Cuando Brígida se hartó del interminable discurso de Macarena, la tomó del rostro sin mediar palabra y apretó con fuerza. La mirada de la Gorgona helaba la sangre.

—Hace tiempo que lo pienso: tienes una mirada altanera, mocosa, que me irrita poderosamente. No me preocupa dejarte salir a perder el tiempo, sola o con los de tu calaña, siempre y cuando te haya dado mi consentimiento. No soporto que me mientan.

Esteban, preocupado por lo que presagiaban esas palabras, se interpuso entre ambas, obligando a Brígida a soltar a Macarena.

—No la reprenda, tía —dijo al verla perpleja por su comportamiento—. El retraso de esta noche ha sido por mi culpa. Le pedí a Macarena que se quedase conmigo en La Cartuja para asistirme con las herramientas de serigrafía.

Macarena abrió mucho los ojos, casi tanto como Brígida. Esta última no supo qué le molestó más, si la osadía de su sobrino para mediar o la idea de haberse atrevido a pedir la ayuda de la trianera, cuando le había dejado más que claro que la muchacha debía limitarse a bosquejar: jamás de los jamases debía acercarse lo más mínimo a una plancha, ni siquiera para mirar. El rostro de la mujer se ensombreció y, sin previo aviso, le soltó un fuerte bofetón a su sobrino que dejó a la joven estupefacta.

—Me entran ganas de molerte a palos como cuando eras un mocoso. Mejor que os encerréis ahora mismo en vuestras alcobas y desaparezcáis de mi vista.

Esteban asintió en silencio. Viendo que Macarena titubeaba, la apremió agarrándola de la muñeca para que lo siguiera a la zona de los dormitorios. La muchacha se dejó, abrumada por haber presenciado aquella desagradable disputa entre tía y sobrino. Volvió en sí cuando Esteban la soltó en el pasillo del primer piso, sin volver a hablarle ni mirarla, y se dirigió a su habitación. Macarena corrió hacia él, reteniéndolo tímidamente por la chaqueta. Esteban le indicó con la cabeza que se marchase. Ella lo ignoró, no lograba articular palabra. Debió de ser muy humillante para Esteban que le cruzase la cara delante de ella. Figurándose la razón del malestar de la muchacha, estuvo a punto de decirle de malas maneras que se marchase; luego se dio cuenta de que Macarena estaba a punto de llorar.

—Pero ¿por qué ha cargado con las culpas, alma de Dios? Usted no se merecía ese guantazo.

Macarena acercó la mano al rostro de Esteban, que la esquivó más por apuro que por negarle el contacto. La joven se quedó horrorizada al reparar en las dos cicatrices que sobresalían por el cuello de su camisa. Esteban se apartó para que dejara de observarlas.

—Como buena maestra, tía Brígida corrige mi actitud cuando desafío su autoridad. Sabía que esto podía terminar así cuando decidí quedarme en la fábrica.

—¿Está diciendo que lo que esa mujer le acaba de hacer es habitual?

—Es lo habitual en mi vida.

—Si esto es una broma, no me hace ni pizca de gracia, Esteban, ni pizca de gracia. La violencia no debería ser el lenguaje de los maestros ni de la familia. Lo que ha sucedido no está bien. Y no tendría que consentirlo. Si es usted un armario, por todos los santos… Debería poner a esa mujer en su sitio: abultando la mitad que usted, no se le tendría que ocurrir tocarle.

Tal vez porque le hirió bastante en su orgullo, Esteban resopló en una risa cáustica.

—Tenía razón con usted, no sabe nada de la vida, ¿verdad? —replicó—. Basta verla para comprenderlo: ni sus maestros ni sus familiares le han levantado la mano ni le han hablado nunca para infundirle un terror del que es imposible desprenderse por mucho que pasen los años. Qué sabrá de mí ni de nadie que no haya crecido entre algodones.

Macarena calló, pero le mantuvo la mirada. Esteban le dio la espalda para entrar en su cuarto y ella volvió a vislumbrar aquellas marcas de su cuello, de pie, completamente inmóvil.

—¿Me permitiría al menos darle las gracias? Diga lo que diga, ambos sabemos que me ha librado de una buena reprimenda.

Esteban cerró los ojos y apretó los dientes. Terminó por entrar en su habitación y cerrar la puerta sin pronunciar palabra.

Una semana después, Juan Luis Castro decidió visitar la Escuela Roberts y Urquijo. Tenía que hacer un importante comunicado en nombre de la fábrica y quería cerciorarse de cómo estaban Macarena y Esteban. Conocía a Brígida de sobra y estaba convencido de que los habría castigado severamente. Cuando la trianera lo recibió, confirmó sus temores. Vestía con un traje verde manzana que resaltaba su tez morena, pero su expresión, habitualmente risueña, se veía algo apagada. Incluso apreció unas tenues ojeras. Juan Luis no se imaginaba por dónde iban los tiros. Macarena no llevaba tan mal las represalias de haber ofendido a Brígida como que Esteban la hubiese estado evitando. Había tratado de acercarse más veces para agradecerle que mediara por ella, pero en la última el chico le respondió de una forma tan desagradable que ahora era ella la que lo rehuía. Juan Luis se sorprendió de que lo recibiera a solas. La joven le informó de que doña Brígida y sus discípulos, salvo Esteban y ella, habían ido con sus cuadernos de dibujo a los jardines del Real Alcázar.

—Así que todavía estáis pagando por lo del martes pasado.

—No lo sabe usted bien, don Juanlu. Esa mujer da más miedo que una enfermedad.

—Me hago una idea. Supongo que te habrás dado cuenta de que estoy en su punto de mira.

—¿Y nunca se ha sentido tentado de corresponderla?

—Acabas de decir algo aterrador.

—Pero doña Brígida es guapa a rabiar, y de talento va sobrada. Pensé que esa era su debilidad.

—No te creas. Como buen amante del talento, sé que solo se convierte en excelencia cuando se le añaden la tenacidad y la ambición, que a ella no parecen faltarle. Claro que veo sus virtudes como mujer y como artista, aunque una cosa es admirarla y otra, que me interese de un modo más íntimo.

—Pero yo no le he preguntado si le interesa románticamente, le he preguntado si nunca se ha dejado tentar por sus encantos. Creo que es el único caballero de su edad que la esquiva.

—Qué desvergonzada eres, Macarena. Que tú hayas caído en el embrujo de los Urquijo no quiere decir que todos lo hagamos también.

—¿Qué trata usted de decir, don Juanlu?

—Todo el mundo en la fábrica ha oído tus suspiros cada vez que miras a Esteban. Aunque eres la primera jovencita a la que vemos así por él, por mucha planta de torero que tenga.

Macarena parpadeó descompuesta. Sin duda el señor Castro recordaba la anécdota que le había contado sobre aquel mozo apuesto de la Maestranza que la libró de mancharse el vestido de barro. El directivo había presenciado cómo se dirigía a Esteban esa misma mañana, por lo que debió de deducir que se trataba de él. Por no hablar de que parecía que estaba al tanto de lo que Macarena ni siquiera se había reconocido a sí misma.

—Y luego la desvergonzada soy yo, don Juanlu —dijo, intentando disimular su sonrojo—. Así que van ustedes cuchicheando por ahí a mis espaldas.

—Es que tienes un gusto peculiar, niña.

—Puras imaginaciones.

—Llevas medio año a mi cargo, te conozco ya como si fuese tu padre.

—¡Qué cosas tiene, don Juanlu! No pienso desmentir ni reconocer nada.

—Bueno, es evidente que Esteban es familia de Brígida y se nota no solo en la belleza, también en su carácter. Siento decírtelo, pero resulta extraño que una muchacha tan alegre como tú se fije en un joven tan huraño como él.

—No es huraño en absoluto, don Juanlu —salió Macarena a la defensa con más ardor del previsto—. Ese joven posee un corazón que no le cabe en el pecho. Sonríe poco, pero le aseguro que cuando lo hace ilumina una sala entera.

Juan Luis alzó las cejas impresionado. Su intención no iba más allá de bromear un poco a su costa, no esperaba que fuese a entrar al trapo de esa manera.

—Puede… que sí que me guste un poquito —dijo Macarena con la vista clavada en el suelo—. Aisss, ¡es que tiene un porte! De torero, sí, no me lo negará, ¡y qué mirada, don Juanlu! Esos ojos podrían usarse en la fábrica para hornear, se lo digo yo.

—Menos mal que solo puede que te guste un poquito, chiquilla.

Después de dar por concluida la conversación y cambiar de tema para templar los nervios de la joven, Juan Luis le pidió que fuese a buscar a Esteban. Quería adelantarles lo que había venido a comunicar a los miembros de la Escuela Roberts y Urquijo en nombre de don Carlos Pickman. Macarena suponía que Brígida y los demás no tardarían en llegar, así que invitó a Juan Luis a esperar en el salón principal y ella subió a llamar a Esteban.

Titubeó frente a la puerta de su habitación. Sabía que el muchacho se había encerrado a trabajar desde por la mañana y temía molestarle. Luego se dijo que lo hacía en nombre del señor Castro y que debía informarlo de aquella visita. Golpeó una vez. Tras esperar un momento, comprobó que al otro lado de la puerta no había más que silencio. Volvió a probar. Nada. Finalmente se atrevió a girar el pomo y a asomarse. La habitación estaba vacía. Era su oportunidad para entrar a curiosear. Los cuartos de Brígida y Esteban eran los únicos que no había visto todavía. Más de una vez había fantaseado con la del Clérigo. Se había imaginado una estancia sobria como la celda de un monje y, para su sorpresa, más de un detalle recordaba precisamente a eso: el enorme crucifijo y la cama de sábanas azules tan austera que parecía un catre. El resto del mobiliario era otra cuestión. Disponía de estanterías de caoba repletas de herramientas curiosas, una gran mesa de trabajo sobre la que descansaban bocetos a medio dibujar y algunos trozos de metal con relieves hechos a mano. Lo que más impresionó a Macarena fueron los libros. Había muchísimos y de todo tipo: novelas, volúmenes de historia, de matemáticas, de anatomía... También de música. Descubrió una obra sobre flamenco y artes populares. Sacó el libro de la estantería y, además de fijarse en la preciosa portada, lo hizo en la etiqueta que había en la esquina derecha. Solo se leía una palabra, no un nombre: «Madre». Entonces, una mano se cerró alrededor de su muñeca y otra le arrancó el volumen de las manos. Macarena siguió las venas de aquel antebrazo hasta reparar en el rostro enfadado de Esteban.

—¿Se puede saber qué haces en mi cuarto? —la tuteó molesto, aunque enseguida lamentó haberla sobresaltado.

Sin embargo, no era temor lo que se veía en la expresión de Macarena, sino una mezcla de sensaciones, ninguna de ellas desagradable. Esteban venía de darse un baño, como delataban su cabello mojado y su torso desnudo. Llevaba una pequeña toalla al cuello con la que había tratado de secarse la cabeza; el flequillo, que solía lucir peinado a los lados, ahora estaba revuelto y cubría sutilmente aquella mirada felina. De cintura para arriba, su cuerpo era todo un espectáculo: era esbelto a la par que musculoso. Podría haber servido como modelo al más exigente de los escultores. Macarena se quedó hipnotizada por las gotitas que se escurrían de su pelo, caían en los huecos de las clavículas y rodaban por los pectorales hasta perderse por la cinturilla de su pantalón.

—Virgen santísima, ¿y tú qué haces para tener esos brazos? No será solo de cargar planchas de higos a brevas.

Esteban la soltó al momento. Recordar que estaba semidesnudo frente a ella lo cohibió. Deslizó un poco la toalla para que le cubriera al menos una parte del pecho, lo que resultaba ridículo dado su tamaño. El gesto solo consiguió que la joven pudiese apreciar la envergadura de su cuello. Macarena pensó que necesitaba con urgencia abanicarse.

—Practico la calistenia —respondió, apurado, tras meditar un instante.

—¿Cali… qué? Primera vez que escucho esa palabreja, niño. Los ricos sois exquisitos hasta para las doctrinas de la fe.

—No tiene nada que ver con la religión, Macarena. La calistenia es una práctica deportiva muy habitual en Inglaterra, Francia y Estados Unidos. —Puesto que Macarena continuaba callada y él cada vez estaba más nervioso, prosiguió—: Consiste en ejercitar el cuerpo con el propio peso. Tiene muchos beneficios para el organismo, sobre todo para personas que pasan muchas horas sentadas.

A mí además me ayuda cuando me bloqueo. También se gana flexibilidad, resistencia en las articulaciones y precisión, entre otras cosas.

—Entre otras muchas cosas.

Macarena bajó la mirada descaradamente una vez más a su pecho, incomodando de nuevo a Esteban. El joven se cruzó de brazos tratando de impedir su visión, también en un intento de recuperar autoridad.

—Todavía no me has explicado qué hacías tocando mis libros.

—¿De qué otra forma habría podido?

—Pidiéndome permiso.

—¿Me los habrías prestado?

—¿Por qué no?

—Si nunca me has invitado a entrar a tu habitación... ¿cómo iba a saber qué libros me interesarían?

—Pidiendo permiso, reitero.

—A lo mejor no querías que supiera qué libros te interesan a ti. Música y flamenco, Ojazos. Vaya, vaya. Será verdad que escondes a todo un cantaor debajo de esa coraza fría y *calistémica*.

—Calistenia. Sal ahora mismo de mi habitación, Macarena —le ordenó, pero su tono ya no era de enfado.

Por un momento, ella continuó divertida por la situación. Pero no duró. Cuando Esteban se dio la vuelta, la muchacha no pudo reprimir un grito. El joven maldijo su descuido y se volvió preocupado. Macarena se había quedado consternada al ver su espalda. Estaba tan musculada como el resto de su anatomía, pero también marcada por años y años de maltratos. Citarices alargadas, redondeadas o hundidas. Todas de lo más perturbadoras. Esteban anduvo hacia Macarena, alzó una mano despacio y, no sin dudar, recogió con el pulgar una pequeña lágrima que amenazaba con descolgarse de su ojo izquierdo.

—Nunca haces caso —se limitó a susurrar.

Ella, temblorosa, dejó que aquella mano, mucho más áspera de lo que imaginaba, le rozara levemente la mejilla. Después cerró los ojos, sobrepasada por lo que acababa de ver. Ese joven tenía la capacidad de despertar en ella emociones muy contradictorias. Muchas de ellas, aterradoras.

Esteban, por su parte, se sentía superado. Retiró la mano de su rostro por temor a disgustarla. Observó sus pestañas muy largas y tupidas. Sentía un deseo imperioso de seguir tocándola. Hacía meses que Esteban había asumido que estaba perdidamente enamorado de Macarena. Supuso que incluso desde que la vio por primera vez, convivir con ella había desatado por completo sus sentimientos. Se quedó hechizado cuando la descubrió trabajando: su técnica sutil pero desenfadada, su concentración casi mística, sus bellos diseños, que eran el reflejo de su alma virtuosa. ¿Qué podía decir de su atractivo? Estaba convencido de que todos los hombres caían rendidos a sus pies; no creía que ninguno la adorase del mismo modo que él. Durante meses estuvo convencido de que Macarena y José Antonio eran novios, pero la alegría de que no fuera así le duró poco. Macarena era una joven única, dulce y jubilosa, jamás se podría interesar por un hombre tan sombrío como él, y menos después de lo desagradable y distante que había sido con ella. Aquellas disputas y roces que los acercaban le resultaban casi intolerables. Temía que su amor por ella le traicionara, que su cuerpo se moviera solo en busca de su contacto. Esteban desechó al momento aquellos anhelos, se separó de Macarena y volvió a requerirle con la mayor delicadeza que por favor saliera de la estancia.

Macarena asintió, dolida por que él la rechazase de nuevo. No le extrañaba que todo el mundo se burlara cuando la veían rondándolo. ¿Cómo iba a fijarse un caballero tan distinguido y elegante en una moza descarada y malhablada como ella? ¡Era ridícula! Tendría que hacer acopio de toda la vergüenza y el estómago que tenía para seguir tratándolo con normalidad pese a que él no pudiera ni verla. La joven creyó que era un buen momento para contarle el motivo por el que había acudido a buscarlo a su habitación.

Media hora después, Esteban descendía por las escaleras junto a Macarena, ya vestido de negro riguroso de pies a cabeza. Sus miradas se encontraban de vez en cuando, pero mantenían la distancia física. Abajo, descubrieron que doña Brígida había llegado ya con sus discípulos, y les riñó sin piedad por haber dejado a Juan Luis solo en el salón. Este calmó a la directora de la escuela y pidió a Macarena y a

Esteban que tomaran asiento. Iba a compartir el anuncio que Carlos Pickman le había encargado que comunicase a todas las escuelas de artistas afiliadas a La Cartuja.

—Don Carlos se ha propuesto un reto que precisa de su colaboración: desea sorprender a nuestro rey, Amadeo I de Saboya. Como ustedes ya saben, tras la Exposición Internacional de Londres de 1862 y la subsiguiente visita a nuestra fábrica de la reina exiliada Isabel II, Pickman y Compañía estableció muy buenas relaciones con la Casa Real española, y ahora presumimos de ser su proveedor oficial de vajillas. Pues bien, igual que en su día elaboramos una colección destinada a la reina, ahora don Carlos quiere obsequiar al actual soberano de España con una vajilla ideada en su honor. Don Carlos lleva tiempo esperando a que le concedan audiencia con el rey para anunciárselo en persona.

—Así que don Carlos lleva meses tras el rey —repitió Brígida, molesta por haber quedado al margen de los movimientos de la dirección de La Cartuja—. Pero seguramente no tiene pensado todavía el tan deslumbrante proyecto.

Juan Luis asintió. «Claro», pensó Brígida, «he ahí por qué precisa colaboración, aunque más bien necesita un milagro». Detestaba la afición por la improvisación y el riesgo que caracterizaban al señor Pickman.

—Conociendo los gustos modernos e innovadores del monarca, así como su fascinación por la cultura española, don Carlos está decidido a elegir a los diseñadores encargados de la nueva vajilla mediante una prueba de aptitud, a la que se presentarán todos los artistas interesados y que tendrá lugar en las instalaciones de la fábrica.

Brígida puso los ojos en blanco y apretó la mandíbula. La situación era peor de lo que imaginaba. Ante el silencio sepulcral de todos los presentes, chasqueó la lengua para mostrar su desaprobación.

—¿Ha dicho don Carlos en qué consistirá la prueba?

Juan Luis sonrió.

—Eso es lo mejor: nos enteraremos cuando llegue el momento.

9

Mayo de 1851

Felisa suspiraba. El trabajo de aquella semana le estaba resultando extenuante. La primavera todavía no había dado paso al verano; sin embargo, aquel mes era especialmente caluroso en Sevilla. La joven se dedicaba en esa época a los «diseños sobrios», que era como llamaban en La Cartuja a los que tenían pocos detalles. Eso no quería decir que fuesen menos complejos. A primera vista, una taza con una imagen de un jardín con figuritas resultaba más llamativa que otra pieza de loza lisa o con un delicado filo azul. Sin embargo, era justo al contrario. Los dibujos solían ser producto de una calca; los filos pintados, no: la mayoría estaban realizados a mano. También las vajillas lisas solían contar con delicados detalles en las asas o en los bordes que requerían de un trabajo artesanal mayor. Cuando don Julio descubrió el extraordinario talento de Felisa para el manejo del pincel a mano alzada, la dejó al cargo de esa tarea. Todos en el taller se quedaban asombrados de que sus filos fuesen extremadamente uniformes e idénticos. Llevaba ya más de un año en la fábrica del monasterio de Santa María de las Cuevas, estampando calcas en tazas o plasmando líneas con el pincel; su muñeca se había habituado a los giros que requerían los diminutos filos de las vajillas y su cuello agonizaba cada vez que se acercaba para asegurarse de que ningún punto o raya del diseño estuviese donde no procedía. Felisa había conseguido la excelencia en su trabajo, pero esos días se le estaba haciendo penosamente cuesta arriba. Luego miró hacia abajo, segura de que la prominente barriga, ya imposible de esconder, tendría también mucho que ver.

Rocío contempló afligida a su compañera. Era la única a la que Felisa le había confesado que estaba encinta, guardándose para ella el nombre del padre. Aunque Rocío no necesitaba que se lo dijera.

Desde que Felisa había conseguido que Conrado se dejara llevar, él ya no paró de buscarla y pedirle que fuese a su casa para volver a disfrutar de su compañía. La experiencia de intimar les agradó tanto que habían repetido cada vez que les había sido posible a lo largo de dos meses. Felisa había hecho uso de todas las excusas y subterfugios imaginables para que Adela no se diera cuenta de todo el tiempo que se ausentaba del dormitorio.

Cada encuentro entre ambos era más fogoso que el anterior, aunque en un aspecto nada había cambiado: seguían conversando sobre arte, el talento y el esfuerzo, la vida, el caos y el equilibrio. En el sofá o en la cama. A veces empezaban en un sitio y terminaban en el otro. A veces no llegaban a ninguno y acababan devorándose en el suelo. A veces las charlas duraban más que las caricias. A veces ella no podía esperar para echarse en sus brazos. A veces era él quien lo hacía en cuanto ella cruzaba la puerta. Felisa se sentía feliz cuando estaba con el hombre que amaba. Pero su felicidad parecía condenada a no durar.

Los Roberts y Urquijo volvieron a Sevilla en diciembre, como había anunciado doña Brígida. El mal que aquejaba a su marido no tenía cura. Estaba desahuciado y postrado en cama, así que su fría esposa contrató a una muchacha para que lo atendiera y restringió su contacto con él a breves visitas para mantener las apariencias. Doña Brígida consideraba que había recuperado su libertad y no tardó en reclamar las atenciones de Conrado. Le desconcertaba que él se inventase excusas con el fin de evitarla. No esperaba que la hubiese extrañado en absoluto, pero él rara vez había rechazado antes un encuentro carnal. Era consciente de que, más allá de la indiferencia innata de Conrado, por esa época frecuentaba por lo menos a tres mujeres: una labradora de los terreros de La Cartuja, una lavandera de la zona de Triana y una mesonera de la Maestranza. Brígida dio por hecho que estaba entretenido con ellas, no se le hubiera ocurrido sospechar que Conrado había dejado de verlas desde la primera noche que pasó con Felisa. Tampoco él se lo explicaba. Lo atormentaba el runrún incesante de que no estaba siendo honesto consigo mismo. No había estado únicamente con una mujer desde que era un muchacho.

«¿Y no será que el señor de Aguirre y Collado ha caído en las garras del amor?», preguntó con sorna Brígida. Estaban en el despacho de Conrado, que le dedicó una mirada ofendida. Solían burlarse de lo penosas que resultaban las personas enamoradas; ellos, que habían jugado con cientos de corazones, siempre presumían de que nadie conseguiría someterlos a un estado tan patético. Brígida estaba llamándolo «patético» a la cara. Al momento, Conrado cerró la puerta y las cortinas y la tomó sobre la mesa con la brusquedad que siempre había gastado con ella. Puede que mayor en esa ocasión. Le dio exactamente lo que quería, como antaño. Solo por callarla. Por silenciar aquella voz interior que tampoco le abandonaba. Ese encuentro con Brígida lo dejó confuso, mareado, como si hubiese vuelto a subir a un barco que solía frecuentar. Se sentía desequilibrado, pero también a salvo de la marejada extraña que lo había dejado a la deriva demasiado tiempo. Eso se dijo.

De la noche a la mañana se volvió distante con Felisa. La veía en ocasiones puntuales, esporádicas, siempre por iniciativa de ella. La joven no se lo explicaba. El hombre cariñoso que la había conquistado desapareció y regresó el desconocido frívolo que jugaba con ella. Aun así, siguió acudiendo a su casa, solo porque en aquellos momentos al menos se sentía deseada por él. Anhelaba su amor, pero empezaba a comprender que no estaba a su alcance. Volvieron los días grises, la cruda realidad del trabajo agotador en la fábrica y de presenciar los continuos escarceos de Conrado con Brígida. Luego le siguieron las otras. Conrado había vuelto a ser el de siempre.

Felisa se sentía una imbécil. Sabía que él le mentía descaradamente y que, si alguna vez había sentido algo especial por ella, eso había terminado, y sin embargo seguía yendo a su casa, escuchando sus falsedades empalagosas. En el fondo, él continuaba atrapado por la fascinación que sentía por ella, se negaba a dejarla, no era capaz de renunciar a su ternura y su paciencia. Conrado se daba cuenta de que Felisa se hacía la tonta, que lo había calado una vez más y que había entendido su estrategia de distanciamiento como el preámbulo del abandono. A diferencia de las reacciones violentas, e incluso desalmadas, de otras amantes cuando las dejaba, ella continuaba siendo su remanso de paz.

Hasta que la joven le comunicó que estaba encinta. Conrado se encerró en un silencio sepulcral. Estaba desconcertado. Luego obró como siempre que algo le pillaba desprevenido: rompió a reír a carcajadas en su tono más cínico. Y la rechazó. No tanto a ella como al hecho en sí. Aquello era un problema que alteraba su calma, así que concluyó que debía abandonar el oasis cuanto antes. Felisa no daba crédito. Por primera vez se enfadó con él, lo confrontó. «Querida», la interrumpió, desdeñoso, «si te encuentras en estado, que está por ver, porque es la primera vez que me ocurre, yo no tengo la culpa. Sé que eres de natural ilusa, pero sabías los riesgos que corrías relacionándote con un hombre como yo». Tras esas palabras, Felisa decidió callar, aunque no apartó la vista. Una fina lágrima rodó por su mejilla. Era cierto lo que decía el que había sido el primer amor de su vida. Escuchando a Conrado, parecía innegable que había ganado la batalla; observándolo, ya no quedaba tan claro. Él evitó mirarla y puso toda su energía en ignorar el desgarro que se abría en su pecho. Aquel día, Felisa dejó la casa de Conrado fría como el hielo, blanca como la loza. Se acostó en su cama de la habitación que compartía con Adela, incapaz de volver a conciliar el sueño. Se sentía otra pieza desechable de aquella fábrica. Ella se lo había buscado, se repitió una y otra vez. Había deseado a Conrado más que nada en el mundo, así que solo ella era responsable de su suerte. Aquel mantra cruel despertó en ella una fortaleza que jamás había sospechado tener.

Cinco meses después de aquella discusión, se acariciaba el vientre llena de dudas. Se había condenado, a ella y a otra vida. Si el castigo hubiese sido únicamente para ella, lo vería de un modo distinto. Después de lo que había sucedido y en sus circunstancias, no encontraba motivos para seguir en La Cartuja. Contempló la taza que acababa de pintar y continuaba siendo lo más hermoso que había visto nunca, pero ya no era capaz de participar de esa belleza. Más de una vez se había planteado volver con Justa y Sagrario al taller Montalván, pero suponía que le cerrarían la puerta en las narices cuando descubrieran su estado. No solo llevaría a su hogar otra boca que alimentar, también iría acompañada de la peor de las vergüenzas para una mujer soltera.

Fueron entonces noches difíciles, de desvelo continuo. Se debatía entre la desesperación y la incertidumbre, lloraba hasta la extenuación y caía en un mutismo profundo. Aquel silencio caló en el alma de Felisa, que se había sumido en la soledad. Contra todo pronóstico, allí fue donde encontró consuelo, porque junto a ese sentimiento apareció la clase de inspiración a la que solo acceden quienes no son felices. Una de esas noches insomnes, Felisa encendió una vela, cuidándose de no despertar a Adela. Tomó papel y lápiz y pasó horas dibujando, plasmando la oscuridad, la soledad y el silencio absolutos que había en su interior. No tenía nada que perder y mucho que ganar. Y así, cada jornada, las penurias que de día mataban su corazón conseguían revivirlo por la noche.

Conrado continuaba pensando en Felisa. Se repetía que no estaba enamorado, que tan solo era un futuro padre inquieto. No había mentido cuando dijo que jamás había dejado encinta a ninguna de sus amantes; tanto era así que hacía tiempo que estaba convencido de que era estéril. Tampoco le importaba porque la paternidad nunca le había interesado. Era un ser egoísta por naturaleza. Hijo único de una adinerada familia de comerciantes, sus padres siempre lo habían consentido sin mesura, vivían para complacerle.

Pese a lo que creía, su progenitor no dudó en interceder para que don Carlos lo aceptase en la fábrica. Desconocía por completo el sufrimiento, la pérdida o la agonía. ¿Por qué iba a querer él complicar su placentera existencia con la carga de un vástago?

Sin embargo, no podía dejar de darle vueltas a que iba a ser padre. Veía el vientre creciente de Felisa y se decía que por lo menos debía mantener a la criatura, aunque jamás la reconociera en público. Ya tenía una reputación horrible y no le convenía dar motivos a Carlos Pickman para que lo echara de la empresa de una vez por todas. El fundador de La Cartuja era el único miembro del consejo de dirección que seguía considerándolo un sinvergüenza, pero tenía la autoridad para fulminar su carrera. Conrado estaba agradecido de que Max Roberts ya no estuviera entre ellos. Tres meses antes, la diabetes acabó con él, y quien más lo lloró fue don Carlos. Su esposa Brígida apenas derramó una lágrima en su funeral. «La vida es frágil», murmuraba cada vez que alguien le daba el pésame.

Desde que había enviudado, a Conrado le parecía que su amante ya no tenía tanto morbo. Durante la convalecencia de Max se había vuelto más perversa en sus deseos, pero también más calculadora. Todo cambió la tarde que estaba tomándola de espaldas en la biblioteca de la escuela, con el retrato de Max Roberts presidiendo la escena.

—Vas a casarte conmigo —le dijo Brígida entre jadeos.

Conrado inspiró para recuperar el aliento y luego le dedicó su sonrisa más ofensiva.

—¿Y me lo pides así? ¿Sin arrodillarte?

—Ya me he arrodillado bastante antes de que me apoyaras contra la estantería.

Conrado soltó una larga risotada mientras se ponía los pantalones. Brígida, impasible, se ajustó el miriñaque sobre el corsé, que se le había bajado por el ajetreo de su encuentro.

—¿De verdad esperas que mi primera esposa sea una viuda siete años mayor que yo y que parece haber asesinado a su marido? —preguntó, alucinado por su proposición.

—No se me ocurre un perfil que te pegue más.

—No puedes estar hablando en serio. —Viendo que sí lo hacía y que además había recuperado su frialdad habitual, Conrado se mostró contrariado—: ¿Y para qué quieres casarte conmigo, Brígida? ¿Acaso no te convendría más otro caballero de mayor alcurnia? ¿No perjudicarías tu reputación uniéndote a un hombre como yo?

—No. Dudo mucho que nadie me convenga tanto como tú. Ahora que don Carlos me ha confiado la supervisión de la escuela de mi difunto marido, no necesito nada aparte de una buena financiación, y tú eres el director financiero.

Por aquel entonces, la escuela contaba con cuatro alumnos, pero don Carlos sabía que doña Brígida era quien tenía un ojo extraordinario para detectar el talento artístico. Además, el propio Max le había rogado en su lecho de muerte que ayudara a su mujer cuando él no estuviese. Pickman accedió por honrar su amistad de juventud y porque la viuda era la persona más indicada para la tarea.

—En lo que atañe a mi reputación, quizá sea ya tarde, querido —continuó Brígida, que se había acercado al circunspecto Conrado y le había metido la mano en la camisa entreabierta—. Nuestros encuentros son tan efusivos que ya no engañamos a nadie. Prefiero asumir públicamente que intimo contigo. ¿Y por qué no reconocerlo? —Acercó el rostro para lamerle el labio inferior—. Me agrada la idea de que compartamos lecho cada día.

Conrado, completamente horrorizado ante la perspectiva, tomó su muñeca y la apartó de sí.

—Brígida, olvidas cuál es el motivo más sagrado para contraer nupcias —dijo, aliviado de haber dado con una excusa, aunque fuera una que le hiciera pensar en Felisa—. Nuestra unión jamás dará frutos, tu carácter te ha hecho seca por fuera y por dentro.

A ella nunca le había importado especialmente su supuesta infertilidad. De hecho, le había dado la tranquilidad de poder engañar a Max con quien quisiera sin temer las consecuencias.

—Me llamas estéril a mí, cuando no hay en Sevilla caballero más yermo que tú. De lo contrario, la ciudad estaría repleta de hijos tuyos, Conrado —replicó con desprecio. Aunque sabía de buena tinta que él no tenía ningún interés en dejar descendencia, deseaba herirle.

Ofendido, Conrado se ajustó la chaqueta y el pañuelo del cuello. Una cosa era la fertilidad de una mujer, y otra, denigrar la hombría de un caballero, aunque no le importase la perpetuación de su estirpe.

—A lo mejor te sorprendo —espetó él con una sonrisa maliciosa.

Pese a que no lo mostró, aquella respuesta tomó a Brígida desprevenida. ¿Conrado había engendrado bastardos? Y con esa duda en el aire, el caballero abandonó la Escuela Roberts y Urquijo.

La posible paternidad de Conrado fue una afrenta para la señora Urquijo, que siempre se había sentido en igualdad de condiciones con él en ese aspecto. Ni querían ni podían tener hijos. Los dos compartían la visión de vivir como eternos egoístas. Brígida se había tomado como un desafío personal averiguar la verdad. Durante los siguientes días prestó especial atención a las mujeres con las que se relacionaba Conrado, o con las que creía que se relacionaba, pero no sacó nada en claro. Semanas después decidió cambiar de enfoque. Ya ni siquiera le importaba la verdad. Cada día observaba escrupulosamente a todas y cada una de las trabajadoras de la fábrica, labradoras u obreras, y averiguaba los nombres de las que eran madres solteras o estaban embarazadas. Se preocupó de hacerlas desaparecer, a ellas y a sus hijos. Para conseguirlo, se dedicó a propagar el rumor de que la fábrica de La Cartuja no solo descuidaba a sus operarias, sino que las pobres estaban dejadas de la mano de Dios. No escatimó horas ni esfuerzos. Además, siendo tan comedida como era ella, que se mostrara alarmada e inquieta era la prueba de que el asunto debía ser especialmente preocupante. Y con la ponzoña sembrada en las conciencias ajenas, Brígida se regocijaba para sus adentros.

Las habladurías de aquel supuesto escándalo llegaron a los oídos de Carlos Pickman, que, sobrepasado por la situación y convencido por sus socios de que debía obrar con contundencia, despidió a las mujeres en cuestión con la excusa de que la fábrica Pickman y Compañía era un lugar respetable.

Felisa fue una de las afectadas por aquella decisión. Jamás olvidaría la tristeza en la cara de don Julio, su capataz durante todo aquel tiempo, cuando le comunicó su despido. Nadie se atrevió a decirle nada. Eran como una gran familia, conocían tanto sus virtudes como sus defectos y jamás se juzgaban por ellos. Felisa hizo lo que estuvo en su mano por evitarle el mal trago a don Julio. Rocío e Isidora la acompañaron hasta la puerta de la fábrica. No podían contener las lágrimas y estaban angustiadas por el futuro de Felisa. La joven de nuevo mostró su generosidad: tomó a Isidora de ambas manos con cariño y trató de calmar la congoja de Rocío dándole las gracias por su amistad. Antes de que cogiese su maleta para emprender el camino, Rocío la detuvo, de su zurrón sacó un plato de loza en su fase de bizcocho y se lo tendió a la joven. «Todas sabíamos lo mucho que te hubiese gustado trabajar en la sección de platos», le dijo, «aun así, nos sentimos muy afortunadas de que hayas formado parte de la nuestra. Tranquila, puedes llevártelo; lo iban a descartar, y sabemos lo mucho que te llenaba rescatarlos». Felisa tomó el obsequio, emocionada. Había guardado entre sus pertenencias un par de tazas retiradas que don Julio le había permitido llevarse como recuerdo. Aquel plato ahora tenía un valor sentimental incalculable. Y se marchó de La Cartuja evitando mirar atrás, principalmente para que Isidora y Rocío no viesen su rostro arrasado por las lágrimas.

Brígida estaba satisfecha. No sabía si Conrado era el responsable de alguno de aquellos embarazos, pero, ahora que había logrado alejar a todas aquellas mujeres, no tenía de qué preocuparse.

Conrado tardó unos días en darse cuenta de que Felisa ya no estaba en la fábrica. Le invadió la ansiedad al pensar que no volvería a verla. Tras darle muchas vueltas, acabó atando cabos. Ya sabía quién había sido la mente maquinadora de todo aquello.

—Tu fama de mujer sin escrúpulos se queda corta. —Irrumpió él en su despacho de la escuela como un toro desbocado—. No era necesario que destrozases las vidas de esas pobres inocentes para darme un escarmiento.

Brígida ni lo miró, se encontraba disfrutando de su merienda con un bello juego de loza cuyo diseño ella misma había supervisado.

—Sus vidas ya estaban destrozadas —repuso irritantemente serena—. A ti es imposible escarmentarte, querido. Yo seré una mujer sin escrúpulos, pero tú naciste sin corazón.

—— 200 ——

—¿De verdad piensas que me voy a casar contigo después de lo que has hecho?

—Por supuesto. —Se levantó y anduvo hasta él, sibilina. Le tomó la barbilla con delicadeza—. Formamos buena pareja, Conrado. Somos tal para cual. Aunque nuestra unión no dé frutos, nuestras sangres se atraen. Me da igual lo que te hayas dedicado a hacer hasta ahora, y a ti tampoco debe preocuparte lo que haya hecho yo. Si nos casamos, nos beneficiaremos los dos. Yo tendré un marido que apoyará mi escuela en calidad de director financiero de Pickman y Compañía. Y tú conseguirás que nadie sepa que entre las operarias despedidas había una con la que ofendiste a Dios engendrando un bastardo.

Conrado sintió un escalofrío recorriéndole la espalda.

—Eso… no lo sabes —balbuceó.

Brígida sonrió, le besó en los labios y se apartó de nuevo para deleitarse en su reacción. Sabía que había ganado.

—A lo mejor te sorprendo.

A Felisa no le quedó más remedio que regresar con las Moiras. Estuvo vagando todo el día, caminando a la vera del Guadalquivir sin terminar de encontrar el valor. Un pastor que iba acompañado por un burro pardo se compadeció de su estado y le ofreció llevarla sobre el animal.

La muchacha agradeció su gentil gesto y la tranquilidad que le transmitía el burrito. El buen hombre la llevó hasta la entrada norte de Triana y ella se distrajo con el paisaje de

Sevilla al otro lado del río, disfrutando de aquel momento de paz y belleza. Luego se despidió del pastor en la capilla del Patrocinio y puso rumbo a la calle Alfarería.

Fue Sagrario quien le abrió la puerta. Se quedó muda al verla. A esas horas de la tarde no podía tratarse de nada bueno. Y no tardó en descubrir la barriga hinchada. Justa estuvo bramando durante horas. Sagrario intentaba calmarla para que se callase de una vez y que Felisa pudiese explicarse. Bastó una mirada lapidaria suya para que su socia cerrase la boca.

Sagrario tomó las manos de Felisa y la escudriñó sin hablar. La joven pensaba que le preguntaría por lo ocurrido. Tal vez por el padre de la criatura. O cuándo nacería, si lo criaría ella o lo llevaría con las monjas. Y muchas otras preguntas que la mujer no dijo en voz alta, pero sí con los ojos. A todas, Felisa respondió igual. Un par de lágrimas rodaron por su rostro como tímidas gotas de cristal. Incluso Justa se conmovió y se llevó una mano a la cara.

—Bienvenida a casa, querida —le dijo Sagrario a Felisa con una sonrisa, y luego la abrazó con ternura.

De este modo, la joven volvió a instalarse en el taller Montalván. Era la Moira copista. Las dos mujeres la acogieron de nuevo, cada una a su manera, pero claramente estaban decididas a comportarse mejor con ella. Con el paso de las semanas, Felisa les contó poco a poco lo ocurrido. La ira de Justa se focalizó por completo en Conrado: rezaba por que a aquel desgraciado no se le ocurriera volver a pisar Triana. Sagrario, aunque lo decía de manera más moderada, estaba de acuerdo con ella.

Felisa, no.

Ahora que ni siquiera lo veía de lejos, no tardó en perdonarlo y extrañarlo. No logró dejar de ser una ilusa. Se decía a sí misma que Conrado no se habría enterado de su despido, que un caballero como él no daría la espalda a su hijo... En su fuero interno nunca había podido extinguir la esperanza de que el embarazo le diera la posibilidad de volver a verle, y de que él la mirase otra vez con adoración y la llamara sirena de nuevo. Quizá apareciese de improviso en el taller, como la primera ocasión en que se vieron. Sentada en su rincón habitual, levantaba la cabeza cada vez que se sentía observada, anhelando que fuera Conrado. Jamás dejó de creer ciegamente en él. Y, sin embargo, la hija llegó antes que el padre.

No sin muchos esfuerzos y con algún que otro susto por la considerable hemorragia, a finales de julio de 1851, Felisa dio a luz a una niña rolliza y de aspecto saludable que lloraba como si no hubiese un mañana. Justa y Sagrario estuvieron muy nerviosas durante todo el parto y entorpecían más que ayudaban con sus indicaciones continuas y contradictorias. Felisa las mandó callar de un grito antes de dar el último empujón. Las dos se quedaron absortas observando a la chiquilla. Sagrario ayudó a la madre a asearse y a tumbarse de nuevo en la cama con sábanas limpias. Mientras tanto, Justa estuvo todo el tiempo con el bebé en brazos, fascinada por sus finos mechoncitos de cabello negro pese a ser tan pequeña. Cuando la puso en los brazos de su madre, esta la observó enternecida. Se parecía bastante a ella, pero también tenía rasgos de él. Muchos. Eso la llevó a amarla aún más.

Los días pasaban y en el taller afrontaban las dificultades de cuidar a un bebé recién nacido. Aquella criatura había sido bendecida con tres madres, lo cual permitía a Felisa un poco más de libertad, salir a hacer recados o dar breves paseos. Sabía que una de las Moiras se encargaría de su hija.

Se acercaba el día que habían fijado para el bautizo, pero Felisa todavía no se había decidido por un nombre. Una mañana que andaba debatiéndose entre varias posibilidades, sintió que el alma le abandonaba el cuerpo. Estaba paseando por el mercado de la plaza de Abastos y, al reconocerlo, su primer impulso fue esconderse detrás de una columna. Luego se asomó ligeramente para comprobar que no lo había soñado. Era él. Conrado acababa de salir de una relojería. Tenía un aspecto espléndido, llevaba un traje elegante y un sombrero de copa. Felisa deseaba abandonar su escondite. Debía contarle tantas cosas…

«Tienes una hija preciosa. Tenemos una hija preciosa», pensó, dichosa.

Justo cuando iba a dar el primer paso, tuvo que frenar en seco. Una mujer suntuosamente vestida se reunió con él en la puerta. Era doña Brígida, que al instante se encaramó con aire posesivo al brazo de Conrado. El gesto no parecía entusiasmarle en exceso, pero sin duda se lo permitió. Aunque ya no era necesario, Felisa volvió a ocultarse tras la columna. Le hubiera gustado huir de sí misma. Los pensamientos se agolpaban en su cabeza a la vez, amenazando con destrozarla. ¿Por qué? Había visto a Conrado con Brígida cientos de veces. Era una de sus amantes, ¿por qué ahora le perturbaba tanto?

«A una amante no se la lleva del brazo en plena vía pública», se respondió.

En un arrebato de arrojo, fue a la relojería en cuestión y se atrevió a preguntar al vendedor por la pareja que acababa de salir. Para disimular, comentó que tenían muy buena planta. El relojero se sacó la pipa de la boca y le dio la razón a Felisa.

—Es lo que tiene ser un matrimonio rico.

—¿Matrimonio?

—Así es. El señor Conrado de Aguirre y Collado y la señora Brígida Urquijo se han casado hace poco, si no me equivoco. Son personas muy importantes de la fábrica de La Cartuja, ¿sabe usted?

Felisa asintió. Por un instante creyó que el corazón le había dejado de latir. Continuó con esa sensación todo el camino de vuelta al taller Montalván. No podía creerlo. Conrado, casado con esa mujer. Cuando su mente lo asimiló, llegaron las lágrimas. Fue un llanto escueto y silencioso, la disolución de sus esperanzas. Una vez más se sintió una completa estúpida. ¿Cómo había podido pensar que un hombre como él iba a volver a por una mujer como ella?

De esa manera, muerta en vida, Felisa regresó al taller. Las Moiras la acribillaron a preguntas en cuanto repararon en su rostro. En el instante en que Felisa vio a la niña en brazos de Justa, enloqueció.

—¡Quitádmela ahora mismo de la vista! —gritó, furiosa.

Las lágrimas que corrían como torrentes no suavizaron la expresión colérica de la joven. Justa y Sagrario se asustaron y le cubrieron la cabeza a la pequeña para protegerla del rechazo de su madre. Fue la única vez que Felisa expresó de viva voz el desagrado que le producía contemplar a su hija. El mismo parecido que le había dado la mayor de las felicidades ahora le causaba una agonía insoportable. Y así siguió siendo durante mucho tiempo. Vivía inmersa en una profunda melancolía, resignada a llevar una vida que no había previsto.

Igual que Conrado.

El verano sevillano de 1851 fue especialmente sofocante para Felisa y Conrado, pero se presentó de forma inversa para ambos. Ella tuvo el peor comienzo posible en su maternidad. Tras lo ocurrido en la plaza de Abastos, se sumió en un profundo estado de dolor, negándose a cuidar de su hija o a tocarla; únicamente la amamantaba, y lo hacía a disgusto. No quería oír hablar del bautizo ni pensar qué nombre darle. Hasta que una noche, a solas con ella, vio el reflejo de la luna en sus pequeños ojitos y su alma revivió. Una vez más, la oscuridad obró como cobijo insospechado de sus angustias. Su niña se convirtió en la luna de su noche. Felisa volvió a mirar a aquella criaturita como cuando acababa de alumbrarla, entendió que era la obra más bella y perfecta que había realizado en su vida. A partir de ese día la abrazó con mimo y la acunó con sus cantes para alegría y alivio de Justa y de Sagrario. Un amor había roto el corazón de loza de Felisa, pero otro amor aún más grande logró recomponerlo.

—Ya sé qué nombre ponerte —le dijo a su pequeña.

A aquella revelación le siguió una paz singular. Felisa dedicó sus días a criar a su hija y a su don artístico. Recordó las noches de insomnio en La Cartuja, cuando dejaba que las ideas fluyeran a través de su mano sobre el papel.

Buscó entre sus pertenencias los bocetos que había hecho aquellos días y se los enseñó a las Moiras, que se quedaron estupefactas. ¿Aquello era obra de Felisa? ¿Su Felisa? Quizá debían utilizarlo en sus producciones, sugirió Sagrario. Justa dudaba, pues eran diseños de gran complejidad. En el fondo le costaba reconocer que aquellos dibujos eran fruto de un gran talento y que, por tanto, se había equivocado con Felisa. La admiración pudo más que los viejos resquemores, y Justa apoyó la propuesta de Sagrario: aquel diseño debía convertirse en su pieza estrella. Felisa hizo cuanto pudo por disuadirlas, no había hecho aquellos dibujos para que se reprodujeran en cerámica.

Días después, en cambio, la muchacha se topó entre sus cosas con el plato de loza en bizcocho que Rocío le había dado, y decidió emplear aquella pieza como base. No la empujaba la ambición por convertirse en artista, más bien sentía el impulso genuino de crear. Invirtió dos semanas y cuatro días en trasladar el motivo central de su diseño a la pieza de loza. Le dio su baño de esmalte y la horneó como había aprendido en la fábrica de La Cartuja. Quedó muy satisfecha del resultado. La dama que presidía aquel plato tenía una expresión melancólica pero bella, que plasmaba la esperanza de vivir tras superar grandes adversidades.

Por su parte, Conrado trató de tomarse su matrimonio con Brígida lo mejor posible desde el principio. Obvió las coacciones y puso en valor todo lo que tenía de positivo. Disfrutaba de su esposa por las noches y la estima de don Carlos hacia su persona mejoró tras la boda, que zanjaba los debates sobre su reputación. Sin embargo, sabía que se engañaba a sí mismo. Brígida era muy complaciente en el lecho, pero el resto del día era insoportable. Conrado no la recordaba tan desagradable, porque lo cierto era que nunca había compartido tanto tiempo con ella. Lo extenuaba adrede para mitigar sus deseos de irse con otras mujeres, aunque era su actitud controladora lo que aniquilaba sus ganas, amén del temor a sus berrinches posteriores o, peor aún, a sus venganzas, que podían ser realmente perversas.

Su condición de hombre casado no le comportó tantas ventajas como había esperado. Don Carlos lo trataba mejor, pero Conrado estaba convencido de que lo hacía por lástima: más de una vez lo había descubierto sonriendo al ver cómo lo mangoneaba Brígida en medio de una reunión. Para colmo, debía acompañar a su esposa a un montón de eventos tediosos, o tenía que soportar a sus irritantes discípulos.

A veces rememoraba las conversaciones ingeniosas y

profundas mantenidas con Felisa. Las extrañaba muchísimo. La extrañaba a ella muchísimo. ¿Cómo estaría? ¿Habría ido bien el parto? ¿Cómo sería su hijo? ¿O sería una hija? Se obligaba a eliminar de su mente aquellas inquietudes, bastante tenía con su insufrible vida conyugal.

Ninguno de los tormentos a los que Brígida le sometía le había parecido un problema demasiado preocupante, hasta el día en que su esposa irrumpió en su despacho de la fábrica y se tomó la libertad de abrir la caja fuerte. Cogió un fajo de reales sin permiso, haciendo como si él no estuviera presente. Conrado dio un fuerte puñetazo en la mesa.

—¡Brígida! ¡¿Se puede saber qué demonios haces?!

—Oh, hola, querido, necesitamos reparar el tejado de la escuela, ya te lo comenté.

—Sí, me lo comentaste, y yo te dije que ya pensaría cómo subsanarlo. Ese dinero que estás cogiendo pertenece a las arcas de la compañía.

Brígida lo observó muy seria. Chasqueó la lengua, se apoyó sobre su escritorio y le acarició la perilla.

—Pues sigue pensando cómo subsanarlo, querido. Sigue pensando.

Conrado masculló entre dientes. En cuanto Brígida salió por la puerta, tiró al suelo los papeles en los que estaba trabajando y maldijo el momento en que decidió vender su alma a ese diablo de mujer.

10

Enero de 1902

Trinidad se lamentaba. Del pasado, del presente y del futuro. El pasado era una pesada losa a sus espaldas compuesta de cerámica, curiosidad y remordimientos. El presente era angustioso, cada paso que daba resultaba inútil. Y el futuro era una incertidumbre más y más peligrosa. Su espíritu no hallaba un haz de luz al que aferrarse.

Se encontraba de nuevo en Triana tras el segundo intento fallido de reunirse con María de las Cuevas Pickman, y después de que don Guillermo, con su intimidante discurso, la invitase a abandonar sus propiedades. Baldomero la llevó de vuelta a la posada de Lola, el único sitio de Sevilla donde quizá podría hallar respuestas. Trinidad estuvo todo el camino de regreso ensimismada, sopesando sus impulsos. Se bajó del carruaje como un alma en pena y solo el relincho de Rubia la devolvió a la realidad. Se giró y acarició las crines de la yegua, todavía inmersa en sus cavilaciones. Justo entonces apareció Lola para preguntar por el paseo y sus frutos. La mirada de apatía de Trinidad la hizo refunfuñar. La mesonera no tenía ni idea de por qué la joven se encontraba en Sevilla, ni dónde había estado toda la mañana, pero por si acaso le echó la culpa de su malestar a Baldomero.

—Si es que eres un cansino. ¿Dónde se ha visto un cochero que no calla ni bajo tierra? En Triana, ¡cómo no! Una cosa es hacer de guía y otra bien distinta, amargar las excursiones.

—Que sí, que sí, lo que tú digas, mujer. —Baldomero trató de distraerla para que desistiera de fisgonear los motivos del mutismo de Trinidad—. ¿Por qué no dejas el palique tú también y le ofreces a la muchacha algo que llevarse al estómago?

—Eso mismo iba a hacer. No me calientes, que te quedas sin comer, Arriero. Venga conmigo, niña, deje que la Lola le sirva un buen guiso para llenar esos carrillos de felicidad. Pero bueno, ¡si trae las manos heladas, Baldomero! Para haber criado a cuatro hijas, parece que no sepas cuidar de una sola. ¡Hombre tenías que ser!

—¡Por Dios, mujer! Pero ¿tú llevas un hostal o un convento? Ni una abadesa es tan exigente.

—Tengo vocación de madre, me gusta cuidar de mis clientes.

—Te gusta más el parné, Alegrías.

La mujer le dedicó una mirada de inquina por el comentario y luego condujo a Trinidad al interior. El cochero las siguió hasta la taberna.

Lagartito con guarnición, era el plato del día. Trinidad no se recuperó del espanto hasta que le explicaron que así llamaban allí a la parte del cerdo que iba pegada al costillar. La Alegrías le recomendó además una tapita de potaje para entrar en calor. Tal y como Lola había vaticinado, aquellos manjares le animaron el cuerpo lo suficiente como para que su rostro recobrase el color, pero no le reconfortaron el ánimo. Aprovechando que Baldomero se recreaba en su segunda jarra de cerveza en buena compañía, Trinidad se acercó discretamente a él y le preguntó si no le importaba esperarla una vez más. Esa tarde no necesitaba ir en carruaje a ninguna otra parte, pero sí le vendrían bien algunas indicaciones. Deseaba visitar la calle Alfarería. Baldomero sonrió, pues también él tenía vocación de padre. Le aseguró que la esperaría sin problemas el tiempo que hiciera falta, que él seguiría allí disfrutando de su cerveza y dándole al palique con los demás parroquianos.

Después de darle las gracias, Trinidad subió la escalera de madera como si cada peldaño se encontrase a un metro de distancia del otro, no sabía si por abatimiento o por fatiga. Entró en su habitación y sacó del armario una toalla de algodón, más gris que blanca, pero muy limpia. Con ella bajo el brazo, se dirigió al irrisorio baño que disponía aquella planta, compuesto por un pequeño retrete y una diminuta pila de granito. El agua caía directamente desde la cañería haciendo presión con la bomba de cobre. Se lavó la cara con el agua fresca y se contempló en el espejito cuadrado, rodeado de mosaicos. Su rostro mostraba los padecimientos de su alma y eso no se iba con agua y jabón. Volvió a la estancia preguntándose cosas más terrenales, como si debía cambiarse de calzado para caminar mejor por el empedrado de las calles.

Ya en la habitación, posó la mirada en la mesita de noche. Se sentó en el borde de la cama y abrió despacio el cajón. Extrajo lo que había envuelto en el paño. Usó su regazo de apoyo para apartar la tela y sacar el objeto que protegía. Un plato de loza. Trinidad jamás se cansaba de admirarlo. Era una pieza exquisita. En el centro había una mujer en mitad de un paisaje, su expresión enigmática le transmitía la mayor de las dichas. Se veía que estaba roto en tres fragmentos que habían pegado con habilidad. Se llevó el rostro de aquella dama a los labios para besarlo con dulzura. Acunó el plato en su pecho y permaneció así un instante. Después lo envolvió de nuevo en su paño para depositarlo otra vez en el cajón de la mesita. La joven se levantó decidida. Seguía preocupada por el pasado, el presente y el futuro, pero contemplar aquella pieza de loza siempre le devolvía las fuerzas que creía perdidas.

Baldomero la acompañó hasta el comienzo de la calle Alfarería y, desde allí, Trinidad anduvo por sus adoquines con la curiosidad a flor de piel. Sí que había muchos establecimientos de ceramistas, la mayoría de ellos con rótulos de azulejos en la puerta que consignaban el apellido de la familia de artistas que habitaba en cada vivienda: ARTESANÍA

DUBÉ DE LUQUE; LA CERCA HERMOSA; LOZA Y CRISTAL, AN-
TONIO JAPÓN, ARTÍCULOS DE FANTASÍA, CUADROS; HERMA-
NOS CAMPOS; NUESTRA SEÑORA DE LA O; CERÁMICA MON-
TALVÁN, CERÁMICA ARTÍSTICA; CERÁMICA SANTA ISABEL,
SEBASTIÁN RUIZ, CASA FUNDADA AÑO 1789; LOZA Y CRISTAL
HERMANOS GUTIÉRREZ.

Algunos de los locales parecían parcialmente cerrados,
o los talleres se encontraban vacíos, seguramente porque
los alfareros debían estar almorzando. Detectó a uno o dos
rezagados, quizá por si pasaba algún cliente despistado.
También vio a más de uno que trabajaba inspirado. Una
mujer pisaba a ritmo de piano los pedales de su torno para
moldear lo que parecía un botijo.

Aquel lugar le recordaba mucho a su hogar. El frío glacial que hacía en Sevilla a esas horas a la sombra y el omni-
presente olor de los naranjos le hicieron pensar en sus recuerdos más antiguos, los que tenían de fondo el naranjo
del jardín con las hojas más altas cubiertas de nieve los días
más fríos del invierno. Trinidad cerraba los ojos y se transportaba hasta allí, de nuevo de la mano de su madre, que
tarareaba. En apariencia era una canción llena de gozo,
aunque a menudo también tenía un trasfondo melancóli-
co. Por aquel entonces, ella era demasiado pequeña para
entenderlo.

Cuando llegó al cruce de la calle Alfarería con la calle
San Jacinto, los oídos de Trinidad distinguieron unos acor-
des de guitarra. Vio a un hombre que afinaba el instrumento muy concentrado. Al pasar a su lado, la joven se acercó a

darle la pista de la nota que fallaba y la cuerda que debía ajustar, y el músico se sorprendió gratamente al comprobar que aquella desconocida no se equivocaba. Trinidad sonrió y continuó recorriendo las calles de Triana inmersa en la vorágine de calidez e inquietud que le provocaba aquel entorno mágico.

Rememoró el día que su padre le regaló su guitarra. La había encargado en secreto, sin que nadie se enterara, y le entregó el instrumento cuando menos se lo esperaba. ¡El amor con que Trinidad abrazó la guitarra! Sonrió al recordarlo. Aunque al momento suspiró abatida. Fue también por aquel entonces que la joven empezó a darse cuenta de que algo no iba bien. Apenas tenía nueve años y practicaba con ahínco, segura del orgullo que sentiría su madre cuando la viese tocar su canción a la guitarra. Su reacción fue las antípodas del júbilo. Aquel rostro siempre alegre, siempre dispuesto a ofrecer una sonrisa, una broma, un jolgorio, se ensombreció de forma incomprensible. Trató de ocultárselo a la pequeña y se llevó a su esposo bien lejos para reprenderlo. Aunque no lo suficiente. Trinidad siempre había notado la inexplicable tensión que surgía entre sus padres cada vez que Sevilla salía a colación. Era un matrimonio que se debatía entre la armonía y la discordia. De niña siempre había sentido que su padre era más distante que su madre, y por eso atesoraba cada gesto de ternura que él tenía con ella. Con el tiempo, las cosas cambiaron. Su padre era serio pero cariñoso, y su madre, a la que veneraba, se distanció de ella. Nunca logró recuperar aquel vínculo idolatrado que había tenido con ella de niña. Tuvo que aceptar que su madre guardaba secretos y los protegía con su silencio.

Cuando quiso darse cuenta, se encontraba de nuevo en plena calle Alfarería. Se quedó mirando a un ceramista que repasaba un jarrón de bonitos grabados turquesa. Se había propuesto entrar en los talleres a indagar, pero no tener nada concreto que preguntar la disuadió. Pensó que, si daba con algún antiguo obrero de La Cartuja, lo único que conseguiría sería reavivar sentimientos dolorosos, como había sucedido con Rosarito, Marcial y Paula en la posada de Lola. Como le ocurría a ella misma. Se preguntó de nuevo qué demonios hacía allí.

Dieron las tres y el sol caía de lleno, el sudor le empapaba la espalda bajo las tres capas de ropa. No podía creer que Baldomero no hubiese exagerado en cuanto a los cambios de temperatura. En aquel instante, Trinidad reparó en un par de azulejos que había en una de las paredes de ladrillo.

Oficio noble y bizarro,
entre todos el primero,
pues en la industria del barro
Dios fue el primer alfarero
y el hombre, el primer cacharro.

Se quedó pensando en esas palabras. Dios la había hecho de barro y su vida entera había girado en torno a él; por desgracia, ella se consideraba una pieza hueca. Era lo único que podía explicar el vacío que sentía hacía años. Apartó la vista para alejar un pensamiento tan lúgubre.

Sus ojos dieron con un negocio que ya le había llamado la atención la primera vez que pasó por delante: CERÁMICA MONTALVÁN, CERÁMICA ARTÍSTICA. Medio edificio era de colores, y el otro medio, blanquiazul. Pero no fue la fachada lo que la obligó a detenerse, sino lo que oyó. Desde el ventanal del taller le llegó una melodía que había escuchado entonar cientos de veces. Trinidad entró en el negocio, al salón de madera, y descubrió a una señora muy mayor que se mecía despacio en una butaca. Ella era quien cantaba. La joven se quedó mirándola fijamente, la anciana seguía con la vista perdida. En un momento dado, sus pupilas se centraron y observaron a Trinidad muy fijamente hasta que sus arrugas se contrajeron.

—Ahí estás otra vez como un pasmarote —dijo la mujer con la voz rajada por el transcurrir del tiempo—, si vas a quedarte todo el día esperando a que le dé el visto bueno a tu trabajo, que sepas que estarás ahí hasta mañana, niña.

La anciana continuó tratando a Trinidad como si la conociera, e incluso la llamó por un nombre que la chica nunca había escuchado. No tardó en comprender que los años habían alterado la lucidez de aquella pobre mujer. Después de despotricar un poco más, la señora empezó a vocear. Rogaba que alguien acudiera cuanto antes para reñir a Trinidad, o a quien había confundido con ella. La muchacha lo vio como una oportunidad para darle la espalda y marcharse con discreción. La señora continuó farfullando palabras sin sentido, pero, en ese instante, pareció dudar. Como si por fin hubiese identificado en la visitante a la persona adecuada. El súbito silencio hizo que Trinidad se diera media vuelta. Un tembloroso dedo la señaló y los ojos de la mujer brillaron emocionados.

—Ah, mírala, mírala, Sagra, ha vuelto como si nada, qué poca vergüenza. Ya te dije que criar a mozas viscerales como esta no nos traería más que disgustos.

11

Octubre de 1871

Macarena pensaba sin descanso. Eso debía hacer si quería sobrevivir. Estaban en plena selección de candidatos para proponer un diseño de vajilla que conquistase al actual rey de España, Amadeo I de Saboya. Nunca se le había pasado por la cabeza que pudiese elaborar algo para un monarca, por eso no se lo tomó muy en serio cuando Juan Luis Castro les anunció el proyecto. A Macarena le pareció un disparate. Habían transcurrido un par de semanas desde la visita del supervisor artístico a la Escuela Roberts y Urquijo, y doña Brígida entrenaba a sus discípulos para una prueba de la que no sabían nada con duras sesiones de reflexión y práctica. El señor Pickman estaba convencido de que el diseño para el rey surgiría de un golpe de inspiración. La directora de la escuela, sin embargo, era de las que pensaban que no existía más inspiración que la que se trabajaba.

—Conociendo a don Carlos, se decantará por la ilustración más diferente e impactante, y que a la vez parezca espontánea. Debéis lograr que crea que las vuestras cumplen dichos requisitos.

—Pero, señora —dijo Federico con la mano alzada—, si practicamos tanto, ¿cómo va a parecer que nuestros dibujos son improvisados?

—Ahí está vuestra labor —respondió cortante Brígida, para luego pasear su gélida mirada por el resto de los alumnos—. Tenéis que perseguir ese efecto. ¿Qué creéis? ¿Que el resto de las escuelas y de los artistas irán sin un plan previo? ¿Os imagináis a don Juan Lizasoain dejando que sus discípulos se pongan a dibujar sobre la marcha?

Los discípulos de la escuela se miraron preocupados. Solo dos parecían ajenos al ambiente de nerviosismo que reinaba. Esteban no había alzado la cabeza de sus bocetos ni un momento desde que el señor Castro había explicado la propuesta. Paraba únicamente para comer, dormir y asearse. Estaba decidido a dar con una idea que lo convirtiera en el elegido del señor Pickman. Y su tía tenía grandes esperanzas depositadas en él, por no decir las únicas.

Macarena se desentendió del asunto desde el principio. Había sido la última en llegar a la escuela y doña Brígida le había dejado claro que pasaría un año entero formándose y dibujando antes de que ninguna de sus propuestas pudiese ser tomada en serio para una futura vajilla de La Cartuja. ¿Para qué esforzarse? La trianera invirtió aquellas semanas en practicar con flores, hojas y motivos campestres, como había hecho hasta entonces. Estaba convencida de que no tenía nada de lo que preocuparse porque ella todavía era una aspirante.

Y el día llegó. En La Cartuja no habían escatimado en recursos para la ocasión. Acondicionaron el camino principal del jardín oeste, cobijado a la sombra de numerosos árboles ornamentales. La prueba tendría lugar un poco más adelante, a la altura del Arco de Legos, y habían dispuesto numerosas sillas y mesas para los que asistían a disfrutar de la ocasión. Los cientos de empleados de la fábrica se habían reunido formando un enorme corro alrededor de la hilera de mesas de dibujo para los participantes. Carlos Pickman les había dado el día libre para que acudieran a animar a los artistas; y no solo eso, también habían preparado refrigerios y bebidas para acompañar el jolgorio de la jornada.

En cuanto se bajó del coche de caballos y vio la magnitud del asunto, Macarena sintió que la invadía el pánico. Hasta ese momento no había tomado conciencia de la importancia de aquella cita. Esteban se dio cuenta y estuvo a punto de decirle algo, pero justo se encontraron con Pilar, jefa de cocinas de La Cartuja, y los maestros don Paco y doña Carmela.

Aunque todos conocían a los dos jóvenes, le tenían más cariño a Macarena y se preocuparon por su palidez. Pilar incluso se ofreció a ir a buscar uno de esos molletitos tan buenos que le había enseñado a hacer la joven trianera, que a su vez había aprendido de don Germán, el mejor panadero de Triana. Pilar dijo, bromeando y sin dejar de mirar a Esteban, que un pan como ese solo podía obsequiarlo un pretendiente con afán de conquista, a lo que Macarena se encogió de hombros, enigmática, lo cual logró inquietar a Esteban. La joven rechazó con delicadeza el molletito y les confesó que tenía el estómago cerrado, así que don Paco y doña Carmela riñeron a Pilar por intentar darle de comer justo antes de un momento tan importante.

Un enorme barullo alegre los interrumpió. Don Guillermo, el hijo menor de don Carlos Pickman, apareció rodeado por un montón de niños, la prole de los obreros, trabajadores y artistas de la fábrica. Al señorito le encantaba ejercer de tutor y jugar con los pequeños. Se acercó a Esteban y a Macarena, animando a una mocita de apenas diez años que no dejaba de observar a la muchacha.

—Pero bueno, Rosarito, tanto rato que llevas insistiendo y ¿ahora te da vergüenza hablar con ella? —riñó don Guillermo a la pequeña. Luego se excusó—: Disculpe, señorita Macarena, Rosarito es sobrina de una de nuestras trabajadoras del azulejo, y desde que vio sus dibujos la admira mucho. Vamos, Rosarito, dale lo que has venido a entregarle.

La niña hizo acopio de valor y, con la vista gacha, le tendió una caléndula del Cabo de color fucsia que había seleccionado especialmente para ella.

—Mucha suerte, señorita Macarena, sus dibujos son los más bonitos del mundo y usted es preciosa como una princesa.

Macarena tomó la flor, enternecida, y se agachó para abrazar y besar a la pequeña Rosarito. Esteban la observó y se preguntó si la joven reaccionaría igual si él le entregase un ramo de flores. Carraspeó incómodo tratando de concentrarse en el importante evento del día.

—Yo también le deseo suerte —expresó don Guillermo, quien sentía igualmente un gran aprecio por Macarena—. Ya sabe usted que todo este tema de la loza no es santo de mi devoción, pero admiro su pasión.

Esteban pensó que todas aquellas palabras de aliento acabarían por poner más nerviosa a su compañera. Sin embargo, la vio sonreír.

—Yo espero cambiar eso, don Guillermo —repuso la joven con una alegría un poco impostada—. A usted le corre la cerámica por la sangre como a su padre, solo falta el diseño que le llegue al corazón. Ojalá sea el mío.

Dicho eso, Esteban y Macarena fueron hacia las mesas habilitadas donde se encontraban el resto de sus compañeros, que escuchaban atentos las instrucciones de su maestra. Esteban volvió a observar el rostro de la chica. Estaba lívida, y él se inquietó. ¿Sería posible que Macarena no hubiese preparado nada para aquel día?

Doña Brígida se colocó frente a ellos, fulminándolos con sus ojos verdes. Depositó toda la presión sobre su sobrino. Él tenía que ser el elegido de don Carlos. Más le valía que así fuera. Esteban asintió, su orgullo también estaba en juego. Intercambió una breve mirada con Enrique de la Torre, el discípulo favorito de Juan Lizasoain, su mayor rival, un joven poseedor de un estilo depurado y diestro con la geometría. Esteban volvió a fijarse en Macarena, a quien su tía le había dicho de malas maneras que se limitase a no entorpecer el trabajo de los demás. La chica comenzó a desenrollar el papel de bocetos, luego procedió a poner en orden los materiales de dibujo. El temblor de su mano hizo que se le cayeran varios lápices al suelo. Uno de ellos terminó rodando hasta los pies de algunos trabajadores que se habían situado cerca. Eran José Antonio Padilla y sus compañeros carpinteros. Este tomó el lápiz y rompió la fila para acercarse corriendo a la joven.

—Eh, Macarena, pareces nerviosa —se burló sin pelos en la lengua—. ¿Te traigo una tilita?

—¿Qué dices, Toño? —replicó enfadada—. ¡Yo me enfrento a momentos así todos los días!

—Cualquiera lo diría. Mírate, temblorosa como unas natillas. Mis amigos y yo no te quitaremos la vista de encima para que notes nuestro apoyo incondicional.

—Tiene usted una forma extraña de ofrecer aliento —intervino Esteban, fulminando a José Antonio con la mirada.

El trianero dilató las aletas de la nariz encarándose con chulería, pero se retiró porque se lo ordenó uno de los organizadores del evento. José Antonio había regresado a su lugar sin romper el contacto visual con Esteban. Cuando se anunció la llegada del señor Pickman, se rogó silencio y atención a todos los asistentes, espectadores y participantes. Macarena, con la vista perdida en su papel, tan en blanco como su mente, trataba de olvidar el desafortunado comentario de Toño. Entonces notó que cubrían una de sus manos. El tacto áspero de la palma de Esteban la devolvió al presente.

—Tú solo dibuja como siempre —le dijo con suavidad.

El chico apartó la mano al momento, pero bastó para que Macarena se apaciguase. Inspiró profundamente y prestó atención a don Carlos, acompañado por su hombre de confianza, Juan Luis Castro.

—Bienvenidos a la jornada de selección de Pickman y Compañía —saludó a los presentes—. Les ruego a todos los participantes que hoy den lo mejor de sí mismos. Como han sido previamente informados, el objetivo de esta mañana es elegir una propuesta para ilustrar la vajilla completa de cincuenta y seis piezas, más su juego de café y consomé, con la que será obsequiado en la próxima primavera nuestro soberano, su majestad Amadeo I de Saboya. En las siguientes dos horas —ahí hubo un murmullo general—, deben llevar a cabo el diseño que figuraría en el centro de los platos y bandejas, así como en el lateral de las tazas, soperas y salseras, junto con los filos que lo acompañarían. Y para que se tomen esta petición especialmente en serio, les diré que el peor diseño será penalizado con la prohibición de que su autor vuelva a trabajar nunca más para La Cartuja. —El murmullo se convirtió en alboroto—. Yo que ustedes no perdería el tiempo en divagar, caballeros. Repito, tienen dos horas, que comienzan… desde ya.

Macarena estaba paralizada desde que había oído el castigo por quedar en última posición. Mientras tanto, el resto de los artistas se apresuraron a tomar sus lapiceros y carboncillos para ponerse a dibujar. Don Juan Lizasoain estaba dando palmas y pegando voces, doña Brígida siseaba no menos tensa sus indicaciones. Aquella prueba era una absoluta locura. Ningún boceto de calidad se elaboraba en menos de una mañana o una tarde entera; a veces eran necesarias varias jornadas, y el éxito tampoco estaba garantizado. Un proyecto como aquel, destinado al rey, podía requerir semanas. Don Carlos había perdido la cabeza, se repetían maestros y discípulos.

Doña Brígida no le quitaba ojo a Esteban. Aunque era el más preparado de su escuela, dibujar rápido no era su fuerte. Debía concentrarse en reproducir la propuesta en la que había estado trabajando aquellas últimas semanas bajo la supervisión de Brígida, igual que todos los demás pupilos de la Escuela Roberts y Urquijo. La de Esteban era una arriesgada y compleja sucesión de formas geométricas que emulaban las flores y los frutos típicos de Sevilla: los geranios y la planta del dinero, junto con el azahar y las naranjas. La composición resultaba extraordinariamente difícil de ejecutar y un solo paso en falso echaba a perder el equilibrio del conjunto. El resto de los discípulos tenían propuestas similares; los motivos florales estaban de moda. La tensión de las circunstancias no tardó en desquiciar los nervios de los participantes. Muchos caballeros perdieron la compostura, se deshicieron de las chaquetas y de las corbatas; algunos incluso se abrieron el primer botón de la camisa. El sudor frío característico del terror perlaba sus frentes. Todos se esforzaban en que sus manos temblorosas sujetaran las herramientas sin que los dedos o la autoestima sucumbieran a los calambres.

En aquellos primeros minutos caóticos, durante los cuales sus compañeros se movían como culebras, Macarena permaneció petrificada por el miedo. No se le ocurría nada. No se había tomado en serio la prueba y, por tanto, en ningún momento había pensado en memorizar un buen diseño que presentar. ¿Quién podía culparla? No se le había pasado por la cabeza que su dejadez pudiese condenarla. Su respiración se ralentizó y observó a los demás. Concretamente, a Esteban. Si por lo general lo consideraba prodigioso, la mirada decidida con la que dibujaba en aquel instante, a pesar de la presión de doña Brígida, la llevó a admirarlo aún más. Él sí que parecía convencido de que su obra sería la mejor de los cincuenta y cinco artistas que estaban allí compitiendo.

«Tú solo dibuja como siempre».

Macarena escuchó en su cabeza aquella voz tan profunda que tenía Esteban. Alzó la vista al sol radiante que lucía en el cielo aquella mañana. Cerró los párpados para que su calor reconfortante los acariciase. El sol y su claridad, los paisajes luminosos con flores y la belleza la inspiraban, la transportaban a una etapa de su vida en la que fue realmente dichosa, durante la cual jamás se sintió sola, porque iba de la mano de su madre. El sol le recordaba a su madre. Su madre, el sol de su día. Macarena abrió los ojos de golpe. Eso era.

La joven se apresuró a coger el lapicero más cercano.

Antes incluso de tomar asiento, ya había entrado en su característico trance creativo. Juan Luis, que paseaba observando a los participantes, se detuvo al reparar en Macarena. Otros artistas que también se fijaron en ella habían quedado desconcertados. Con el poco tiempo que tenían era un suicidio trabajar sentado. Muchos de aquellos caballeros pensaron desdeñosos que no era más que una mujer y que no sabía qué hacía. Esteban también se preocupó al ver a Macarena dibujando sobre la mesa, pero Brígida no le consintió que se distrajese. La maestra había clamado silenciosamente al cielo por la postura de la trianera. No le apetecía lo más mínimo que expulsaran a uno de sus alumnos; no obstante, aquella vergüenza quedaría olvidada en el mismo momento en que Esteban resultase elegido.

Cuando el tiempo concluyó, los supervisores lo gritaron bien alto y se aseguraron de que todos los artistas soltaran sus herramientas. Lo tuvieron que repetir varias veces porque más de uno se resistió y no pocos se mostraron frustrados por no haber acabado todos los detalles. Sin más dilación, los señores Pickman y Castro procedieron a evaluar las obras. Vieron mucha flor, mucha alusión a lo que iría en dorado, mucha filigrana... Todo muy evidente y previsible. El dueño de la compañía resopló decepcionado. Llegaron entonces al dibujo de Esteban.

—Cielo santo, señor Urquijo, ¿en serio ha hecho esto en dos horas?

—Es el tiempo que usted les dio, don Carlos —respondió doña Brígida por él.

—Su sobrino nunca deja de sorprender.

La maestra sonrió satisfecha. El trabajo de Esteban no solo era asombroso, sino también el más laborioso de los presentes. Había quedado exactamente como debía. Esteban suspiró extenuado. Estaba muy contento. Don Carlos y don Juan Luis continuaron mirando el resto de los trabajos. El último era el de Macarena, que se había ido al extremo de la hilera. Hasta ese momento, únicamente el público cercano a ella había podido contemplar su propuesta. Los dos hombres estaban muy intrigados por los continuos cuchicheos de la gente, y cuando tuvieron el dibujo delante, lo comprendieron todo. Macarena había hecho un paisaje con una figura en el centro. Hacía tiempo que La Cartuja no ampliaba su colección de diseños paisajistas, puesto que los que tenían se vendían bien y eran marca de la casa. Resultaba de lo más arriesgado proponer uno nuevo con figuras humanas. Más aún con una sola. Macarena había pintado una dama con la vista al frente, bella e imponente, cuya expresión era plácida y melancólica a la vez. Carlos Pickman tomó el dibujo en alto para admirarlo a contraluz.

—*Oh... my... God*. Muchacha, ¿cómo se le ha ocurrido semejante propuesta?

La joven, que interpretó aquella reacción como su salvación de la criba, creyó honesto ser lo más sincera posible con él.

—Por mi madre, señor —respondió sin poder evitar que se notara la emoción en la voz.

—Su madre, ¿la que trabajó en nuestra empresa?

Macarena asintió.

—Me he inspirado en una obra similar que ella me legó, señor. No es exactamente igual, pero sentí un deseo irrefrenable de que mi propia madre fuera la mujer que aparece en el grabado. La llamo La dama de La Cartuja.

—«La dama de La Cartuja» —repitió don Carlos sin dejar de observar el dibujo—. Es exquisita. Sí, intuyo que el plato original debe de ser muy distinto, porque nosotros jamás hemos producido un diseño así.

Macarena calló, extrañada. Había cambiado detalles de la figura y del paisaje, pero la composición era la misma. No esperaba en absoluto el comentario de don Carlos. Su interés por la obra de Macarena atrajo las miradas de todos, que habían podido ver su dibujo cuando don Carlos lo había levantado para estudiarlo. Doña Brígida apretó los labios con fuerza. Esteban estaba simplemente fascinado. Le hubiera gustado ser el primero en felicitarla, pero se le adelantaron un tropel de personas. Primero lo hicieron Hugo y Federico, que la alabaron antes que nada por su templanza durante las preguntas del señor Pickman. Luego se acercaron don Paco y doña Carmela, y muchos operarios con los que Macarena tenía trato aprovecharon para agasajarla. Entre ellos, cómo no, estaba José Antonio, que se deshacía en elogios a la joven. Esteban se sintió desubicado. Demasiados obstáculos se interponían en sus deseos de hablar con ella. La educación le impedía ir a buscarla por temor a incomodar a alguien o, peor aún, dar a entender segundas intenciones. El dilema se resolvió cuando su tía le llamó para que se reuniera con ella en la zona opuesta, donde dialogaba con don Juan Luis, don Carlos y don Guillermo, además de otros altos cargos de la empresa.

—Excelente trabajo, muchacho —felicitó el señor Pickman a Esteban, alzando una copa de vino cuando lo vio llegar e incorporarse a su grupo—. Tiene usted un ojo único para la geometría.

—Cualquiera lo diría, don Carlos —ironizó Brígida—. Ha bastado el dibujo de una dama para que se le olvide ese amor por la geometría. Ni que fuese usted Leonardo da Vinci.

—Su inconformismo no tiene límites, ¿eh, doña Brígida? ¿Debo recordarle que los dos son alumnos suyos?

—No se confunda, estoy muy orgullosa.

—Cualquiera lo diría —remató Juan Luis, utilizando las palabras de la maestra.

—¿Ya han elegido al ganador?

Era la voz de Macarena. Todos los presentes excepto Brígida rompieron a reír. Esteban la observó admirado por su capacidad para irrumpir con naturalidad, para tomar la palabra sin que la hubieran invitado a hablar. La miró a los ojos y sintió que su timidez lo desbordaba. Ella le dedicó una sonrisa. Llevaba deseando acercarse a Esteban desde que había terminado la prueba, pero había mucha gente en todas partes.

—No seas tan descarada, niña —la regañó Brígida—.

Ni absurda. Tienen que revisar decenas de dibujos antes de escoger, tardarán en torno a un mes en verlos todos.

—Esperemos que menos —asintió don Carlos.

—¿Podría yo ayudar en algo, padre? —Tras un largo titubeo, Guillermo había encontrado en la mirada de Macarena el arrojo para hablar—. Sé que no puedo ponerme con usted ni con el señor Castro a revisar los bocetos, pero si yo me ocupase de alguna otra tarea, quizá tendrían más tiempo para dedicarse a esto.

Carlos Pickman parpadeó primero y le pasó luego el brazo por encima de los hombros. Estaba verdaderamente conmovido y se alejaba con su hijo para conversar a solas sin intentar ocultar su enorme felicidad. Todos los presentes estaban pendientes de los Pickman, excepto Brígida, que desvió la atención hacia sus jóvenes discípulos.

—Has hecho un dibujo precioso, se nota que habías trabajado mucho todos estos días —le dijo Macarena a Esteban mientras jugaba con el pelo para disimular su rubor.

—Tú deberías haber sido más previsora —replicó él, pero su tono era dulce, no reprobador.

Brígida no daba crédito a lo que estaba viendo. ¿Qué demonios ocurría ahí? ¿Desde cuándo su sobrino y la trianera se trataban con tantas confianzas? Juan Luis interceptó la mirada inquisidora de la maestra y decidió sacrificarse por el bien de los dos jóvenes. Le ofreció el brazo a la señora y la invitó a pasear por el jardín. Brígida aceptó al instante, aunque una parte de ella continuó pensando en lo que acababa de presenciar. Juan Luis buscó un tema de conversación cualquiera para distraerla, pero la mujer seguía volviendo la vista en dirección a Esteban y a Macarena.

—¿Por qué no me habla de don Evelio y doña Marie Rose?

—¿Quiere que le hable de mis padres? —preguntó, desconcertada, Brígida. Su voz trataba de ocultar su indignación.

—Bueno, los Urquijo de Sevilla son famosos en toda España, y no solo por sus lazos familiares con la nobleza de Madrid —dijo Juan Luis, queriendo reconducir lo que evidentemente resultaba un tema espinoso—. Dicen que su padre era un visionario en el campo del arte y que fue el primero en apostar por don Carlos Pickman cuando llegó a la ciudad. Al parecer, no escatimó en apoyos a la empresa cuando se instaló en este monasterio.

—Casó a su única hija con su principal socio, fíjese si lo apoyó —dijo Brígida con una mueca de desagrado y una tormenta a punto de desatarse en sus ojos verdes.

—Yo... me refería más a lo económico. Tenía entendido que su padre invirtió mucho dinero en las reformas de los terrenos.

—Está bien informado, aunque lo de entender queda por ver.

—Su padre debió de ser un hombre singular. Lamento no haber tenido la oportunidad de conocerle.

—Privilegiado usted —sentenció ella y apartó la mirada.

Juan Luis estaba desconcertado, tanto por las palabras

de Brígida como por la fuerza con la que sus dedos se aferraban a su brazo.

—Mi padre era un energúmeno, querido. Siempre me extrañó que mi madre lo aguantara más de diez años. Apuesto a que eso también lo había escuchado, pero tampoco lo entendió.

Juan Luis lamentaba los derroteros que había tomado la conversación. De los rumores siempre hay partes buenas y malas; prefirió creer las primeras y obviar las segundas. La crudeza de Brígida confirmó lo que insinuaban algunas malas lenguas. El padre, don Evelio Urquijo de Villanueva, se dedicaba al comercio marítimo y a la compraventa de arte, como sus hermanos, sus primos y muchos Urquijo antes que ellos. En Sevilla siempre había habido una gran tradición de cerámica, y por eso era su negocio principal. Don Evelio invertía en artistas trianeros porque le resultaba rentable, no por amor al arte. Los inversores sevillanos vieron la llegada de la cerámica británica a través del puerto de Cádiz como una amenaza. Sin embargo, los Urquijo no temieron perder su lugar entre la alta burguesía, ya que ningún comerciante, viniera de donde viniese, se atrevía a encararse con don Evelio. Don Carlos se limitó a coexistir con él. Don Evelio era un hombre de negocios temible, pero como esposo y padre resultaba peor. Su mujer, la gibraltareña Marie Rose White, le dio tres hijos: Eugenio, Brígida y Álvaro, pero don Evelio lo veía insuficiente para su orgullo viril. Visitaba con frecuencia los burdeles y nunca perdía ocasión de recordarle a Marie Rose, en público o en privado, que la consideraba una inútil. La mansión de los Urquijo se ubicaba en la plaza de la Santa Cruz, en el cogollo de Sevilla. Era una edificación imponente, como los mismos Urquijo, y en su interior se desataba el infierno. En más de una cena, don Evelio se tomó la libertad de cruzarle la cara a su esposa, para indignación e incomodidad de sus invitados. Él se escudaba en que su mujer había dado a luz a un heredero tullido, enfermo de un mal de corazón incurable. Eso libró a Eugenio de la cólera de su padre; con sus otros dos hijos no se cohibía, les pegaba con tanta frecuencia como a su madre. Álvaro era un mar de lágrimas cada vez que le tocaba. Brígida no recordaba si lloraba o no, sencillamente había asumido el dolor como algo inevitable de su vida. Aprendió pronto que la vida era frágil y que el fuerte somete al débil. En una ocasión, Álvaro se interpuso para defender a su madre. No tenía ni diez años y la paliza lo dejó tan maltrecho que creyeron que moriría.

—Álvaro se recuperó, Eugenio, no —dijo Brígida, impasible como siempre—. Mi madre se negó a bajar a la recepción del funeral de mi hermano mayor y mi padre fue a buscarla para obligarla a asistir. Se la encontró en la bañera con las venas cortadas.

Álvaro entró en una espiral de odio y desconsuelo de la que no salió nunca más. Ella siguió adelante.

—Habla usted de forma muy clara sobre asuntos de extrema dureza —murmuró Juan Luis.

—No soporto las medias tintas —replicó la mujer, centrándose de nuevo en su interlocutor—. Tampoco las mentiras: mi padre se pasó la vida fingiendo ser lo que no era. Yo nunca me escondo.

—¿Ni siquiera en su estoicismo?

—Al contrario. Me muestro indiferente porque eso es justo lo que suelo sentir: indiferencia. He visto tan de cerca lo peor del ser humano que ya nada me sorprende, y me niego a que nada me altere sin un buen motivo. Soy una señora de categoría, pero nada me detendrá si creo que la causa lo merece. Usted sabe bien que yo no miento, Juan Luis.

El asesor artístico de La Cartuja escudriñó a aquella mujer inflexible. Su gran sufrimiento se había convertido en ese carácter difícil. Brígida era de esas personas que se creían en posesión de la verdad absoluta, por eso era imposible discutir con ella. Prefería errar defendiendo lo que creía que mostrar debilidad. La vida, el mundo, quienes la rodeaban podían ser frágiles; ella, no. Juan Luis admiraba a Brígida desde que había llegado a la fábrica. Era una mujer única. En el mejor y en el peor sentido. Ahora ya sabía por qué. Por respeto a la confianza que le había brindado, cogió la delicada mano que descansaba sobre su brazo y la invitó a seguir paseando con él.

—Sí. Doy fe de que no miente, doña Brígida.

«Al menos, en esto no», pensó Juan Luis para sus adentros.

Después del incómodo intercambio de frases, Macarena y Esteban se quedaron en silencio. Que los hubieran dejado solos no contribuyó a distender el ambiente. Estaban agotados por la prueba y por culpa de los nervios tampoco tenían mucho más que decirse.

—Así que ahora toca esperar —dijo Macarena, que no era capaz de callar ni debajo del agua—. Confío en que, al menos, mi propuesta me haya librado de la expulsión de la escuela.

—¿No te has enterado? —le preguntó Esteban—. Al parecer, era una broma del señor Pickman, no pensaba despedir a nadie.

—¿Una broma? ¡Cielos! Menudo humor más raro se gastan los británicos.

—Un británico sevillano.

—Pues casi me da algo —suspiró ella.

—Al principio, puede; después, no lo parecía.

Los dos muchachos se miraron. Ella no se esperaba que él hubiera dejado de dibujar para observarla trabajar. Esteban había sido testigo de su colapso y de su momento de inspiración. Macarena se vio obligada a apartar la vista, apurada. Para disimularlo dio un par de vueltas, acompañándose de unos movimientos de brazos.

—Digo yo que habrá que celebrarlo.

—No te sigo.

—Yo te indico el camino, Ojazos, tú no te preocupes. —La cara de desconcierto de Esteban obligó a Macarena a aclarárselo—: Al tablao. ¡Vayamos de tablao, niño! —Esteban negó con la cabeza y Macarena puso los brazos en jarra—. Me prometiste que irías conmigo.

—Yo jamás dije tal cosa.

—Pues a mí me pareció que querías venir. Vamos, Esteban, no me mires así, ¿o es que vas a dejarme con las ganas de verte cantar?

—Sí, eso mismo pienso hacer.

Ofuscado, Esteban dio la espalda a Macarena y anduvo deprisa para marcharse de allí lo antes posible. La muchacha observó cómo se alejaba. ¡Qué difícil era a veces su Ojazos!

Los días siguientes, Macarena no hacía otra cosa que tramar planes para conseguir llevar a Esteban a un tablao. Trataba de convencerse de que lo hacía por él, pero en el fondo se moría por que la acompañase. Se lo imaginaba, tan serio y formal, cantando, tocando las palmas, incluso bailando por bulerías, y se desternillaba de la risa. Pedírselo directamente había servido de poco, enseguida se cerraba en banda o se escabullía.

A principios de noviembre, Macarena decidió que no esperaría más. Cuando llegó el día que había jarana en casa de Pepín el Castañuela, puso en práctica la treta que había urdido. Aprovechó que Esteban solía ir a la biblioteca por las mañanas para entrar en su cuarto y quitarle toda la tinta que le quedaba en el buró; de esa manera, sí o sí tendría que acudir al altillo, donde guardaban los suministros de la escuela. Macarena esperó pacientemente allí hasta que lo oyó subir por las escaleras. Entonces se escondió detrás de la puerta con un bote de pintura en la mano izquierda y un boceto descartado en la derecha. Cerró los ojos por si acaso. En cuanto Esteban abrió la puerta, la empujó y se le cayó encima la pintura, que manchó su vestido y la ilustración. El joven se quedó helado.

—¡Ay, no! Mi dibujo, Esteban, mi dibujo. Pero ¡cómo puedes ser tan bruto!

—Discúlpame, no sabía que estabas...

—¡Qué disgusto más grandísimo tengo! Mira, ¡mira!, mira cómo ha quedado. ¡Ni se ve lo que había! Días me ha costado acabarlo, ahora tendré que pasar otra semana repitiéndolo.

—Lo siento, Macarena, yo...

—¿Tú qué? ¿Crees que podrías compensármelo de alguna manera?

—No lo sé. Dímelo tú, ¿puedo hacer algo por ti? Lo que sea.

Esteban tenía tal mirada de cordero degollado que Macarena se sintió un poco perversa. Solo un poco. Se planteó si debía aprovechar la oportunidad para pedirle otra cosa. Apartó al momento aquellos pensamientos indecentes y fingió un puchero.

—Bueno, a lo mejor... Solo a lo mejor, ¿eh?, si tú quisieses acompañarme un día al tablao, tal vez me sentiría reconfortada.

—Macarena... —Al muchacho no le quedaba más remedio que ceder porque había dado su palabra de que haría lo que fuera—. Está bien. Si te hará sentir mejor, por supuesto que iré contigo.

Macarena se enderezó, dejó la lámina a un lado y se quitó aquel vestido que siempre usaba para trabajar. Debajo llevaba otro mucho más cómodo y liviano para las tardes de baile.

—¡Prepara los bártulos, miarma, que nos vamos esta tarde de tablao! —le dijo, dando un par de palmas entusiastas.

—Pero ¡¿ cómo puedes tener tanta cara?! —exclamó indignado Esteban.

Macarena se encogió de hombros y lo instó a que la siguiera. Le había dado su palabra, ya no podía echarse atrás.

Salieron juntos sobre las cuatro de la tarde. Macarena ya tenía el permiso de doña Brígida para ir a bailar y Esteban, para acudir a la universidad a consultar unos libros sobre técnicas serigráficas. El muchacho se vio obligado a cambiar de planes, pero al menos no tuvo que mentir a su tía para salir. Por el camino, Macarena trató de mentalizarle de que debería quitarse la chaqueta y la corbata al llegar. Puede que el noviembre sevillano fuese helado, pero en el tablao de Pepín a veces hacía mucho calor. Por eso ella se había recogido el pelo a un lado, aunque luego, por coquetería, se lo había adornado con una rosa anaranjada del jardín que hacía juego con su falda y con los flecos del mantoncito que se había echado sobre los hombros a modo de abrigo, bien ceñido al talle con un cinturón. Aquella graciosa forma de vestir marcaba mucho más las curvas de su cuerpo, y destacaba todavía más el escote. Esteban evitó mirar demasiado hacia aquel punto, le parecía que Macarena iba muy destapada para el frío que hacía en la calle. En realidad, la cuestión era que aquella visión le ponía nervioso, así que él la animaba a taparse más. De lo que no hubo manera fue de convencer a Esteban de que no llevase su traje de invierno habitual.

Fueron sorteando aceras y edificios desde la calle Arguijo, donde se encontraba la escuela. Pasaron por la calle de la Plata, luego O'Donnell y llegaron a la plaza del Pacífico, donde se levantó un aire que obligó a Esteban a ceder su chaqueta a Macarena, que acabaría por ponerse enferma de tan poco abrigada que iba. Ella le dedicó un pestañeo agradecido. Pasaron por delante de la parroquia de la Magdalena y la riada de transeúntes los separó, pero nada lograba impedir que intercambiasen miradas de vez en cuando. La indiferencia de Esteban a los gestos y los comentarios jocosos de Macarena cada vez era más frágil. Al llegar a la avenida de los Reyes Católicos, Macarena salió corriendo hacia el puente de Triana y se asomó para contemplar el Guadalquivir. Esteban supuso que debía de ser su lugar favorito de la ciudad.

—Te equivocas, no lo es —respondió ella con una sonrisa triste—. Aquí viví uno de los peores momentos de mi vida. Pero el río no tiene la culpa. De hecho, ya sea cálido o gélido como la ciudad que nutre, ha sabido guardar mi secreto todos estos años.

Macarena continuó cruzando el puente, dejando atrás a su acompañante, pero instándolo a que la siguiera. Esteban dedicó un último vistazo al Guadalquivir e intuyó que seguiría siendo el único conocedor de aquella historia tan desagradable para Macarena, a pesar de que él daría lo que fuera por descubrirlo.

Una vez en la plaza del Altozano, giraron a la derecha, atravesando el mercado y la plaza de Abastos, para dar con la calle de Castilla. En cuanto pusieron un pie en la vía, oyeron el jaleo. Aquella barriada estaba repleta de gitanos trianeros disfrutando de la tarde de Sevilla como si se encontrasen en plena feria. Se llamaban a voces, daban palmas y se reían como si no hubiese un mañana. Esteban observaba emocionado cada detalle y escuchaba los cantes que le llegaban desde los balcones, cuajados de macetas de geranios y arriates con jazmines y yerbaluisas. Él también era observado por curiosos que se fijaban en su particular estilo. Macarena se apresuró a tomarlo del brazo, animándolo a que no se rezagara ni agachase la cabeza. A la calle de Castilla se iba a pasarlo bien, comentó, jamás a avergonzarse de nada, Dios los librase de tan tediosa carga.

En cuanto accedieron a la vivienda en cuestión, Macarena le devolvió a Esteban la chaqueta, aunque al joven no se le ocurrió volver a ponérsela. La muchacha no había exagerado, el ambiente se notaba caldeado desde que cruzaron la cancela de hierro forjado. Incluso tuvo que aflojarse la corbata. Primero entraron en una corrala colmada de plantas y flores de vivos colores. La gente bebía y fumaba alegre en aquel coqueto patio forrado de mosaicos de estilo mudéjar, donde habían sacado alguna que otra silla de mimbre, y de una fuentecilla manaba un pequeño chorro de agua. Aquel grupo saludaba a Macarena y se alegraba de verla. Ella repartía besos automáticos, pero estaba totalmente volcada en contarle a Esteban todo lo que sabía. Aquel lugar era famoso. Decían que allí había cantado el mismísimo Antonio Monge Rivero, el Planeta. Bajaron unas escaleras estrechas hasta llegar a lo que parecía un pequeño sótano. Esteban descubrió un clima aparte. La luz y el ambiente le parecieron veraniegos. Se asombró al descubrir aquella enorme sala repleta de mesas, a modo de taberna, y ocupando parte del centro, pegada a la pared, una reducida tarima oscura de apenas un palmo de altura que hacía las veces de escenario. Allí dos hombres tocaban guitarras españolas y otros tres, el cajón flamenco. El lugar era un caos que no tenía nada que ver con el recato que se esperaba antes de una actuación: los asistentes se paseaban y charlaban con bebida y comida en las manos. Esteban se inclinó para hablarle a voces a Macarena, pero ella le frenó:

—Ahora no, van a cantar.

Esteban no entendió a qué venía ese comentario, aquello parecía una auténtica jaula de grillos. ¿Por qué le hacía callar? Sin embargo, notó que casi al instante el vocerío se empezaba a apagar.

—Es una norma no escrita entre los amantes del flamenco: nada de trasiego ni de jaleo mientras se está ofreciendo una actuación —susurró Macarena al ver que la confusión en el rostro de Esteban no remitía.

Efectivamente, un caballero con sombrero y marcadas patillas tomó asiento en una de las sillas vacías que había junto a los dos guitarristas, uno de los cuales abandonó el escenario y fue a sentarse a la mesa más cercana. Entonces se hizo el silencio absoluto. Le dedicaron un aplauso y después se presentó como Mateo Olivo, y a la guitarra, el maestro Joaquín Vela, que todavía estaba afinando su instrumento. Macarena le explicó a Esteban otra norma no escrita: mientras se escucha, solo se permite decir «ole». Olivo aguardó la melodía de guitarra, bella como el arrullo de un ave en pleno amanecer. La pose meditabunda del cantaor, esperando el momento de entrar. Cuando arrancó, se hizo la magia. Esteban pensó que la voz de aquella forma de cantar no tenía nada que ver con la voz normal. Como si saliera de las entrañas. Incluso desde los pies, cargándose de la energía de la tierra que pisaba. El cantaor tenía que coger mucho aire para alargar tanto el tono y que llegase a cada hueco de la estancia, a los cuerpos de los oyentes. Había más vocales que consonantes, más sentimiento que letra, aunque esta fuese terriblemente hermosa. Se oyó algún «ole» muy sentido. Solo alguno. En cuanto don Mateo paró, el barullo del público regresó, como si lo que hubiera ocurrido fuese una fugaz corriente de aire. Muchos «ole, ole, ¡ole!». Y más aplausos. Esteban se unió extasiado. Macarena sonrió emocionada. Era conmovedor verlo así, con lo inexpresivo que solía ser. Le dio un suave codazo en las costillas para avisarle de que reemprendían la marcha: quería presentarle a los demás.

En la barra había dos corpulentos caballeros de pie, de aspecto agradable y pose distendida, uno muy moreno y el otro con el rostro encendido por el calor. Los dos lucían llamativas patillas, el cabello largo y un pañuelo al cuello. Uno era el dueño de la casa, Pepín el Castañuela, cuyo apodo venía de una ristra de castañuelas de todos los colores y tamaños que llevaba en el cinto. El otro era su buen amigo Abelino Vermú. Ambos se mostraron encantados de encontrar a Macarena allí y quisieron saberlo todo de su elegante acompañante.

—Muchas gracias por recibirme en su casa, don José —saludó Esteban al tiempo que hacía una sutil reverencia.

—Pero ¿de dónde has sacado a este marqués, chiquilla? —se carcajeó Abelino, ya ebrio a esas horas de la tarde—. Tienes unas amistades de lo más insospechadas.

—¡Qué arte, Macarena! —se burló Pepín—. Todo el mundo me llama Pepín, zagal, y por supuesto que es usted bienvenido. Aquí lo es cualquiera que ame el flamenco, y usted lo lleva escrito en la cara. Seguro que canta, ¿verdad? Sí, sí, se le nota, que usted canta por saetas, fíjese lo que le digo.

—Deja en paz al muchacho, Pepín, que acaba de llegar.

—Bah, petardo que estás hecho, Abelino. Venga, Esteban, niño, suba usted al tablao y permita que nos deleitemos con su cante.

—No me sea, Pepín, que el Ojazos ha venido a mirar, no a dar espectáculo —salió Macarena al rescate cuando vio que su compañero estaba sobrepasado.

—Aquí todo el mundo viene a ambas cosas, muchacha.

—No en este caso, Castañuela.

Esteban estuvo a punto de recriminarle a Macarena que lo llamara así delante de desconocidos, pero justo en ese instante apareció José Antonio con una joven prendida del brazo, Mariquita Ortiga, bailaora novata que empezaba a hacerse notar por los tablaos. La joven le dedicó a Macarena una mirada prepotente; se sentía superior por haber sido la escogida de José Antonio para pasar aquella velada. A Toño no le había gustado nada que Macarena hubiese traído a su compañero de la escuela, y menos aún enterarse de que le había puesto un mote, algo que su amiga solo hacía con los mozos que le caían especialmente simpáticos. O para coquetear.

—Aquí donde lo ven, mis buenos amigos, este es un cartujano de buena cuna, de gitano no tiene ni los caracoles de la nuca —les dijo Toño a Pepín y a Abelino, decidido a burlarse de Esteban.

—Uy, qué enterado estás de todo, Toño —ironizó Macarena—, ni que ahora hubiese que ser gitano para cantar.

—Desde luego, ayuda —metió cizaña Mariquita, que presumía de sus orígenes y de los de José Antonio, y que se creía mejor que Macarena, un agravio que esta cazó al vuelo.

—Os voy a demostrar ahora mismo lo que puede hacer

una paya —les dijo a Toño y a Mariquita, remangándose—. No me pierdas de vista, Ojazos.

La joven se dirigió al pequeño escenario, con la bailaora a la zaga y jaleada por Pepín y Abelino. Toño siguió mirando con desprecio a Esteban unos instantes más y después se unió a las muchachas en el escenario. Esteban observaba admirado al carpintero, que iba a cantar. Toño tomó asiento en la silla central, flanqueado por Macarena y Mariquita, que aguardaban sentadas con las palmas preparadas. Pidieron al maestro Vela que les hiciese el honor de acompañarlos. Una vez más, el barullo remitió hasta que desapareció por completo cuando hicieron las presentaciones. Don Joaquín procedió a acariciar las cuerdas de su guitarra, esta vez de un modo más alegre, pues cantarían y bailarían por sevillanas. Cuando José Antonio arrancó a cantar, Esteban se quedó boquiabierto. Nadie hubiera podido imaginar que tendría semejante torrente de voz. La habitual del muchacho era bastante tosca, pero al cantar parecía un poeta desgarrado. Macarena se animó a acompañarle en los estribillos, y los oles se oyeron a pares entre el público. Esteban estaba completamente deslumbrado, tanto que no acertaba ni a decir ole. A continuación, vio como las dos jóvenes se levantaban con mucho tiento, primero como si pisaran arenas movedizas, luego bien fuerte, las rodillas encogidas. Un gesto de cadera, otro, dos toques a los muslos, un par de giros cual hojas al viento, varios golpes de pecho, las manos a lo alto, luego abajo. De vez en cuando se agarraban los volantes de las faldas y los zarandeaban, mostrando los tobillos y los muslos sin pudor; lo que importaba era exudar la desgarradora pasión que sentían. Retorcían las muñecas al son de la canción de Toño, los taconeos o las palmas marcaban el ritmo. Dos mujeres que no se soportaban, unidas por la música y por el arte. Pese a sus expresiones dolientes, Mariquita y Macarena disfrutaban de cada paso. En un momento dado, la guitarra se aceleró y el cante de Toño y los zarandeos de las dos jóvenes siguieron su dictado, hasta que los cuatro acabaron al unísono. El aplauso que les siguió fue colosal. Esteban, Pepín y Abelino aplaudieron enloquecidos. Esteban, encandilado por los tres artistas, fue raudo a felicitarlos, y por cortesía se dirigió primero a José Antonio, el protagonista de la actuación.

—Vamos, listo, ve ahora tú ahí arriba, a ver si puedes superarlo —le increpó el carpintero con virulencia.

—Toño… —lo riñó Macarena, y maldijo para sus adentros por no haberse dado cuenta de que estaba ebrio desde que había llegado.

—¿No decías que tu amigo quería lanzarse a cantar? —insistió y, clavándole a Esteban un dedo en el pecho, dijo—: Venga, veamos al señorito cantando.

—¡Claro que sí! —aplaudió Pepín—. Adelante, muchacho, hágalo por Macarena.

José Antonio apretó los dientes al oír esas palabras. Esteban le mantuvo la mirada a Toño, que se acercó a un centímetro de su cara.

—Por supuesto que no va a cantar, Castañuela. Porque el cartujano ni canta ni tiene sangre en las venas. No pinta nada aquí. En la fábrica todavía, pero en un tablao ya les digo yo que no. ¿Cómo va a cantar, si apenas habla? ¿Saben cómo le llaman en la fábrica? —Toño se volvió hacia la mesa de al lado para que lo escucharan no solo las dos mujeres y los dos hombres que tenía cerca—. ¡El Clérigo, señores! Este tipo estuvo en un seminario, ¡a saber si es la primera vez que ve tanta moza junta! ¡Sí, sí, ríete, Mariquita! Si no hay más que verlo. Menuda pareja de chiste hacéis, Macarena, el fraile y la mujerzuela.

—¡Oye...!

Macarena no tuvo tiempo de responder: Esteban había tomado a José Antonio por el cuello de la camisa con una brusquedad que sorprendió a todos los presentes, sobre todo al propio José Antonio. La violencia de su arrebato provocó un silencio sepulcral por temor a que Esteban le golpease. El joven se dio cuenta de que había perdido la compostura por completo y liberó al carpintero con delicadeza. Se volvió hacia Pepín.

—Disculpe mi comportamiento. Lamento las molestias, solo deseaba asistir a una velada porque soy un gran admirador de su arte. Pero tienen razón. —Miró primero a José Antonio y después a Macarena—. Yo no soy como ustedes.

Dicho esto, Esteban tomó su chaqueta, se despidió de ellos y se dirigió a las escaleras, deseando salir de allí cuanto antes. Macarena tardó un instante en reaccionar; con el rostro desencajado, corrió tras él. José Antonio masculló una maldición, se libró bruscamente del brazo de Mariquita y luego se bebió de un trago el primer vaso de vino que encontró. Pepín y Abelino intercambiaron una mirada incómoda.

Ya casi a la altura de la plaza de Abastos, Macarena consiguió alcanzar a Esteban. Lo había seguido llamándolo a voces. Más de un viandante se había dado la vuelta para mirarla y algún que otro vecino se había asomado al balcón para reprenderla. Tuvo que cortarle el paso para que se detuviera. Lo miró fijamente a los ojos mientras lo agarraba por las muñecas, hasta que le propinó un golpe airado en el antebrazo. Esteban se cubrió, desconcertado.

—¡¿Así que le das la razón al Toño, desgraciao?! ¿Yo soy una mujerzuela y por eso no quieres acompañarme en el tablao del Pepín? —A la joven casi se le saltaron las lágrimas de pura rabia.

Él parpadeó un par de veces, incrédulo, hasta que se vio con fuerzas para replicar:

—Lo has entendido completamente al revés, Macarena: yo soy el Clérigo, y tú, la que sale perdiendo por estar conmigo.

Ambos se escudriñaron largo rato, hasta que de repente los ojos de ella se iluminaron.

—¿Ibas a golpear al Toño por lo que dijo de mí? Qué susto, Esteban, no me esperaba una reacción así de ti. Como eres más serio que una misa, no te pega en absoluto, criatura, y menos aún con tu pasado de seminarista.

—Preferiría no hablar de eso.

Aquel era un asunto delicado para el chico. Se atrevió a

confesarle a Macarena que la violencia siempre había formado parte de su vida, aunque sabía que se quedaba corto. Prefería que fuera así. Ella había percibido su malestar, de modo lo condujo a un banco, se sentaron y le tomó la mano aprovechando la intimidad que les brindaba la plaza del mercado, que estaba desierta a esas horas.

—¿Fue allí donde te hicieron las heridas de la espalda?

Esteban escudriñó la oscuridad penetrante de los ojos de Macarena. No esperaba que se lo preguntara tan directamente. Sucumbió a su ternura no sin cierto pudor. ¿Cómo resumir tantos años de dolor y de impotencia? ¿Cómo contar lo suficiente para que entendiera y a la vez ocultar los episodios más escabrosos? Se cubrió el rostro con las manos, luego evaluó a Macarena un instante más. Le estaba pidiendo de veras que se sincerase con ella.

—Todo empezó mucho antes de pisar el seminario —dijo Esteban, apartando la vista.

El seminario conciliar de San Isidoro y San Francisco Javier se encontraba ubicado en el edificio de Maese Rodrigo Fernández de Santaella, entre la Puerta de Jerez y los jardines del Real Alcázar. La diócesis se había preocupado de dotar a aquellos terrenos de modestos jardines y cómodas celdas, que no dejaban de ser húmedas en invierno y de estar mal ventiladas todo el año, pero la autoridad eclesiástica sostenía que era bueno para curtir el carácter de sus estudiantes. Un argumento más para las familias adineradas que llevaban a sus hijos descarriados, aunque la mayoría aspiraban a que acabaran siendo altos cargos de la Iglesia. En el caso de Esteban, su padre solo quería perderlo de vista. Atormentado por el recuerdo de su primera mujer y alentado por los celos de su nueva esposa hacia la difunta, don Álvaro decidió meter a su hijo en el seminario. Los recibieron el rector de la institución, don Manuel, y el sacerdote que sería el tutor de Esteban, don Valentín, y a ambos les bastó con presenciar la escena para comprenderlo todo.

—Cuando llegamos allí, le rogué a mi padre entre lágrimas que no me obligara a dejar la casa de mi madre, que no me abandonase allí. Le dije que no quería ser sacerdote —le contó Esteban, visiblemente afectado por el recuerdo—. Pensaba que, a diferencia del piano de mi madre que destrozó sin inmutarse, le costaría más deshacerse de mí. Me equivocaba. Se despidió con una bofetada que dejó mudos a don Manuel y a don Valentín.

Inmediatamente después de la llegada de Amparo de Castellanos a la mansión de los Urquijo como nueva señora de la casa, el matrimonio había prohibido cualquier mención o referencia a la madre de Esteban. Su padre le había pegado precisamente por mentar a su difunta esposa.

—De menuda te libraste tú —dijo Macarena, y se arrepintió al instante de un comentario tan fuera de lugar.

—Bueno, podría decirse que sí —convino Esteban—. Dejé de vivir en un lugar donde no me querían y al principio el seminario pareció un lugar agradable.

—¿Cómo que al principio?

—El rector, don Manuel, fue muy amable conmigo y me hizo saber que podía hablar con él siempre que lo necesitara. También me dio permiso para ir a tocar el piano de su despacho en cuanto supo que me gustaba la música, pero no tardé en perder la afición, porque me recordaba a mi madre, que fue quien me enseñó a tocar, y me entristecía. Y don Valentín, mi tutor, se convirtió en un padre para mí. Lo verdaderamente difícil fue el trato con los compañeros.

Desde la primera semana, para preocupación del rector y su tutor, Esteban se presentaba a las clases con unas ojeras terribles. Aunque todos los alumnos llevaban el sobrio uniforme de novicio, el aspecto sombrío del chico y su cuerpo desgarbado fueron motivo de burla desde el principio. Lo llamaron «Mirlo» por la nariz prominente como un pico y la piel oscura que destacaba entre la de los niños finos de tez nívea. Los instigadores de aquellas crueldades se aseguraron de que nadie se acercara a él, condenándolo al ostracismo entre sus pares.

Las clases eran parte del martirio. Esteban se aburría y no se relacionaba con nadie, así que sus resultados eran bastante malos y sus profesores lo tenían por un inepto. El peor de todos era el padre Zoilo, que les enseñaba latín y le tenía especial manía. El joven se estremecía con solo recordar su nombre. Tras las clases y en los descansos, Esteban pasaba largos ratos solo en la biblioteca o en los talleres de dibujo. Fue allí donde don Valentín descubrió que era un gran lector y un apasionado del dibujo; al hablar con él, llegó a la conclusión de que se aburría en las aulas y, observándolo, detectó su permanente nerviosismo, que solo delataba su imparable pie derecho.

Don Valentín propuso al rector que le ofrecieran formación artística para fomentar sus aptitudes naturales. Todos coincidían en que poseía un talento insólito para la proyección y las proporciones: era capaz de reproducir y trasladar distancias al papel sin necesidad de reglas o transportadores. Su tutor no se limitó a instruirlo en pintura y cerámica, también lo inscribió en los talleres que algunos maestros del Museo de Bellas Artes venían a impartir a los alumnos de último curso del seminario, en los que Esteban aprendió todo lo que sabía sobre serigrafía. Pese a que don Manuel y don Valentín sabían que aquellas decisiones podían molestar a los demás alumnos, también decidieron pasarle de curso. Creían que los nuevos compañeros y los profesores con más criterio de los cursos superiores pondrían fin al maltrato que sufría. Sin embargo, aquellos privilegios, concedidos por sus méritos, despertaron envidias y los abusos no cesaron, sino que empeoraron. Increpaban a Esteban a diario. Semana sí, semana no, el muchacho aparecía golpeado. Llegaba a clase con un pómulo amoratado, las rodillas desolladas o la nariz rota, pero permanecía impasible y no derramaba ni una lágrima. Por pura supervivencia, se había creado una coraza impenetrable.

Esteban no era el primer niño maltratado que llegaba al seminario, ya fuera de origen rico o humilde; los castigos físicos estaban a la orden del día, en el ámbito familiar y en los centros educativos. Sin embargo, cuando don Valentín vio las cicatrices que traía de casa, no le cupo duda de que la vida se había ensañado especialmente con él. Pero don Valentín no se lo dijo a Esteban, ni este tampoco se lo confesó a Macarena. No hizo falta, a la vista estaba la despiadada crueldad de la que había sido víctima. La muchacha dedujo que todo aquello acabó cuando doña Brígida lo sacó de allí para tomarlo como discípulo. Él respondió con un ligero asentimiento de cabeza.

—Supongo que es el destino de los virtuosos, despertar el amor y el odio —reflexionó Macarena en voz alta, pretendiendo consolarlo más que halagarlo.

Esteban la observó y ella le apretó con ternura la mano. El chico aún no lo había contado todo. Ni pensaba hacerlo jamás, a Macarena menos que a nadie.

—No es verdad que yo pierda algo por llevarte a ninguna parte, Esteban —le dijo, rompiendo así el silencio—. Eres un poco calladito, pero de cura tienes como mucho la bonicura.

—Eres la única que piensa eso. —Trato de sonreír, aunque estaba destrozado—. Pero tú eres amable por naturaleza, Macarena, llevas solo siete meses en La Cartuja y ya has hecho más amistades que yo en toda mi vida.

—Creerán que les vas a dar la extremaunción. Quita esa cara, Esteban, ¿no ves que estoy de broma? ¿No entiendes lo que trato de decir?

—La verdad, no.

—Cuesta creerlo con lo inteligente que eres. A ver, esta noche te he llevado para presumir de acompañante, ¿no has visto cómo te miraba la Mariquita?

—Dudo que ninguna mujer apartase la vista de tu amigo

José Antonio, y mucho menos para mirarme a mí. Y, dejando a un lado su carácter, debo reconocer que tiene una voz única.

—No imaginas la voz que tenía la madre del Toño, la Pepa, gitana hasta la médula y bendita como ella sola. A la pobre, el marido, un payo de raíces británicas, le pegaba unas palizas que la dejaban maltrecha y le destrozaron la voz. Qué te voy a contar...

—Yo nunca viví eso, por fortuna. Mi padre era un monstruo conmigo, pero jamás lo vi maltratar a mi madre. De hecho, empezó a pegarme cuando ella enfermó.

—En el caso de la Pepa, le tocó la desgracia completa. Cuando ya no vivía el malnacido del padre, la Pepa tuvo que bregar con el hijo, que espero que no la golpeara, pero voces... Anda que no he presenciado yo voces del Toño a su madre.

—Un hombre que trata mal a una madre es incapaz de amar a ninguna mujer. No me explico cómo llegó a ganarse tu simpatía, Macarena.

—Pues de la misma forma que tú, por su talento. Lo escuché cantar de niña y me quedé prendada. Aunque tienes más razón que un santo, Ojazos, detesto a los tipos violentos que pierden la compostura por nada, y estoy de acuerdo en que los hombres que adoran a sus madres siempre tratan con respeto a las mujeres. Y se lo digo a uno que parecía amar con toda su alma a la suya. Aparte de lo que me has contado, vi aquellos libros de música y flamenco en tu habitación, con una gran etiqueta en la que se leía bien en grande la palabra más bonita de todas: «Madre». Por eso tenías que haberles cantado a Pepín y a los demás, para que se les cayeran los cucos.

—Ya te lo he dicho un montón de veces, Macarena: yo no sé cantar. Desconozco de dónde has sacado esa idea. El cante, aunque lo admiro, ni siquiera es lo que más me interesa del flamenco. A mí lo que me gusta es el baile.

—¡Ay, que me desmayo! El Ojazos bailando flamenco. ¡Baila conmigo ahora mismo, por lo que más quieras!

Macarena se puso en pie y lo tomó de las manos, pero Esteban se soltó paralizado por el pudor.

—No puedo. Me ha bastado veros bailar para entender que es algo que sale de lo más profundo del alma.

—¿Y por qué no va a salir de la tuya, Ojazos? ¿No has dicho que tu madre era pianista? ¿Acaso no fue ella quien te contagió su interés por el arte flamenco?

—Mi madre era una pianista extraordinaria, sí, y también una gran bailarina. Amaba la danza, le hubiera encantado aprender a bailar flamenco. Igual que a mí.

Macarena se llevó las manos a la espalda y alzó la vista al cielo de Sevilla, que apenas podía apreciarse debido a la luz de las farolas, encendidas muy recientemente por los serenos.

—Así que tampoco sabes bailar.

—Yo no he dicho eso.

La joven volvió sus ojos hacia él.

—Pero... llevas rato afirmando que...

—He dicho que no sé bailar flamenco. Mi madre me enseñó a bailar el vals.

—¿Eso tan aburrido que bailan los finos en sus encuentros sociales? —preguntó Macarena con cara de asco—. Lo vi una vez cuando trabajaba como doncella en casa de los marqueses de Corbones. Me dieron ganas de vomitar. ¡Jesús! Yo sí que no tengo ni la menor idea de cómo se baila eso.

—No es aburrido —replicó él—, es muy divertido.

—Sí, vaya, ¡una hartá! Igualico que las sevillanas.

—Te lo demostraré.

—¿Serás capaz?

Macarena se sobresaltó al notar que Esteban la tomaba de la cintura con una mano y buscaba la suya con la otra para adoptar con ella la postura de baile.

—¿Y tú? ¿Podrás seguirme?

La muchacha tragó saliva, y a punto estuvo de rogarle que le diera un momento. Al no haber música, no se esperaba que la llevase con tanta decisión, dando giros y giros. Terminó rompiendo a reír y dejándose guiar. En efecto, era un baile elegante y divertido. Macarena estaba totalmente impresionada por la destreza del joven. Aunque ella tardó un poco en interiorizar los pasos, en cuanto lo consiguió danzaron por la plaza de Abastos como si fueran expertos bailarines.

Esteban sonrió feliz. Creía que lo había olvidado, pero seguía recordando todo lo que su madre le enseñó. Y no se podía creer lo bien que se sentía reviviéndolo con Macarena. Ella se dio cuenta de la transformación del muchacho; era la primera vez que lo veía feliz. De repente sintió una punzada en el pecho que jamás había experimentado y se asustó terriblemente. ¿Qué hacía una moza como ella ilusionándose con un caballero como él? Ella era un alma libre, y así pensaba morir. Una cosa era que aquel chico le gustase, como tantos; otra, que fuese tan ingenua como para enamorarse de él.

—Esteban, para, por favor. Deberíamos volver antes de que se haga tarde —le pidió Macarena—. Así nos ahorramos una bronca de tu tía.

Aunque notó la actitud distante de la joven, no le dio la razón y tampoco dijo nada al respecto. Faltaba poco para las ocho, de modo que se apresuraron a regresar a la escuela. Cuando llegaron, entraron juntos, a fin de cuentas se suponía que habían estado en lugares distintos. Intercambiaron una última mirada antes de acceder al patio. Sin mediar palabra, los dos supieron que no querían separarse. En cuanto pusieron un pie en las escaleras que llevaban a las habitaciones, oyeron la voz de doña Brígida a su espalda. Apareció por la puerta del salón, de brazos cruzados y con una expresión severa. Esteban y Macarena se temieron lo peor.

—Tenemos visita —les dijo en un tono que sonaba casi alegre y que desconcertó por completo a sus discípulos—. Aunque os di permiso para ausentaros, no negaré que estoy molesta por haberle hecho esperar.

—No esconda su alegría, doña Brígida —añadió Juan Luis, que se unió a ellos en el patio—. No les regaña porque sabe que debería premiarlos. —A continuación, se dirigió a los jóvenes, mirándolos con orgullo—: Enhorabuena. Macarena, Esteban, el equipo directivo de Pickman y Compañía os ha escogido como diseñadores de la vajilla para su majestad Amadeo I de Saboya.

12

Enero de 1856

Conrado vigilaba. Estaba apostado en su esquina habitual, en el cruce que unía la calle Alfarería con Nuevo Mundo. Esconderse se había convertido en una costumbre. El año había empezado con un frío gélido en Sevilla. Conrado llevaba su mejor abrigo para no congelarse, lo cual suponía un riesgo. Un caballero bien vestido podía incitar miradas indiscretas, lo que precisamente trataba de evitar. Se encontraba observando la puerta del taller Montalván, como tantas otras veces. Aguardando la ocasión oportuna. Por fin, después de mucho rato de espera, la oyó reír. Un instante después apareció en su campo de visión una niña pequeña, de apenas cinco años y llamativos rizos oscuros, correteando de un lado para otro mientras la perseguía Justa, la razón de que Conrado se viese obligado a ocultarse.

La primera vez que fue a ver a su hija, la mujer lo echó a

patadas del taller. Ya le había costado tomar la decisión. Le dio vueltas durante bastante tiempo, pero la curiosidad fue superior a sus fuerzas. Más grande incluso que la culpa. No había hecho ningún plan sobre qué decirle a Felisa, que no estaba aquella mañana que llamó a la puerta. Le abrieron las Moiras. Conrado llegó a ver al bebé, que apenas tenía ocho meses, en brazos de Sagrario. Era una niña. Aquella criatura había heredado su rostro y sus gestos al sonreír. No cabía duda de que Conrado era su padre. Les suplicó a ambas mujeres que le dejasen tocarla. Justa, que se había quedado muda por la indignación, acabó por estallar como un volcán. «¡No he visto ser más repugnante que usted!», bramó escoba en mano. «Después de lo que le hizo a su madre, ¡¿cómo se atreve siquiera a pisar este barrio?! O a respirar el mismo aire que nosotras. ¡Lárguese ahora mismo! ¡Como vuelva a toparmelo por aquí, lo echo a escobazos!». Aun así, Conrado regresó. Vigilaba escondido para asegurarse de que Justa no estuviera. Alguna vez había visto en el taller a Felisa, jugando con la pequeña o trabajando, con la misma postura que él recordaba de cuando la observaba a lo lejos en La Cartuja. Sentía una nostalgia que escocía. Descubrió que no tenía el valor necesario para volver a hablar con ella.

Cuando la pequeña cumplió un año y medio, Conrado tuvo la oportunidad que llevaba tiempo esperando: se encontró con Sagrario a solas. Apeló a la compasión de la Moira pacífica y logró que le dejase coger a su hija en brazos. No lo hizo por clemencia, sino por justicia divina;

quería que Conrado se diera cuenta de lo que había perdido. Cuando el padre la abrazó por primera vez, supo al instante que Sagrario lo había condenado a la mayor de las penitencias.

Conrado tuvo que hacer uso de toda la prudencia del mundo a partir de entonces para poder ver a su niña. Cuando no estaba con Felisa, Justa no se separaba de ella. Sabía que si cualquiera de las dos lo descubría, todo habría acabado. Además, tampoco le era fácil escaparse con mucha frecuencia. Entre una circunstancia y otra, podía contar con los dedos de las manos las ocasiones que había logrado acercarse a su hija.

Esa mañana de enero, Justa trabajaba en un jarrón y Sagrario le hacía compañía en el taller y jugaba con la pequeña. Saltaba a la vista que la niña se estaba convirtiendo en un diablillo inquieto. A Conrado se le aceleró el corazón cuando vio que Justa se levantaba y se ponía el abrigo para salir. Había visto marcharse a Felisa más temprano. Aquel día podría pasar un momento con su hija.

Cuando apareció por la puerta del taller, la niña salió corriendo hacia él.

—¡Tito Tato!

Conrado la recibió con los brazos abiertos para levantarla en volandas. Se había inventado un nombre y un parentesco ficticio, uno que fuese sencillo para la criatura, por el que le reconociera como alguien cercano, sin excederse.

La niña había terminado por encariñarse con él. Sagrario lo saludó más seca que de costumbre.

—Me preocupa que se va haciendo consciente, Conrado —le dijo, revelándole la razón de su actitud distante—. Ya lo identifica, no tardará en echarle de menos.

—No pasa nada, doña Sagrario, mi pequeña guarda el secreto, ¿a que sí?

—Sí, tito Tato.

—¿Por qué, cielo?

—Porque mami se enfadaría.

—¿Y por qué?

—Porque te ha castigado. —Le acarició la perilla—. Y si se entera de que has venido, no nos dejaría jugar juntos nunca más.

—Qué lista es mi niña.

La pequeña sonrió feliz por el piropo y salió corriendo a esconderse para que él la buscara; era su juego favorito.

—No me gusta nada que la adoctrine así, Conrado —le dijo Sagrario, aprovechando que la niña no los oía.

—Ya quisiera yo que su madre me perdonase para verla más a menudo.

—Ni lo sueñe. Justa le detesta, pero miedo me da lo que le haría mi Felisa si supiera lo que hemos estado haciendo todo este tiempo. No sé por qué lo he permitido.

—Porque es usted rencorosa y santa a partes iguales, doña Sagrario.

—Cada vez me duele más ver que la niña se encariña

con usted. Debería dejar de venir, de verdad. Es usted un hombre casado.

Conrado se estremeció, siempre le revolvía las tripas pensar en su matrimonio. Sin embargo, hacía tiempo que él mismo sopesaba lo que Sagrario acababa de decir. Aquello no podía durar. Asintió con gran pesar. Tras jugar con su hija un rato más, se despidió con una delicada caricia en la cabeza. Todavía estaba a tiempo de apartarse sin herir innecesariamente a Felisa y a la niña. La pequeña tenía esa edad en la que, si él desaparecía, todavía podría olvidarle.

Antes de darse por vencido y renunciar a su hija, Conrado hizo acopio de valor y decidió hablar con Felisa. Sabía por Sagrario que estaba en el mercado, y no tardó en encontrarla. Felisa estaba en un puesto de frutas escogiendo naranjas. Conrado la observó. Su belleza sencilla seguía excitándole. La curva de su espalda, la pose tímida, el cabello suave pero rebelde, como ella. Estaba a punto de salir de la columna que lo refugiaba, ya lo había decidido. Lo peor que podía pasar era que le cruzara la cara, que le escupiera o que le prohibiera dirigirle la palabra. Felisa siempre lo creyó capaz de resolver o arreglar lo que fuera, ¿por qué no aquello?

Cuando ya había dado el primer paso en dirección a ella, un hombre vestido de panadero la saludó efusivamente y Felisa se sonrojó como tantas veces lo había hecho con él. Conrado retrocedió y decidió espiarlos. No cabía duda, la estaba cortejando y ella parecía feliz de que así fuera. El panadero, no sin algo de apuro, le entregó a la joven un pan redondo de romero y especias. Conrado se hundió cuando vio que Felisa se ruborizaba de esa forma tan particular suya, como le había sucedido más de una vez en el pasado estando con él. Pegó la espalda a la columna en la que se ocultaba y cerró los ojos para pensar. No pintaba nada allí. Se marchó convencido de que no volvería nunca.

En cuanto se esfumó, Felisa echó un vistazo en dirección a aquella columna. Hacía tiempo que era consciente de que Conrado la observaba de vez en cuando, el mismo tiempo que transcurrió desde que su odio hacia él se convirtió primero en desconcierto, y después, en lástima. Conrado no parecía feliz, pero eso ya no era asunto suyo. Felisa se limitó a hacer lo que mejor sabía, e imitó la indiferencia que él le había dedicado en su día.

Conrado no volvió a Triana, pero, corroído por los celos, hizo cuanto estuvo en su mano por saber de Felisa. Así averiguó que el panadero se llamaba Germán Llanos y que estaba perdidamente enamorado. Le había propuesto matrimonio a la muchacha y solo era cuestión de tiempo que ella le dijese que sí. Germán quería compartir su vida con Felisa y con su hija.

Pasaban las semanas y Conrado cada vez estaba más fuera de sí. Hacía mucho que había dejado de ser el hombre sonriente, caradura y despreocupado por el que todo el mundo lo tenía. Fumaba compulsivamente, se había abandonado a la bebida e iba a las casas de apuestas cada vez más a menudo. Había olvidado la moderación, no quedaba nada del autocontrol que lo caracterizó de soltero. Estaba desquiciado por los celos, no hacía otra cosa que pensar en el panadero aquel amasando el cuerpo de Felisa.

Y para colmo, en los últimos tiempos, Brígida parecía obsesionada con humillarlo continuamente. No solo lo utilizaba para su placer, como había hecho siempre, sino que también había conseguido convencerlo en varias ocasiones para alterar las cuentas y los registros de Pickman y Compañía y desviar así algunos fondos a la escuela.

Cuando apareció la primera fábrica de loza que hacía la competencia de verdad a La Cartuja, Brígida entabló conversaciones con ellos para ofrecerles el trabajo de sus discípulos, y Conrado, como su marido, debió transigir en nombre de su mujer. Aunque era un acuerdo comercial legítimo, no dejaba de ser poco ético. Prefirió ceder y desentenderse. Pero esa decisión le pasó factura: perdió el poco aprecio de don Carlos que había logrado ganarse; aquellos movimientos terminaron por revivir su inquina hacia él.

Conrado se sentía en un perpetuo callejón sin salida. La aparición de Germán también había desbaratado todos sus planes, aunque nunca había hecho ninguno de verdad, porque la mayoría eran a corto plazo y estaban envueltos en mentiras. ¿Acaso iba a reconocer a su hija y a exponer a la pequeña a la furia de Brígida? La niña iba a tener un padre de verdad y Felisa, un marido. Tal vez era el momento de dejarlo estar.

Una gélida mañana de domingo, en uno de los febreros más fríos que los sevillanos recordaban, Felisa caminaba con su hija y con Germán junto a la orilla del río Guadalquivir, por el paseo de Nuestra Señora de la O. Aquel fue el día en que Felisa accedió al fin a la petición de Germán. Sí, se casaría con él. Quizá nunca lo quisiera como quiso a Conrado, pero haría lo que hiciera falta para que los tres fueran felices. Aquella noticia fue la que propició la tragedia.

Germán salió rápido en busca de Justa y de Sagrario. Debían reunirse para celebrar la buena nueva. Cuando lo observaba correr en dirección a Triana, Felisa se dio cuenta de que la niña no estaba. Un terror glacial se apoderó de sus entrañas.

La niña no estaba. No estaba. Dio vueltas sobre sí misma, mirando a un lado y a otro, desesperada. «¡Esa cría atolondrada! ¿Dónde se habrá metido?». Un llanto desesperado llamó la atención de varios viandantes de la calle Betis y del puente de Triana, que se detuvieron alarmados. Al final fueron los gritos de la gente pidiendo ayuda los que alertaron a Felisa de dónde se encontraba su hija: la corriente del río Guadalquivir la estaba arrastrando. La madre se llevó las manos a la cabeza y corrió en dirección a los alaridos de su hija.

Como siempre que estaban paseando cerca del río, la pequeña había salido disparada hacia los juncos de la orilla a buscar ranas. Le encantaban los animalitos y los insectos, pero aquellos anfibios diminutos eran su debilidad. Estaba resuelta a encontrar por lo menos una: su madre le había dicho que en invierno dormían bajo el agua, así que esta vez se adentraría más en el río para descubrir el refugio de las ranas. Avanzó decidida por las piedras de la orilla hasta que puso los piececitos en una cubierta de musgo, resbaló y cayó al agua al tiempo que profería un chillido de terror.

La cría no sabía nadar; pataleaba y se agitaba tratando de mantenerse a flote. Los ojos desorbitados, la expresión descompuesta. Felisa no se lo pensó dos veces y se lanzó a las aguas color esmeralda del río. La pequeña la llamó entonces, ahogándose en la corriente gélida y en el terror. No muy lejos de la escena, un barquero había desviado su trayectoria para dirigirse hacia la niña, al tiempo que Felisa braceaba y braceaba. Tampoco era muy diestra, aunque poco importaba en ese momento. Ni las cuchillas del frío la detuvieron, debía rescatar a su hija. Recordó entonces aquellas primeras semanas de su existencia cuando la dejó a su suerte. Sin madre ni nombre. Las lágrimas exasperadas de Felisa se fundieron con el Guadalquivir. «¡No me castigues así, Dios mío!», gritaba desde el corazón, «¡no me la quites ahora!». El tormento de su alma le dio la fuerza que necesitaba para sacar la cabeza y llamar desesperada a su niña:

—¡¡Macarena!!

La cría alzó la mano en dirección a la voz de su madre justo cuando le fallaban las fuerzas y Felisa la alcanzó. Sintió su respiración descompasada, su diminuto cuerpo entumecido. Felisa creyó que sus pulmones claudicaban. Hizo cuanto pudo por mantener la cabecita de su hija fuera del agua mientras tragaba agua congelada. Le tiritaban las manos, tenía los dedos insensibilizados. La barca las alcanzó y los cuatro hombres que iban en ella se asomaron a la proa para sacarlas cuanto antes.

Germán regresó con Justa y Sagrario pocos minutos después y se extrañaron del gran revuelo que había en el paseo. Los curiosos se arremolinaban en un círculo cerrado. No veían a Felisa y a su hija por ninguna parte, así que se acercaron a la muchedumbre, creyendo que las encontrarían allí. Entre las cabezas de los presentes, Justa reconoció los zapatos de la pequeña. Luego vio el cuerpo de Felisa tendido a su lado. Un médico se afanaba en reanimar a la niña, que ya tosía y escupía el agua que había tragado. Agarró la mano de Sagrario y señaló. Luego Justa se abrió paso entre la gente y cayó de rodillas al lado del cuerpo inerte de Felisa. La abrazó y la acunó sin dejar de repetir su nombre, rogándole que se quedara con ellas, que no las abandonara, prometiéndole que nunca más volvería a regañarla. El llanto desgarrador de Justa era lo único que se oía en medio del silencio apesadumbrado que guardaba la muchedumbre.

Germán se había quedado al lado de Sagrario, los dos incapaces de articular palabra, arrasados por las lágrimas y el dolor, vislumbrando el abismo de su pérdida, la vida sin la joven alfarera.

Instantes antes de morir, Felisa se sintió cubierta por la oscuridad de la noche. Aquella noche que siempre venía a socorrerla cuando más lo necesitaba. Se la llevó con ella para que dejase de sentir aquel frío desgarrador. Lo último que vio fue el rostro de Conrado, sonriente pero inquieto, cuando fue a buscarla aquel día en La Cartuja, afrentado porque no había acudido a su casa cuando la invitó por primera vez. Requiriéndola con toda su alma.

En aquel periodo de oscuridad, Conrado se refugiaba cada vez más a menudo en la biblioteca de la Escuela Roberts y Urquijo. Sentado en la butaca que había junto a la mesa de billar, leía sobre equilibrio y belleza entre sorbos de whisky. Observó su retrato al óleo colgado frente al de Max Roberts. Brígida le confesó que lo había pintado cuando acababan de conocerse. Parecía que hubiesen pasado cincuenta años de aquello; a sus treinta, ya se sentía un anciano. Se preguntó si Felisa lo recordaría así. Sintió unas ganas imperiosas de ir a verla y preguntárselo.

Irritado por sus cavilaciones, se levantó del sillón y fue a la estantería más cercana en busca de una distracción más efectiva que el tratado sobre equilibrio que estaba leyendo. Al extraer un volumen sobre arte mudéjar, una carpeta oculta entre los tomos le cayó a los pies. Los papeles que contenía se desperdigaron, también algunas cartas con papel de calco. Conrado masculló al agacharse a recogerlos. Al ver de qué se trataba, su expresión cambió de la pesadez a la incomprensión; de la incomprensión a la inquietud; de la inquietud al pánico, y del pánico a la ira. La cólera se apoderó de él amenazando con envenenarle.

¡Aquello no podía ser cierto! Releyó los papeles varias veces, una y otra vez. No cabía duda posible, ni error de quién estaba detrás de todo aquello. En un arrebato desesperado, volcó la estantería al suelo y arrojó el vaso de whisky contra su retrato. La puerta de la biblioteca se abrió de improviso y se asomaron dos discípulos que habían acudido preocupados por los ruidos de golpes y cristales rotos.

—¡¿Dónde está Brígida?! ¡Voy a matar a esa maldita gorgona! —bramó desquiciado.

Uno de los jóvenes, asustado por el estado de Conrado, trató de explicarle que la señora no se encontraba en la casa. Don Carlos le había pedido que fuera a La Cartuja.

Conrado ordenó a los muchachos que se retiraran. Tal vez debía ir tras ella. No. Meditó un instante. Respiró profundamente. Antes debía asegurarse de que todo aquello era real y no una pesadilla. Pensó que lo mejor era poner aquellos documentos a buen recaudo. Cuando se trataba con demonios, lo mejor era pedir ayuda a los ángeles.

Partió raudo en coche de caballos rumbo a Triana. Se dirigía a la calle Alfarería para ver a Sagrario, la única persona que le había demostrado ser de confianza en los últimos cuatro años. Cuando estuvo frente al taller Montalván, caminó decidido hacia la puerta del edificio y la aporreó con todas sus ganas. Se acabó vigilar, se acabó esconderse.

¿Cómo no se le había ocurrido? Debía contárselo a Felisa. Ella le guardaría los papeles. Y luego le diría cuánto lo sentía, cuánto sentía no haberlo dejado todo por ella y por su hija. Cuando Felisa desapareció de su vida por su culpa, nada volvió a ser lo mismo. Ni siquiera su amor por la loza de La Cartuja. Brígida había emponzoñado su alma y se había llevado todo lo que amaba por el camino. Aquellos documentos eran la prueba definitiva. Pero podía arreglarlo, claro que podía arreglarlo. Junto con Felisa.

Conrado aporreó de nuevo la puerta, nervioso, hasta que le abrió Sagrario. Estaba pálida y muy desmejorada. Él se percató, pero no tenía tiempo que perder. Entró y comenzó a llamar a Felisa a gritos. Sagrario lo seguía en silencio. Cuando él se volvió para preguntarle, ella se adelantó señalando la escalera que conducía a las habitaciones sin pronunciar palabra. Conrado subió los escalones de dos en dos e irrumpió en la primera estancia que encontró. Allí dentro estaba Justa, custodiando una cama, pero no era Felisa la que guardaba reposo, sino la pequeña. Tenía muy mal aspecto. Conrado sintió que el alma le abandonaba el cuerpo al ver así a su hija. Justa, que sujetaba la manita de la niña como si le fuera la vida en ello, alzó la vista despacio. Ella también tenía el rostro desfigurado por el dolor.

—Ahora pregunta por ella, ¿no? —le espetó la mujer con desprecio.

—¿Qué ha ocurrido? —bramó él—. ¿Dónde está Felisa?

Se volvió hacia Sagrario y la mujer le abofeteó con todas sus fuerzas.

—¿Cómo iba a saberlo? ¡Desgraciado! —le dijo con odio—. Nunca le ha importado nada más que usted mismo.

Ni siquiera se ha enterado de que mi Felisa lleva más de una semana enterrada.

—No puede ser. No es cierto. —Conrado tuvo que buscar dónde apoyarse.

Sagrario le resumió el accidente en el río. El médico había conseguido reanimar a la pequeña, pero no pudo salvar a Felisa. Había fallecido de hipotermia. La vida de la niña pendía de un hilo. Tras más de diez días con toses y fiebre, empezaban a temer lo peor. Conrado negó una y otra vez. No podía ser cierto. Nada de aquello podía ser verdad.

—Lo arreglaré —dijo con la mirada perdida—. Voy a arreglarlo.

Sagrario vio cómo una lágrima rodaba por su rostro y terminó por compadecerlo.

—¿Qué va a arreglar usted, criatura? —le preguntó, compasiva.

—Esa niña ha perdido a su madre, trataré de darle el padre que siempre mereció. Voy a arreglarlo —repitió Conrado.

Sagrario lo miró desconcertada, no entendía nada de lo que decía. Quiso preguntar, pero él se llevó el índice a los labios rogando silencio y le entregó la carpeta que había descubierto en la biblioteca de la escuela.

—Si me sucede algo, es crucial que lleven estos papeles a las autoridades, por el bien de La Cartuja.

Sagrario seguía sin comprender por qué les confiaba aquellos documentos, ellas ni siquiera sabían leer.

—No se ofenda, caballero —habló Justa con la vista perdida—, o hágalo, me da igual, pero sepa que no nos importa en absoluto lo que le pueda ocurrir a La Cartuja. Ese lugar nos lo ha quitado todo. —Entonces lo miró llena de rencor—. Si mi Felisa no hubiera pisado aquel sitio, ahora mismo seguiría conmigo.

—No estás siendo fiel a tu nombre, amiga mía —le dijo Sagrario en un hilo de voz, mirando a la pequeña—. Si Felisa no hubiese pisado La Cartuja, este angelito no se encontraría entre nosotros.

—No hago más que rezar para que eso siga siendo así, Sagra. —Justa se llevó la mano de la niña a la frente, rota de dolor y atormentada por los recuerdos del día del accidente.

—Voy a arreglarlo —repitió Conrado por cuarta vez—. Esta niña ha perdido a su madre, le daré el padre que siempre ha merecido.

A continuación, volvió a decirle a Sagrario que tenía que guardar aquellos documentos y que, en el caso de que le ocurriese cualquier cosa a él, debía llevarlos a las autoridades, lo cual no solo beneficiaría a La Cartuja, sino también a la pequeña. Sagrario lo acompañó a la puerta.

—Conrado, ¿a dónde va? ¿Qué es lo que pretende hacer? —le preguntó, preocupada por lo alterado que lo veía.

—Voy a arreglarlo —insistió con claros signos de angustia.

Le rogó reiteradamente que guardase bien los papeles, y Sagrario le aseguró que así lo haría.

Esa misma tarde, don Conrado de Aguirre y Collado se precipitó al vacío desde la cornisa del tejado de la capilla del monasterio de La Cartuja. Los trabajadores de la fábrica enmudecieron al oír el sonido que produjo su cuerpo al impactar contra el suelo de piedra. Hubo gritos de espanto, desmayos e incredulidad. Nadie supo nunca por qué se suicidó. La última persona que estuvo con él fue su esposa, pero doña Brígida no lloró ni se hundió, permaneció inalterable como siempre.

Desde aquel día, los alumnos de la Escuela Roberts y Urquijo la apodaron la Gorgona, el último calificativo que su marido le dedicó y que se extendió por toda la fábrica. La mujer de piedra, la eterna viuda. El día del funeral, más de uno creyó ver en la mirada de Brígida más ira que tristeza.

Cuando las Moiras se enteraron del trágico final de Conrado, Justa guardó silencio y Sagrario se santiguó. Luego la mujer fue buscar los papeles que le había confiado, no para encontrar respuestas ni tampoco para llevarlos a las autoridades. Sagrario decidió ocultarlos para siempre por temor a que contuviesen alguna verdad oscura. Ellas se encargarían de la pequeña, nunca le faltaría de nada; mucho menos, amor.

Sagrario decidió guardar la carpeta en el mismo lugar que los bocetos de Felisa, aquellos que elaboró en La Cartuja. El mismo lugar al que estaban ligados los papeles de

Conrado. Si la fábrica los unió en vida, ¿quién era ella para mantenerlos separados en la muerte? Su historia pertenecía ya a La Cartuja. Siempre La Cartuja.

SEGUNDA PARTE

13

Enero de 1902

Trinidad buscaba. Y por ese motivo quiso encontrar respuestas en el rostro de aquella anciana que la acababa de confundir con otra persona en el taller Montalván. La señora estaba llamando a una tal Sagra para que saliese a ver a la recién llegada.

—Ya voy, ya voy, doña Justa —se oyó decir a una voz desde el interior de la vivienda—. ¿No estará otra vez metiéndose con su hermana?

Una mujer de mediana edad y aspecto afable emergió por el pasillo que conectaba los dos edificios del taller Montalván, secándose las manos con un trapo de cocina. Trinidad dedujo por el delantal que estaba preparando un almuerzo tardío. La mujer se sorprendió al ver a la joven, pero sonrió hospitalaria.

—Oh, disculpe, señorita, acabamos de cerrar para comer. Por favor, no haga mucho caso a doña Justa, fue mi maestra y una de las alfareras más respetadas de este taller, pero los años han causado estragos en su cabeza.

—Parecía convencida de que yo era otra persona —dijo Trinidad.

—Le sucede con todas las jóvenes de su edad —le explicó la mujer mientras se acercaba a recolocar la manta que tapaba las piernas de Justa.

—Sagra, dile a esta consentida que se abrigue. Va a coger una pulmonía.

—Sí, sí. —La mujer le acarició el pelo para que se relajase y la miró con mucha ternura—. A mí siempre me toma por doña Sagrario, su compañera. La buena señora falleció hace ya más de un lustro.

—Ha mencionado algo de una hermana.

—Me refería a doña Sagrario —repuso ella—. Justa y Sagrario trabajaron y vivieron juntas siempre, eran como hermanas. Las llamaban las Moiras de Montalván, famosas en Triana y en toda Sevilla. ¿Nunca ha oído hablar de ellas?

—La verdad es que no, pero porque no soy de aquí —respondió Trinidad.

—Eran tan conocidas que, siendo yo una mozuela atolondrada, les rogué que me acogieran en su taller y me enseñaran el oficio, igual que hicieron mi esposo y otros tantos artesanos. Este lugar ha vivido épocas de gran esplendor; ahora solo quedamos mi Eleuterio, doña Justa y yo.

A continuación se presentó como Milagros Campos y justo entonces apareció su marido, Eleuterio Rodríguez.

Trinidad se disculpó por su intromisión. El matrimonio insistió en que no se preocupara y le preguntaron en qué podían ayudarla. Milagros suponía que no había ido para hacer un encargo ni comprar cerámica porque no conocía el taller Montalván. Querían ayudar a aquella joven tan bien vestida que parecía desorientada. Trinidad les contó que había hecho un viaje muy largo expresamente para llegar hasta allí y que estaba intentando reconstruir el pasado de sus padres, que eran ceramistas de Sevilla. La muchacha paseó la mirada por toda aquella estancia, una auténtica cueva de Alí Babá y los cuarenta ladrones, repleta de tesoros de cerámica, arcilla y azulejo, con ilustraciones delicadas de escenas mitológicas.

—Mi última esperanza es preguntar puerta por puerta. Ni siquiera los Pickman han podido ayudarme.

—¿Dice que ha estado con los Pickman? —preguntó Eleuterio muy sorprendido.

Le contaron que todo el mundo conocía a la familia de empresarios, y desde luego todos los alfareros. Milagros había oído hablar de ellos cientos de veces y Eleuterio los había tratado cuando trabajaba en La Cartuja. Su mujer la animó a que les dijese qué deseaba averiguar exactamente, por si podían ayudar.

Aunque Trinidad dudó, al final se lanzó y les habló del misterioso plato que había traído a Sevilla, cuyos orígenes estaba rastreando también. Incluso les describió el diseño.

—Querida, a lo mejor me meto donde no me incumbe,

pero ¿por qué no les ha preguntado a sus padres? —dijo Milagros con delicadeza, y al ver la expresión de la joven lo comprendió todo—. Oh, perdóneme, chiquilla, cuánto lo siento.

Trinidad asintió, disculpándola. ¿Cómo iba a saberlo? Todavía a esas alturas a ella le costaba asumirlo.

De pronto, su mente se trasladó tres meses atrás, al funeral de sus padres. Se vio a sí misma vestida de negro. El pastor George Murriel, de la iglesia anglicana de Saint Lawrence, había oficiado la ceremonia a pesar de que ambos eran católicos. Apreciaba mucho a la pareja de artesanos ceramistas, como los vecinos, socios y empleados del taller que habían acudido a despedirlos.

Aquella tarde lluviosa de octubre todos se acercaron a ella y a su hermano Fernando con gran afecto. Trinidad escuchaba sus condolencias, inmóvil, las lágrimas confundiéndose con las gotas del cielo. Fernando le pasó el brazo por los hombros y la abrazó. Su mujer, Emma, sostenía al pequeño Michael, que la miraba triste.

En el otoño de 1901, una ola de frío había azotado Ellesmere Port, lo que propició una epidemia de inusuales constipados de síntomas angustiosos y, en muchos casos, fulminantes. Se llevó a decenas de vecinos de la localidad, incluidos algunos artesanos del taller Laredo. Los padres de Trinidad cayeron enfermos con una neumonía implacable que les arrebató la energía. Al principio, cuando la recia complexión de su padre o las bromas de su madre parecían compensar los estertores o el insoportable dolor de pecho, eran optimistas. Después, las toses fueron en aumento, la fiebre no remitía y el reposo no aliviaba su agotamiento. La enfermedad venció el espíritu luchador del matrimonio Laredo.

Trinidad se ocupaba personalmente de sus padres. Las cocineras habían intentado convencerla muchas veces para que las dejase hacer y que alguna de las doncellas se encargase de subirles la bandeja a los señores, pero se negaba. Necesitaba hacerlo ella misma, servir el café en las tazas favoritas de su padre y preparar el pan de romero que tanto le gustaba a su madre.

Hacía años que Fernando había formado su propio hogar con Emma, una artesana del vidrio que había llegado al taller Laredo buscando ampliar sus horizontes artísticos, cuando Trinidad tenía trece años y su hermano veinticinco. Él y Emma se enamoraron perdidamente. A los dos meses eran novios, a los cuatro se casaron y al año nació Michael. La pareja siguió trabajando en el taller familiar, aunque ya no vivía con el matrimonio fundador.

Cuando Trinidad, Fernando y Emma se quedaron al frente del taller durante la convalecencia de sus padres, entendieron el excepcional equipo que formaban juntos. Durante aquellas semanas en que las pérdidas golpearon a todo el mundo, Trinidad no supo cómo agradecer a sus empleados que se esforzasen para que no bajara la productividad, que era lo que solía ocurrir cuando un taller perdía a sus dos principales maestros. Ella y su cuñada trabajaban sin parar para compensar en lo artístico, y su hermano en lo financiero, de lo que llevaba encargándose diez años, aunque nunca solo. Su madre, que ejerció de supervisora y mentora, tenía una capacidad de gestión insuperable. Por otro lado, su padre era todo intuición y visión de mercado. Trinidad siempre se admiraba de que sus padres erigieran solos el taller, a la vez que se adaptaban a un nuevo país.

Aquella mañana se detuvo ante la puerta de su alcoba, tratando de disimular su pena, tomando aire para ser capaz de ofrecerles su mejor sonrisa. Cuando cruzó el umbral, la quietud la alertó. Entró habladora como siempre y dejó la bandeja con el desayuno en la mesita auxiliar. Vio el periódico del día anterior, abierto por la noticia de la que habían estado hablando toda la tarde. «La Cartuja de Sevilla apaga sus hornos. Mil doscientos obreros pierden su empleo tras más de sesenta años dedicados a la industria de la loza», rezaba el titular, y un grabado de una fábrica acompañaba la noticia.

Sin parar de parlotear de cuestiones triviales, Trinidad se dirigió a la ventana para descorrer las cortinas y que la luz de la mañana entrase en la estancia, como siempre. Pero no fue como siempre. Sus padres no se movieron, estaban girados el uno hacia el otro, los brazos de ella envolviéndolo a él. Yacían inmóviles, entrelazados en aquel gesto de complicidad eterna. Las fiebres se los habían llevado a los dos la misma noche. Luego se fijó en el rostro sereno de su padre y en el surco que las lágrimas habían dejado en la mejilla de su madre. La mujer había sido incapaz de dejarlo partir solo. Hay quien muere de pena y hay quien muere de amor. Trinidad se derrumbó a los pies de la cama, desolada. Se aferró a las sábanas que envolvían sus cuerpos inertes como si tratase de retener sus almas.

La reacción de Fernando fue más desconcertante. Para cuando él llegó, ella había conseguido calmarse. Su hermano se asomó a la habitación y estuvo un buen rato dentro, solo y en silencio. Trinidad esperó a que saliera para proponerle hacer los avisos oportunos. La abrumó ver que a Fernando se le descolgasen dos tremendos lagrimones de los ojos, que impactaron directos contra el suelo. A continuación, otros dos. Y otros dos. Tan pesados que no les daba tiempo a discurrir por las mejillas. Estaba destrozado, ella nunca lo había visto así. Su hermano amaba a su madre con fervor y admiraba a su padre más que a nadie. Se habían quedado huérfanos y los lloraron desde lo más profundo del alma. Sin embargo, Trinidad había perdido, además, la verdad que siempre había anhelado conocer, la que le habían denegado y que la muerte de sus padres acababa de volver inalcanzable.

La muchacha apartó los dolorosos recuerdos de su mente y volvió a mirar a aquella anciana de la calle Alfarería. Doña Justa había permanecido callada mientras ella conversaba con Milagros y Eleuterio, pero ahora sonreía a la joven con dulzura. La señora tomó una mano de Trinidad entre las suyas.

—Mi pequeña, cuánto te hemos extrañado Sagra y yo —le dijo enternecida—. Dime la verdad, te lo ruego, ¿conseguiste ser feliz?

Trinidad tuvo que contener las lágrimas, sentía el pulso acelerado. No sabía qué contestar. Justa percibió su malestar y acarició de nuevo su mejilla.

—Esa Sagra… mira que era —masculló frunciendo el ceño—. Creía que yo no sabía nada, pero ¡vaya si lo sabía! Dejó que el indeseable ese viniera de visita cada vez que se le antojaba y luego le guardó los dichosos papeles. Murió sin dejar de ser una bendita.

—¿Qué papeles, doña Justa? —preguntó Trinidad.

—Por favor, niña, no la tome en serio —le rogó Milagros al verla esperanzada—. No todo lo que dice es coherente.

La mujer tenía razón. Era una insensatez impropia de ella aferrarse a las palabras de una pobre anciana con claros signos de demencia. También hacía rato que abusaba de la amabilidad de Milagros y Eleuterio.

Cuando Trinidad anunció que se marchaba, el matrimonio la invitó a almorzar con ellos. Ella agradeció su amabilidad y les contó que se hospedaba en la posada de Lola, donde ya había comido. Se despidió de ellos y cruzó el acceso que unía los dos edificios que conformaban el taller Montalván. Al pasar al edificio antiguo, de camino a la puerta, lo vio. Conocía aquel dibujo que estaba colgado en la pared.

Se acercó sin ni siquiera pedir permiso. Hubiera reconocido ese paisaje en cualquier parte. Aunque nunca había visto una versión tan espléndida.

Milagros, que había observado la escena desde el salón, se acercó a Trinidad y esta le preguntó por la ilustración.

—Es un boceto de la artista del taller que doña Justa confunde con todas las muchachas —le contó Milagros—. Tenía un gran talento, pero la pobre falleció muy joven. Doña Justa debió quererla muchísimo. No recuerdo dónde están guardadas el resto de las láminas que hizo, si no se las enseñaría.

Trinidad, casi en trance, le dio las gracias e insistió en que no era necesario. Luego se disculpó por haberla entretenido otra vez.

—No sabes hacer otra cosa que molestar, niña, a este paso te echarán de la fábrica —gruñó Justa desde el salón, con el mismo tono que le había hablado al llegar.

Milagros la reprendió. Y Trinidad, tras escudriñar en un silencio confuso a la mujer, recordó que le había dicho que no debía hacer caso de las palabras de la anciana.

Emprendió el camino de vuelta a la posada por la calle Alfarería con la cabeza dándole vueltas. La visión de aquel dibujo la llevó de nuevo al día del funeral de sus padres. Aguantó hasta que los asistentes al entierro se marcharon. Su hermano Fernando seguía sumido en aquel estado catatónico que casi la irritaba. Trinidad sentía que ardía de rabia y desolación. Entró en su habitación como un vendaval y descargó su frustración destrozando todo lo que encontró a su paso. Se dejó caer de rodillas y se abandonó al llanto. Cuando su respiración se ralentizó un poco, vio que se había abierto una de las puertas del buró al empujarlo en su espiral de destrucción. Dentro guardaba su posesión más preciada. La dama de La Cartuja. Tomó el plato y lo acarició con los dedos. Había recibido tiempo atrás aquella pieza rota y reparada. La abrazó contra su pecho y fue como sentir a su madre. Era lo único que le quedaba de la verdad sobre ella, de la verdad que jamás se atrevió a revelarle. Un pedacito de quién había sido en el lugar del mundo que amó y al que jamás pudo volver. Aquel plato era la única conexión con un pasado que siempre había obsesionado a Trinidad y que ya no podría conocer. Abrazada a la pieza de loza, tuvo muy claro lo que debía hacer: viajar a Sevilla. Si descubría la historia de aquel objeto conocería la verdad sobre su familia.

Se enjugó las lágrimas y sacó su maleta. Cogió varias camisas y chaquetas, un par de faldas, medias y unos zapatos de repuesto. Por último, metió el delicado plato, envuelto en un paño para protegerlo de los golpes. Fue al despacho a buscar dinero, informó a los criados de que partía de viaje y salió por la puerta de la cocina. Antes de irse, se dirigió al naranjo del jardín. Allí estaba Fernando. Aquella imagen desgarró a Trinidad, y no solo por la estampa desolada de su hermano. Todo el mundo conocía aquel árbol como el naranjo Laredo. Cheshire nunca fue el clima ni el lugar idóneo para que sobreviviera, pero allí seguía, en pie, quizá porque quienes lo plantaron y cuidaron eran igual de testarudos. Aquel naranjo siempre había representado su espíritu obstinado. Otro rincón querido, otro símbolo del amor de su familia que tampoco podía llevar el verdadero apellido de su padre. La joven tuvo que apartar la vista un instante; su hermano, aunque continuó observando aquellas bellas hojas verdes, se dirigió a ella muy sereno en inglés:

—¿A dónde vas, Trinity?

—Me marcho a Sevilla —respondió ella en español, sin detenerse.

—¿Qué esperas conseguir? —le preguntó ahora en su lengua materna.

—¡Respuestas! —bramó Trinidad—. Quiero averiguar por qué dejaron Sevilla y vinieron aquí. Quiero saber la verdad y quiero entender por qué los dos se la llevaron a la tumba.

Ni siquiera entonces Fernando se volvió hacia ella. Continuó inmóvil frente al naranjo.

—Espero que lo consigas.

Trinidad se detuvo. Se le hizo un nudo en la garganta. El apoyo de su hermano la conmovió en lo más profundo de su ser. Él siempre la había acusado de ser una entrometida y le reprochaba su obstinación por saber. En su opinión, había cosas del pasado que no debían remover, que pertenecían a la intimidad de sus padres. Trinidad dejó la maleta en el suelo y corrió a abrazar a Fernando por la espalda, como solía hacer con su madre.

Al llegar a la posada de Lola, Trinidad sintió que al fin había encontrado un hilo del que tirar. Una conexión. Debía volver al principio. Tenía que ver de nuevo a los Pickman.

14

Noviembre de 1871

Macarena flotaba. Aquella mañana de mediados de mes, Esteban, doña Brígida, don Juan Luis y ella se dirigían al despacho de don Carlos, situado en la planta baja de su mansión de los terrenos de La Cartuja, para discutir los detalles del diseño de la vajilla para Amadeo I de Saboya. Durante el trayecto, Macarena no logró ocultar que estaba loca de alegría, aunque los nervios le encogían el estómago. Todavía no se creía que su versión de La dama de La Cartuja hubiese empatado con la propuesta geométrica de su compañero. Sospechaba que en cualquier momento le dirían que había sido un error. Aquello era un sueño hecho realidad para una humilde alfarera como ella. Ojalá su madre hubiese vivido para verlo.

El señor Pickman los recibió acompañado de sus hijos Ricardo y Guillermo. Don Carlos les contó que a los directivos de La Cartuja les había costado mucho tomar la decisión. Debatieron largas horas durante días, revisaron una y otra vez las ilustraciones. El señor Castro daba fe. El señor Pickman se sentía un poco culpable por la presión a la que sometió a los artistas con su falsa amenaza de que vetaría al autor del peor trabajo. Todos habían presentado auténticas obras de arte.

—Pero ninguna nos impresionó tanto como las de Esteban y Macarena —afirmó, exultante, el director general de La Cartuja—. El primero, por su perfección y magnífico efecto visual, y la segunda, por su espontaneidad y ternura.

Los jóvenes intercambiaron una mirada cómplice.

—No obstante, don Carlos, creía que la compañía escogería a un único diseñador —intervino doña Brígida, crispada—. ¿Podríamos saber qué espera de mis dos alumnos?

—Por supuesto, señora mía —respondió don Carlos, solícito—. Nos hemos decantado por un planteamiento que combine ilustración pintada a mano y estampación. Macarena se encargará del dibujo central, y Esteban, de los filos.

—Eso implica que la vajilla girará en torno a la ocurrencia de la muchacha, ¿cómo se les ocurre? —exclamó ella molesta—. Es muy joven y carece de la experiencia para llevar las riendas del diseño de una vajilla, ¡y encima para su majestad! Ustedes han perdido el juicio.

Los presentes callaron y Macarena deseó que se la tragase la tierra.

—Le recuerdo que es su discípula, doña Brígida —intervino Juan Luis—. En parte, nuestra decisión se debe a eso.

—No intente distraerme con cumplidos, Juan Luis. Está claro que les ha conmovido su estilo trianero y campestre. La Cartuja lleva años sin hacer un paisaje nuevo.

—Tiene usted razón, doña Brígida —dijo don Ricardo—. Como director económico, fui el primero en cuestionar la elección de la señorita Macarena. Usted disculpe. —Miró un instante a la aludida, quien negó con la cabeza—. Me posicioné a favor del de don Esteban, pero tras el intenso debate llegamos a la conclusión de que no eran propuestas excluyentes. Como maestra de cerámica, usted lo sabe bien: es el diseño del filo y no el de los centros lo que está presente en todas las piezas y lo que marca la composición. De hecho, nos dio la impresión de que la iniciativa de su sobrino requería de unas asas nuevas y muy específicas, un detalle que necesitamos saber para evaluar la viabilidad de la inversión.

Don Carlos miró a su hijo mayor lleno de orgullo. Don Ricardo había manejado muy bien la situación. Doña Brígida resopló inquieta, pero conforme.

—En realidad, Esteban será quien dirija el diseño y contará con las aportaciones artísticas de Macarena —insistió Juan Luis, y miró de reojo a su protegida, que asintió más que complacida—. Él no solo lleva preparándose mucho más tiempo bajo su supervisión, doña Brígida, sino que también es capaz de elaborar las planchas de las estampaciones, algo que no pueden decir todos nuestros artistas. Por supuesto, pondremos a su disposición el apoyo de nuestros diseñadores y estampadores.

Con aquello, Brígida se dio por satisfecha, henchida de orgullo después de que hubiera quedado claro que su sobrino estaría al mando y, por tanto, ella seguiría siendo la cabeza pensante. Esteban aceptó con un ligero asentimiento.

Macarena sabía que él habría asumido la responsabilidad incluso aunque se hubiese tenido que hacer cargo de todo él solo. Eso la apenó un poco. No le importaba estar bajo sus órdenes, incluso le pareció lógico, pero sí le preocupaba que no aceptase su ayuda.

Puesto que don Ricardo lo había mencionado, Esteban aprovechó para confirmar que él y su tía habían pensado en un diseño de calca que se extendiera por las asas de las tazas, las soperas y las salseras, lo que implicaría un modelo nuevo. Esa propuesta debía consultarse con los maestros de cada área. Don Carlos le pidió a Juan Luis que acompañase a Esteban y a Macarena a la sección de moldes y de asas para presentar la idea. Doña Brígida finalmente no se sumó al grupo porque le tentó más discutir con el señor Pickman cuánto cobrarían sus alumnos hasta abril del año próximo, cuando tuviese lugar la recepción con el rey.

Macarena continuaba en una nube y siguió a Juan Luis y a Esteban con paso alegre. Primero pararon en el hangar de los moldes. Allí, don Galisteo Susillo, jefe de sección, supervisaba el delicado proceso de desmonte. Los tipos estaban hechos de escayola, que podía fracturarse, y en ningún caso debían lastimar la loza que tras los días de secado correspondientes sería llevada a los hornos de bizcocho. También debían tener cuidado con no dejar marcas de los dedos, y con los filos de los propios moldes, que cortaban como cuchillas. El propio Galisteo se enorgullecía de varias «heridas de guerra» que decoraban sus manos tras veinte años en la fábrica. Les dijo que, por su parte, no habría ningún inconveniente en producir unos moldes nuevos. «Ustedes los pintores y grabadores ponen su imaginación y nosotros le damos forma. ¡Lo que Dios y el diseñador han unido, que no lo separe el matricero!», comentó el jefe de sección.

Después, los tres se dirigieron a la zona de asas. Por el camino, Macarena vio a lo lejos a José Antonio, quien se quedó paralizado al reconocerla. Estaba soltando unos tablones atados con cuerdas y la miró angustiado. Desde su encontronazo en el tablao de Pepín, Macarena había estado evitando a su amigo de la infancia. No le perdonaba que la hubiera llamado «mujerzuela». Esteban también lo divisó a lo lejos y le dedicó una mirada de desprecio, al tiempo que apremiaba a Macarena para seguir a Juan Luis. Toño se enfureció al ver que ella le hacía caso. Aquel maldito señorito empezaba a tocarle seriamente la moral.

Al llegar al taller de las asas, Macarena se olvidó por completo de Toño y de sus ofensas. Le encantaba aquella sección. Siempre se quedaba embelesada por la delicadeza con la que las operarias cogían las pequeñas asas y las adherían al cuerpo de las piezas usando solo la presión de sus dedos y un pincel. Macarena apretó el paso para no quedarse rezagada. Juan Luis y Esteban se detuvieron en el puesto de una operaria cuya labor parecía distinta a la de las demás.

Ella remataba las piezas: repasaba el acabado de todas con una esponjita cilíndrica y se aseguraba de que las asas terminaran lisas por dentro y por fuera. Juan Luis se disculpó por la interrupción y le preguntó si podían discutir lo que pensaban hacer de cara a la nueva vajilla.

—Usted es el director artístico, don Juanlu —dijo la mujer sin apartar la mirada de una ensaladera—, ¿por qué necesita consultarme nada a mí?

—Porque usted es la encargada de las asas, doña Rocío, no sea modesta —repuso Juan Luis y luego se volvió hacia los dos jóvenes—. Rocío Higuera es una de las veteranas de La Cartuja. Lleva aquí casi veinticinco años y ha pasado prácticamente por todas las secciones.

—Excepto por la de diseño, caballero —matizó Rocío con retintín, apoyando la pieza en la que estaba trabajando sobre la mesa—. Parece que ese taller está destinado únicamente a los hombres de bien.

En cuanto levantó la vista, la mujer puso los ojos como platos al reparar en Macarena, algo que no pasó por alto ni a la muchacha ni a Esteban. Rocío se había quedado tan impresionada por la presencia de la joven que Juan Luis se rio. Tomó a su protegida del hombro para que se acercara.

—Ya ve que no son solo hombres. Y, además, Macarena no viene de una familia pudiente. La descubrí en el taller Montalván de Triana y deseaba fervientemente trabajar en La Cartuja. Ahora ha sido seleccionada para participar en el diseño de la vajilla del rey, ¿qué le parece?

—Natural —respondió ella—. Sin duda lleva el talento en la sangre. —Al ver sus caras de confusión, Rocío se explicó—: Coincidí con su madre en el taller de estampación hace muchos años, pero la recuerdo bien. En un oficio como este, una artista como ella no se olvida. Me enteré de que falleció joven, lo lamento.

Macarena aceptó con una sonrisa triste las condolencias y Esteban se dio cuenta de que trataba de ocultar otros sentimientos. Juan Luis quiso saber más sobre su amistad con la madre de Macarena, pero Rocío evitó hablar más del tema y recondujo la conversación a la propuesta que habían ido a plantearle para la nueva vajilla. Les confirmó que el nuevo diseño entrañaba dificultades, pero su equipo era perfectamente capaz de ejecutarlo. Juan Luis le dio las gracias y partió con Esteban a informar a la dirección.

Macarena permaneció un instante más frente a la señora, pese a que ella fingió que estaba muy ocupada revisando las asas de una taza de consomé.

—Espero que podamos conversar en otra ocasión, doña Rocío —dijo la joven—, la experiencia de una veterana siempre es muy valiosa. Más aún si tiene anécdotas que me encantaría escuchar.

—Recuerdo bien a su madre, señorita, aunque quizá la desilusione —respondió Rocío, tratando de quitarle importancia y evitando mirarla a la cara—. Apenas estuvimos juntas un año.

—Pero también coincidió con mi padre.

Al oír aquello, Rocío se puso visiblemente nerviosa.

—Me ha reconocido nada más verme. Mi tía Sagrario me dijo que, físicamente, soy idéntica a él, por eso he deducido que me ha reconocido más por mi padre que por mi madre.

—Así que en realidad quería entrar en la fábrica para saber más de su padre —concluyó Rocío. Suspiró, dejó la pieza a un lado y la miró a los ojos—. Niña, hágame caso, el pasado está bien donde está. Es usted una privilegiada, la mitad de los que trabajamos aquí mataríamos por una oportunidad como la que se ha ganado. Céntrese en eso y olvide lo demás.

La mujer volvió a su tarea dando por zanjada la conversación. Macarena sabía que, al menos en aquella ocasión, no había nada más que hacer. Estaba exultante porque al fin había dado con alguien que podía hablarle de su padre.

Macarena corrió para alcanzar a Juan Luis y a Esteban. A este último se lo encontró nada más salir. El joven hizo ver que había estado vigilando por la ventana los hornos de bizcocho, cuando en realidad se había quedado ahí porque había escuchado parte de la conversación de Macarena y Rocío.

Los días siguientes fueron de una actividad frenética. Macarena y Esteban pasaban un sinfín de horas juntos en la sala principal de la escuela, que doña Brígida había reservado para que trabajaran en la vajilla real. De vez en cuando los visitaba con el propósito de comprobar sus avances. La maestra no perdía ocasión de recriminar a Macarena su vulgaridad, ya que, según ella, estaba recargando en exceso la ilustración. La realidad es que la joven prefería que los extraordinarios diseños geométricos de Esteban fueran el motivo principal de la vajilla.

Y así pasaron las primeras semanas hasta diciembre. Macarena estaba feliz por el privilegio de colaborar con su Ojazos, y de regalo podía observarlo trabajar sin chaqueta y con la camisa remangada. No era consciente de que muchas de las indicaciones de su compañero buscaban evitar que se le siguieran escapando miradas indecentes cuando ella se alzaba la falda o se recostaba sobre la mesa de trabajo para dibujar. Esteban le reprochaba su postura descuidada con el argumento de que dañaría su columna, cuando sencillamente le enervaba contemplar su trasero erguido cada vez que lo hacía.

Una tarde, justo después de regañarla por sentarse de cualquier manera, Esteban estaba atascado en el boceto de la sopera de la vajilla. Macarena sintió curiosidad por su cara de concentración y porque el movimiento ansioso del pie derecho era más rápido de lo normal. Pero se sorprendió aún más al ver que el chico se ponía de repente en pie y daba varios pasos hacia atrás, como cogiendo carrerilla, y luego avanzó y acabó haciendo el pino sin ninguna dificultad. Las carcajadas de Macarena sacaron a Esteban de su trance, y se apresuró a abandonar aquella postura circense. Al momento se puso rojo de vergüenza.

—Con que esa es la famosa *calistepia*. No sé qué me ha

parecido más bello, si ese cuerpo en equilibrio o el rubor tan mono que te sale cuando algo te da corte, Ojazos.

—Calistenia, Macarena. Y sí, discúlpame por distraerte, suelo hacer ejercicios como ese cuando me bloqueo. Estoy acostumbrado a trabajar en solitario, no quería incomodarte.

—Ah, fíjate tú, que te olvides de mí sí me molesta, caballero. Estarás al mando del diseño de la vajilla, pero ya no trabajas solo ni tienes que lidiar por tu cuenta con las dificultades. Para eso me tienes aquí, ¿no? Quizá en algo podré ayudar.

Esteban dudó un instante. Luego le mostró el boceto más por darle a entender que no podría serle de utilidad que por pedirle ayuda.

—No es una cuestión artística, sino de proyección. Como vamos a modificar las medidas de las piezas huecas y de sus asas, los cálculos son un quebradero de cabeza.

Macarena miró el boceto. Y la cara de Esteban. Varias veces.

—Pero… tienes las medidas de las nuevas piezas, ¿no? —preguntó con tacto.

—Por supuesto que sí, Macarena, el caso es que estamos hablando de nuevos ángulos y superficies. No resulta tan sencillo.

—Tampoco tan complicado. ¿Me permites? —La chica le tendió la mano para que le diera el lápiz.

Esteban la observó confuso, aunque terminó accediendo. Ella se inclinó sobre el boceto y procedió a marcarlo muy suavemente en algunos puntos estratégicos.

—Las soperas llevan en los bordes una curvatura sutil de ciento veinte grados y su capacidad es ovalada, con un ángulo cóncavo de doscientos doce grados —musitó la muchacha como si rezara—. Si el patrón geométrico de tu diseño ocupa ciento cuatro milímetros, para que comience justo en el borde del asa, la primera naranja que se aprecie debería formar un ángulo de cuarenta y dos con tres grados con el borde. O de dieciocho con seis si tomas como referencia la base.

Macarena levantó la vista del boceto al terminar y se encontró a Esteban boquiabierto, quien tardó un instante en reaccionar.

—¿Cómo lo has hecho? —le preguntó mientras comprobaba con la escuadra que las medidas eran correctas.

—Oh, solía realizar muchas cuentas en el taller Montalván. Piensa que hacíamos encargos de todo tipo de recipientes.

—Pero ¿cómo has resuelto semejantes cálculos de cabeza?

—Bueno, siempre se me han dado bien las matemáticas. También me encargaba de las facturas del taller, aunque tía Justa solía quitármelas cuando se enfadaba, como si me importase que las hiciese ella en mi lugar, ¡ya ves tú! —Macarena dejó de reír al ver que Esteban seguía contemplándola atónito—. Supongo que te sorprende que sea lista, sobre todo porque a veces me comporto de forma ordinaria y porque, cuando me conociste, quedé como una inculta casi analfabeta por lo de la dichosa lectura.

—En nuestro mundo existen muchos prejuicios, ¿no te parece? —respondió Esteban tras un momento de reflexión—. A menudo se piensa que el artista debe ser alguien arrollador, con una personalidad deslumbrante y un comportamiento que acapare la atención de todo el mundo. Quizá por eso el término «artista» siempre me ha resultado incómodo; yo prefiero considerarme un simple artesano. La de personas que habrá por ahí denominándose artistas solo por su carácter extrovertido, aunque no tengan ningún talento real del que presumir. Por otra parte, ¿cuántos indígenas o labriegos existirán en la Tierra más brillantes que el más experimentado de los ingenieros? ¿Cuántas mujeres serán mejores que muchos hombres? —preguntó, observándola fascinado—. No me cabe duda de que estoy delante de una persona extraordinaria. Siento no haber contado más contigo. Deberías participar más en el proyecto, Macarena.

La joven, que no esperaba semejante cumplido de Esteban, se ruborizó.

—No lo necesito —dijo, concentrándose en la última parte de su discurso—. Yo estoy encantada de dedicarme en exclusiva a pintar La dama.

El proceso para elaborar vajillas combinando calca y dibujos a mano era el más laborioso de todos. En diseño y técnica. A los dos horneados que requería la loza, el primero para obtener el bizcocho y el segundo para fijar la calca, les seguía el correspondiente al barniz, y solo al acabar esta fase se añadía la pintura a mano alzada, que exigía un cuarto horneado. De incorporarse filos dorados, se sumaría una cocción más, y así todas las que hiciesen falta por cada nueva capa de detalles.

El trabajo de Macarena se concentraba al principio y al final del proceso. Primero debía hacer todos los bocetos de las piezas en las que aparecería La dama, luego volvería a implicarse en la fase de pintado.

—¿Y por qué vas a limitarte solo a La dama? Tú serías perfectamente capaz de hacer todos los diseños. Solo me necesitarías para hacer las planchas —dijo Esteban en respuesta al comentario de Macarena—. Yo quiero que compartamos el mérito.

—¡Qué disparate, niño! Tú eres el artista principal, Esteban. Y no me siento infravalorada por trabajar a tus órdenes.

—Yo me rindo a tu inconmensurable talento.

—Creo recordar que alguien dijo que el talento no lo era todo —bromeó Macarena, que estaba completamente superada por la conversación.

—El tuyo es demasiado grande.

Cuando Esteban vio que la joven se limitaba a sonreír y a volverse hacia los bocetos para continuar trabajando, supuso que se había excedido en su entusiasmo. Nunca hubiera imaginado que pudiera existir una mujer como Macarena.

De pronto recordó una conversación con el padre Valentín cuando lo acompañó al Museo de Bellas Artes para conocer a don Servando, el maestro serigrafista que le enseñaría a grabar. Se cruzaron con un grupito de mozas recién salidas de la misa de la catedral, y a él, que apenas tenía catorce años por entonces, se le escapó la vista tras sus pasos. Una de ellas se dio cuenta y avisó a las demás; las cinco se echaron a reír al ver que habían llamado la atención de un tímido novicio. Esteban volvió la cabeza al frente con rapidez, abochornado, y don Valentín, que había presenciado la escena de refilón, se rio a carcajadas por la reacción de su alumno.

«Los novicios y los sacerdotes no hemos renunciado a mirar, que se sepa. Antes que hombres de Dios somos hombres», solía repetir su tutor. Pero a Esteban, bromear con los votos le parecía algo de mal gusto y cruel con ellos mismos. Don Valentín también le repetía que el sacerdocio no era su verdadero camino. Aquella mañana le dijo algo que no había olvidado: «Tú, Esteban, algún día conocerás a alguien interesante, puede que más brillante que tú. Sí, no me mires así, engreído, hasta ahora no se ha dado el caso. Te aseguro que no importa lo buenos que seamos en algo, siempre habrá alguien mejor. ¿Por qué no una mujer? Y será una muchacha que te hará perder la razón, esa que tanto te afanas en mantener firme».

Esteban observó a Macarena. Sí que la había encontrado. Además, era la artista más grande que se había cruzado en su camino hasta la fecha. Como mujer, su atractivo físico era una amenaza para su cordura. No podía permitirse desearla, porque solo sería un sufrimiento gratuito para él. Pero ya era tarde para tratar de no amarla como lo hacía. Su enamoramiento estaba dando paso a la idolatría.

Macarena andaba en las mismas. Aquel muchacho empezaba a trastornarla. Muchos mozos habían conseguido que se dejase abrazar o besar por unos cuantos piropos, o por haberle prestado atención. Tenía absolutamente claro que le bastaría un solo cumplido más de Esteban para caer rendida en sus brazos, aquellos brazos que le producían sofocos. Por primera vez, ensimismada, se compadeció de sí misma por tener que compartir el mismo espacio que él durante tantas horas.

En ese momento, a Esteban, que llevaba un rato explicándole unas mejoras que podrían hacer sin que ella le prestase la más mínima atención, se le ocurrió proponer que quizá podían añadir al diseño unas ranas como símbolo del Guadalquivir.

—¡Ni pensarlo! —saltó Macarena, desconcertándolo hasta tal punto que le salió justificarse—: No soporto las ranas, Esteban.

—No lo hubiera dicho.

—Me gustan todos los animales, menos las ranas.

—¿Por qué?

—Porque sí y punto en boca.

—¿Alguna vez te ha pasado algo con una rana?

Macarena se estremeció y dejó claro con su actitud que no deseaba hablar de ello. Esteban se sintió culpable por haberla conducido a ese estado de inquietud. Deseando aligerar un poco sus pesares, se le ocurrió hacerle una confesión:

—Pues a mí me agradan bastante. Tuve una, ¿lo sabías?

Ahí Macarena recuperó el buen humor. No podía desaprovechar la ocasión de saber más de él.

—¿Tuviste una rana? De ahí el dicho, ¿no? «Te salió rana».

—No digas tonterías.

—Anda que tú —rio Macarena, relajada—. ¿Y qué? ¿De dónde la sacaste?

Al momento, el rostro de Esteban se ensombreció al recordarlo. Él mismo había sacado el tema, así que no le quedó más remedio que contárselo a Macarena. Al menos, lo que le pasó a la rana. A Lolo. Esteban tenía la costumbre de ir a dibujar los nenúfares de la fuente principal del seminario. Un día descubrió que entre las hojas vivían ranas, y desde entonces se convirtieron en una compañía para él. Solía cazar insectos para llevárselos o les ofrecía las manos para que se subieran, especialmente a una rana macho que tenía tres manchas negras en la cabeza y era la más confiada. La bautizó como «Lolo» y se convirtió en su único amigo, en el consuelo de los acosos que sufría. La mirada de Esteban se nubló. Sin duda alguien debió verle jugando con Lolo. Una mañana que acudió a la fuente, como siempre, descubrió a un grupo de novicios cazando a los indefensos animalitos. Toda rana que cogían, la estampaban contra el suelo y la pisoteaban o la aplastaban con sus propias manos. Esteban se quedó horrorizado. Se dejó caer de rodillas ante una en particular, una con tres manchas negras. Sintió que el llanto y una náusea le bloqueaban la garganta. «¡Qué vergüenza das, Mirlo!», le gritaron los niños cuando lo vieron.

Esteban apretó la mandíbula al concluir su historia. Forzó una sonrisa y miró preocupado hacia Macarena, que estaba totalmente espantada.

—¿A que ahora te gustan un poco más las ranas?

—Jesús, es que me cuentas unas cosas. —Se llevó una mano al pecho, impactada por la crudeza del relato—. Vaya tela con el seminario y los novicios, Esteban; mejor hacerse militar que cura.

Él intentó reírse del comentario, pero no fue capaz. Le venían las imágenes de sus manos impregnadas con la sangre de las ranas y de la mirada sádica del padre Zoilo, que lo observaba mientras los otros niños se ensañaban con los anfibios y con él.

Al final se disculpó con Macarena por el cruento relato. Solo pretendía animarla y demostrarle que su manía a las ranas era infundada. Le ofreció compensarla de alguna manera y ella decidió aprovechar la ocasión para pedirle que la volviese a acompañar al tablao de Pepín el Castañuela. Esteban se negó. No regresaría a la calle de Castilla. Ni por todas las ranas del mundo.

Una semana después, Macarena se encontraba en la sala principal de la Escuela Roberts y Urquijo, la estancia que habían destinado al trabajo de la vajilla real y que también hacía las veces de sala de lectura, porque estaba al lado de la biblioteca. Dos veces por semana, la joven se reunía allí con Hugo y Federico, que seguían ayudándola a mejorar la caligrafía y la fluidez de lectura, en las que había progresado de manera notable en esos meses. Hacía tiempo que se atrevía con las obras de divulgación, aunque sobre todo le interesaban las ilustraciones y sus descripciones. Macarena tenía experiencia trabajando con flores y figuras humanas gracias al taller Montalván, pero necesitaba documentarse un poco más sobre paisajes. Quería conseguir un ambiente bucólico en su versión de La dama de La Cartuja que hiciera justicia a la de su madre.

La fábrica Pickman siempre se había caracterizado por el espíritu ecléctico en los motivos decorativos de su producción, y adoptaba sin problema los estilos artísticos que estuviesen de moda en Europa. Proponía mucho costumbrismo inglés, mayólicas de aire francés, escenas tirolesas y holandesas que encandilaban a los niños, e incluso temas asiáticos y persas. Don Carlos procuraba estar bien informado de las tendencias y ponía mucho empeño en encontrar el equilibrio entre un arte acertado y unas ventas que amortizasen sus inversiones. Tras largos años de polémicas, el señor Pickman por fin disponía de la suficiente mano de obra autóctona como para poder apostarlo todo al regionalismo.

Macarena estaba convencida de que, más que su dama, al director de La Cartuja le había convencido lo bien que plasmaba su diseño el espíritu de Sevilla. Una virtud que tenían todas las obras de su madre. Regresó en varias ocasiones al taller Montalván para estudiar el original. Ya de niña sentía fascinación por aquel plato, pero ahora que estaba versionándolo comprendía su magnificencia. No recordaba si su madre le habló alguna vez de La dama de La Cartuja, era demasiado pequeña. Sí había imaginado cientos de veces que su madre la sentaba en sus rodillas frente al plato y le contaba todos sus secretos. Sus tías, en cambio, se empeñaban en tratarla como una pieza más del taller. Pero nunca lo fue.

Esteban estuvo presente en la última clase de Macarena con Hugo y Federico antes del receso de Navidad. El joven había aprovechado la excusa de que tenía que trabajar en la vajilla para comprobar si sus sospechas de que los dos discípulos estaban románticamente interesados en ella eran ciertas. Cuando ya se despedían, Hugo presumió de que tenía dos entradas para la plaza de toros de la Maestranza y, sin disimular mucho, hizo cuanto pudo por engatusar a Macarena para que lo acompañase esa tarde a la corrida. Esteban creyó que el comentario pasaría de largo, como todos los demás que había escuchado durante la clase, pero contra todo pronóstico la muchacha respondió que nunca había ido a los toros y que sentía curiosidad.

—No puede ir —dijo Esteban, muy alterado y sorprendiendo a todos por su inesperada intervención.

Hugo frunció el ceño y Macarena sonrió feliz. La joven había estado todo el tiempo encarada hacia Hugo con el único propósito de provocar a Esteban. Y justo cuando pensaba que no estaba sirviendo de nada, su Ojazos había cerrado el libro de golpe y había dicho eso.

—¿Ah, no? ¿No puedo? —preguntó con retintín Macarena.

—No, no puedes —repitió Esteban—, porque… tienes otro plan.

—No me digas. —La joven fingió que pensaba—. Qué raro que se me haya olvidado algo así. ¿Me lo recuerdas? Porque para que yo prefiera dejar pasar una tarde de toros en la Maestranza debe de tratarse de algo muy, pero que muy especial.

Esteban le sostuvo la mirada mientras preparaba su contraataque:

—El tablao. Hoy íbamos a asistir juntos a una tarde de tablao.

Y recalcó la palabra «juntos» mientras Macarena lo seguía con asentimientos de cabeza. La muchacha aplaudió cuando acabó la frase. Luego se disculpó, no podía faltar a su compromiso con Esteban. Hugo resopló y Federico lo compadeció. Su compañero terminó ofreciéndole a él la entrada.

Pese a haberse jurado a sí mismo que no volvería a pisar el tablao de Pepín el Castañuela, nada más llegar a Esteban le invadió aquella agradable sensación de calidez. Ya podía ser invierno en las calles de Sevilla, que en los tablaos siempre era primavera. Pura Feria. Estaba preocupado por que alguien recordase su comportamiento violento la última vez que estuvo allí. En cambio, nada más verlo, Pepín y Abelino lo recibieron encantados.

Después de acomodarse en una de las mesas con dos cañas de manzanilla, Macarena tomó las manos de Esteban y lo animó a acompañarlo en las sevillanas. Tuvo que insistir muchísimo. Al final el joven cedió, no sin cierta desgana. Podía ser diestro en el vals, pero el flamenco no tenía nada que ver. Luego comprendió que la música era la música. Tampoco tenía por qué bordarlo.

Macarena le dijo que la observase bien y que tratara de imitarla. Primero con los pies juntos, ya se preocuparían de ellos más tarde. Una palmada, otra, buscando acompasar las manos con la guitarra. Esteban se esforzaba por fundirse con aquellos golpes de cuerda. Ahora sí, un pie, otro, instó Macarena, transmitiéndole con la vista que era perfectamente capaz de seguirla. Pepín y Abelino se quedaron impresionados con aquel muchacho tan retraído. En cuanto ella le animó a girar para que la siguiera, este la acompasó, las primeras dos vueltas algo toscas, la tercera un poco mejor. A la cuarta se soltó. Su evolución fue tan increíble que muchos dejaron de beber y de conversar para mirarlos. Cualquier entendido se daba cuenta de que aquel joven había acometido las sevillanas sin saber bailarlas y, sin embargo, no había tardado en moverse con Macarena como si lo hubiese hecho toda la vida. Ahí estaba la clave. Se le daba bien la música, no era tanto la química innata que tenía con la danza como la que había con su pareja de baile. Por puro instinto, los dos jóvenes pegaron las frentes mientras zapateaban al son de la melodía, los brazos y las piernas girando coordinados, las miradas intensas. Estaban en éxtasis. Cuando las guitarras se detuvieron, ambos lo lamentaron. Dejaron de observarse serios para abandonarse a las sonrisas y al sofoco de aquella coreografía. Macarena abrazándose a él divertida, Esteban igual de dichoso, quizá algo más incómodo por aquel contacto. Pepín y Abelino aplaudían entusiasmados, ¡cómo sabían ellos que aquel marqués tenía porte de artista!

Al volver a su mesa, se derrumbaron agotados en sus respectivas sillas. Esteban, todavía algo cortado, se rio de sí mismo pensando qué dirían sus compañeros si hubieran visto al Clérigo bailar así. O, peor, qué opinaría su tía. Macarena estalló en carcajadas. Él la observó y decidió sacar un paquetito envuelto que le tendió con recato.

—¿Y esto? Pone que es de una platería.

—Pero el diseño es mío.

—Si será verdad…

—Es solo una baratija. De hecho, lo más seguro es que me lo tires a la cara.

—¿Cómo voy a hacer eso, criatura? —Sin embargo, en cuanto Macarena vio el grabado de aquel pequeño colgante, estuvo tentada de hacerlo. Lo miró afrentada—. Sí que podría tirártelo a la cara, Esteban. Pero ¿cómo se te ha ocurrido?

Era una medalla de plata muy pequeña, con un diseño geométrico sobrio, aunque compuesto por un dibujo muy evidente. Una rana con tres pequeñas marcas en la frente.

—Estoy convencido de que no las odias de verdad. Tengo claro que te resulta más incómodo el recuerdo que el estímulo.

Él se ofreció a ponérselo. Ella dudaba. No podía contarle la verdad, tampoco seguir mintiéndole. La suya era una asociación que nada tenía que ver con las ranas en sí. Quizá era momento de superarlo. Macarena inspiró, cerró los ojos con fuerza y le dio la espalda. Cedió también por el gusto de complacerlo y porque Esteban llevaba razón.

—Es mi forma de expresar que creo firmemente que puedes dominar lo que te propongas.

—Dicho así, cualquiera te rebate. —Macarena sintió entonces el roce de los dedos de Esteban en su nuca y el escalofrío fue tan intenso que tuvo que decir algo para ocultarlo—: No deberías haberte gastado nada. Con las manos que tienes para grabar, podrías haberme obsequiado lo mismo en cobre, o en estaño.

—Mis manos son toscas para algo así —sonrió con algo de pesar—. Prefiero no implicarlas en nada delicado.

Notó que Macarena tomaba su muñeca. La muchacha se giró para mirarlo a la cara, ya con el colgante de la ranita descansando sobre la hendidura que conectaba sus clavículas. Esteban estaba expectante, solo sentía el gesto inesperado de ella, la mano en su muñeca. La joven continuó escudriñando en la miel de sus ojos, deslizando los dedos por su brazo. Agachó la vista y siguió con las yemas el relieve de esas venas que tanto la hipnotizaban.

—Las manos de un artista jamás son delicadas —susurró ella—. Unas palmas curtidas son la prueba definitiva de que su pasión es desgarrada. —Se concedió un momento antes de volver a hablar—: Por eso a mí me gustan tanto las tuyas.

Alzó de nuevo la vista y se encontró con un Esteban petrificado. Estaban tan cerca que difícilmente podían ignorar la tensión. Ninguno de los dos pensaba con claridad y se convirtieron en puras sensaciones.

Volvieron a la realidad cuando alguien se dirigió a Macarena. José Antonio acababa de llegar al tablao con Mariquita del brazo. En realidad, habían entrado un poco antes. Macarena y Esteban lo saludaron distantes, pero el trianero le rogó a su amiga de la infancia si podía hablar con ella en privado. Macarena dudó y miró a Esteban. Él le dio a entender que era decisión suya, aunque observó con gran malestar cómo ella se marchaba con José Antonio. Mariquita ladeó la cabeza y se ofreció a invitarle a un vinito, a lo que Esteban accedió sin demasiadas ganas.

José Antonio fue con Macarena hasta la barra para pedir dos manzanillas, pese a que ella le dijo que no deseaba beber más esa noche. Él le rogó que aceptara, que solo sería una cañita, y al final ella cedió a regañadientes. Se sentaron en un rincón para tener algo de intimidad y poder hablar. La muchacha se colocó bien erguida y de brazos cruzados. José Antonio notó que seguía ofendida y no se demoró en disculparse. Macarena inspiró profundamente por la nariz y alzó la barbilla.

—¿A qué te refieres, Toño? —preguntó, sarcástica—.

Ah, ¿a cuando me llamaste «mujerzuela» delante de todo el mundo?

—Perdóname, Macarena, no era yo. Bebí mucho ese día y...

—Bebes mucho, sí, en eso estamos de acuerdo, pero discrepo en que fuese solo ese día —dijo ella mientras apuraba su manzanilla a toda velocidad para acabar con aquella conversación cuanto antes.

—Bebí demasiado ese día y me pudieron los celos.

—¿Celoso, tú?

—Por supuesto, ese fraile de pacotilla te sigue a todas partes como un perro faldero.

—Como si fuera el único hombre de Sevilla que hace eso.

—Pero a este lo alientas.

—¡Qué disparate!

—Y entonces ¿por qué llevas puesto ese collar? Te lo acaba de dar, lo he visto.

—¿No puedo aceptar un regalo?

—No te he preguntado por qué lo has aceptado, te he preguntado por qué lo llevas puesto.

Macarena se quedó callada y se llevó la mano inconscientemente a la medalla al tiempo que le clavaba una mirada indignada a su amigo de la infancia.

—José Antonio Padilla, yo hago lo que me da la gana, que para algo soy una mujer libre. A mí no me engatusa ningún hombre. —Y se acabó su caña de manzanilla de un trago.

—No era eso lo que quería escuchar. —Se inclinó hacia ella, consiguiendo incomodarla al reducir la distancia entre ambos—. ¿Es que no te das cuenta de que lo único que deseo para el futuro es que te conviertas en mi mujer? ¿No ves que no imagino ya la vida con una que no seas tú? Yo te construiría un taller propio desde cero, Macarena, para que de verdad fueras dueña y señora de tu vida. E incluso aprendería el negocio ese de la cerámica que tanto amas para poder serte de utilidad, como socio y como hombre. Lo único que te estoy pidiendo es que me elijas.

Macarena miró aquellos ojos verdes, sobrepasada. Cuántas veces había anhelado en el pasado que Toño hiciera semejante declaración. ¿Cómo podía decidir qué quería para el futuro? Lo que tenía era montones de dudas sobre el presente.

Por su parte, Esteban estaba solo tomando el vino de Jerez al que le había invitado la acompañante de Toño. Mariquita se había quedado con él unos minutos y luego se había levantado a charlar con los ocupantes de la mesa contigua. Esteban acabó por encontrar aquella a la que se habían sentado Macarena y José Antonio en un rincón apartado, donde parecía que conversaban con mucha complicidad. De lejos vio que ella se acababa su vaso y cogía el de Toño por insistencia de este. No le gustó ese gesto de confianza entre ellos. Justo entonces, cuando levantaba el vaso, Mariquita regresó a su lado y tomó asiento demasiado pegada a él. A continuación, alzó la ceja en dirección a Macarena y a Toño:

—Frustrante, ¿verdad?

—No sé a qué se refiere.

—¿Piensa que es el primer caballero que sigue a la Macarena hasta aquí? ¿O al que se le queda la cara que usted tiene ahora mismo cuando se da cuenta de lo que se trae con el Toño?

—Parece que lo dice con conocimiento de causa.

—Por supuesto, yo tampoco soy la única que no se resigna. Somos muchas las que hemos intentado que el Toño la olvide. Es un esfuerzo en balde, créalo usted. Cualquier mujer que intima con el Toño sabe que este lo dejaría todo por la Macarena. La desgraciá es gata independiente, no le hace mucho caso.

—Tiene un comportamiento bastante cruel con su enamorado.

—Porque el Toño se lo merece. Usted no, parece respetable. Le aconsejo que no intente interponerse entre esos dos, saldría muy mal parado.

Cuando Esteban se disponía a replicar, vio que José Antonio tomaba el rostro de Macarena y lo acercaba al suyo. Acto seguido, trató de juntar sus labios. Como la joven intentó zafarse, él la besó a la fuerza. Esteban notó que el corazón se le paraba. En el momento en que Toño soltó a Macarena, ella lo apartó molesta, con claras señales de que no le había gustado aquello y de que estaba bajo los efectos del alcohol, porque se tambaleó al tratar de ponerse en pie, lo que él aprovechó para intentar propasarse de nuevo. Esteban sintió que los pulmones le ardían, sus entrañas se habían convertido en un horno de loza. Se levantó de golpe y fue directo hacia donde se encontraban. Sin mediar palabra, cogió a José Antonio por el cuello y le estampó la espalda contra la pared. Macarena tardó un instante en reaccionar, pero le suplicó que se calmara. Pepín, que había llegado a la carrera, se interpuso entre los dos jóvenes para separarlos. José Antonio alzó los puños con intención de pegar a Esteban.

—¡Por favor, señores! —gritó Pepín, que con sus ruegos terminó de alertar al resto de los asistentes—. ¡¿Es que no pueden coincidir en mi casa sin llegar a las manos?!

—Es este cura desabrido, que se mete donde no debe, Castañuela —resopló José Antonio, tratando de zafarse de Pepín y Abelino, que a duras penas lograban sujetarlo.

—No eres quién para llamar «desabrido» a nadie, Toño, ¡no eres quién! —le riñó Pepín, fijándose en el estado de ebriedad de Macarena.

El Castañuela asintió en dirección a Esteban, dándole a entender que comprendía por qué se había exaltado. El joven lo tomó como una señal para agarrar la muñeca de su compañera y sacarla de allí. Necesitaba que le diese el aire cuanto antes.

Tan pronto llegaron a la calle de Castilla, Macarena se soltó de su mano. La bebida se le había subido tanto a la cabeza que trastabillaba a cada paso. Esteban la sostuvo para que no cayese, un contacto que hizo subir la temperatura corporal de la muchacha, que lo apartó de un empujón y decidió ocultarle sus emociones.

—¿Quién te crees que eres para sacarme a rastras de un sarao? —inquirió, molesta.

Esteban resopló.

—Ni muerto te habría dejado allí —respondió, enfadado.

—No sé por qué te preocupas tanto.

—Macarena, estás ebria.

—¿Y qué más da?

—¿Habrías preferido quedarte así con José Antonio? Ese canalla ha tenido la poca decencia de pedirte un momento de intimidad para tratar de emborracharte. Finge respetarte y lo que quiere es… lo que quiere.

—Como todos los hombres, querido, que tampoco es el fin del mundo.

Esteban apretó los puños. «No, todos no», se dijo.

—Desde luego, allá vas tú a dejarte besar por él, o por quien sea. ¿Qué dirá de ti el caballero con el que te cases?

Macarena lo miró, primero muy molesta; a ella le importaba un pepino casarse. Después lo escudriñó. Pensó que seguía siendo el joven más atractivo que había visto en su vida. Se preguntó si eso se debía a que había bebido, pero al momento tuvo que reconocerse a sí misma que lo había pensado siempre. Le encantaba el mohín de su boca cuando se enfadaba. Aprovechando que Esteban se había inclinado hacia ella, lo agarró por el nudo de la corbata y lo atrajo hacia sí para besarlo. Se recreó un instante en la textura de sus labios y en su maravilloso sabor. A continuación, se separó de él y lo soltó sin más. Lo sorteó y echó a andar decidida, tarareando. Esteban tardó un poco en reaccionar.

—¿Se p-puede saber q-qué acabas de hacer? —preguntó tartamudeando.

—Limpiarme —respondió ella, divertida—. Todo el mundo sabe que besar a un sacerdote te purga de to.

—Eso es una soberana sandez. ¡Y yo no soy sacerdote, Macarena!

La muchacha se detuvo y deshizo sus pasos para volver hacia él.

—Pero sí un buen hombre, y lo que es cierto es que besar a un hombre bueno te sana de todos los besos malos que te han dado en la vida.

Esteban la observó, incapaz de rebatirle ya nada. Suspiró y volvió a tomarla de la mano para regresar a la Escuela Roberts y Urquijo.

En ese momento ninguno de los dos sabía que en la calle Arguijo les aguardaba una considerable reprimenda de doña Brígida. Hugo se fue de la lengua antes de marcharse con Federico a la Maestranza y le contó a la maestra que Esteban y Macarena irían por la tarde a un tablao. La mujer no daba crédito. El infierno debía de estar a punto de congelarse. Cuando los tuvo delante, se ensañó especialmente con él. Lo había educado para ser un caballero de presencia y modales exquisitos, ¿a dónde pretendía llegar confraternizando con barriobajeros? Pese a los esfuerzos de Esteban por contenerla, Macarena se encaró a Brígida para defenderlo. Fue entonces cuando esta se dio cuenta de que la joven estaba bebida.

—Tú eres una buscona, muchacha —le dijo, tomándola del rostro—. Debí darme cuenta en cuanto te conocí, se te ven a la legua las maneras.

—Perro ladrador, poco mordedor, señora —replicó la joven mientras se soltaba—. En cambio, sé de algunas razas que parecen inofensivas y pegan bocados cuando menos lo esperas.

—¿Te atreves a responderme? Aunque todo el mundo te dore la píldora, no tienes derecho a creerte mejor que tu maestra. Y menos cuando no conoces ni la mesura ni el estilo.

—Usted es la única que considera que el valor de una mujer está en esas cualidades o en lo que los demás piensan de ellas. Sí que me siento superior a usted en cuestiones que nada tienen que ver con el aspecto o el comportamiento; para empezar, en amor propio. Es patético ver a una señora de su categoría sentir envidia de una joven barriobajera, como usted me llama, «maestra».

No permitió que se le notase, pero a Brígida le hervía la sangre. Esteban levantó un brazo para tranquilizar los ánimos y su tía lo apartó de un manotazo sin dejar de mirar a Macarena.

—Niña, tú acabas de llegar a este mundo. Aunque te hayan elegido para diseñar la vajilla del rey, sigues siendo una alfarera de Triana.

—Y a mucha honra. También llevo en las venas el talento para la loza industrial de mis padres.

Brígida levantó las cejas. Aquello sí que la había tomado por sorpresa.

—¿Tus padres? Creía que solo tu madre había trabajado en La Cartuja.

Macarena no tenía intención de contarle nada más, pero doña Brígida había atado cabos. Se trataba de reflexiones muy profundas, escondidas en lo más recóndito de su ser. Irritada, la maestra la mandó a su habitación. Tenía que hablar muy en serio con Esteban.

—Procura no distraerte con esa desvergonzada —le dijo en cuanto se quedaron solos.

—No hable así de ella, por favor.

—Entonces hablaré de ti. ¿Cómo se puede ser tan imbécil de estar a punto de echar por la borda todo por lo que has trabajado estos años? Desde que te vi supe que llevabas mi sangre, Esteban. También la de tu padre. Eres igualito a él cuando tenía tu edad, salvo por esa nariz que debiste heredar de Aurora. Con esa cara, tu inteligencia y tu talento, podrías comerte el mundo. En cambio, ahí sigues estancado, tal y como te encontré, mudo y reprimido, con una moral retrógrada y un deseo imperioso por sentirte aceptado, producto de las palizas del energúmeno de mi hermano y de los complejos que los tristes niños del seminario te metieron en la cabeza. ¿Acaso piensas que esa trianera va a consolarte o algo así?

—Le ruego que se tranquilice y deje de mencionarla

—farfulló con rabia Esteban. Tenía los nudillos apretados y la respiración alterada. No sabía qué le había molestado más: que asociara su rasgo menos atractivo a su madre o que le dijese que se parecía al hombre que menos respetaba en el mundo.

—Me tranquilizaría más si la evitases tú.

—Trabajamos juntos en el proyecto del rey, señora. Solo eso.

La risa cáustica de doña Brígida resonó en la estancia. Le había hecho gracia que tratara de aplacarla llamándola «señora».

—El trabajo y el deseo no son incompatibles —sentenció su tía.

Más bien se incitaban, y ella lo sabía porque lo había vivido en sus carnes. Un buen día, quien parecía un incordio, pura despreocupación y vanidad injustificada, de repente demostraba una habilidad insospechada, una sonrisa mordaz, un comentario ingenioso, algo que llamaba la atención. Su segundo marido había entrado con veintidós años en la fábrica como contable, recomendado por su padre. ¿Quién podía tomarlo en serio? Brígida se pasó varios meses mofándose de él en las reuniones, y él hizo lo mismo con ella. Y una mañana la sedujo como ningún hombre lo había hecho hasta entonces, seguro de sí mismo, sin esconder ninguna de sus virtudes, ni de sus defectos. Personificando la verdad en su estado más puro, cruda pero terriblemente adictiva. Veinte años después, Brígida resoplaba por la nariz, asqueándose de su propia nostalgia. Le fastidió acordarse precisamente de él. No podía ser un momento más inoportuno.

—El deseo es una cosa, y el enamoramiento, otra, Esteban. Espero que no seas insensato. No solo porque una muchacha como esa se limitaría a jugar contigo, sorbiéndote hasta el tuétano únicamente para escupirte después, sino porque tú tampoco eres capaz de amar, como todo buen Urquijo. Eso que crees sentir no es más que deseo carnal, y se debe a que no la has disfrutado todavía como querrías. ¿Sabes por qué lo sé? Porque, en cuanto te revuelques con ella, la repudiarás como hacemos todos los Urquijo con quien ya no nos interesa.

Brígida dejó de hablar cuando el quicio de la puerta donde se apoyaba crujió: Esteban había estampado su puño a apenas unos centímetros de su cabeza, astillando la madera. La mujer no se inmutó, ni siquiera pestañeó. El muchacho se apartó contemplándose la mano. Y ahí volvió el recuerdo, los nudillos manchados de sangre. Esteban se llevó las manos a la cara, tembloroso, dolido por haberse dejado provocar. Su tía parecía satisfecha:

—Vaya, sobrino, hacía mucho que no me mostrabas tu verdadera cara.

15

Enero de 1902

Trinidad se impacientaba. Ya habían transcurrido diez días desde su llegada a Sevilla y el viaje no estaba siendo precisamente productivo. En esos momentos se encontraba en la universidad de la plaza de la Encarnación. El edificio era espectacular. Tenía un enorme patio central rodeado por columnas y arcos de piedra, así como varios pisos de celdas, herencia del claustro que fue. Los muros de la iglesia de la Anunciación se apreciaban desde dentro. Trinidad entró por pura curiosidad y descubrió que la parroquia cobijaba al Santísimo Cristo de la Buena Muerte y a la María de la Angustia de la Hermandad de los Estudiantes. Volvió al patio de la universidad, dejándose envolver por la amplitud del cielo. Aquel patio era un oasis destinado al trasiego de los estudiantes, que a esas horas de la mañana era abundante. Al rato llegó a la biblioteca, ubicada en la primera planta. No le costó demasiado que la dejasen entrar, aunque el lugar estaba destinado a la instrucción de caballeros. Su refinada apariencia solía abrirle muchas puertas. El diseño de sus mangas abultadas o el encaje de su pecho, que se extendía hasta la falda, no dejaban lugar a dudas de su poder adquisitivo. Trinidad agradeció que no le hiciesen preguntas. En realidad, no tenía una razón sólida para hallarse allí, si acaso la misma por la que había visitado otros tantos sitios emblemáticos de Sevilla en las jornadas anteriores.

Estaba decidida a coincidir una vez más con la familia Pickman. Tras dar muchos palos de ciego, había llegado a esa conclusión. En la calle Alfarería descubrió algunas verdades; más que de la ciudad, sobre ella misma y sus orígenes. Sevilla a lo mejor no era tan importante como su cerámica, al igual que, para Trinidad, la de Cheshire era especial porque nació y se crio allí. Por eso consideró que su primer impulso de iniciar aquella búsqueda en las instalaciones de La Cartuja no había sido desacertado. No estaba dispuesta a darse por vencida. Su instinto le decía que solo quienes dirigían la fábrica podían esclarecer sus dudas. Puesto que acudir al monasterio de Santa María de las Cuevas había sido un completo fracaso y le aterrorizaba la idea de volver a encontrarse con don Guillermo, había descartado presentarse en la casa de los Pickman. De nuevo había depositado todas sus esperanzas en hablar con doña María de las Cuevas, y para ello debía propiciar un encuentro fortuito con ella.

La misma tarde que volvió de la calle Alfarería, Trinidad

preguntó a doña Lola y a sus empleadas por los lugares de Sevilla que frecuentaba la aristócrata. Fue un cliente de la taberna, un tal don Aurelio, que había sido proveedor de barro azul en la fábrica, el que le reveló que la señora marquesa era aficionada a los eventos culturales y a los paseos por las zonas más pintorescas de Sevilla. Así que Trinidad dedicó los días siguientes al turismo. O, al menos, a fingir que estaba haciendo turismo. Baldomero y su yegua Rubia se ofrecieron encantados a ayudarla. Cada jornada la llevaban a los sitios más icónicos, aquellos donde había más posibilidades de topársela.

Bordeando el Guadalquivir por el lado del casco histórico, visitó emplazamientos con mucha solera, como la plaza de toros de la Maestranza o la Torre del Oro, tan imponente como tierna. Aquel monumento de piedra en su día había sido el extremo de la muralla que se extendía hasta el Real Alcázar para defender el castillo de posibles invasiones que llegasen en barco por el río. No muy lejos de esa atalaya albarrana, una hermana más tímida le daba respaldo: la Torre de la Plata. También se deleitó con el grandioso Palacio de San Telmo, que había sido la residencia de los duques de Montpensier, don Antonio de Orleans y doña María Luisa Fernanda. Hacía un par de años que el edificio era la nueva sede del Seminario Diocesano. El itinerario de los castillos de distintas épocas consumió cuatro días enteros.

Trinidad destinó una jornada completa al Real Alcázar. La esperanza la invadió nada más llegar a sus alrededores, cuando comprobó que otras personas bien vestidas como ella, claramente de alto abolengo, se disponían a visitar el edificio. Bajó del coche de caballos de Baldomero y le anunció que, con un poco de suerte, su paseo sería efímero. «Aunque encuentre a la marquesa en el patio principal, ya le digo yo que tardará en salir, joven. Lo más probable es que la Rubia y yo tengamos que ir a por usted, porque no se va a querer marchar», le dijo el cochero entre carcajadas. Trinidad refunfuñó de nuevo por las hipérboles del hombre, pero se mordió la lengua por educación.

Cuando se acercaban en el coche, ya le abrumó apreciar el patio de Banderas desde fuera, donde residía la guardia y la alta servidumbre del palacio. La Puerta del León, acceso principal del Alcázar, era imponente con sus paredes rojizas, sus almenas de ladrillo y el gran felino pintado en mosaico que daba nombre al portón. Al cruzarlo, Trinidad tuvo la sensación de acceder a un cortijo más que a un palacete, por los techos bajos, los muros blancos y los asientos de piedra. Descubrió enseguida que aquello tan solo era una entrada, el preludio a otro mundo. Encontró un camino bordeado de setos y árboles, y, enfrente, tres arcos de roca, antesala del patio de la Montería. Le pareció que la hora que había elegido para visitar el Alcázar, las once de la mañana, era desafortunada, pues el sol la estuvo deslumbrando todo aquel primer tramo. Luego se obró el milagro: el tejado más alto le tapó el sol y convirtió la luz en sombra, lo cual le reveló el patio principal del Palacio Mudéjar en todo su esplendor, y le permitió admirar cada troquelado andalusí de las bellas paredes de la Fachada del Rey Don Pedro.

Una vez más, Baldomero tenía más razón que un santo, pensó Trinidad. Le resultaba imposible fijar la vista en un solo sitio. Podría haberse dirigido a la izquierda, para asomarse a la sala de la Justicia, o recrearse en las numerosas estancias del lado derecho, como el salón del Almirante y la sala de Audiencias, donde se reunía en su tiempo la Casa de Contratación de las Indias, fundada tras el descubrimiento de América. Al final fue directa al Palacio Mudéjar. Sintió que algo la llamaba a visitarlo.

El vestíbulo ya la abrumó. Los árabes parecían ser verdaderos amantes de la privacidad, igual que de los techos recargados, como si pretendieran emular la infinitud de los cielos o ensalzarlos con su caligrafía. Las puertas gorroneras también la impresionaron. En el siglo XIV todavía no existían las bisagras, de forma que, de girar, las puertas debían hacerlo sobre un eje, de ahí que las del Alcázar estuviesen siempre abiertas: su función era meramente decorativa. Los patios eran de una belleza que conmovía el alma. La parte protocolaria de la edificación correspondía al patio de las Doncellas, y la doméstica, al de las Muñecas. A Trinidad le parecieron muy distintos los dos pisos del de las Doncellas. Mudéjar abajo y plateresco arriba, «llamado así porque imita el trabajo de un orfebre sobre la piedra». La joven notó un cosquilleo familiar en la oreja: era la voz de su padre más clara que nunca, siempre deseando que aprendiera de cuanto veía. «¿Ves esas columnas pareadas, Trinidad?», le decía, «¿ves cómo se disponen de dos en dos, sosteniendo los arcos polilobulados?». Luego la condujo hasta el patio de las Muñecas para que las comparase con sus columnas y capiteles, también muy distintos entre sí. Algunas blancas, otras grises, otras negras. De acarreo, califales y romanos, los capiteles. «Este patio debe su nombre a las diminutas cabezas que decoran los arranques del arco más próximo al vestíbulo».

Una mano tiró entonces de ella hasta la alcoba real; era su madre señalándole los techos. Se veían con estrellas doradas labradas en la madera, «para conciliar los buenos sueños, como niños de leche». Trinidad le dio la razón. Volvió a pensar que tener techos tan bonitos resultaba contraproducente: se perdía la atención a los pies y estos podían tropezar tontamente con los diminutos escalones o desniveles. Lo que veía distaba bastante del Palacio Gótico, comentó con sus padres, cada uno situado a un lado de la joven. Olvidaban un poco las cubiertas, limitándolas a bóvedas y arcos sobrios, para centrarse en las paredes de azulejos renacentistas de vivos amarillos, azules, verdes y marrones. Como colofón, Trinidad encontró cautivadora la sala de Embajadores y se separó de sus progenitores para disfrutarla desde su centro. Predominaban los ocres y los turquesas; una vez más, los detalles se perdían. Innumerables trazos y círculos, componiendo geometrías que agotaría reproducir. De repente se volvió para mirar otra vez a sus padres y compartir con ellos sus impresiones. Solo entonces recordó que no estaban allí de verdad.

No sin cierto pesar, Trinidad salió a los jardines. Se daba cuenta de que habría dejado que el palacio y sus fantasmas del pasado la atraparan para siempre. Agradeció el paseo por los senderos, disfrutar de las plantas exóticas que se alternaban con los naranjos y limoneros, los jazmines y granados. Las palmeras parecían infinitas, mareaba contemplar sus copas. Se divisaba el Giraldillo a lo lejos. El aire puro del vergel y el gorgoteo del agua de las fuentes, acompañados por el constante murmullo de las voces de otros visitantes, eran embriagadores. Trinidad comprendió que había pasado otro día enajenada en la belleza de Sevilla sin encontrar a doña María de las Cuevas.

A la mañana siguiente trasladó su búsqueda al Museo de Bellas Artes. Procuró centrarse para que su paseo fuese breve de verdad. Llegó al museo por la calle de las Armas. Había una parada de carruajes en la plaza del Duque de la Victoria, y Baldomero se quedó esperándola allí. Le dijo que en la plaza de la Encarnación había muchos lugares preciosos que ver, pero a ella le pareció más sugerente la dirección opuesta. Encontró la fachada del museo muy bonita, con todos aquellos detalles en colores pastel, sus bellas figuras religiosas, los grabados de las columnas. El claustro de los Bojes y sus mosaicos serenaban el espíritu. «Sevilla, la ciudad del azulejo», pensó Trinidad. Recorrió los pasillos infinitos del museo sin perder detalle, deteniéndose en cada cuadro y escultura. Tanto, que se le fue otro día oyendo las explicaciones de su padre, de la mano de su madre, y se enfadó consigo misma por entregarse a aquella cálida fantasía.

Baldomero la recibió aliviado, temía que se hubiese perdido. Trinidad confesó que así había sido. El tiempo se le escurría como arena entre los dedos, a diferencia de sus preocupaciones. Puesto que ya era tarde, la joven le pidió que la llevara a la posada de Lola. Al día siguiente regresarían a la misma zona; quedaba mucho por ver y era imposible saber dónde se podría cruzar con la marquesa de Pickman. Mientras tanto, disfrutaría al menos de las visitas culturales.

Tras su recorrido por la universidad, Trinidad cruzó la iglesia de la Anunciación y se vio en pleno centro de la plaza de la Encarnación. Miró a su alrededor, preguntándose si encontraría a doña María de las Cuevas algún día. Aquella visita estaba resultando muy enriquecedora para el conocimiento y el espíritu, pero nada provechosa para sus verdaderos propósitos.

Su paso por la biblioteca de la universidad le había dejado los pies tan doloridos como el ánimo. Volvió a la plaza del Duque de la Victoria, donde la aguardaba Baldomero. El cochero conversaba con otros compañeros y Trinidad fue directa a la Rubia, saludándola con una caricia en la ternilla. Un relincho de la yegua alertó a su dueño. Desde lejos Baldomero notó la expresión alicaída de la joven. En un primer momento intentó animarla con un par de bromas; sin embargo, Trinidad ni siquiera lo miró. Baldomero se preocupó. Aquel hombre se había convertido en su guía y confidente. Sabía que Trinidad había venido desde Cádiz, tras un largo viaje por mar desde Inglaterra. Se disculpó por si se excedía, pero le dijo que quizá era el momento de tomárselo de otra manera. Ella parecía reacia a dar su brazo a torcer.

—Ojalá pudiese ayudarla, señorita Trinidad —se lamentó Baldomero—. Mi tía Carmela, a la que todos llamaban Nana, que en paz descanse, trabajó en La Cartuja como maestra transferidora de calcas. Alguna vez fui a verla de chiquitillo, pero no me acuerdo de nada, usted me perdone. Sea lo que sea lo que quiere remover de la fábrica, dudo que lo consiga de los Pickman. Y pretender encontrarse a la señora marquesa de casualidad por ahí… No sé, quizá necesite usted un milagro.

Trinidad lo fulminó con la mirada. Baldomero se rio y se explicó mejor. En realidad, lo que había querido sugerirle era que visitase la iglesia de la Magdalena para hacerle unas plegarias. El cochero sacó un par de medallitas de oro que le colgaban del cuello y las besó con devoción. Le contó que era miembro de la Hermandad del Gran Poder y de la Vera Cruz, que los pasos de Semana Santa eran lo más grande para él. Baldomero alardeaba de su fe, como buen sevillano, y era fiel a casi todos los cristos, vírgenes y santos de su tierra. Pero la Magdalena era especial, aseguró. Si ella no podía ayudarla, nada lo haría.

Pese a que Trinidad era creyente, no se mostró muy convencida. Finalmente accedió, porque tampoco perdía nada por hacer caso a Baldomero. La parroquia en cuestión estaba a escasos diez minutos a pie. Se animó a bajar por la calle Sierpes, la vía más emblemática de la ciudad, a la que incluso el ilustre Miguel de Cervantes Saavedra citó repetidas veces en su obra. Antes de introducirse por dicha vía, Trinidad quedó maravillada de una confitería situada en la esquina con la calle Campana y que llevaba el mismo nombre de esta última. El local no parecía muy antiguo. Las ventanas estaban decoradas con ilustraciones *art nouveau* del estilo de Alfons Mucha. Desde fuera se veían sus preciosas columnas y molduras oscuras, y los mosaicos de querubines con flores y frutas. Se le antojó entrar en la confitería La Campana para probar sus dulces. Sin embargo, la oferta era tan abrumadora y tentadora que Trinidad se alejó de la puerta que daba acceso al establecimiento y siguió los adoquines de Sierpes. Decidió girar en la calle Pedro Caravaca para no entretenerse más de lo necesario.

Llegó a la plaza del Pacífico, adornada de hermosos sicomoros con sus cortezas escamosas, donde se gozaba de un agradable ambiente gracias a los transeúntes o a quienes disfrutaban en los negocios cercanos de un desayuno tardío o de un vino temprano. Trinidad distinguió de lejos la iglesia de la Magdalena. Pocas veces había visto tantos frescos sobre las paredes de una parroquia. Los órganos se levantaban imponentes a los lados, como si hubiesen descendido de los mismos cielos. Tres grandes columnas servían de soporte para la representación pictórica de los doce apóstoles. Miró durante tanto tiempo los relieves de las paredes y del techo que le terminó doliendo el cuello. Bien lo merecía. Finalmente caminó hacia los pies de la imagen que daba nombre al edificio. Santa María Magdalena la miraba misericordiosa desde arriba, con la cruz de Cristo en la mano derecha y el cáliz en la izquierda. En ese momento, la joven volvió a notarlos. Los brazos de sus padres la envolvieron en silencio esta vez. La mejilla de su padre, apoyada en su cabeza; la barbilla de su madre, en el hombro. Trinidad procedió a encender un cirio mientras un par de lágrimas rodaban por sus pómulos. Se concedió un momento para observar arder la vela, tan humilde como su deseo entre los miles de millones de problemas que había en el mundo. En ese instante, una mano femenina le ofreció un pañuelo. Cuando Trinidad alzó la vista, no se podía creer quién le tendía aquel pedacito de tela. Doña María de las Cuevas Pickman se preocupó por la cara de asombro de la joven y le sonrió sin comprender.

—¿Puedo hacer algo para aliviar su pena, querida?

Una hora después, Trinidad estaba sentada con doña María de las Cuevas, la tercera marquesa de Pickman, en un agradable local del centro de Sevilla. La cafetería La Diana se ubicaba en la calle de Génova, cerca de la plaza de la Constitución, y era muy diferente a las tabernas y los establecimientos de Sevilla que había frecuentado hasta entonces. Trinidad siguió a doña María de las Cuevas por la elegante escalera de caracol de hierro fundido que permitía acceder al piso superior. Nunca había visto a ninguna señora subir por unos peldaños tan estrechos con tanta gracia. La marquesa la había invitado a acompañarla en un almuerzo ligero, unos sándwiches con té. Así podrían charlar con mayor tranquilidad.

Cuando Trinidad le dijo a María de las Cuevas en la iglesia de la Magdalena que era la joven que había solicitado verla en La Cartuja, la marquesa lo tomó como una señal del destino, pues ella misma había ido a la iglesia a rezar por su situación. Trinidad pensó en Baldomero y su fervor por la santa. Ahora también ella le sería devota. Había reconocido a María de las Cuevas por azar. Solo conocía su voz, pero el sofisticado atuendo la delataba. Por otra parte, solo una noble implicada en los negocios familiares y que temiera perderlos podría lucir semejante cara de preocupación.

La marquesa se había quedado impresionada con Trinidad no solo por su presencia, sino porque la joven le habló en un inglés perfecto y fluido.

—Mi tío no mintió cuando dijo que era usted una británica de aspecto español, miss Laredo —dijo mientras daba un sorbo a su té, servido en una taza de La Cartuja que tiñó su sonrisa de una nostalgia agridulce—. Sospecho que sí lo hizo respecto a sus motivos para verme, más bien los ocultó.

Al escuchar la mención a don Guillermo, Trinidad se puso un poco nerviosa.

—He ido varios días a la fábrica expresamente por si regresaba usted a buscarme. Confieso que su visita picó mi curiosidad: no me suena su nombre y me intriga la razón por la que quiere hablar conmigo.

Nada más ver a la marquesa, que seguro que no llegaba a la treintena, Trinidad se dio cuenta de que no podría ayudarla. Aun así, no perdía nada por intentarlo.

—Necesito preguntarle por mis padres, señora.

—¿Sus padres?

—Mis padres trabajaron en su fábrica.

—Tendrá que ser más precisa, querida. Por nuestra empresa han pasado cientos de empleados a lo largo de muchos años.

Trinidad dudó. No podía especificar la ocupación, a lo mejor sí la época.

—Quizá le suene una obra concreta que ellos elaboraron en sus instalaciones. La llamaban «La dama de La Cartuja».

La taza de María de las Cuevas quedó suspendida en el aire.

—La dama de La Cartuja —repitió aquel nombre despacio y miró a Trinidad como si se le hubiese aparecido un fantasma.

—¿La conoce?

—Solo de oídas —confesó al instante la señora, que tuvo que beber para calmar la súbita sequedad de su garganta—. Escuché a mi abuelo hablar de ella alguna vez como uno de los logros más grandes de nuestra fábrica. Un diseño espléndido que crearon algunos años antes de que yo naciera, sí. —La marquesa hizo una pausa y Trinidad no pudo evitar sonreír—. Por eso nunca entendí que no se conservase ni una muestra. Ni mi padre ni mi tío Guillermo me dejaron hacer muchas preguntas al respecto. No cabe duda de que era un asunto que incomodaba a mis familiares y que evitaban mencionar. Sería estupendo disponer de un diseño de aquellos tiempos. Al margen de las circunstancias que impidieron que llegara a producirse, ojalá guardáramos los bocetos, o las calcas originales. Perdone usted mi emoción, nuestra empresa no atraviesa su mejor época.

—¿Es cierto que van a cerrar la fábrica?

—Me encantaría decir que no. Si al menos contásemos con un proyecto del que enorgullecernos, con el que ofrecer esperanza, o consuelo, para recuperar la confianza de nuestros trabajadores, estaría dispuesta a esforzarme en todo lo demás. Ya no encuentro nada a lo que aferrarme. —La marquesa tenía los ojos cuajados de lágrimas. Inspiró profundamente y recondujo el tema—: Entonces, usted supo de La dama de La Cartuja por sus padres, ¿no, miss Laredo? ¿Qué le contaron?

—Nada. Esperaba que usted lo hiciera.

—¿Ha venido a verme desde Inglaterra solo para preguntarme por una colección de loza?

—Ni siquiera sabía si era usted la persona a quien debía

visitar, señora. Solicité una entrevista con usted porque es la principal autoridad de la fábrica y creí que el plato me serviría como salvoconducto para preguntar por mis padres. —Trinidad notó que María de las Cuevas abría mucho los ojos cuando pronunció la palabra «plato», así que añadió—: Ellos conservaron un ejemplar que he traído conmigo a Sevilla. Mis padres se fueron a Cheshire muy jóvenes y montaron un negocio de cerámica que les permitió prosperar, pero lo único que sé de su pasado en esta ciudad es que trabajaron en La Cartuja justo en la época en que se desarrolló esa obra. Y necesito saber por qué se marcharon de aquí, señora. Créame, lo necesito.

María de las Cuevas escudriñó a la muchacha solo diez años menor que ella. Creyó que sus ojos eran marrones, pero al fijarse mejor, apreció una tonalidad verdosa. Un montón de preguntas se agolparon en su cabeza, pese a que sus modales le impedían satisfacer su curiosidad. De modo que la marquesa pensó antes de hablar y dedujo lo evidente: aquella muchacha había perdido a sus progenitores antes de poder preguntarles por sus orígenes. Estaba muy conmovida, pero había poco que pudiera hacer al respecto.

—Querida, lamento mucho no poder ayudarla.

Trinidad no podía culpar a María de las Cuevas de los males de la familia Laredo ni de su propia confianza ciega en el futuro. Siempre había creído que algún día sus padres se lo contarían todo. Se torturó durante el viaje en barco por no haberles insistido más. Sin embargo, a medida que pasaban los días, asumió que sus progenitores nunca habían dado ninguna señal de tener intenciones de explicarle nada.

Solo hubo un atisbo de duda la última vez que habló con su padre del tema, aunque su madre se enfadó. Algo le hizo creer que deseaban contarle la historia que siempre se habían guardado para ellos. Esa remota posibilidad era la que la había empujado en su búsqueda.

La joven dejó de lado sus cavilaciones y observó a doña María de las Cuevas. La marquesa mantenía la compostura, pero su rostro delataba el tormento de sus propios pesares. Trinidad sonrió agradecida. La mujer cargaba con la tristeza de su situación y la de los empleados de la empresa Pickman, que se verían afectados si todo aquel bello mundo de loza desaparecía.

—Ojalá yo también pudiera hacer algo por usted y su fábrica, doña María de las Cuevas. Les deseo de corazón que consigan superar las dificultades. Le aseguro que los ceramistas de todo el mundo lamentaríamos su pérdida.

La marquesa correspondió a sus palabras, y Trinidad le dio las gracias por conversar con ella. No había servido a sus intereses, pero le complacía haber conocido a aquella gran mujer e insistió en desearle lo mejor, a ella y al destino de su empresa.

—Miss Laredo, ¿es cierto eso de que ha traído usted a Sevilla un plato de La dama de La Cartuja? —preguntó tras un instante la marquesa, que estaba profundamente conmovida por aquella intrépida joven—. Me encantaría que viniese a mi casa mañana para enseñármelo. Oh, cielos, menuda cara ha puesto usted. ¡No nos aventuremos! Quizá no sirva de nada, pero ¿quién sabe? A lo mejor allí encontramos alguna pista que nos permita resolver todos esos enigmas que santa María Magdalena quiere ayudarle a descubrir.

16

Abril de 1872

Macarena dudaba. ¿Debería haber dedicado más horas al paisaje del fondo? Eso se preguntaba mientras contemplaba la versión de La dama de La Cartuja que había pintado su madre. Aquel horizonte la tenía obsesionada. Antes de que acabaran el estampado, la joven había ido en un par de ocasiones al taller Montalván para estudiar el original. Las dos veces salió sin pedir permiso a su maestra, así que Sagrario acabó animándola a llevarse el plato, para evitar que Justa la reprendiera y que la muchacha se metiese en problemas con doña Brígida.

Ahora que Macarena tenía el original entre las manos y lo comparaba con la muestra que había pintado, le carcomían las dudas. La pose y las expresiones eran diferentes. La dama de su madre transmitía elegancia, la de Macarena parecía burlesca. En cualquier caso, las más de noventa piezas de la vajilla real se habían barnizado ya y estaban en la última fase de horneado.

Corría la primavera de 1872 y la recepción en honor de Amadeo I de Saboya en La Cartuja tendría lugar en un par de semanas. A pesar de que habían contado con la ayuda de tres artistas más de la fábrica y de unos veinte operarios dedicados exclusivamente a la colección del rey, Macarena y Esteban tuvieron que esforzarse al máximo para cumplir los plazos. El invierno se les escapó de las manos trabajando codo con codo. Marzo se había esfumado también y, por primera vez en la vida, la floración de los naranjos había alterado el corazón de Macarena para mal. Era un manojo de nervios.

Esteban entró en el taller de pintado aquella mañana de principios de abril y encontró a Macarena en su sinvivir particular, con la mirada perdida en La dama de su madre. El muchacho comenzaba a sentir preocupación por su afán perfeccionista, así que intentó aligerar sus inquietudes. Le arrebató el plato con delicadeza, tomó asiento a su lado y lo elevó por encima de sus cabezas para que ambos lo observasen con perspectiva.

—Parece que estuvieses esperando a que te riña por haber tratado de imitarla. La duda que tengo es a quién temes, si a La dama o a tu madre —dijo Esteban con dulzura.

—Hablas como mi tía Sagrario —replicó la joven, resoplando de incomodidad—. Son la misma, Esteban. Tuve eso claro desde que era niña. La pintó cuando yo ni siquiera gateaba. Siempre vi La dama de La Cartuja como era ella:

paciente, delicada, trabajadora, respetuosa... Todo lo contrario que yo. Quizá por eso mi dama parece tan desafiante y tosca en comparación. Casi es un insulto a su memoria que haya pretendido inmortalizarla.

—A lo mejor la estás idealizando.

—Siempre se idealiza a una madre. La mía era humilde, pero toda una señora. Y cantaba como los ángeles.

—Murió cuando tú eras muy pequeña, ¿verdad?

—Pero la recuerdo a la perfección. Era tal y como la estás viendo aquí. Después de que falleciera, llegué a creer que su espíritu se había introducido en esta pieza de loza.

—Todos los artesanos dejamos una pequeña porción de nuestra alma en las obras que creamos.

—En su caso debió ser así. Fíjate, Esteban, ¿has visto alguna vez una mirada más bella que esta? ¿Más reconfortante?

—No deberías temerla entonces. No solo aprobaría lo que estás haciendo, seguro que también estaría muy orgullosa.

Macarena desvió la vista. Bajó de un salto de la mesa en la que se hallaba y le dio la espalda.

—Eso es lo que más me atormenta. No importa cuánto me haya equivocado o me equivoque, ella nunca me habría reprochado nada. Pienso que le habría hecho feliz, aunque no me lo merezca.

Esteban dejó el plato a un lado y fue hasta ella. La tomó de los hombros para que se volviera hacia él.

—No entiendo nada. ¿Qué ha sido de la Macarena desafiante que se enfrenta a todo y a todos? Al final no sé si das más problemas cuando eres una engreída que cuando te sientes insegura. Espero que no vayas a decirle a don Juan Luis que pare los hornos.

—Pues mira, sí, a lo mejor sería capaz de hacer algo tan estúpido. Siempre he sido un desastre, puro nervio e insolencia.

—No te voy a negar que eres nerviosa y que puedes llegar a ser bastante insolente, pero no eres un desastre.

—Ya te digo yo que sí. Hubo una época en la que incluso me rehuían todos los niños del barrio, ¿sabes? Me llamaban fea y no me dejaban jugar con ellos.

Él advirtió que la chica llevaba puesto el colgante que le regaló, la cadena siguiendo la línea sinuosa de su clavícula. Apartó la mirada y volvió a concentrarse en la conversación.

—Eso sí que no me lo creo. Me cuesta imaginar una versión de ti que no sea bella.

La joven guardó silencio, observándolo. Dado su pasado y los problemas que siempre había ocasionado, le apenaba que Esteban tuviese una imagen tan elevada de ella. Le gustaba que la halagase. Independientemente de sus tira y afloja, él siempre la había respetado y había valorado sus virtudes. Los niños con los que se crio, incluido José Antonio, empezaron a tratarla bien cuando se hizo mujercita. Muchos de los que la insultaban de pequeña se convirtieron años después en sus fieles admiradores. Siempre solo por su aspecto. Toño era el primero que decía que su carácter la estropeaba. Esteban no era así. Cuando se conocieron, parecía que su presencia lo perturbaba, pero eso fue porque no estaba acostumbrado al trato con las mozas. De ahí en adelante, no hacía más que alabar su forma de ser y su talento.

Macarena notó que Esteban se había sonrojado después de elogiarla. Alargó la mano para acariciar su mejilla, pero él se alejó. «Para no creer que los chicos me evitaban de niña, bien que lo hace él ahora», pensó la joven. Desde que trabajaban en La dama, Macarena había notado que su compañero se comportaba de forma extraña. La trataba mejor que nunca, pero cuando ella le dedicaba un gesto cariñoso, al final siempre la rehuía. Se sentía una imbécil. «Y de todas formas, ¿qué pretendes, Macarena?», se reprendió a sí misma. «El Esteban iba para cura y aquí estás tú, tratándolo como si fuese un zagal de tu barrio dispuesto a bailarte el agua. Los caballeros como él no se prestan a tontear, ¿o acaso tú buscas algo más? ¿Acaso él querría algo más de ti?». Macarena desechó esos pensamientos deprimentes y se volvió hacia los bocetos para pensar en otra cosa.

Esteban aprovechó que ella se apartaba para poder contemplarla. Con gran frustración. Él no solo se había alejado de Macarena por timidez. Desde que discutió con su tía Brígida por su relación con ella, había estado inquieto. Se temía a sí mismo. Mientras trabajaba con Macarena en la vajilla del rey, no dejaba de pensar en la joven. Se pasaba el día suspirando. Aunque se tiraba casi toda la jornada con ella, la extrañaba cuando no estaba, y cuando la tenía delante, sufría por el calor que le provocaba su presencia. Sobrevivía porque ya se había desengañado. Mariquita la bailaora le había hecho ver que Macarena no tenía ningún interés real en él.

La verdadera amenaza tenía que ver con el control de sus impulsos. No era nadie para haberla separado de otro hombre, por mucho que este hubiese intentado propasarse. Siempre le había hecho hervir la sangre ver al fuerte aprovechándose del débil. Pero lo cierto era que en aquella ocasión fue distinto. Egoísta. Le había invadido un sentimiento de territorialidad, y no dejaba de preguntarse si habría sido capaz de golpear a José Antonio sin contención. Eso le atormentaba tanto como seguir a Macarena con la vista a donde fuera que iba. Se imaginaba buscándola, incluso sometiéndola a su voluntad, entregados los dos al placer más desatado. Ese mismo que despreciaba de su tía. De los Urquijo. «No sé para qué te libré del hábito católico si pareces uno de esos luteranos, Esteban», le solía decir Brígida cuando almorzaban todos los discípulos juntos, «al menos podrías vestir con un poquito de color». El joven renunció a sus votos, pero conservó el hábito a su manera para diferenciarse del resto de los Urquijo, como debía ser. Como sería siempre. Una vez más, rememoró el incidente en el patio del seminario, tras descubrir la maldad de sus compañeros. El rostro ruin del padre Zoilo. Esteban se llevó la mano derecha a la sien. La idea de que Macarena pudiera enterarse del resto hacía que un sudor frío le recorriese la espalda. Por fortuna, justo entonces aparecieron por la puerta del taller don Carlos, don Juan Luis y doña Brígida para distraerlos a ambos de sus propias inquietudes.

La maestra miró a sus dos alumnos con desdén. No se le había escapado la tensión del ambiente. Si alguien sabía algo de eso, esa era Brígida. Las miradas, los sonrojos, las palabras trabadas. Sin embargo, no le gustaba la mujer que su sobrino había elegido como objeto de sus deseos. Si hubiese sido otra, hasta le habría alegrado. Brígida tenía a la trianera atragantada y sentía la imperiosa necesidad de vomitarla. El día que la muchacha se enfrentó a ella y Esteban saltó a defenderla, vio más claro que nunca el peligro. Poco le importaban ya sus logros, incluso aunque se los adjudicaran en parte. A ella le gustaban las personas sin miedo o con carácter, pero detestaba que le plantaran cara. Para colmo, otros motivos más oscuros alimentaban su rechazo.

Don Juan Luis y don Carlos estaban encantados con sus dos pupilos. Al director de La Cartuja solo le faltaba dar saltos de alegría, estaba loco de contento por que hubieran acabado la vajilla del rey. Procedió a soltar una perorata interminable sobre los méritos de sus trabajadores y a asegurar que aquella vajilla sería el culmen de su éxito, cómo su mismísima majestad Amadeo de Saboya los alabaría y mantendría a La Cartuja como proveedora oficial de la Casa Real española. La fábrica Pickman y Compañía pasaría a la historia como la más formidable empresa de loza del país. Doña Brígida bostezó.

—¿Podremos asistir nosotros también a la recepción, don Juanlu? —le preguntó Macarena inocentemente.

Los dos caballeros sonrieron e intercambiaron una mirada enternecida; sin embargo, la maestra le afeó las formas a su discípula.

—Son ustedes los artífices de La dama, querida, por supuesto que sí —respondió don Carlos, que seguía en su rapto entusiasta—. ¡Será un evento por todo lo alto! Ya he ordenado arreglar los jardines del noroeste de la fábrica para colocar las mesas y las sillas, y que los asistentes puedan disfrutar de la vajilla real y de otras colecciones de nuestra casa con el mejor té y dulces españoles. ¡Desearía invitar a toda Sevilla! A los artistas cerámicos, a mis empleados, a sus familias.

—¿A nuestras familias también, señor? —preguntó Macarena, emocionada de pensar que podrían acompañarla Justa y Sagrario.

Esteban, por su parte, se puso blanco como la cal solo de imaginar el reencuentro con su padre. Por la mirada de doña Brígida entendió que había muchas probabilidades de que eso sucediera.

—Naturalmente —continuó don Carlos—, el rey y su cortejo contarán con un sitio preferente. Tengan ustedes claro que soy consciente de que nada de esto habría sido posible sin las manos de todo mi equipo, y por eso —añadió mientras hurgaba en un bolsillo de la chaqueta y le tendía a Macarena una pulserita con bellos claveles de plata— me gustaría tener un detalle con ambos más allá de su remuneración.

La joven contempló incrédula cómo el caballero le colocaba aquella bonita alhaja en la muñeca. Los demás presentes también estaban estupefactos.

—Pero, don Carlos —balbuceó Macarena, visiblemente emocionada—, no era necesario que se molestara...

—Pienso que usted merecería mucho más, señorita Macarena —dijo el señor Pickman, tomándola de las manos—. A fin de cuentas, todo esto empezó porque una muchacha de Triana se ofendió cuando alguien se atrevió a desmerecer una de nuestras obras. Eso me recuerda lo poco grato que fue invitar a los marqueses de Corbones, por muy amigo y benefactor que sea don Leandro. Me costará recibir a su mujer y a su hija con una sonrisa.

Macarena hizo caso omiso de la mención a la odiosa señorita Genoveva. Miró la cadenita de plata que le había obsequiado el señor Pickman con un cariño que nada tenía que ver con los lamentos por La dama de La Cartuja de hacía unas horas. Cada palabra que salía de la boca del director de La Cartuja parecía una estaca clavada en el corazón de doña Brígida.

—No me olvido de usted, señor Urquijo —agregó don Carlos, dirigiéndose a Esteban—, pues ha sido el responsable principal de toda la colección, el diseñador de los filos y de las planchas. Acepte esto de un hombre que admira profundamente su talento y capacidad resolutiva.

Esteban se conmovió. El señor Pickman le había regalado un buril, con la forma de los que solía emplear él para trabajar el metal, pero de oro macizo. Además, tenía grabados el sello de La Cartuja y la fecha de la recepción del rey, su nombre y su primer apellido. El detalle de que no figurase el apellido de su madre le entristeció un poco, aunque supuso que era normal viniendo de un británico. De todos modos, era un regalo magnífico. Macarena le zarandeó el brazo para que reaccionase y Esteban asintió con la cabeza, pleno de gratitud. A continuación, don Carlos y don Juan Luis los apremiaron para ir de una vez a almorzar. Se merecían una buena comilona después de tan buen trabajo. Macarena dejó La dama de su madre a buen recaudo sobre la mesa de azulejo y se lanzó a una apasionada loa del pan gallego de doña Pilar. Esteban los siguió riéndose.

Doña Brígida se quedó rezagada un instante en el taller de diseño de La Cartuja. Contempló con gesto altivo aquella dama diferente a todas las demás, con la firma Montalván en el filo inferior derecho. Alzó el mentón, resopló y abandonó la estancia.

Por la tarde, alrededor de las cuatro, Macarena, Esteban, Brígida y Juan Luis se desplazaron a la Escuela Roberts y Urquijo para informar al resto de los discípulos de que todos estaban invitados al evento del rey, y que además podían avisar a sus familias.

Hugo se lamentó de que su padre estuviera tan ocupado con la gestión del palacio y de su finca, pero le alegraría si al menos asistían su madre y sus hermanas. Federico deseaba ir cuanto antes a su habitación y escribir a sus padres y a su madrina. Macarena esperaba hacer lo mismo con Justa y Sagrario, aunque ella podría invitarlas en persona acercándose al taller Montalván. Animó a Esteban a que subiese al desván a buscar papel y tinta, pero este le dijo que ya tenía de todo en su habitación. Macarena lo pilló en embustes y, con una sonrisa triunfal, terminó por obligarle a ascender por las escaleras. Una vez más se entregaban a aquel juego absurdo que tanto molestaba a Brígida. Juan Luis apreció la atención puesta en sus dos pupilos y, en un intento de distraerla, le preguntó si podía quedarse esa noche a dormir en la escuela. No la distrajo, aunque sí consiguió que lo mirara y se centrase en él, conduciéndolo al salón.

Macarena y Esteban entraron en la buhardilla, él sin demasiado interés y ella revolviendo en busca de los materiales. La muchacha terminó preguntándole si no le hacía ilusión compartir las noticias con su familia.

—Es un motivo inmejorable para escribirles. Incluso para ir a verlos.

—Seguro que ya se habrá adelantado tía Brígida.

—No me refería a informarles, sino a que conozcan por ti tus logros, y lo orgulloso que estás, le pese a quien le pese, si es que existe tal maldad de entendederas.

Esteban estaba a punto de replicar cuando vio que la chica se quedaba quieta con la vista fija en una esquina en penumbra. Había varios lienzos apilados, y el del fondo, el más grande, mostraba la mirada del retratado. Macarena separó los cuadros anteriores para descubrirlo. Esteban se asomó con curiosidad y se fijó en que el óleo estaba en bastante mal estado, como si le hubiesen dado un puñetazo o hubieran lanzado algo contra la tela. Al reconocerlo, al joven no le extrañó del todo.

—Vaya. Es mi padre —dijo Macarena.

—¿Cómo? —Esteban no daba crédito a lo que acababa de oír—. Macarena, ese hombre es el segundo marido de mi tía.

—Así que estaba casado.

—¿Qué hacéis, chicos?

De repente, Juan Luis se asomó por la puerta del desván. Estaba lo suficientemente lejos como para no haber escuchado su conversación. Sí que reparó en que observaban algo en la esquina opuesta y se acercó para verlo mejor.

—Cielos —exclamó con una sonrisa lastimera—. Habéis encontrado a la última víctima de Brígida. Sin contarme a mí, por supuesto. —Juan Luis se puso en jarra para examinar al caballero inmortalizado. Luego pronunció su nombre completo con respeto—. Pobre, no llegué a conocerlo, fue el director financiero de la empresa algunos años antes de que me contrataran. Solo sé que tuvo un final trágico. Según algunos, se suicidó tirándose desde el tejado más alto de La Cartuja. Otras versiones más truculentas acusaban a Brígida de haber acabado con su vida. Por lo visto, estaba con él cuando sucedió. Quizá fue una mezcla de ambas, esa mujer desespera a cualquiera, y no pretendo hacer una broma de mal gusto.

El supervisor artístico de la fábrica cambió de tema radicalmente y les dijo que había subido a buscarlos porque doña Brígida deseaba celebrar una cena especial para festejar el éxito de la escuela. Los volvió a dejar solos, no sin antes pedirles que se pusieran sus mejores galas para bajar al comedor.

Macarena y Esteban permanecieron en silencio un rato más. La joven seguía mirando el cuadro y acarició la perilla de la figura.

—¿No te estarás confundiendo de caballero?

—Imposible —respondió ella, convencida—. La última vez que lo vi tenía cinco años. No hubiese sido capaz de describir su rostro, ni de recrearlo en un dibujo, pero sí recuerdo su sonrisa, lo que me hacía sentir cada vez que venía a verme. Él fingía ser un familiar lejano, pero cuando crecí un poco y me atreví a preguntar, tía Sagrario me contó la verdad. Durante mucho tiempo trató de ocultármelo, evitaba el tema. A lo mejor le di lástima y terminó reconociendo que no me equivocaba. Que ese hombre, ese que mi memoria se negaba a olvidar del todo, era mi padre. Decía que salí igual a él, en aspecto y en carácter.

—Ahora que lo dices... Es verdad. Las cejas, la boca. Sois idénticos.

—Y era el marido de la maestra. Vaya —susurró Macarena, quien trató de contener las emociones que se agolpaban en su pecho encerrándolas en una simple palabra.

—Lo que don Juan Luis ha contado es cierto, Macarena. Falleció mucho antes de que me llevaran al seminario, yo tampoco lo conocí. Sabía algo de la historia, más por rumores de la fábrica que por lo que mi tía se ha dignado a contarme. Guarda su retrato aquí porque no quiere verlo ni en pintura.

—Entonces dejó de venir porque falleció, no porque no quisiera verme más —murmuró la joven, ignorando los detalles que Esteban y Juan Luis le habían contado y centrándose en el hecho.

—¿Acaso lo dudabas?

—Vestía mucho mejor que cualquiera de Triana. Yo era muy pequeña por aquel entonces, pero eso lo recuerdo. Aunque tía Sagrario confirmó mis sospechas sobre él, se negó a contarme nada más. Con los años, barajé muchas opciones. Claro que pensé que podía ser un señorito adinerado, aunque para mí existían más probabilidades de que fuera un obrero de la fábrica que conoció allí a mi madre.

—Por eso querías trabajar en La Cartuja —dedujo Esteban en voz baja, hilando con aquella conversación que le escuchó mantener con Rocío meses atrás—. No era por tu madre, era por saber de tu padre.

Macarena se quedó en silencio. Apenas tenía cinco años cuando su madre falleció en el Guadalquivir por su culpa. Un accidente que también estuvo a punto de costarle la vida. Nunca dejó de preguntarse por qué su padre no fue a buscarla para hacerse cargo de ella. Les preguntó a Sagrario y a Justa una y otra vez, pero de poco sirvió. Con los años, Sagrario se compadeció de ella y de su anhelo por comprender diciéndole que estaba mejor sin saber de él. Al final, Macarena dejó de preguntar y decidió que ella sola daría con su padre. Haría lo que hiciera falta, iría a trabajar a La Cartuja costase lo que le costase. Por eso, cuando finalmente halló a alguien que conocía a su padre, no logró entender que no quisiese compartir lo que sabía. Ahora lo comprendía.

Y entonces se sintió ridícula. Siempre había creído que sus padres se amaban, que quizá su padre era tan joven como su madre y que la responsabilidad lo asustó. Estaba convencida de que si lo encontraba y se lo contaba todo, después de abofetearlo por abandonarla y de confesarle lo mucho que lo había necesitado y lo seguía necesitando en su vida, él se arrepentiría. Pensaba que su padre haría justicia a la memoria de su madre y le compensaría por el daño sufrido. Ahora no sabía qué pensar. Sentía que se le escapaba la razón por la que su padre las abandonó a ella y a su madre. ¿Podía ser algo tan sencillo como que su honor de caballero casado hubiera pesado más que su paternidad, por ilegítima que fuera? Macarena pasó muchas noches de su infancia llorando por la ausencia de su padre y juró sobre la tumba de su madre que iría a la fábrica a buscarlo, a pedirle explicaciones. Nada de todo aquello sería posible, nunca lo había sido. Macarena se dio cuenta de que, por primera vez en mucho tiempo, estaba ante la imagen de su padre y no pudo evitar conmoverse.

—Míralo qué guapo, ¡y qué elegante! Así he salido, ¿es o no?

—No puedo más que darte la razón —respondió Esteban.

Ambos sonrieron.

—Cuesta creer que alguien con esta planta y semejante sonrisa se arrojase desde lo alto de un tejado. Apostaría más a que tu tía lo empujó.

—Mi tía es despiadada, Macarena, pero no es una asesina.

—Quizá se enteró de que la engañaba y…

—Macarena.

—¿Pondrías la mano en el fuego por ella?

Se sumieron los dos en un silencio angustiado. No era el momento de debatir sobre aquel asunto escabroso, los esperaban para la cena y doña Brígida se enfurecería si llegaban tarde.

Media hora después, Macarena estaba descendiendo las escaleras con el vestido verde esmeralda con encajes color crema que le había regalado don Juan Luis la pasada Navidad. En el pelo llevaba el adorno de cerámica en forma de flores del azahar, hojas y naranjas obsequiado por sus tías. Sus compañeros se deshicieron en halagos al verla llegar al patio. Ella agradeció los piropos, pero insistió en que a quien debían elogiar era a don Juan Luis por escoger su traje. Brígida no podía ocultar los celos que sentía de ver a Macarena acaparando la atención; era evidente que estaba pensando cómo poner fin a aquel agravio.

—El vestido que lleva usted también fue presente mío —le dijo al oído Juan Luis.

—Ambos sabemos que me lo regaló para que no me molestara por su detalle con la trianera.

Juan Luis sacudió la cabeza. Resultaba ridículo que Brígida sintiera envidia de aquella muchacha o de cualquier otra. Incluso él reconocía que ella era una de las mujeres más exuberantes que había sobre la faz de la Tierra. Su traje color púrpura con remaches oscuros realzaba su cabello y sus ojos claros.

Se hizo de nuevo el silencio cuando llegó el último de los asistentes. Esteban apareció vestido con esmoquin y pajarita. Por primera vez había abandonado su sobrio atuendo habitual. También había prescindido del negro riguroso de siempre al usar un chaleco con detalles azules, e incluso había cambiado de peinado por otro mucho más distinguido. El buril de oro, obsequio de don Carlos, asomaba por el bolsillo de su chaqueta. Macarena se quedó boquiabierta. No atinaba a decir palabra. Incluso los compañeros que más inquina le tenían se quedaron admirados. Brígida asintió, complacida de que su sobrino llevase por una vez una indumentaria acorde con su apellido. En realidad, quiso arreglarse un poco más para Macarena. Que alabase el estilo de su padre le dio a entender que ella apreciaba las prendas elegantes y el cuidado en el vestir. Ella estaba espléndida, más bella que nunca. Agradeció tenerla sentada delante, aunque a él le tocara tomar asiento entre Hugo y Federico. Brígida y Juan Luis presidían la mesa, cada uno en un extremo.

La cena comenzó en un ambiente cordial. Se sirvió jamón, queso curado y unas croquetas de rabo de toro como entrante; de segundo, bacalao con tomate, y de postre, profiteroles y un arroz con leche bien generoso de canela. El vino achispó un poco a los comensales, y pronto los discípulos empezaron a reír y a hacer comentarios fuera de lugar. Juan Luis reía a carcajadas con ellos mientras Brígida los miraba con desaprobación. Esteban se mantuvo al margen de la algarabía general hasta que Mucio Cañizares, otro de los alumnos, decidió pasarle el brazo por encima del hombro a Macarena. Esteban dejó los cubiertos sobre la mesa y lanzó una mirada asesina a Mucio. Macarena quiso quitar importancia a la impertinencia de su compañero, a pesar de que estaba claramente incómoda.

—Suéltela —ordenó Esteban, provocando un tenso silencio.

Mucio le sostuvo la mirada.

—No se ponga así, don Esteban, la señorita Macarena ya es una más de nosotros —se burló el joven—. Si fuese un caballero, la trataríamos igual. Y lo merece, no es para menos: se ha ganado el favor de Carlos Pickman, ¡casi nada!

—En ese caso, ¿por qué no viene a pasarme el brazo por el hombro a mí también? —replicó Esteban, cortante, casi agresivo.

Macarena se estremeció por su tono. Mucio, por su parte, solo se rio más.

—¡Cuando quiera, me levanto a darle un abrazo, oiga! —exclamó el joven, incitando a sus compañeros a unirse a la chanza.

—¡Nos va a salir tierno y todo a estas alturas, señor Urquijo!

El aludido se mantuvo serio ante la incomodidad de Macarena, Brígida y Juan Luis.

—No se ofenda, don Esteban, con usted es difícil tener confianza —le susurró Federico, aprovechando que estaba a su lado. La expresión de su compañero terminó por recordarle a Federico por qué siempre le había dado tanto miedo.

Se oyó un chasquido molesto. Hugo apoyó su copa de borgoña abruptamente en la mesa, derramando parte sobre el mantel. Estaba claramente bajo los efectos del alcohol y se volvió de muy malas formas hacia Esteban.

—¿Sabe lo que le ocurre, don Clérigo? Que usted se ha malacostumbrado trabajando con la señorita Macarena y cree de verdad que tiene algo especial con usted. Debería saber que las jóvenes como ella son ligeras de cascos y que son amables con todo el mundo. Resígnese a compartirla.

En menos de un segundo, Esteban tenía a Hugo agarrado por el cuello de la chaqueta con una mano mientras lo amenazaba con la otra, en la que sostenía el tenedor de postre. Ni siquiera había sido consciente de cerrar los dedos para cogerlo. Solo él se había dado cuenta de ese detalle. La visión lo horrorizó. Seguía dominado por la ira. Hugo y todos los demás se habían quedado mudos, aterrorizados por lo que podía pasar. Brígida carraspeó.

—Basta. Ya está bien. Es la última vez que consiento tanta bebida en mi casa —dijo, hastiada.

—No me creo que usted haya pasado por un seminario,

caballero —murmuró Hugo, ignorando a su maestra y recolocándose la chaqueta en cuanto el otro lo liberó.

—Es curioso —replicó Esteban entre dientes—, hasta ahora todos ustedes parecían convencidos de mi condición de clérigo.

—Tampoco creo que haya dicho o hecho algo que le ofenda tanto.

—¡Entonces es usted incluso más ignorante de lo que parece! —Golpeó la mesa con fuerza y señaló a Macarena sin desviar los ojos del joven—. Pídale disculpas.

Macarena apretó los labios, apurada por ver a Esteban alterado por su causa, y levantó la mano con intención de calmarlo, pero este volvió a aporrear la mesa.

—¡Pídale perdón ahora mismo!

—¡De acuerdo, de acuerdo! —se apresuró a decir Hugo, molesto y algo asustado. Miró a la muchacha, fatigoso—. Señorita Macarena, usted me excuse por mis desafortunadas palabras, sabe que la admiro y aprecio de verdad.

Ella asintió, no tenía nada que decir. Brígida, harta ya de aquel espectáculo lamentable, pinchó un nuevo profiterol.

—Vete ahora mismo a tu habitación, Esteban —ordenó antes de llevarse el tenedor a la boca—. Algo debo de haber hecho mal para que te olvides de repente de todo lo que te he enseñado o por qué te fuiste del seminario. —Remató sus palabras con una mirada fulminante.

—No he olvidado nada, señora —susurró Esteban.

—Ahora te estoy hablando como tu tía. Y sí que lo has hecho.

—En absoluto.

—Tal vez deberías pasarte por tu antiguo seminario —musitó Brígida con un retintín hiriente, y enseguida volvió a endurecer el tono—: Yo creo que saludar al padre Zoilo te vendría bien. —Esteban le sostuvo la mirada a duras penas. Su tía negaba con la cabeza sin dejar de observarlo, dibujando en sus labios un gesto de asco—. Qué decepción, Esteban. Te has acabado convirtiendo en una triste versión de tu padre, pero a ratos.

Los discípulos de la escuela murmuraban por lo bajo. Macarena y Juan Luis tampoco perdían detalle de lo que sucedía entre tía y sobrino; estaban desconcertados, pero también muy preocupados.

Esteban parpadeó tratando de ahuyentar las lágrimas de frustración. Que hubiera mencionado al padre Zoilo delante de todo el mundo había sido un golpe bajo, pero la comparación con don Álvaro era mucho más desgarradora que cualquier puñalada. Su orgullo le impedía permanecer allí por más tiempo. Esteban se quitó la servilleta del regazo, la depositó sobre la mesa y procedió a obedecer a Brígida, como siempre.

Un par de horas después, todos los discípulos se retiraron a descansar a sus respectivas habitaciones siguiendo las órdenes de su maestra, quien se trasladó junto a Juan Luis a la biblioteca para continuar conversando y tomar una última copa.

Esteban no se había movido del borde de la cama desde que había llegado a su habitación. Solo se había quitado la chaqueta y el chaleco del esmoquin. Arrojó la prenda azul con rabia, consternado por su temperamento incontrolable. El mismo que le había traicionado en el pasado.

Se acordaba bien del abatimiento del padre Valentín y de la decepción de don Manuel mientras le observaban las manos tras el incidente en el patio de las ranas. Él también estaba avergonzado. «Sabe el Señor que he hecho lo imposible por tomar por absurdo el relato de sus compañeros», le dijo el rector, «y, como santo Tomás, no he creído hasta ver las llagas de sus manos, señor Urquijo».

A él le costó más que a nadie entender qué le había ocurrido. Esteban estuvo oyendo a sus compañeros de seminario reírse de las crueldades que les habían hecho a las ranas. Hasta que estalló algo dentro de él. Sin mediar palabra y con un rostro desquiciado que atemorizó a los novicios, se fue directo a golpearlos. A uno le dio con tanta fuerza que le partió la ceja y lo dejó inconsciente. Otro cayó de espaldas con el labio destrozado. Con el último se recreó. Lo tiró al suelo y se sentó a horcajadas sobre su vientre. Le soltó un puñetazo, dos, tres y un cuarto más. Derecha, izquierda; derecha, izquierda. La sangre salpicándole el rostro. Esteban estaba muy lejos de allí, perdido en los violentos episodios de su infancia. Su padre diciéndole la vergüenza que le daba que quisiera conservar el piano de su madre. Porque se presentaba en los almuerzos y en las cenas ante su prometida. Porque aspiraba a heredar sus negocios como le correspondía, casarse y formar su propia familia, una familia que se amara y se respetara, como cuando su madre vivía. El rostro indiferente de don Álvaro mientras lo azotaba con su cinturón. «¡¿Qué más quieres que soporte?!», bramó Esteban mientras golpeaba a aquel novicio. «¡¿Qué más daño necesitas que aguante para quedarte satisfecho?!». Pero no fueron los gritos de Esteban los que se oyeron, esos se ahogaron como siempre en lo más profundo de su alma; en cambio, los de socorro de los seminaristas sí que retumbaron por todo el patio, alertando a los alumnos y profesores cercanos. El padre Zoilo se había quedado en silencio, analizándolo todo desde lejos. El profesor de latín no se esperaba aquella reacción violenta, pero tampoco pareció preocuparse, más bien se alegró, y sin duda se ocupó de causarle todos los problemas posibles al muchacho por su comportamiento. El cura se acercó a él poco después de aquel episodio, mientras cumplía su castigo copiando salmos, y le susurró maliciosamente al oído: «Quien a hierro mata…, ya se sabe». Esteban se apretó las sienes como si así pudiese aplastar la memoria.

No se podía imaginar que estaba siendo observado. En cuanto Macarena tuvo claro que todo el mundo estaba acostado o dormido, salió de su cuarto en camisón y acudió rauda a la habitación de Esteban. La chica entró de puntillas y cerró la puerta a su espalda muy delicadamente. Esteban estaba aislado del mundo, perdido en sus recuerdos. Así pasaron cerca de diez minutos. Cuando abrió los ojos y reparó en la presencia de Macarena, muy quieta en una esquina y vestida con poca ropa, Esteban se sobresaltó:

—Pero ¿qué haces aquí?

—Y un cuerno me iba a ir yo a dormir dejándote así. —La muchacha fue hacia él. Dudó un momento, pero al final le acarició el rostro—. Mira qué cara de desconsuelo. Ni se te ocurra creer que todos pensamos como esa mala pécora.

—Eso es mi problema —dijo Esteban, apartando la mano de Macarena.

—Pues no soporto que te trate de esa forma.

—He sido yo el que ha perdido los nervios.

—Porque te han alterado. Fíjate cómo a los demás no les ha dicho nada, la muy diabla.

—Macarena —la interrumpió Esteban, más cortante. Sus ojos color ámbar refulgieron. Al instante volvió a sentirse miserable y pasó de rechazar su gesto a coger desesperado sus manos—. Yo no soy el hombre que tú crees y mucho menos alguien que merezca tu compasión.

Macarena lo miró fijamente. Por muy imponente que fuera, aquella expresión no podía ser jamás la de una mala persona. Sacudió la cabeza para apartar cualquier sombra de duda.

—Después de lo que has tenido que soportar, lo raro sería que no reaccionases cuando te provocan. ¿Piensas que no me doy cuenta de tu fuerza física, de tu carácter explosivo o de que podrías defenderte de cualquiera que se te encare? Para tu información, solo un estúpido creería que un león no muerde o no lanza un zarpazo si se le amenaza. —Macarena vio la cara de terror de Esteban y decidió que no podía postergar más preguntar por lo que de veras le preocupaba—: ¿Quién es ese tal Zoilo, Esteban? ¿Y por qué la sola mención de su nombre en boca de tu tía puede hacerte tanto daño?

Él cerró los ojos, comprendiendo que Macarena y la verdad lo habían acorralado. Ya no tenía escapatoria.

Jamás olvidaría la expresión del padre Zoilo cuando algo le incomodaba y le agradaba a partes iguales. Una media sonrisa de ojos achicados, como si acabara de tragarse un limón entero, enorme y ácido. Bastaba escuchar dos frases del cura para saber que era un arrogante. Esteban era objeto de su envidia; lo odiaba más que a cualquier otro novicio del seminario. Como vigilaba a Esteban sin descanso, el muchacho acabó por prestarle atención también y así descubrió a qué se dedicaba cuando creía que nadie lo miraba. El padre Zoilo se servía de su labia, de su exquisita grafía y de su posición como sacerdote bien considerado para hacer favores a cambio de dinero. Esteban había valorado seriamente contárselo al padre Valentín, incluso a don Manuel. Pero después recordó lo que su tutor le había dicho sobre algunos eclesiásticos que se tomaban los votos a su manera. Además, sería la palabra de Esteban, un alumno marginado, contra la del padre Zoilo, un consumado manipulador. Terminó dejándolo estar, sería Dios quien juzgara la falta de ética de aquel sacerdote.

—Debiste denunciar a ese malnacido —dijo Macarena tras escuchar su descripción del sacerdote—. O, mejor, darle un buen escarmiento en lugar de esperar a que Dios actuara.

—Eso hice —replicó Esteban, sombrío. El odio de su mirada dio paso al bochorno, esperando la reacción espantada de la joven. Puesto que solo encontró incomprensión, tuvo que repetírselo—: ¡Eso hice, Macarena! Intenta imaginar cómo, ¡visualízalo! Porque te aseguro que lo que ocurrió fue mucho peor que cualquier situación que trates de suponer.

Un día, Esteban pilló al padre Zoilo cometiendo una falta mucho más grave. Una de sus feligresas había ido a buscarlo para confesarse y el sacerdote intentó aprovecharse de ella, fingiendo que sus tocamientos eran de lo más natural. Si no fue más allá con aquella mujer fue porque Esteban, que había sido testigo desde una de las ventanas, saltó sin dudarlo y arremetió contra él con toda su furia. Como nunca antes. Fue el colmo para sus nervios, su maltrecha paciencia no podía soportar esa clase de maldad. Se ensañó con el sacerdote y perdió la noción del tiempo. La sangre del padre Zoilo estaba por todas partes. No dejó de pegarle hasta que don Valentín lo apartó a la fuerza.

Esteban suspiró. Vio los ojos cuajados en lágrimas de Macarena. Debía llegar al final.

—Por azares del destino, tía Brígida fue testigo de aquello.

Apenas la había visto un par de veces en su casa de la

plaza de la Santa Cruz. A una mujer como ella era difícil olvidarla: ausente y atractiva como un felino, la pose distinguida y artificial, las ropas lujosas. Ella y su padre se trataban, pero no se llevaban bien. Si Brígida se dejó caer por el seminario fue por puro interés. Había escuchado a su hermano Álvaro que Esteban estaba recibiendo formación artística y se desplazó hasta allí para constatarlo. Don Manuel, orgulloso de su alumno, le había estado mostrando algunas de las impresionantes obras producidas por él. Ese fue precisamente el día que Esteban perdió los papeles con el padre Zoilo. Brígida no se disgustó ni decepcionó, sino que prestó atención, encantada con el espectáculo, como si estuviese viendo algo muy hermoso. Don Álvaro siempre había comentado que Esteban era un niño complicado; sin embargo, Brígida se negaba a creerlo. Las pocas veces que lo había visto le pareció que tenía un carácter demasiado insípido para ser problemático. La ira que descubrió en sus ojos mientras vapuleaba a aquel sacerdote le dio mucho en lo que pensar. «Ser bello y ser un monstruo no es incompatible», llegó a decirle su tía en una ocasión.

Sentados en el despacho del rector, Brígida le preguntó a Esteban si conocía la fábrica de La Cartuja de Carlos Pickman. El muchacho, con el hábito todavía manchado de la sangre del cura, respondió sincero y cortante: «¿Qué sevillano no conoce esa fábrica? ¿Qué novicio no conoce el monasterio de Santa María de las Cuevas? ¿Y qué ceramista no conoce al señor Pickman?». Complacida, su tía después le preguntó si sabía a qué se dedicaba ella. Ante el mutismo de Esteban, chasqueó la lengua: «Sevillano, novicio y ceramista, de Urquijo tiene solo el temperamento». Entonces le habló de su escuela y les dijo a don Manuel y a don Valentín que deseaba llevarse a su sobrino para convertirlo en su discípulo. Ambos sacerdotes tenían dudas. Sabían que Esteban no era mal chico; de hecho, hacía tiempo que vigilaban al padre Zoilo y estaban recabando las pruebas suficientes para presentarlas a la diócesis. Con la excusa de la agresión, ahora sería el cura quien tendría algo con que chantajearlos, pero no querían castigarlo si eso acababa por perjudicar la reputación del joven. Brígida le restó importancia al asunto: su especialidad eran los indeseables, ella se encargaría de sobornarlo para que no contase lo sucedido. Esa fue su primera lección como mentora: contra los indeseables, siempre era más rentable el dinero que la violencia. A los sacerdotes les pareció conveniente; a Esteban, humillante. Se arrepentía terriblemente de lo que había hecho y se mudó a la vivienda de la Escuela Roberts y Urquijo de la calle Arguijo arrastrando la culpa pero con el propósito de olvidar todo aquello y dedicar su vida al arte de la loza. Solo tuvo un momento de flaqueza cuando fue a despedirse de don Manuel y del padre Valentín, especialmente de este último, quien lo abrazó envuelto en lágrimas. «Cuídate, mi niño», murmuró. Esteban no hizo caso. Temía su naturaleza violenta y trató de controlarla de muchas maneras. Alguna vez pensó en descargar sus frustraciones en burdas peleas callejeras por el aislamiento que vivía en la escuela o por el rechazo de su familia. Pero siempre se contuvo. Descubrió la calistenia y algo le ayudó. Le avergonzaba la idea de que alguien pudiese darse cuenta de que estaba fuerte como un labriego cuando en realidad era un artesano, por eso se cubría todo lo posible con sus sobrias prendas negras. Ojalá la rabia hubiese desaparecido como contrapartida.

—A estas alturas —dijo Esteban con la voz quebrada como el alma— empiezo a pensar que no tengo remedio.

Macarena parpadeó despacio. Comenzó a balbucear algo, pero al final se quedó callada.

—No tienes que decir nada —saltó Esteban, nervioso por sus titubeos—. Tú misma me dijiste que no soportabas a los hombres violentos, a los que perdían la compostura por nada. Y tú me has visto comportarme así más de una vez, no solo esta noche.

Ahí Macarena pareció despertar:

—¿Qué dices, criatura? ¿Crees que es repulsa lo que siento? —Había tomado el rostro de Esteban para que la mirara a los ojos—. Solo me mata la impotencia de no saber cómo consolarte, de no ser capaz de expresar cuánto lamento todo lo que has tenido que soportar.

—Pero... ¡Macarena!, ¿es que no has escuchado lo que te he contado? —replicó el muchacho, liberándose de la ternura de sus manos.

—Sí.

—¿Que golpeé a un hombre sin piedad y que eso es una gran losa que llevo a las espaldas?

—Ajá.

—¿Que a veces me desborda la ira y que debo hacer uso de toda mi fuerza de voluntad para controlarla?

—Entiendo.

—¡No! ¡No lo entiendes! Cualquiera se daría cuenta de que soy un ser horrendo.

Conmovida por su expresión atormentada, ella le sonrió y repitió las mismas palabras que él le había dicho esa misma mañana en el taller de La Cartuja:

—Eso sí que no me lo creo. Me cuesta imaginar una versión de ti que no sea bella.

«De hecho, ya es completamente imposible», pensó a continuación.

Macarena observó tan atentamente a Esteban, con tanto anhelo, que él, abrasado por el calor del deseo que siempre le invadía cuando ella lo tocaba, tuvo que apartarse. Pero ella no se lo permitió. Entrelazó las manos en su nuca y buscó sus labios. Él trató de evitarlo, volvió la cara, dándole el pómulo izquierdo, que Macarena besó como lastimero consuelo. Entonces lo observó, preocupada.

—¿Acaso no te gusto?

Aquello fue demasiado para él. En un puro arrebato desesperado, la rodeó por la cintura y la besó. Fue un beso breve, y al momento se separó para admirarla de cerca. A ella pareció no bastarle, porque se lanzó a sus brazos y devoró su boca. Esteban estaba sobrepasado por las sensaciones, apurado por que le traicionaran. Macarena se dio cuenta antes que él de que eso ya había ocurrido. Echó un discreto vistazo a los pantalones de él y volvió a alzar la vista, deleitada. Lo besó una y otra vez sin dejarlo reaccionar, mientras le desanudaba la pajarita y le abría la camisa. Repartió un reguero de besos siguiendo los tendones de su cuello. Se detuvo solo un instante para observar la reacción de Esteban, que tragó saliva y le clavó una mirada incendiada. Macarena continuó explorando. Pasó los labios por el canal que unía los pectorales, bajando hacia el esternón, el ombligo. Esteban, con la piel de gallina, quieto como una estatua, se abandonó sin pensarlo. Macarena se arrodilló, el rostro a la altura de la excitación del joven. Sonrió y buscó desabrocharle los botones de la cinturilla del pantalón. Esteban se sobresaltó al comprender lo que estaba a punto de pasar y la retuvo con ambas manos, obligándola a ponerse en pie.

—Macarena, por favor, ¿qué pretendes?

—¿Qué voy a pretender? —Le pasó un dedo por los labios—. Desahogarme de una vez por todas contigo, que un día de estos vas a conseguir que pierda la cabeza.

—Espera. —La apartó un poco de sí, cerrándose la camisa—. Esto… esto no está bien.

—¿No te irá a salir ahora la vena beata? —preguntó indignada.

—Cielo santo, Macarena. —La rehuyó recogiendo la lazada del suelo, luchando por tranquilizarse—. Te acabo de contar las cargas que llevo en la conciencia, que bastantes son ya. Que dejara la Iglesia de aquella manera y que cuestione ciertas normas de la fe no quiere decir que la haya rechazado por completo ni mucho menos: mantener relaciones carnales fuera del matrimonio es un pecado serio, sobre todo para una mujer.

—Pecado es privarme de ti. —Ella volvió a intentar abrazarlo y él la esquivó abruptamente—. No, si ya lo decía yo que me ibas a calentar la sangre para nada —dijo, resoplando molesta.

Macarena se dirigió a la puerta de la habitación para salir. Cuando ya tenía la mano en el pomo, Esteban, comprendiendo cuánto ansiaba en verdad estar con ella, apretó los dientes y terminó por alargar el brazo para retenerla. La tomó de la cintura, la apartó de la puerta y la apretó contra su cuerpo, pegándose a su espalda, aspirando el aroma de azahar de su pelo. Ella permaneció expectante viendo que sus manos se deslizaban por su busto. Esteban apoyó la cabeza en su hombro y le susurró desde lo más profundo del alma:

—¿Por qué me tientas de esta manera? Maldita sea, no hay nada en este mundo que desee más que a ti.

Mientras él se recreaba en su busto con la mano izquierda, ella notó que descendía la derecha por su vientre, buscando la curva interna de los muslos. La mano de su pecho ascendió entonces por la clavícula hasta alzarle la barbilla. El índice y el corazón palpando sus labios, el pulgar levantándole el mentón para que su cuello quedase despejado. La mordió con fuerza. Macarena gimió. De pronto, Esteban pareció salir del trance y se retiró, con la respiración entrecortada. La miró como si acabase de cometer un acto terrible.

—Perdóname, no sé lo que estoy haciendo. Me he dejado llevar.

Macarena lo fulminó con las mejillas encendidas y lo fue empujando con la vista hasta que el muchacho cayó de nuevo sentado sobre la cama.

—Eso es justo lo que quiero, Esteban. Que te dejes llevar.

A continuación, se desprendió de su camisón de golpe, descubriendo que debajo apenas llevaba una ligera prenda interior que transparentaba tanto como la desnudez de sus senos. Esteban se quedó inmóvil. Macarena se sentó a horcajadas sobre su regazo y aprovechó que él bajaba la guardia para besarlo entregada una vez más. Al mismo tiempo, terminó de quitarle la camisa, obligándolo a tumbarse con ella encima. Y Esteban se dejó llevar.

Mientras tanto, en la biblioteca, Brígida se esmeraba en seducir a Juan Luis. Sin embargo, obtuvo resultados muy distintos. Alargaron una eterna e insulsa conversación sobre la compañía Pickman y cómo uno y otro habían empezado a trabajar allí. Los dos conocían sus respectivas historias, por lo que aquello fue más un diálogo de rememoraciones que de información novedosa. Juan Luis lo había soportado para mantenerla alejada de su protegida y de Esteban. El problema era que Brígida lo sabía, y tratar de engañarla la volvía especialmente susceptible. Aunque supuso que orientar la charla a un tema más personal podría pasarle factura, sabía que era la única manera de que la señora se distrajera. Juan Luis dio un sorbo a su coñac y señaló el cuadro imponente que los observaba.

—¿También fui afortunado por no conocerle a él?

Brígida siguió el dedo de Juan Luis con sus ojos verdes para encontrarse con los azules de Max Roberts, posando en el momento de mayor esplendor de su vida. La que fue su esposa resopló por la nariz.

—Parece que le agrade perturbar el descanso de los muertos, señor Castro. —Luego le lanzó una mirada sarcástica, en referencia a la ocasión en que el supervisor artístico quiso saber de sus padres. Adoptó una postura más relajada mientras contemplaba el retrato—. No, él le habría gustado. Fue un caballero decente, un buen empresario y un esposo aceptable, en ese orden.

—Eso es mucho decir viniendo de usted. Creía que su padre la había obligado a casarse con él.

—El enlace nos convenía a los dos.

—Para establecer relaciones comerciales, entiendo.

—Y por cubrir un embarazo no deseado que jamás existió.

Juan Luis dejó su copa a medio camino de sus labios y miró a Brígida contrariado. Ella alzó las cejas, tan altiva como siempre. Como miembros de la alta burguesía, don Evelio impuso a sus hijos la más exquisita educación. Por las mañanas, ortografía y literatura, cálculo, historia y geografía; por las tardes, arte, teoría y práctica. Brígida se habría limitado a bordar y a pasear si no hubiese sido porque tanto don Jacinto de Gómez, el maestro de lengua e historia, como don Gumersindo Salazar, el artista que los instruía en bellas artes, insistieron a don Evelio para que la joven continuara su educación. Era lista como pocos hombres, y reconocieron que lo habían descubierto porque notaron un improbable avance en los estudios de Álvaro. Era evidente que Brígida se encargaba de sus tareas. Al final, don Evelio accedió a que su hija se instruyese, más por complacer a los dos ilustres ancianos que por ella, y, por supuesto, molió a golpes a su hijo por haber tratado de engañarlos.

Años después, don Evelio se arrepintió de haber cedido. Cuando don Gumersindo falleció de un ataque al corazón, tuvo que buscar a otro maestro pintor para sus hijos. Se informó entre sus vecinos y se decantó por un joven de buena fama, Cristian Baluard, hijo de un inversor francés y de una maestra de Osuna que había pasado algún tiempo en París. El artista encontró su mayor inspiración en Brígida, y ella en él. Cristian fue el profesor que más le enseñó. El invernadero se convirtió en el aula de sus intensos encuentros. Tanto fue el cántaro a la fuente que Álvaro no tardó en descubrirlos y, enfurecido por la afrenta, se lanzó a reventar a puñetazos al pintor. Cuando don Evelio lo supo, estuvo a punto de matarlo. Brígida lo salvó asegurando que jamás tomó en serio al pintor, y este se marchó con el corazón destrozado.

«Me alegro de que coincidas conmigo, maldita buscona», le dijo entonces don Evelio a su hija, «porque no pienso correr el riesgo de que ningún caballero respetable te rechace por un bastardo no deseado». Brígida tuvo el cuajo de poner los ojos en blanco. Había disfrutado de Cristian desde muchos meses antes, por eso estaba convencida de que uno de los dos debía ser estéril.

Una vez olvidado el desafortunado episodio del maestro pintor y antes de que ella cumpliera diecisiete años, don Evelio organizó una velada a la que asistieron parte de la flor y nata de la sociedad sevillana, algunos de ellos británicos ya establecidos en la ciudad, entre los que se encontraban Charles Pickman y Max Roberts. Su tienda de la calle Gallegos los había convertido en los caballeros más ricos de Sevilla. Incluso hallándose algún marqués presente, don Evelio se centró en Max. Llevaba viudo desde que su esposa falleciera al dar a luz a sus mellizos. No parecía un hombre al que le faltaran las atenciones femeninas; a sus treinta y siete años, todavía era un caballero de considerable atractivo: alto, de ojos claros y con una fabulosa mata de oscuros cabellos con alguna incipiente cana. Max no había vuelto a fijarse de verdad en ninguna otra mujer, hasta ese momento. Tanto el nerviosismo del británico al tratarla como las indicaciones de su padre dieron a entender a Brígida que aquel caballero era quien más le convenía.

—Max era educado, complaciente, cariñoso o distante en función del momento —le explicó a Juan Luis—. A veces me pedía consejo para la escuela. Fueron ocasiones puntuales que terminaron volviéndose frecuentes.

—Llegó a cambiar el nombre de su academia por Roberts y Urquijo para reconocerle el mérito —apuntó él—.

Aunque sea una señora excepcional, eso no lo hacen todos los caballeros.

Brígida asintió. En su día no le dio tanta importancia, pero el tiempo le llevó la contraria. Descubrió que le agradaba la escuela; antes jamás había puesto interés en otra cosa que no fuera ella misma. Por fin había encontrado una motivación. En vista de que una mujer no podía ni debía regentar un negocio o ser socia de nadie, la única opción para llegar a tener algún tipo de responsabilidad en la institución de Max era casarse con él. Como persona y profesional, lo respetaba; como hombre, ni le iba ni le venía. Sus encuentros íntimos a menudo resultaban interesantes; la mitad de las veces era como asistir a una tragedia interpretada por cómicos, con sus momentos de inteligencia y originalidad. No tardó en sentirse más espectadora que actriz protagonista, aunque de vez en cuando debiese interpretar un entusiasmo más fingido que real. A Max nunca pudo engañarlo del todo; él sabía que el estado natural de Brígida siempre sería el desdén. «¿Moriré sin llegar a verte feliz?», le preguntó justo antes de fallecer.

Brígida se quedó mirando el retrato de Max en un silencio solemne. Juan Luis suspiró y negó con la cabeza. A esas alturas, ya no le sorprendía su forma de ser. Después echó un vistazo al reloj más cercano y comentó en voz alta que, por muy bueno que fuese aquel coñac, quizá había llegado la hora de que ambos se acostaran.

—Tiene razón, querido —dijo Brígida, dejando su copa sobre la mesa de billar, y aprovechando que Juan Luis toda-

vía no se había levantado del sillón, se sentó sobre sus rodillas—. Ya es hora de que nos acostemos.

Ante la perplejidad del buen hombre, la señora se abrazó a su cuello y lo besó. Luego separó sus labios de los de
él, pero no retiró las manos ni se apartó de su cuerpo. Brígida siguió observándolo fijamente, hasta que por fin Juan
Luis reaccionó con una sonrisa.

—Querida, a veces se excede en sus intentos por con-
quistarme.

—¿Me lo permitiría si fuese un hombre?

Juan Luis sintió que el alma le abandonaba el cuerpo.
Qué ingenuo creer que Brígida ya no podría sorprenderlo.
Aquello sí que era extralimitarse. La miró y percibió que, a
pesar de su hieratismo, aquella mujer se estaba burlando de
él; la conocía bien.

—No, no creo que cambiase de parecer —respondió
con tanta frialdad como fue capaz.

—Es una cuestión de perspectiva. —Brígida jugueteó
con los botones de su chaqueta, acariciándole el cuello con
el meñique—. A mi juicio, ninguna unión le conviene más.
Yo no solo le dejaría hacer lo que quisiera con quien quisiera —dijo, poniendo especial énfasis en esas últimas palabras—, sino que, probablemente, le pediría que me incluye-
se en sus planes. De hecho... —se inclinó para besarlo otra
vez—, me atrae la idea de acompañarle cuando esté con algún amante.

Juan Luis la apartó y se levantó, mirándola confuso, incluso desconcertado. No sabía qué le había inquietado más,

que le expusiera tan abiertamente sus teorías sobre él o a lo que estaba dispuesta por conseguir lo que pretendía. Ella opinaba más o menos lo mismo. Le devolvió la mirada, acompañada de un gesto de afrenta inconmensurable; ese caballero la había rechazado cuando ella había mostrado su total disposición. Así lo había percibido él también, de modo que tomó aire y trató de recuperar la compostura antes de salir de la biblioteca.

—Brígida —añadió deteniéndose en el marco de la puerta—, aunque de verdad fuera la persona que más me conviniera de la Tierra, no me atrae en absoluto la idea de casarme con usted. No siempre puede ser todo como quiere.

Dicho eso, Juan Luis se marchó de la biblioteca con intención de encerrarse en su habitación. Y, por supuesto, solo. Brígida estaba furiosa. Únicamente un hombre la había rechazado en toda su vida. Y estaba muerto. Herida en lo más profundo de su orgullo, alcanzó la copa que había dejado sobre la mesa de billar y bebió su contenido de golpe. Eso sí, contuvo las ganas de estamparla contra el suelo.

En esos instantes, Esteban se encontraba en la cama de su habitación, con la espalda pegada al cabecero y las sábanas tapándole de cintura para abajo, completamente desnudo. Hacía cuanto podía por no mirar a su izquierda, porque Macarena se hallaba en la misma tesitura. Pero su actitud no tenía nada que ver. Ella lo observaba atenta. Aunque no había visto a Esteban tan avergonzado desde que se conocieron, el joven le acababa de mostrar otra cara diferente. Muy diferente. Macarena se rio y alzó la mano para acariciarle con la yema del índice las venas de sus brazos que tanto le gustaban. Notó que su incomodidad iba en aumento.

—Me duele todo —dijo ella, exagerando a propósito—. Tan modosito que pareces y, madre mía, qué ímpetu, muchacho.

Esteban tardó un instante en responder.

—Disculpa —balbuceó sin mirarla, sus orejas tiñéndose de rojo.

—No me estaba quejando… —Le guiñó un ojo, ascendiendo los dedos por su pecho como dos piernecitas—. Ya se te ocurrirá cómo compensarme.

—Por supuesto que voy a responsabilizarme —replicó él, muy serio, volviéndose para mirarla a los ojos.

—¿Del ajetreo que me has metido? —Macarena se apoyó sobre los codos—. Si me ofreces un masaje, no te diré que no.

—Mañana por la mañana le diré a mi tía que nos vamos a casar.

Macarena primero parpadeó, como si no hubiera escuchado bien. Al instante se levantó de la cama y, desnuda como estaba, se plantó en medio de la habitación con los brazos en jarra. Esteban no sabía dónde meterse.

—¿Qué dices tú, liante? Yo no tengo ninguna intención de casarme.

—Pero... —titubeó, tratando de no recrearse en su desnudez—. Macarena, has perdido tu virtud conmigo. Sin contar con la posibilidad de que te haya dejado embarazada. Soy un caballero y debo responsabilizarme.

—Bueno, yo también te he desflorado a ti y no me siento culpable de nada —dijo al tiempo que recuperaba su camisón, lo que alertó a Esteban, que procedió a ponerse los pantalones—. Más bien, al contrario.

Él no alcanzaba a asimilar lo que oía y la observó muy molesto.

—No me puedo creer que seas esa clase de mujer.

—¿Cuál? ¡¿Libre?! —exclamó, enfadada, clavándole el dedo en el pecho—. Pues sí, señorito sevillano, y ni tú ni ningún hombre con el que me acueste en el futuro me va a someter a semejante cárcel. —Se agachó para recoger su ropa interior, que había terminado muy lejos—. Tú tampoco deberías permitir que tu moral te obligue a tirar tu prometedora carrera por la borda.

«¡¿En el futuro?!», pensó Esteban. ¿Es que ella pretendía que hubiera más hombres aparte de él? Sintió tal desesperación que en lugar de ir de un lado para otro, frenético como ella, terminó por encogerse de hombros y confesar lo que sentía:

—No lo haría por moral, Macarena. Lo haría por amor.

A la muchacha se le escurrieron las enaguas de los dedos. Cuando levantó la vista, se enfrentó al rostro anhelante de Esteban, que se arrodilló para cogerle las manos.

—Teniendo en cuenta lo mucho que adoras tu libertad,

tal vez te horrorice que yo quiera unirme a ti de por vida. En verdad no tengo opción: desde que te conocí, mi corazón te pertenece. ¿Sería iluso pedir que tú también me amaras?

Macarena apenas logró farfullar una palabra mientras trataba de sostenerle la mirada. Al final se desprendió de él.

—O sea, que me has seducido por un interés secundario.

—¿Cómo? —Esteban, de rodillas, frunció desconcertado el ceño.

—Eso, ¡eso mismo! ¡Cómo no! Otro hombre que se pone posesivo a la mínima —dijo, temblorosa e incoherente—. Tanto erotismo y tanta pasión, ¡lo que querías era que cayese rendidita a tus pies!

—¿Tan rastrero te parece pretender ser correspondido? Al menos yo reconozco lo que siento, a ti da la impresión de que te asusta.

La trianera tragó saliva, sobre todo por la expresión de reproche de él, y porque tampoco sabía cómo reaccionar, así que se limitó a abandonar la habitación sin darle una respuesta. Esteban permaneció inmóvil. Terminó golpeando el suelo, más dolido que frustrado. Macarena, en cambio, tuvo que apoyarse en la puerta de la habitación al cerrarla por fuera. Los pensamientos desfilaban por su cabeza a toda velocidad, desde su primer encuentro con él hasta los gemidos que habían compartido hacía apenas unos instantes. Sonrió, feliz. Al momento volvió la angustia. Esteban tenía razón, sus propios sentimientos la aterrorizaban. Por mucho que él dijera lo contrario, su petición de matrimonio había sonado más a obligación que a propuesta de amor. Ella no podía permitirse quererle para que después la abandonara. Igual que había hecho su padre con su madre.

Cuando Macarena dejó aquella estancia atrás y se retiró a su cuarto, no reparó en que, justo entonces, volvía doña Brígida del piso inferior a tiempo de ver que acababa de salir de la alcoba de su sobrino. La maestra apretó los labios. Juan Luis se equivocaba: todo siempre salía como ella quería.

Esperó pacientemente a que apareciera. A tres días de la visita del rey, Brígida acudió sola a la fábrica de La Cartuja una mañana con la excusa de supervisar la preparación de los jardines donde se presentaría la vajilla de Amadeo I de Saboya. Aquellos terrenos la irritaban. Tanto el templete arabesco en honor a las santas Justa y Rufina como el neogótico de santa Ana habían sido reformados por el maestro don Juan Lizasoain y los habían convertido en pabellones de recreo. Brígida consideraba que sus discípulos lo habrían hecho mejor. Por fortuna, Carlos Pickman siempre le había encargado a ella los retoques del monasterio. El director de La Cartuja era imprevisible cuando se entusiasmaba. Y aquellos días estaba desatado. Dio órdenes de que se limpiase cada loseta del suelo y se cuidase hasta el más mínimo detalle. Los jardineros podaban los arbustos con formas redondeadas, procurando que las flores y los frutos quedasen a la vista. Los naranjos y limoneros eran las estrellas; los olivos, actores secundarios; las buganvillas, los geranios y las lantanas, coristas de honor. El cerco de granados que rodeaba la fuente principal invitaría a acercarse para contemplar los peces de colores. Don Carlos, además, había mandado construir tres cenadores y ocho carpas expresamente para la ocasión. Los carpinteros trabajaban a contrarreloj, al tiempo que las jornaleras de los labrados se veían eximidas de sus labores habituales para dedicarse por completo a la decoración floral de las nuevas estructuras.

Tras un largo paseo durante el que pudo comprobar los avances de los preparativos, Brígida localizó a su objetivo. Lo descubrió trasladando unos tablones. Se distrajo apenas un momento para guiñarle un ojo a una de las labradoras, luego retomó su tarea, que consistía en repasar las molduras de una de las columnas de un cenador. Brígida no había perdido detalle de aquel muchacho de tez tostada. Quedó impresionada, aquella enorme espalda no estaba solo de adorno. Trabajaba cual bestia de carga y no únicamente a base de fuerza bruta, también tenía habilidad para la talla: extrajo su navaja y repasó sin dificultad un par de relieves que adornaban una de las columnas, después la volvió a guardar con tanta habilidad como la había utilizado. Brígida sonrió. Si hubiese sido de familia adinerada, le habría ofrecido una plaza en su escuela. También para otros intereses personales, pensó al acercarse a él y comprobar que era incluso más apuesto de cerca. Pero ella no estaba ahí para eso.

—¿Necesita algo, señora? —le preguntó el carpintero cuando no pudo aguantar la curiosidad.

—Ciertamente, sí. ¿Me acompaña a un lugar más discreto?

El joven la miró de arriba abajo. Como casi todos los trabajadores de la fábrica, él también se cuidaba de esquivar a la Gorgona por su mala fama. Sin embargo, en aquellos momentos le pareció demasiado peculiar que le hubiera dirigido la palabra y ganó la curiosidad. No era la primera mujer de su edad que se le insinuaba, pero no creía que una de su clase lo hiciera con un muchacho como él, y menos en un entorno que la comprometía. Supuso que se trataba de otra cuestión. La siguió al interior del templete de santa Ana sin perder ni un solo detalle de su figura mientras caminaba delante de él. Para llevarle muchos años, la señora no estaba nada mal. Brígida se giró tan abruptamente para encararlo que vio su cara lasciva.

—Qué sorpresa. Así que es usted un rompecorazones, y yo que le había traído aquí para hablar de su amada.

El carpintero la miró contrariado. Puesto que no pareció comprenderla, Brígida se explicó:

—La trianera. Mi única alumna mujer, ¿le suena? Es curioso, llevo observándoles todo un año cuando se cruzan y siempre he dado por sentado que estaba usted enamoradito perdido de ella. Quizá le malinterpreté.

José Antonio dio un paso atrás, le devolvió una mirada confusa y pronunció el nombre de Macarena para estar seguro de que se referían a la misma persona. Brígida asintió decepcionada. En honor a la verdad, también se había fijado en que, igual que se desvivía por su discípula cuando aparecía en su campo de visión, aquel muchacho tonteaba con toda moza de buen ver que se cruzaba en su camino. Donde otros veían incoherencia, Brígida, no. Había presenciado muy de cerca ese mismo comportamiento, y el rostro de aquel carpintero le confirmó que estaba en lo cierto. Las otras eran tristes resarcimientos para compensar los sufrimientos de su corazón.

—No le cuente a su alumna lo que acaba de ver, señora —rogó él—. Como usted dice, mi amor es honesto. Es ella quien no me...

—Me importa poco cuánto la ame o que se dedique a perseguir toda falda que transite por esta fábrica —le interrumpió, fulminándolo con la mirada—. Solo he venido a informarle de que no es el único en actuar con plena libertad. —Puesto que él continuó en silencio, la señora arremetió—: Se habrá dado cuenta de que, en este tiempo, ella y mi sobrino se han vuelto muy... íntimos. Puedo asegurarle de primera mano que eso es así en todos los sentidos posibles, querido.

Al escuchar aquello, la mirada de José Antonio se prendió de cólera. Maldijo con los puños apretados, los labios lívidos por la ira, y pateó con todas sus fuerzas un par de cajas con restos de poda que había por allí. Brígida observó esas reacciones en cadena con absoluta indiferencia. Y pensar que, por un instante, semejante individuo le había parecido atractivo. Recuperó su sonrisa falsa.

—Me gusta esa rabia, es justo lo que deseaba encontrarme. ¿Puedo deducir entonces que le indigna su unión?

—Llevo toda la vida intentando que ella me corresponda sin éxito, señora, y desde que el malnacido de su sobrino apareció, usted perdone, se ha distanciado todavía más de mí. Ese Clérigo desgraciado va de gazmoño y le ha faltado tiempo para revolcarse con mi hembra.

—Doy fe, es de mi sangre —malmetió ella. Luego decidió avivar un poco más el fuego con la intención de que prendiera otras lindes—: Diré en su favor que no ha sido todo obra suya. Ahora comprendo por qué mi discípula se comportaba así.

—Discúlpeme, no la entiendo.

El muy lerdo había caído de lleno en su telaraña. Brígida desplegó una mueca tenebrosa al apreciar su inquietud, y encaró la situación usando un tono compungido:

—Últimamente iba diciendo a quien quisiera escucharla lo poco conforme que se sentía en Triana, como alfarera y como mujer. Respecto a la cerámica, en fin, ha dado el salto para convertirse en una diseñadora de Carlos Pickman. A lo bueno siempre se acostumbra una, ¿no? En cuanto a su vida personal… ¿Qué puedo decir? Sí, es evidente que los mozos la han adulado toda su vida, pero a ella parecía saberle a poco. Sin duda empezaba a aburrirle ese ambiente flamenco que suele frecuentar. Lo sé porque yo misma le daba permiso para asistir, y cada vez regresaba más hastiada. Quienes acuden a esos sitios para cantar y bailar deben de parecerle ahora verdaderos ordinarios. ¿Cómo no iba a lanzarse a los brazos de mi sobrino? Él, comparado, es pura categoría. Un hombre de verdad.

—¿Eso ha dicho ella? —replicó José Antonio.

Lo preguntó con una demora y un rencor que helaban la sangre. Brígida hubo de emplear toda su capacidad de autocontrol para no estallar en carcajadas triunfales. No se podía creer que el carpintero se hubiese tragado semejante embuste si tan bien conocía a la trianera. Apenas la había tratado un año y tuvo que retorcer terriblemente las palabras para que resultasen creíbles. No mintió, ella nunca mentía, se dijo. Se limitó a compartir sus «interpretaciones» con el carpintero, y él solito las tomó como lo que pensaba su discípula. Brígida había acertado al suponer que aquel muchacho iba con ella a los tablaos. También que no sería distinto a ningún otro caballero en ofenderse al poner en duda su hombría.

—Oh, perdóneme, no se estaría refiriendo a usted, ¿verdad? —preguntó, haciéndose la inocente—. Cuánto lo siento, vine a contarle lo que ocurría entre ella y mi sobrino porque pensé que tenía derecho a saberlo. Pero no esperaba que mi alumna se estuviese riendo de usted tan descaradamente.

Los ojos de la Gorgona habían conseguido convertir en piedra el corazón de su víctima. El muchacho se giró de sopetón y le devolvió una mirada glacial, oscura y penetrante. Era difícil diferenciar si ese dolor estaba alimentado por la furia o por la más profunda de las desilusiones.

—Yo tampoco, señora —susurró—. Yo tampoco.

—En ese caso —se acercó ella sibilina, en un murmullo aún más aterrador—, estaría bien que hablase usted con ella, ya que son tan amigos. Me preocupa que se le hayan podido subir un poco los humos, ¿no le parece?

José Antonio calló, sosteniéndole la mirada, y asintió. Después dejó a Brígida sola en el templete y regresó a sus tareas. Ella lo observó ir de brazos cruzados, fascinada por que sus palabras envenenadas hubiesen causado tanto efecto en aquel muchacho. Otro palurdo más dispuesto a echar por la borda su vida y todo lo que tenía por una mujer.

Brígida no pudo evitar pensar en su segundo marido. En su día, la enfermedad del primero la distrajo y para cuando se dio cuenta ya era tarde. A una señora como ella le interesaba continuar casada para mantener las apariencias. Por eso escogió al hombre que más le convenía y con quien más confianza compartía. O eso creyó. No le gustó nada su reacción cuando se lo propuso. Tras uno de sus encuentros más fogosos, él se burló de su propuesta. La burla, la arrogancia, eso sí que conseguía alterar la tranquilidad de la señora Urquijo. También le dijo mucho su actitud, pues lo conocía bien. «Este está enamorado de verdad», pensó entonces, «el muy imbécil se ha prendado de alguna obrerucha de esas con las que va y viene». Su segundo marido, el donjuán de La Cartuja, el Casanova sevillano, reducido a lo más patético de la existencia humana. Y lo más penoso: ni siquiera era consciente. Brígida no tardó en enterarse de quién lo había malogrado. Aquel hombre se había convertido en un ser tan lastimero que se arrastraba para verla a escondidas cuando creía que ella no lo controlaba. Aunque tampoco es que le interesaran los detalles. Sabía que la antigua operaria de La Cartuja trabajaba en un taller de la calle Alfarería, y desconocía si tuvo un varón o una hembra. No lo supo hasta mucho después.

«¿Has dicho que tu padre también trabajó en la fábrica?», se le había escapado preguntarle a la trianera. Después de discutir con su única alumna, Brígida se quedó inmóvil y miró en silencio a aquella joven descarada. Por supuesto, ¿cómo no se le había ocurrido? Tenía veinte años, lo cual coincidía con la época en la que se despidió a todas aquellas obreras preñadas. Ahora entendía por qué le sonaba tanto el rostro de la muchacha la primera vez que la vio. Brígida había compartido muchas horas de intimidad con esa misma cara, solo que en su versión masculina. El desgraciado de su segundo marido reaparecía en su vida de la forma más insospechada, junto con el recuerdo de aquellos importantes papeles que tanto la comprometían y que jamás llegó a localizar. Brígida chasqueó la lengua, ¿qué importaba eso ahora? La trianera desconocía quién fue su padre, pero lo que sí le daba problemas era que la hija hubiera salido igual de promiscua que él y estuviera tratando de seducir a Esteban. Y el muy estúpido se había dejado engatusar.

Era preciso que aquella muchacha desapareciese cuanto antes sin afianzarse en un puesto de importancia en La Cartuja. Su sobrino no podía ser más inoportuno. Después de todo lo que ella había hecho por él para convertirlo en el artista más prestigioso de Sevilla, el muy ingrato caía en las garras de la mujer menos conveniente. Ahora todo estaba en manos del carpintero.

Con un poco de suerte, aquel cafre ofendido en su orgullo se ocuparía de darle a la trianera un buen escarmiento. Brígida tenía que conseguir lo mismo con su sobrino. O por lo menos que la repudiara. Sonrió sutilmente, convencida de que sería capaz de lograrlo, y lo haría delante de todos, durante la visita del rey. Así se aseguraría de que la trianera y su sobrino no volvieran a mirarse a la cara nunca más.

17

Trinidad llamaba. Estaba delante de la puerta de roble de los Pickman. Golpeó con mesura, lo contrario del ritmo que marcaba su corazón. La casa palacio se encontraba en la calle Lope de Rueda, cerca de la plaza de Alfaro. Desde que había salido de la posada de Lola en Triana, la joven no había dejado de darle vueltas a su conversación con doña María de las Cuevas. Que la marquesa tampoco hubiese tenido ocasión de ver La dama de La Cartuja con sus propios ojos, pero la recordase como un diseño singular del que su padre y su tío no deseaban hablar, le pareció un dato muy significativo. Era extrañamente similar a lo que sucedía en su propia familia. Trinidad adoraba a su padre y a su madre; sin embargo, nunca había entendido que apenas quisieran contarles nada a ella y a su hermano sobre su pasado en Sevilla, o por qué se trasladaron a Cheshire. Siempre supo que había algo detrás. Necesitaba descubrirlo para poner su alma en paz. Así lo sentía. Mientras cruzaban la plaza del Triunfo, que unía la catedral con el Real Alcázar, Trinidad aferraba su maleta de viaje. La había sacado del hostal solo para transportar el plato de loza que había llevado desde Inglaterra. Baldomero no había pronunciado palabra, una actitud completamente distinta a la de las jornadas anteriores. No estaba en absoluto tranquilo. El cochero parecía haberse quedado catatónico desde que la muchacha le contó que había encontrado a la marquesa de Pickman. Baldomero no estaba sorprendido por el milagro obrado por su santa María Magdalena, sino porque Trinidad hubiera conseguido que la aristócrata la invitase a su casa. La fortuna de la admirable señorita lo tenía atónito.

Cuando llegaron a su destino, Baldomero la ayudó a bajar de la cabina y se encargó él mismo de portar su maleta. El cochero alabó su tenacidad, pero también le rogó serenidad, y le aconsejó que no se hiciese demasiadas ilusiones. Le agradaba que la señorita Trinidad fuese más apasionada y llana de lo que sus vestimentas refinadas permitían presagiar, y le insistió en que de nada serviría a su causa mostrarse inquisidora. Sin embargo, la joven no le prestaba atención porque contemplaba boquiabierta la plaza donde Baldomero había aparcado su carruaje; en particular, un imponente palacio que dio por sentado que debía ser el de los Pickman.

—No, no, señorita Trinidad —la avisó Baldomero—, la plaza de Alfaro es esa de ahí de la izquierda, usted perdone. No podíamos llegar con el coche hasta allí. Esta plaza es la de la Santa Cruz. La mansión de los Pickman no se ve desde aquí, tenemos que caminar hasta la calle Lope de Rueda.

—Cielo santo, Baldomero, ¿y a quién pertenece esta casa tan enorme? También parece la vivienda de unos marqueses. ¿Tal vez unos duques?

—Tengo entendido que bien podrían competir en fortuna. Ahí viven unos burgueses inversores de loza, accionistas también de la empresa Pickman. Son bastante famosos por su mal carácter. Se tomaron peor que nadie que la fábrica cerrara por las pérdidas que les supuso.

Trinidad contempló aquella fachada. Mientras caminaba junto al cochero, volvió la cabeza al cielo para admirar la magnificencia de la vivienda. Toda la composición le pareció extraordinaria, aquel balcón que coronaba una de sus esquinas bien podría inspirar a cualquier poeta. Pero no tardó en recordar a qué había ido allí y olvidó el mundo que la rodeaba para dirigirse a su destino. La calle Lope de Rueda era corta y muy angosta, albergaba apenas cinco viviendas, por lo que no le costó identificar el hogar de los Pickman. La casa palacio ocupaba todo un lado de la escueta vía. La fachada era de ladrillos blancos, como la loza en bizcocho; los tejados, verdes, y tenía unas verjas de herrería que protegían las ventanas, los balcones y, por supuesto, la entrada principal. La cancela estaba abierta y permitía acceder a la puerta de roble, enmarcada por una estructura de piedra avainillada de hermosos y enrevesados realces. Trinidad no se permitió distraerse. Decidida, apretó los puños y llamó a la puerta.

Y con este mismo gesto se trasladó cinco años atrás, a Cheshire.

—¡Trinidad!

La joven de trece años se había ido al jardín trasero de la casa familiar, junto al embarcadero, para pintar el paisaje de Ellesmere Port. Quería inmortalizar la quietud de las aguas del río Mersey, alterada solo por algún que otro pesquero a lo lejos, el cielo surcado de nubes, los edificios de ladrillo y tejados grises, el verde puro de las praderas. Escogió su sitio favorito, sobre un tronco seco, bajo el naranjo de sus padres, el naranjo Laredo, y comenzó a esbozar los primeros trazos con pastel. Su imaginación volaba más allá de lo que veía. Trinidad ardía en deseos de descubrir otros lugares. Justo a su lado se encontraba el almacén de suministros, de donde sacaban la arcilla extraída de la rivera para elaborar la loza. La proximidad de los hornos y sus chimeneas con la casa familiar hacía que pareciese que todo se encontraba en un mismo espacio. Su hermano Fernando había ido a buscar un saco de caolín para llevarlo al taller. El joven llamó repetidamente a su hermana, pero no logró que reaccionara.

—¿Se puede saber qué te pasa últimamente que andas siempre ausente? —le preguntó a Trinidad después de acercarse y revolverle el flequillo.

—Tú sí que estás ausente desde que nos abandonaste.

Trinidad lo dijo más por evitar la pregunta que por herir a Fernando. Sin embargo, su tono no dejaba de ser lacerante. En teoría, ella adoraba a Emma, su cuñada, desde que llegó al taller de los Laredo para trabajar. Y cuando su Fernando le pidió matrimonio, sintió que la quería aún más. Sin embargo, de un tiempo a esa parte, Trinidad había cambiado de actitud. No trataba mal a Emma, ni mucho menos, pero le reprochaba continuamente a su hermano mayor que se hubiera ido de casa. Él no sabía qué más hacer para demostrarle que su vida de casado no alteraría lo más mínimo su comportamiento como heredero de los Laredo ni como hermano. No obstante, el malestar de la muchacha empezaba a ser patente. Emma había comenzado a notarlo, a sentirse herida por el trato que le dispensaba. Para colmo, estaba encinta y Fernando se negaba a tolerar aquellos disgustos innecesarios. El joven de veinticinco años era de temperamento sosegado, pero también voluble.

Aquel día, Fernando respondió airado al comentario desdeñoso de Trinidad sobre su supuesto abandono. La estaba reprendiendo con dureza cuando una mano le tiró del hombro para impedirle seguir.

—Eh, esa no es forma de tratar a la familia.

—Usted perdone, padre, es la niña consentida esta que cree que puede decir lo que quiera y cuando quiera.

—Mis palabras no iban solo para ti, Fernando. Hemos procurado educaros a los dos en el respeto. —El hombre taladró a su hija con la mirada para que se diera por aludida. Después se volvió hacia su primogénito y, con una voz más suave, añadió—: No importa lo que diga o piense tu hermana, hijo, el hogar se construye sobre la convivencia y la concordia. Un hermano mayor está para proteger al resto.

—¿Y si es ella la amenaza?

Fernando y su padre se sostuvieron la mirada. Trinidad fingió indiferencia y trató de ocultar la culpabilidad que sentía por haber propiciado aquella situación de tensión. Justo entonces apareció su madre, que había salido un momento del taller para comprobar si la masa del pan estaba lista para hornear. Al ver a su marido y a sus hijos bajo el naranjo, fue a comprobar qué ocurría.

—Jesús, ¿otra vez discutiendo? —dijo al percibir el ambiente—. Menuda racha llevamos. A casa ahora mismo los tres, sin rechistar.

Apenas una hora después, los cuatro miembros de la familia estaban sentados a la mesa del inmenso comedor principal. Era una estancia tan imponente como acogedora. Dos lámparas de araña de cristal colgaban del techo, que estaba decorado con imágenes bíblicas, y tenía hermosas molduras de cerámica pintadas con detalles dorados. En las paredes había bellos cuadros y delicados tapices, las ventanas estaban elegantemente vestidas con cortinas color granate. Aquella estancia y sus comensales destilaban distinción, como la vajilla que lucía en la mesa, una de las emblemáticas del taller Laredo, con su sello de la rana. Sin embargo, en la mesa flotaba la tensión que habían traído del jardín.

—¿Por qué nos avergonzamos de ser sevillanos?

La pregunta de Trinidad produjo un silencio largo e incómodo.

—¿Qué dices, cielo? —replicó su madre en un tono apaciguador—. Aquí nadie se avergüenza de Sevilla, ¡al contrario, Dios nos libre! Pero tanto tú como tu hermano nacisteis en Cheshire; a ver si vas a ser tú quien reniega de tus orígenes.

—Así es, hija —intervino su padre—, tu madre y yo estamos muy orgullosos de ser sevillanos, andaluces y españoles. Menos mal que miss Helen y miss Sarah han aprendido a hacer una tortilla de patatas que convence a tu madre, porque si no, entre eso y el pan, la tendríamos todo el día metida en la cocina.

La mujer alzó una ceja y fulminó a su marido con una mirada de reojo. El caballero se rio de la reacción de su mujer.

—Pero nunca nos cuentan nada de la ciudad —insistió Trinidad—. Y apenas nos hablan en español, ni siquiera cuando estamos a solas los cuatro.

Los dos criados, ambos británicos, se miraron incómodos. Su señora, con un gesto compasivo, les permitió retirarse. Al mismo tiempo, levantó una mano para impedir que Fernando hablara. Acto seguido, se dirigió a su hija en castellano:

—Trinidad, querida, vivimos en una ciudad angloparlante, nuestro personal y la mayoría de las personas que tratamos son ingleses. Este país nos acogió a tu padre y a mí hace muchos años, cuando llegamos sin nada, y nos permitió formar un hogar. En gratitud, sencillamente nos hemos adaptado.

—Eso no es incompatible con las raíces. ¿Por qué nunca nos han llevado ustedes a conocer Sevilla?

La mujer no supo qué responder a aquella pregunta de su hija.

—Trinidad tiene razón, ¿por qué no preparamos un viaje a Sevilla? —intervino su esposo.

Sus palabras hicieron palidecer a la mujer, incluso le temblaron un poco los dedos con los que sostenía el tenedor.

—Qué cosas tienes, querido —dijo, tratando de aparentar que estaba tranquila—. Ni que pudiéramos dejar el negocio así como así.

—Yo podría quedarme aquí. Y tú irías con los chicos para que conozcan la ciudad.

—Fernando y Emma van a tener un bebé.

—Esperaremos a que nazca y crezca un poco.

—No es tan fácil viajar hasta allí.

—Todos los segundos viernes de mes, a primera hora de la mañana, sale un barco con destino a Cádiz desde Liverpool —dijo el marido.

—¿Cómo sabes eso?

—Estoy enterado desde que llegamos a Ellesmere Port —respondió, tratando de recuperar el tono conciliador.

Se oyó el chirrido de las patas de una silla arrastrándose. Ya de pie, la mujer miró decepcionada a su esposo.

—Pues no era necesario.

A continuación, arrojó su servilleta al suelo y se retiró. Instantes después hubo un portazo. Trinidad clavó la vista en su plato, en las enredaderas que engalanaban sus bordes. Notó que Fernando le reprochaba con la mirada haber provocado aquella situación. Luego hizo lo mismo que su madre y se retiró. Trinidad y su padre se quedaron solos.

—Tienes que ser menos dura con tu hermano y más comprensiva con tu madre, hija. Ahora que nuestro apellido está bien considerado aquí, le cuesta pensar en el pasado. Fue muy duro acostumbrarse a esta tierra, tuvimos que superar muchas dificultades. No deseamos hablar del tema, ¿es que no lo entiendes?

Trinidad calló. Claro que había entendido que no querían abordar el tema, siempre lo había hecho. Ni la alegría natural de su madre, ni su cantar, ni su sonrisa, ninguna de sus muchas virtudes podía ocultarlo. No hacía falta haberlo vivido para constatar la verdad de lo que decía su padre. Bastaba mirarlos, aguzar el oído. Por su piel color aceituna, su cabello moreno, sus cejas marcadas y sus ojos, a ratos negros, a ratos verdes, los llamaban «*the Andalusians*», «los andaluces», y no necesariamente por las raíces de sus padres, sino porque tanto Trinidad como su hermano tenían la apariencia típica de los habitantes del sur de la península ibérica. Fernando creció algo acomplejado por su aspecto y eso influyó en su personalidad. Era el más inglés de todos los Laredo, y el apodo le escocía. Solo Emma consiguió aliviarle. «Su» *Andalusian* hermoso como un sultán, igual de distante y cascarrabias, le decía. Cuando lo conoció, creyó que era una persona intratable, pero pronto descubrió que era bondadoso como Trinidad y sus padres.

Ellos tampoco podían ni querían engañar a nadie. Su acento de Sevilla nunca se doblegó al británico, ni siquiera después de tantos años. Su padre le contó a Trinidad que su madre sufrió especialmente por culpa de la lengua cuando llegaron a Cheshire. El trato de la gente fue mezquino, y para ella, con su poca paciencia y mucho genio, no poder defenderse ni replicar como le hubiera gustado fue una auténtica tortura. El idioma se tornó su más cruel enemigo. Lamentaba perder la soltura y la creatividad que tenía en español. Adoptar otra lengua con todos sus matices y connotaciones fue casi como aceptar que debía dejar de ser la persona que fue y convertirse en otra distinta. Sin duda, más callada y reflexiva. Por imposición. Al menos, hasta que lo habló lo suficientemente bien. Y eso llevó su tiempo. Como también llevó su tiempo que los británicos los aceptaran. E incluso después siguieron siendo los *Andalusians*. Seguramente, en España, ya solo podrían ser los británicos.

—¿Cree que madre sigue enfadada conmigo porque encontré los pasajes de barco donde figura su verdadero apellido? —preguntó Trinidad a su padre sin levantar la vista del plato.

El hombre observó a su hija con tristeza. Estaba al tanto de aquel suceso desde que ocurrió. Sabía que era la causa del cambio de comportamiento de Trinidad, y de su enfado con Fernando porque no sabía nada al respecto. El caballero suspiró y cubrió la mano de su hija menor con mimo.

—No te negaré que le duele que intentes indagar en ello. Agradecemos que no se lo hayas dicho a Fernando, pero ya te explicamos que no podíamos contarte nada al respecto.

—¿Nunca?

Él sonrió y le acarició la cabeza.

—Cuando tu madre lo decida. Y, Trinidad —continuó mientras tomaba su barbilla para que lo mirase a los ojos—, somos los Laredo. No importa lo que llegues a saber o descubrir de nosotros, siempre seremos los Laredo. Ojalá algún día lo entiendas.

Y para entenderlo, Trinidad estaba frente a la puerta de la casa de los Pickman en Sevilla, aguardando a que la recibieran, esta vez invitada por ellos. Al fin, el portón se abrió. Les atendió el mismo caballero maduro de bigote llamativo que se excusó en nombre de su señora en La Cartuja la primera vez que acudió a la fábrica. Winston se hizo a un lado para que entrase.

—Bienvenida, miss Laredo, la señora marquesa la espera.

El mayordomo indicó a Baldomero dónde debía aguardar, ofreciéndole una infusión que el cochero rechazó, pues era «más de vinito y cerveza», añadió en un tono bromista que Winston no pareció captar. Acto seguido, condujo a Trinidad hasta la sala donde la atendería la marquesa.

—La dama de La Cartuja —murmuró doña María de las Cuevas en inglés, esta vez con el plato entre las manos—.

Ahora que la tengo delante, incluso con semejante desperfecto, pienso que es tan magnífica como decían los rumores.

Trinidad sonrió. La marquesa la había recibido en el salón principal, asegurándose de citarla a una hora en la que no hubiera nadie en la casa palacio, pues la compartía con varios miembros más de la familia. Tuvo que inventarse planes para aquellos que no tenían nada previsto para esa jornada, pero finalmente logró lo que se había propuesto. Estaban solas, así podrían conversar sobre La dama sin que nadie se enterase o pusiera pegas. María de las Cuevas llevaba un deslumbrante vestido rosa pastel, y también pareció querer presumir de la estancia donde la había recibido. Trinidad no podía negar que las pinturas y los tapices de las paredes la impresionaron tanto como las lámparas de araña o los muebles, hechos de los más caros materiales. En un primer momento, le pareció que el palacio era ridículamente pequeño para ser digno de ese nombre, pero después vio por una de las puertas el enorme patio central y las dependencias que había al otro lado. Trinidad agradeció su carácter discreto. Estaba segura de que su madre, en su misma situación, no habría podido evitar meter la pata.

Tras las cortesías de rigor, la joven no se demoró en abrir la maleta para mostrarle La dama de La Cartuja a la marquesa, quien volcó toda su atención en ella. No se olvidó de que había cinco criados presentes; podían ser invisibles para el resto de los Pickman, pero aquella mujer era especial. En cuanto Trinidad entró en el salón, se dirigió a ellos para rogarles la máxima discreción. Incluso les hizo saber que no había informado al resto de la familia de aquel encuentro. Todos se mostraron curiosos por la presencia de su joven invitada, aunque accedieron de inmediato a la petición de su señora.

Mientras doña María de las Cuevas seguía obnubilada con el plato de La dama de La Cartuja, Trinidad la observaba desde el sofá victoriano en el que había tomado asiento por indicación de la marquesa. Se sentía como si estuviera sentada en una nube de lo mullidos que eran los cojines. Trató de mantener la compostura y ocultar su impaciencia. Cuando no pudo contenerse más, Trinidad preguntó como quien no quería la cosa si la marquesa había podido averiguar algo desde que se vieron el día anterior. O si tenía alguna idea de cómo podían aprovechar su visita.

—Me temo que no se me ha ocurrido nada, miss Laredo —confesó la mujer, bajando a la muchacha a la tierra de un plumazo.

Después de aquel comentario destemplado, a Trinidad no le cupo duda de que para María de las Cuevas la prioridad había sido llegar a ver La dama. Todo lo demás iba después.

—Discúlpeme, querida, la tarea que nos propusimos es compleja —dijo la marquesa al ver la decepción de la joven—. Le aseguro que, desde ayer, he estado haciendo todo lo que está en mi mano para averiguar algo al respecto sin que nadie sospechase.

—Me temo que tus esfuerzos no han sido suficientes, querida sobrina.

Don Guillermo Alejandro Pickman Pickman, el cuarto

hijo de Carlos Pickman, llevaba tiempo escuchando la conversación de las dos mujeres, escondido al otro lado del umbral de la puerta. Él les había hablado en castellano, prefiriendo la rotundidad sevillana al sarcasmo británico. Al verse descubiertas, Trinidad se levantó de sopetón y doña María de las Cuevas escondió el plato a su espalda.

—Tío, creí que había salido a almorzar con mi prima y su marido.

—Eso te di a entender. Ya sabía yo que actuabas de un modo muy raro. Lo has estado haciendo desde que esta joven se presentó de visita en La Cartuja. —Miró entonces a Trinidad, intimidándola—. La guinda fue tu comportamiento especialmente inquisitivo de ayer. No dejaste de preguntar por tu abuelo y por la época en la que empecé a ayudarle en la fábrica. No es necesario que ocultes el plato, María de las Cuevas, sé perfectamente por qué está aquí la señorita Laredo.

Una vez dicho esto, don Guillermo entró en la estancia y se dirigió hacia Trinidad. Ella agachó la vista, temerosa de que fuese tan desagradable como cuando coincidieron en la fábrica. Lejos de eso, el caballero tomó sus manos con delicadeza. La joven levantó la cabeza y se encontró un rostro completamente diferente al que recordaba con pavor. Don Guillermo abandonó su severidad habitual y dejó que la ternura se apoderara de su rostro mientras observaba detenidamente a Trinidad.

—Creí que era ella cuando la vi en la fábrica. Señorita, es usted el vivo retrato de su madre.

Trinidad notó que le ardían los ojos, apretó los labios para contener la emoción.

—¿Es eso cierto, señor? ¿Conoció usted a mi madre?

El caballero quedó en silencio, sin dejar de escrutarla. Pareció suspirar hacia sus adentros.

—Señorita Laredo, sobrina, por favor, acompáñenme —dijo don Guillermo, y las condujo a su despacho personal sin añadir ni una palabra más.

El espacio era acogedor pero espléndido, como el resto de la casa. Las paredes estaban forradas de madera de caoba, la misma de los muebles, y el techo y el suelo eran de color azul marino. El hombre hurgó en el bolsillo interior de la chaqueta y extrajo una pequeña llave de hierro con la que procedió a abrir las puertas de una estantería que casi parecía un armario. Cuando reveló lo que guardaba en su interior, tanto Trinidad como María de las Cuevas reprimieron un grito de asombro. Aquel mueble contenía la colección completa de La dama de La Cartuja.

La dama les dedicó su sonrisa desde las cincuenta y seis piezas, más las del juego de café y consomé, que componían la colección que había permanecido tantos años en la sombra. Trinidad tomó con cuidado su plato fracturado de las manos de la marquesa para compararlo con cada pieza que componía la vajilla. La mujer estaba igual de sorprendida que su invitada.

—Por supuesto que conocí a su madre, señorita Laredo —dijo don Guillermo—. Ella fue una de las artífices de estas joyas.

Trinidad permaneció muda. Primero por pura turbación, después por extrañeza. Contempló aquellas piezas como quien está ante un tesoro. Reconoció enseguida la pericia del pincel de su madre en los trazos de cada dama, ahí estaba el motivo de su desconcierto. Luego miró su plato de loza roto en tres partes. Para un ojo inexperto, a lo mejor podían apreciarse más similitudes que diferencias, pero no para Trinidad. Desde que vio aquel plato por primera vez, supo que no lo había hecho ninguno de sus progenitores. Nunca entendió por qué habían conservado aquella pieza realizada por otra persona, como tampoco comprendía ahora que la vajilla de La dama de La Cartuja sí tuviese los diseños de sus padres. Mientras trataba de encontrar una explicación a lo que tenía ante sus ojos, doña María de las Cuevas le expuso a su tío la razón por la que la joven había acudido a verlos. Escucharla desconcertó por completo al caballero.

—Discúlpeme, señorita Laredo, di por sentado que sus padres le habrían hablado de esta colección de vajilla. ¿No lo hicieron cuando le entregaron el plato? —preguntó don Guillermo, confuso.

La muchacha mantuvo la serenidad, pero apartó la mirada con pudor. Al instante acudieron a su mente los sucesos de aquel día en que su madre se enfadó, cinco años atrás.

Al caer la noche, Trinidad se recluyó en su habitación. No sentía que lo mereciera, pero se autoimpuso aquel castigo.

Su cuarto estaba decorado de una manera mucho más madura de lo que se esperaría de una joven de su edad. Había más libros de los que abarcaba la vista, estanterías repletas de volúmenes de toda clase, desde novelas hasta obras de divulgación, en inglés y en español. Sobre el escritorio también había libros desperdigados, abiertos y cerrados, incluso un par en el suelo. Junto a la ventana descansaba un telescopio en su trípode y, al lado, una guitarra española. Las paredes estaban cubiertas de decenas de dibujos; un tercio eran paisajes, los dos restantes, bocetos de diseños para loza. Trinidad siempre fue una adelantada para su edad, sentía curiosidad por casi todo, especialmente por el negocio familiar. Soñaba con aportar grandes ideas, que sus padres y su hermano esperaban con ganas. Hasta que ella cambió y las peleas se volvieron continuas.

Con trece años, Trinidad dejó de lado la infinidad de pensamientos e ideas que ocupaban su cabeza e hizo lo que el corazón le pedía. No sin algunos titubeos, cruzó el pasillo y fue directa a la habitación de sus padres. La puerta estaba entornada. Al abrirla del todo, descubrió a su madre sentada frente al tocador, peinándose con los ojos cerrados. Tarareaba su canción con una nota de tristeza que Trinidad conocía bien. Tras volver a dudar en el quicio, la joven entró sigilosa en el dormitorio. Su madre ya sabía que se encontraba allí desde que había puesto el pie en la estancia. Y, como antaño, notó su cabeza apoyándose en su espalda. Trinidad aspiró su aroma a azahar, tan cerca y tan lejos. La mujer se sentía obligada a mantener las distancias para protegerlas a ambas.

—Sé que te hiere que no te hablemos de Sevilla, cielo.

—Su sufrimiento es el que no soporto, madre —confesó Trinidad, dejando que una lágrima se le escapara, humedeciendo su blusa—. Me da igual lo que hicieran padre y usted allí, o por qué se cambiaron de apellido cuando se marcharon. Yo jamás les juzgaré. Es esa añoranza que siempre transmiten al hablar de Sevilla lo que hace que no me rinda. Ustedes no se fueron de su hogar por gusto, claramente lo hicieron por un motivo inconfesable. Lo único que deseo es que lo olviden y consigan ser felices.

Conmovida por las palabras de su hija, la mujer se volvió para abrazarla. Trinidad se aferró al cuerpo de su madre, arrepentida por todas las disputas que habían alterado la paz de su familia, esa que tanto aseguraba querer salvaguardar. La mujer vio la inquietud en sus ojos y, tras dudar una última vez, se volvió para abrir uno de los cajones de su tocador. De allí sacó un objeto, redondo y plano. Al verlo, Trinidad se quedó maravillada. Su madre le tendía un plato de loza con una mujer mirando al frente que no había visto nunca. Estaba roto en tres fragmentos que habían pegado con esmero, pero su imperfección no le restaba belleza. Su rostro era el más delicado jamás pintado en cerámica. Su expresión melancólica pero dichosa le transmitió la impresión de que aquella figura estaba viva.

—Te presento a La dama de La Cartuja —le dijo, solemne, a la cría—. Es la última obra que tu padre y yo hicimos en Sevilla.

—¿En la fábrica de La Cartuja? —preguntó Trinidad—.

¿Esa de la que hablan los comerciantes y marineros y a la que los he escuchado a usted y a padre mencionar más de una vez? ¿Trabajaron allí?

Su madre asintió. Después se acercó a ella y apoyó las manos sobre sus hombros.

—Tienes razón, tuvimos que abandonar el sitio en el que nacimos y crecimos, donde aprendimos nuestro oficio, y es cierto que lo añoramos, pero no podemos volver. No sé si algún día te contaré por qué, pero lo que sí sabía era que, tarde o temprano, te mostraría La dama. Solo te ruego que confíes en tu padre y en mí, hija. Amamos Sevilla y tomamos la dura decisión de dejarla atrás, junto con nuestro pasado, para avanzar. Para ser felices, como tú deseas que seamos. Como lo hemos sido y lo queremos seguir siendo. ¿Puedo pedirte que hagas lo mismo? A cambio, mi niña, puedes quedarte este plato, un pedacito de nuestra historia.

Tras un rato de silencio, sumida en sus pensamientos con La dama de La Cartuja en las manos, Trinidad finalmente accedió y se comprometió a dejarlo estar. Y así lo hizo durante los años siguientes.

Un lustro después, la muchacha seguía atormentada por no saber y por la culpa de querer saber. Había llegado ni más ni menos que a la mansión de los Pickman tratando de comprender lo ocurrido. Estaba convencida de que sus padres jamás podrían descansar en paz hasta que aquel asunto, fuera cual fuese, se cerrase por completo. Tampoco ella podría hacer su duelo hasta que no conociera la verdad que ocultaba ese plato.

Puesto que don Guillermo esta vez parecía querer contribuir a esclarecer sus dudas, Trinidad le preguntó directamente por qué razón habían abandonado sus progenitores Sevilla. Don Guillermo le contestó con sinceridad, aunque midió bien sus palabras:

—El motivo de que sus padres se marcharan fue el mismo por el que decidimos retirar La dama de La Cartuja, señorita Laredo. Si usted quiere escucharlo, se lo contaré, aunque debe saber que no es una historia agradable. Después de todo, aquel incidente se cobró la vida de una persona.

18

Abril de 1872

Macarena se inquietaba. Se encontraba en los terrenos de la fábrica de La Cartuja, donde tenía lugar el evento organizado para el rey de España, Amadeo I de Saboya. El homenajeado sería el último en llegar, en torno a las cinco de la tarde. Para todos los implicados en los preparativos de la celebración, el día había comenzado pronto. Los jardineros estuvieron repasando las flores y los arbustos desde que despuntó el alba, y a las doce del mediodía todavía estaban ultimando detalles. Los tres cenadores construidos expresamente para la ocasión se decoraron con exuberantes enredaderas, jazmines de Brasil de color rosa intenso, bignonias anaranjadas y jazmines del cielo de color celeste, como su nombre.

La dama de La Cartuja sonreía en la superficie de las tazas y los platos de café que ya estaban en manos de los primeros invitados. También desde las soperas y las salseras que descansaban sobre las mesas engalanadas. Burgueses y obreros admiraban la belleza de la nueva creación de la fábrica Pickman, puesto que para eso habían sido invitados. Don Carlos corría de un lado para otro emocionado e inquieto, alternando instrucciones con expresiones de éxtasis hacia su propia iniciativa. «¡Lucinio, quiero esa carpa más tensa!», le dijo a uno de los mozos, y al momento: «¡Qué diestro eres, muchacho, qué diestro, no se puede disponer una carpa de tal calidad mejor que esta! Beatriz, ¿es que no sabes cómo se sirve con una lechera? Tienes que acompañarla con la muñeca, así, así, con delicadeza, con mimo, solo de ese modo lucirá de verdad. Pero ¡qué manos gastas, chiquilla, deberías dedicarte a cuidar neonatos!». Algunos empleados reían, otros resoplaban exasperados: «¿Cuándo va a sentarse un poquito don Carlos a tomar una taza de té? ¡Una tila bien cargada, mejor!». Sus hijos lo perseguían rogándole que descansara. Ricardo incluso logró acercarle una silla a su padre. Don Carlos apenas duró unos pocos segundos en el asiento antes de interesarse por los peces de la fuente. En el camino, le rogó a un par de criados que frotasen con un paño uno de los recipientes que contenía limonada. «¡La dama de esa jarra debería quedar especialmente reluciente! ¿No veis que lleva una ilustración más grande que un aguamanil? A todo esto, ¿dónde están los músicos? ¡Deberían haber llegado ya!».

Juan Luis Castro, impecablemente vestido para la ocasión, trató de seguir a don Carlos para calmarlo. Tras dos carreras de una punta a otra del jardín, se llevó las manos a la coronilla y luego a su reloj de bolsillo. Eran las tres. Antes de la recepción en la que se ofrecería aquel despliegue de manjares, música y compañía, su majestad Amadeo I sería discretamente conducido a la fábrica para mostrarle las instalaciones, una visita que tendría lugar dentro de muy poco y a la que asistirían algunos privilegiados de la junta directiva de Pickman y Compañía, entre los que se encontraba el propio Juan Luis. Sin embargo, el hombre no sabía si sería capaz de soportar una sola hora más esperando al monarca con su superior dando voces de fondo en su español aturrullado con acento de Liverpool. Costaba creer que don Carlos tuviera sesenta y cuatro años, parecía un niño revoltoso de diez. Guillermo se encargaba de los menores, como siempre, y observó a su padre agradecido de que no le tocase a él vigilarlo.

Los asistentes a la recepción podían pasear libremente por la zona noreste de los jardines de La Cartuja, mientras la música de los violines y chelos amenizaba sus conversaciones. Como en cualquier entorno al que se convocaba a miembros de todas las clases sociales, los invitados sabían cuál era su lugar sin que nadie se lo explicara. A Macarena, aquel evento le pareció una mezcla entre los elegantes de las clases altas y los dicharacheros de la Feria de Sevilla, donde los ricos se juntaban con otros ricos y los pobres con otros pobres. Aquella jornada, en los terrenos de la fábrica, pasó igual. Quizá por eso se sentía tan desubicada. De lejos vio conversar a José Antonio con otros labriegos y obreros de su edad; ella, en cambio, se encontraba en el círculo de los artistas, que eran casi todos burgueses, algunos incluso con sangre aristócrata.

Macarena no tenía un especial interés en hablar con su amigo de la infancia, al menos de momento, pues no había olvidado su mal comportamiento en el tablao de Pepín. Además, José Antonio también parecía tener una actitud hostil hacia ella. Si la miraba, enseguida apartaba la vista, como si fuese él el afrentado. Aunque llevaba un año como alumna en la Escuela Roberts y Urquijo y había conseguido el mayor logro al que podía aspirar una alfarera sevillana, al participar en el diseño de una loza cartujana con la que se obsequiaría al rey, personalmente se sentía frustrada. Alicaída, en general.

Por deseo de doña Brígida, los miembros de la escuela se habían presentado en el monasterio de Santa María de las Cuevas a las once de la mañana. Ya comerían y se arreglarían en la fábrica, les dijo, dando por sentado que querían estar presentes durante los preparativos finales del evento. Quizá pretendía propiciar que la invitasen a la visita guiada del soberano por la fábrica, algo que no ocurrió. Esteban decidió subir al coche de caballos de su tía, lo cual obligó a Macarena a ir con Federico, Hugo y Mucio. Incluso ahora que estaban todos juntos disfrutando del café y de unas ricas magdalenas bajo una de las carpas, Esteban seguía sin dirigirle la palabra. No habían vuelto a hablar desde que discutieron, hacía ya más de una semana. Mientras los comentarios de Hugo le entraban por una oreja y le salían por la otra, Macarena no apartaba la vista de Esteban. La joven, desconsolada, no dejaba de preguntarse por qué habían acabado así. «¿Quizá porque te revolcaste con él como si no hubiera un mañana y luego, cuando el muchacho se te declaró, lo despachaste con toda tu mala lengua?», se riñó a sí misma. De todas formas, ella seguía en sus trece: no quería casarse. José Antonio y Esteban le habían pedido que fuese su esposa, pero dudaba que ninguno hablase realmente en serio. El primero lo hizo amenazado por los celos; el otro, por su moral. Si Macarena no creía en atarse a nadie, menos aún hacerlo a un hombre que se sintiera obligado por la razón que fuese. Acto seguido, pensó que eso del matrimonio era una cosa demasiado seria. Por Dios, ¡toda una vida juntos! Ella quería dedicar su existencia a la cerámica, no se imaginaba como una mujer casada. Sin embargo, en ese momento lo hizo. De darse el caso, ¿no tenía más sentido unirse a alguien a quien conociera y que la conociese mejor? Alguien de siempre, para pasar juntos el resto del tiempo que les quedase. Según esa lógica, era José Antonio quien le encajaba más, ¿no? Lo miró de nuevo desde lejos.

Justo en ese instante, Esteban observó a Macarena. Al reparar dónde se posaban sus ojos negros, se le revolvieron las tripas y tuvo que emplear toda su capacidad de autocontrol para no reventar la pequeña tacita de café que sostenía su mano. Estaba devastado. Desde que Macarena había rechazado su propuesta de matrimonio, estaba en un sinvivir. Tras haberla tomado, se había despertado en él un sentimiento de territorialidad de lo más primitivo. La evitaba por orgullo y porque cada noche deseaba volver a tenerla entre sus brazos. No dejaba de atormentarle el recuerdo de aquel encuentro carnal, sus delicados dedos deslizándose por su espalda, arañándolo. Tenía claro que había sido su primer hombre y le martirizaba que pudiera quedarse en eso. Tal vez ella no disfrutó tanto como él, tal vez quería compararlo con otro. Imaginar que ese otro pudiese ser José Antonio le hacía hervir la sangre. Y en cuanto le invadían esas sensaciones, se sentía miserable. Ese era justo el tipo de oscuridad que había tratado de evitar toda su vida.

La casualidad hizo que Macarena volviese a mirarlo, encontrándose con sus ojos color ámbar; además, Esteban se había vestido mucho más elegante que de costumbre. Ninguno de los dos apartó la mirada. Por suerte, Juan Luis apareció para informar a Brígida del protocolo que había que seguir y le pidió que le acompañara. Tras él llegaron doña Carmela, don Paco y doña Pilar, que se pusieron a charlar con Macarena y a alabar su vestido borgoña con encajes dorados. La muchacha agradeció aquella conversación trivial.

—¡Don Esteban! —lo llamó Pilar, para espanto de Macarena—, venga, por favor, pruebe estas pastas azucaradas. Las he preparado expresamente para la señorita Macarena y para usted. Ustedes también son los protagonistas de este día, que para eso han creado esta preciosidad de vajilla.

—La Pilarica tiene razón. Don Esteban, niña, ¡qué manos tienen los dos!

—No solo las manos, Carmela, que estos dos mucha-chos son todo un ejemplo de trabajo y compañerismo.

—¡Y tanto, Paco! Unas ilustraciones como estas salen adelante porque los autores son diestros y porque se respetan mutuamente. ¿A cuántos diseñadores no habremos visto a punto de matarse en el taller de bosquejos por querer destacar uno más que el otro?

—A demasiados, Carmelilla. Don Esteban es caballero serio, pero únicamente consigo mismo. Y mi Macarena es vigorosa, si lo sabré yo, aunque solo araña si se la provoca. Usted lo habrá comprobado en la intimidad, ¿verdad, joven?

A Esteban se le atragantó el café. Los empleados de La Cartuja lo miraron confusos y Macarena volvió el rostro a un lado, conteniendo la sonrisa.

—Les… —intentó decir él con la voz entrecortada por la tos—, les agradezco los cumplidos, señores.

—No se merecen, niño. —Doña Carmela los sorprendió al darle a Esteban un pellizco en el hombro, una muestra de afecto que nadie se atrevería a tener con él, salvo ella, la Nana—. Es usted muy joven todavía, pero llevo viéndolo esforzarse en la fábrica sin descanso desde que llegó y me pone muy contenta que hoy se le esté reconociendo como se merece. Me alegro mucho por los dos. —La señora se inclinó para darle a Macarena un beso en la mejilla. En el gesto se permitió susurrarle—: Sé benévola con él, mucha-cha, parece de piedra, pero es pura barbotina sin secar.

Macarena hinchó los carrillos sin querer. Sabía mejor que nadie lo que Carmela trataba de decir.

Los tres se despidieron para marcharse con sus subordinados de la fábrica y cuchichear sobre qué estarían enseñándole los directivos al rey, y dejaron a Esteban y a Macarena solos con las tazas de café, él sosteniendo el plato con las pastas. La trianera no sabía dónde meterse, y supuso que él tampoco. Nadie los reclamaba, así que separarse sin más podía resultar incluso más violento que hablarse. Macarena volvió a sentirse mal por aquella tensión tan desagradable instalada entre ellos, que la transportaba al comienzo de su relación, cuando Esteban se negaba a dirigirle la palabra. Luego, sin venir a cuento, la muchacha recordó aquella noche en su habitación. Se le había echado encima con la intención de devorarlo sin saber por dónde empezar, la prudencia y el temor escritos en el rostro del muchacho. Con todo, consiguió provocarle lo suficiente como para que terminara de dejarse desnudar, sorprendidos de lo que encontraron el uno en el otro. Sus cuerpos buscaban el modo de encajar mejor. Por puro instinto, Macarena acompañó las manos de Esteban para que la acariciara sin pudor en los lugares más recónditos, su aspereza le había robado la cordura. Aun así, fue delicado, atento a cada reacción de ella, temiendo dañarla o molestarla, tanteando texturas y sensaciones. Aquella mirada anhelante fue un estímulo más que terminó por hacerla gemir. Su voz fue el detonante para que aquellos ojos ámbar se prendieran. Esteban la tomó con una necesidad que abrasaba. Llegó a calcinarla por dentro. Pero enseguida rectificó y buscó el ritmo que ella realmente necesitaba. Sin perderla de vista, si acaso solo para fundir sus labios con los suyos. El calor de su aliento acariciando sus mejillas, el cuello, el oído, obsequiándola con algún suspiro en el camino. Pronto, Esteban le contagió aquella pasión desenfrenada y Macarena pudo disfrutar tanto como él. Esa noche tuvo que contenerse para que no la oyeran sus compañeros. El recuerdo le dibujó una sonrisa de oreja a oreja.

—¿En qué piensas?

Macarena desvió la vista a su izquierda. Esteban le había hecho la pregunta por romper el hielo, harto de su mutismo y de aquella tirantez incómoda.

—En que eres un auténtico virtuoso en todo lo que haces —respondió ella con sinceridad—. El otro día empezaste torpe, pero al final siempre terminas dominando la situación.

Esteban arrugó las cejas, confuso, y fue a preguntarle a qué se refería. En cuanto vio la cara de Macarena, el joven se sonrojó hasta las orejas. Miró apurado a ambos lados.

—Pero… ¿por qué sales ahora con eso? Y aquí precisamente.

—¿Qué le ocurre, don Esteban? Si yo solo me estaba refiriendo a la loza, ¿o es que usted ha pensado en algo obsceno?

El chico balbuceó, incapaz de responder.

—¿Quizá por eso se ha atragantado antes con el café?

—Tu sentido del humor debería tener un límite, mujer.

—Seguro que no te quitas de la cabeza lo de aquella noche.

—Por supuesto que no, Macarena —respondió, indignado por su actitud.

Macarena se dio cuenta de que debía dejar de lado el tono burlesco. Lo observó incluso avergonzada, comprendiendo que se había excedido.

—Eres la única empeñada en fingir que no ha ocurrido nada entre nosotros. A este paso vas a conseguir que piense que juegas conmigo, o que solo me utilizaste para entretenerte.

A la trianera le dio un vuelco el corazón. Estaba completamente horrorizada por sus palabras.

—Pero ¿cómo puedes pensar algo así, so bruto? ¡Fingir que no ha ocurrido nada! ¿Jugar contigo yo? Si cada vez que me miras me quedo sin aire y me tiembla hasta el dobladillo de las enaguas.

Lo dijo por defenderse, por estallar indignada. Y se arrepintió nada más decirlo. Intentó agarrar las últimas sílabas con los dientes. El bochorno más absoluto le abrasó las mejillas, sobre todo al fijarse en los ojos dorados de Esteban, brillantes y muy abiertos, más esperanzados que nunca. Constatar su rubor lo llevó a contagiarse. Necesitaba comprobar que no se había imaginado lo que acababa de escuchar.

Ella trató de rehuirlo a duras penas. Le dijo que se refería al terror que supuestamente Esteban infundía a todo el mundo. Él le dio la razón, pero también le hizo saber que no se creía que ella se refiriera a eso. Macarena no había sentido un pudor así con ningún hombre.

—Tú jamás me has temido —insistió Esteban—, has dicho lo que has dicho porque también me quieres, ¿verdad?

La joven quiso negarlo una última vez, pero no tuvo oportunidad; doña Brígida se estaba aproximando a ellos dos de nuevo, y no iba sola. La seguían una pareja y una muchacha muy elegantes. Al reconocer a la última, Macarena dibujó con los labios una expresión de aversión. Genoveva Ledezma vestía uno de sus carísimos trajes color vainilla que intentaban compensar sin éxito la languidez de su rostro. En cuanto identificó a Macarena, la joven aristócrata la miró con repulsa. Los marqueses de Corbones no se quedaron atrás. Don Leandro, encías al aire, se había ataviado con sus mejores galas, igual que su esposa, doña Isabel, quien lucía un vestido de terciopelo azul con seda blanca al cuello, tan magnífico que su figura ondulante pasaba por ola de mar. Esteban sabía del resquemor de Macarena hacia aquellas personas, el cual parecía mutuo, pero tuvo que abandonar su conversación pendiente para atender a aquellos invitados por cortesía hacia su tía y hacia aquella familia. Don Leandro parecía bastante informado del proyecto que presentaba ese día don Carlos Pickman, doña Isabel se hacía la sorprendida con cada detalle y Genoveva miraba embelesada a Esteban. Esto último hizo que Macarena arrugara el ceño.

—Enhorabuena por la vajilla, señor Urquijo —dijo el marqués de Corbones, mostrando hasta el frenillo de su labio superior—, es sin duda un trabajo exquisito. ¿A que sí, queridas? Mi hija Genoveva tenía muchas ganas de conocerle, y eso que no suele interesarse por casi nada. Es usted todo un artista.

—Gracias, señor marqués, también les agradezco que hayan asistido al evento —respondió Esteban con más desdén del que exigía su educación.

—Cómo negarnos, este encuentro es un logro para toda Sevilla. Supongo que debemos felicitarla a usted también, doña Brígida. Cogió a un muchacho destinado al sacerdocio e hizo de él todo un portento de la loza cartujana. ¡Vivir para ver!

—¿Es eso cierto, Brígida querida? —se interesó la marquesa de Corbones, quien era vieja conocida de la Gorgona.

—No del todo, Isabel. Aunque mi sobrino Esteban se estaba formando en el seminario de San Francisco Javier, dudo que ese fuera su destino. —Alzó su taza de café con los bordes geométricos diseñados por él—. A las pruebas me remito. Así que no puedo adjudicarme todo el mérito, amiga, sencillamente pulí un diamante.

—Sí parece tener valía usted en lo que atañe a identificar talentos en entornos insospechados. —Don Leandro miró con desprecio a Macarena—. Esta señorita llegó a servir en mi casa como doncella, con un resultado bastante... desafortunado. Tengo entendido que también es su discípula, y que asimismo ha participado en la elaboración de la vajilla del rey.

—¿Cómo es posible, padre? —se escandalizó Genoveva. Acto seguido, la heredera de los Corbones se volvió hacia el joven Urquijo, cambiando completamente de registro—: De don Esteban puedo entenderlo, un caballero tan refinado resulta perfectamente capaz de elaborar obras de arte como estas. Basta verle, señor, para creer que es el autor de las mismas.

Mientras Genoveva pestañeaba a Esteban, el desconcierto de Macarena iba en aumento. «¿Un caballero tan refinado?», repitió, molesta, para sus adentros. «¡¿Y por qué carajo le pone ojitos esta pavisosa?!». Creía que eran imaginaciones suyas, pero no, Genoveva parecía haberse interesado por Esteban. El colmo fue comprobar que él se sonrojaba por los cumplidos, algo que pareció complacer a la heredera del marquesado. Aquella rabia bien palpable que iba naciendo en las entrañas de Macarena satisfizo a Brígida; sin embargo, no era ese el propósito por el que había propiciado aquel reencuentro.

—Me siento orgullosa de todos mis alumnos, aunque cada uno tenga sus circunstancias. Instruí a mi sobrino para que fuese capaz de lidiar con cualquier reto —explicó—. Esta muchacha lleva poco tiempo con nosotros, se ha habituado bien al trabajo gracias a él, en la escuela o en las instalaciones de la fábrica. Mi sobrino siempre ha sido especialmente amable con las clases inferiores.

—Ja, desde luego que desborda amabilidad —la secundó don Leandro en su desconsideración para con Macarena—. No se ofenda, don Esteban, ya sé que ejerce usted como artista diseñador, pero dedicarse a trabajar con las manos es más propio de obreros y sirvientas. Si pasa demasiado tiempo con sus subordinados, pueden llegar a tomarle por uno de ellos.

Macarena fulminó con la mirada a su maestra y al que fue su patrón, pero no le dio tiempo a recrearse.

—Me ofende, señor —respondió al instante Esteban—, Macarena no trabaja para mí, sino conmigo. Tampoco sería ninguna deshonra ser obrero de esta fábrica. —Se enfrentó igualmente a la mirada mezquina de su tía—. Abunda el trabajo, también el talento, empezando por el de mi compañera, que para eso ha contribuido de igual modo que yo en esta colección de vajilla obsequiada a su majestad. Ustedes mismos la han alabado, ¿o es que sus elogios estaban cargados de embustes?

La trianera lo miró de soslayo, sorprendida por su contundencia. A su tía también la pilló desprevenida. Los marqueses de Corbones se vieron obligados a disculparse con él por temor a disgustarlo más. Esteban les mostró su parte más cruenta, esa que inquietaba terriblemente a Macarena y que a Brígida tanto le costaba dominar o prever. Aquellos ojos ambarinos no eran los mismos que solían acatar sus exigencias en silencio.

Palpando aquella tensión familiar, Macarena decidió excusarse para alejarse de ellos. Esteban no tardó en seguirla, despidiéndose tan cortés como tirante, con el pretexto de que debía continuar supervisando la puesta en escena de aquel trabajo «de obrero». Don Leandro apretó la mandíbula.

Brígida sopesó la actitud de su sobrino, que empezaba a descontrolarse más de lo que había calculado. Se preguntó si eso podía ser más útil que la cobardía en lo que atañía a la trianera. No se le escapó la expresión de espanto de la joven al ver que su sobrino se enfrentaba al marqués, así como el gesto de desprenderse de su mano cuando Esteban decidió sustituirla por la taza que había estado sosteniendo. Como si la atosigara. Aquello era sumamente interesante. Brígida volvió a concentrarse en atender a sus acompañantes. Los marqueses de Corbones, incómodos, agradecieron los comentarios insulsos de su hija Genoveva, quien ignoró lo violento de la situación y no dejó de interesarse por Esteban y por su estado civil.

La escena que acababa de presenciar Macarena era superior a sus nervios. Siempre había creído que ella y Justa se llevaban como el perro y el gato, pero lo de Esteban con Brígida era otro nivel. Entendía que el joven temiese a su familia. Sin embargo, en aquel momento no estaba segura de si no le asustaba más que se hubiese atrevido a encararse con ella. La aterraba la oscuridad que asomaba por los hermosos ojos del muchacho cuando eso sucedía. Con esos razonamientos en mente, Macarena se lamentó de escuchar que Esteban la llamaba y de comprobar que iba tras ella con intención de retomar la comprometida conversación que los Corbones habían interrumpido. «No, no estoy preparada para reconocer ni desmentir nada», se dijo. Al ver que no bastaba con pronunciar su nombre, Esteban apretó el paso y la agarró de la muñeca. Justo entonces dos voces la llamaron al unísono. Macarena se descompuso.

—Tía Justa, tía Sagrario. —Se desprendió rápido de la mano de Esteban—. ¿Qué hacen aquí?

—Pues qué vamos a hacer, mendruga, ¿acaso no nos has invitado tú? —replicó Justa.

—Qué honor más grande que hayas participado en tan bellas piezas, querida, aunque tú no tienes nada que envidiarle a tu dama de loza, tan guapa que estás. Jesús, ¿quién es este caballero? —preguntó Sagrario, aunque no solo ella estaba sorprendida por la presencia de Esteban.

Ninguna de las dos había tenido ocasión de conocerlo; sí habían oído hablar de su compañero de la escuela que hacía las veces de artista supervisor del proyecto. Macarena jamás les había dado ninguna pista de que estuviese interesada en él, pero sus tías la conocían bien y no tardaron en darse cuenta de que su niña se había prendado del tal Esteban. En cuanto lo vieron, las dos esbozaron una sonrisilla pícara.

—Gracias por cuidar de nuestra Macarena, don Esteban —dijo Sagrario—. Es usted lozano como ella, menos mal que se le ve con los pies más en el suelo.

—¡Oiga, tía...!

—Es lo único que explica que este terremoto haya aguantado tanto tiempo en un mismo sitio sin causar estragos irreparables —intervino Justa, molestando aún más a su ahijada—. La prueba definitiva es esta vajilla.

—Sí, sabemos que ella hizo la ilustración y que usted se encargó de los filos y de la coordinación. Ha debido aprender mucho de usted.

—Yo también he aprendido mucho gracias a ella, señoras.

Macarena intercambió un vistazo cómplice con Esteban. No quería que entendiese lo que no era, ni mucho menos, pero que se prodigase en considerar su talento siempre conseguía ablandarla. De repente, al joven le cambió la cara. Pareció reconocer entre los invitados a alguien, y pronunció su nombre más por dar fe de que lo estaba viendo que por llamarlo.

—¿Padre Valentín?

—¡Esteban, chiquillo, por fin te encuentro! —dijo el sacerdote mientras llegaba hasta ellos.

Don Valentín, con el pelo algo más blanco que antaño, la misma expresión afable, se abrazó a Esteban como cuando era un muchacho que apenas le llegaba a la barbilla. Se apartó apurado, sin perder la sonrisa alegre. Comprobó que ahora le sacaba una cabeza y tomó su rostro con gran emoción.

—Pero ¡qué mayor estás! ¡Te has convertido en un auténtico caballero!

Esteban era todo sonrisa y plenitud.

—Usted, sin embargo, no ha cambiado nada, padre.

Macarena se conmovió por la estampa y por el cariño con que se lo presentó. Igual que su relación con doña Brígida se asemejaba a la peor de las pesadillas, la mirada que su compañero le dedicó a aquel sacerdote transmitía que este y nadie más era para él una figura paterna.

—¿Cómo se ha enterado del evento, padre Valentín?

—Como si fuera posible no hacerlo, niño. ¡No hay nadie en Sevilla que no sepa de la visita del rey a La Cartuja! Cuando llegó la noticia al seminario, el padre Manuel y yo solicitamos asistir para ver tu obra, que, por cierto, es extraordinaria, hijo, ¡no esperaba menos!

—¿El padre Manuel también ha venido?

—Me temo que no, Esteban, le surgieron unos horribles asuntos de última hora y no ha podido librarse. Me disculpo en su nombre.

—Espero que no tengan nada que ver con… —bajó Esteban el tono—, usted ya me entiende.

—Ni mucho menos —respondió rápido el cura al comprender perfectamente por quién le preguntaba. Don Zoilo había marcado de forma irremediable la vida de Esteban.

—¿Y cómo está él?

—Enterrado —contestó don Valentín sin más, casi con indolencia. Luego suspiró—. Ocurrió hace poco menos de un año, le atacaron en un callejón. Al parecer, unos antiguos conocidos de sus trapicheos. Le dieron tal paliza que falleció antes de que se le pudiera socorrer. Dios lo acoja con misericordia pese a sus muchas faltas.

Esteban guardó silencio. «Quien a hierro mata… ya se sabe». Decidió centrarse en la presencia del hombre que más lo había cuidado en su vida.

—Siento no haberle escrito apenas en estos años, padre.

—Sé que necesitabas romper con tu antigua vida para poder entregarte a la nueva, hijo. Espero que hayas encontrado motivos de dicha.

Esteban tuvo que contenerse en su respuesta.

Mientras ellos dos conversaban, Macarena hizo lo mismo con Justa y Sagrario, quienes la acribillaron a preguntas aprovechando que el joven andaba distraído con el sacerdote. Sobre todo, porque repararon en las miradas que le dedicaba su ahijada constantemente. Macarena terminó por exasperarse.

—Querida, a nosotras no puedes ocultarnos nada —expresó Sagrario—. Es perfectamente comprensible que te hayas fijado en él, el muchacho no puede ser más guapo y educado.

—Aunque un poco seco para ti, criatura, todo sea dicho.

—Os repito por quinta vez que él no me interesa de ese modo, tías.

—Niña, te hemos visto crecer. Que te pretendieran unos y otros en Triana bien al fresco que te la traía… —susurró Justa—. Pero con ninguno de esos mozos te he notado tan nerviosa como con este.

—¡Yo no estoy nerviosa!

Sagrario tuvo que contener la risa.

—Ahora entiendo por qué ha aguantado tanto en la escuela esa, Sagra —le tomó el pelo Justa—. Ni la loza, ni trabajar para el rey, ¡qué disparate! Lo que le interesaba era este mozo.

Macarena fulminó a su tía con la mirada, sintiendo que su pudor y su paciencia se disparaban.

—¡Ché!, ni se te ocurra ponerme la mirada del palomo, ¿eh?

—No la estoy mirando de ninguna forma, tía.

—Y tanto que me estás mirando así.

—¿Qué dices tú ahora de un palomo, Justa?

—Ya sabes, Sagra, esa cara que pone cuando quiere maldecir tos mis muertos. ¿Ves, ves? ¿Ves cómo me observa de laíllo, la condenada? Como un palomo.

—Es usted insoportable, tía —resopló Macarena.

—Solo porque te tengo bien calada, niña, que para eso estuve presente en tu parto y me conozco hasta tu cara de cuando tienes que ir de vientre. ¿No voy a saber yo cuándo te gusta alguien?

—¡A mí no me gusta nadie, demonios!

Aquellas palabras coincidieron con el final de la conversación entre Esteban y el padre Valentín. Se reunieron de nuevo con ellas, y el joven, tras tomar de improviso la mano de Macarena, aprovechó que estaban también presentes sus tías para preguntarle algo al sacerdote:

—¿Usted sigue oficiando enlaces matrimoniales, padre?

Las Moiras se quedaron boquiabiertas. Macarena tardó un poco más en reaccionar. Al padre Valentín le dio tiempo a dar una fuerte palmada de júbilo.

—Pero ¿qué me cuentas, chiquillo? ¡Qué bendición! ¿Me estás diciendo que has encontrado a tu Eva en el paraíso?

—Ah, no, no, no —corrigió con urgencia Macarena, negando una y otra vez—. Aquí no hay ninguna Eva ni ningún paraíso, padre, ya se lo digo yo.

—Qué arte tiene la muchacha, niño —se dirigió el sacerdote a Esteban—, seguro que llenará tu vida de gracia.

—No, si gracia tiene para rato, señor cura —asintió Sagrario.

—Demasiada, creo yo —ironizó Justa.

—Pero bueno, ¿qué choteo es este? —preguntó indignada Macarena, desprendiéndose del joven—. Esteban y yo somos compañeros de la escuela y hemos trabajado en la elaboración de la vajilla para el rey, nada más.

—Oh, vaya, vaya —exclamó don Valentín—, así que tu elegida es mujer de talento arrollador, ¿eh, niño?

—Por favor, Esteban —le rogó Macarena—, ¿podrías hablar con claridad y acabar con todo este asunto?

—Por supuesto. Señoras, padre Valentín, estoy enamorado de Macarena y quiero que se case conmigo.

La trianera estuvo a punto de llevarse las manos a la cabeza. En su lugar, resopló aparatosamente y se despidió de malas maneras de aquel pequeño corrillo que terminó riéndose de su reacción, animando a Esteban en su evidente lucha. Las zancadas de Macarena se hicieron más amplias y rápidas solo por el deseo de alejarse de allí. Se planteó incluso abandonar la fábrica. ¡¿Pero es que ese día no podía transcurrir con un poquito de normalidad?! Primero había arrancado con Esteban evitándola como al principio de los tiempos, después siguió aquel momento tan desagradable con doña Brígida y los marqueses de Corbones, y ahora Esteban decidía encarnar el romanticismo más absurdo delante de sus tías y del hombre que se encargó de él en el seminario. Macarena dio un fuerte pisotón y se paró en seco, deteniendo a su vez a su perseguidor.

—¡¿A quién se le ocurre?! ¡No te llamo burro porque eso sería insultar a los pobres animales!

Aunque Esteban se mostró apurado al principio, terminó recobrando la formalidad que le caracterizaba.

—Recuerda que sigo esperando una respuesta por tu parte.

—Pues no creo que sea ni el lugar ni el momento, ¡bendito sea Dios! —El resto lo murmuró por lo bajo, casi inaudible—: ¿Cómo iba a dar ninguna respuesta en estas condiciones?

—No estás siendo justa, y lo sabes.

—¡Tú tampoco! Un «sí» desmedido y entregado, esa es la única opción que me das.

—Te equivocas. De toda la vida, esa pregunta permite dos opciones. Cualquiera que me des tendrá el mismo desenlace para mí.

—¿Qué dices ahora tú?

—Que pienso marcharme pase lo que pase, Macarena. —Ahí se produjo un silencio—. Quiero irme de Sevilla.

—¡Irte de Sevilla! ¿Y a dónde narices piensas largarte?

—Todavía no lo he decidido. Muy lejos, eso seguro. Has visto el ambiente en el que me crie, permanecer en Sevilla no me permite avanzar, menos si continúo en casa de mi tía, ligado a los Urquijo. Necesito distanciarme de aquí. Es algo que llevo soñando desde hace demasiado tiempo. Creo que no habrá mejor momento que después del proyecto para el rey. Deseo alejarme de Sevilla y fundar mi propio negocio en otra ciudad.

—¡Irte de Sevilla! —repitió la trianera, incrédula.

—Macarena —dijo Esteban, tomándola de los hombros—, quiero que vengas conmigo. Quiero que nos casemos y que me acompañes, yo me encargaré de que nunca te falte de nada. Levantaré nuestro taller y nuestro hogar con mis propias manos si es necesario.

—¡Otro igual!

—¿Cómo que «otro»?

—Escúchame bien, Esteban Urquijo —le dijo al tiempo que se desprendía de sus manos—: Yo tengo que estar muerta para que a mí me saquen de Sevilla, ¿te enteras? Amo esta ciudad más que nada en el mundo.

—¿Más que a mí?

Macarena se quedó callada; el descaro de Esteban la obligó. No solo por semejante pregunta, dando por sentado que ella lo amaba. Fue aquella mirada, aquella mirada decidida y penetrante, lo que la amedrentó por completo. ¿Cómo se atrevía a ponerla en semejante tesitura?

Antes de que le diera tiempo a responder, resonó la voz de Carlos Pickman interrumpiendo toda conversación en el jardín. Luego siguió una enorme algarabía. El rey había llegado con su séquito a los jardines. Juan Luis buscó a Macarena y a Esteban y les pidió que le acompañaran para comenzar con la recepción al aire libre. Brígida les reprendió nada más llegar, ordenándoles como al resto de sus alumnos que se mantuvieran bien cerca de don Carlos por si les llamaba. Los dos jóvenes intercambiaron un último vistazo en señal de tregua.

Amadeo I de Saboya tenía más pinta de militar que de rey. O eso pensó Macarena al verlo. Su majestad era apenas siete años mayor que ella y mostraba una expresión poco avispada, la barba espesa y las puntas del bigote bien altas. Había escogido un traje a medio camino entre un conjunto cómodo y su atuendo de gala, de ahí los numerosos adornos y tachuelas que la trianera confundió con detalles de milicia. Al escucharlo hablar, Macarena comprendió que su apariencia la había engañado. Amadeo era sencillamente introvertido y prudente; como no dominaba todavía el español, se aventuraba con respeto, o recurría a sus traductores y consejeros para que nada de lo que dijese pudiese ofender o resultar inapropiado. Además, trataba a todo invitado que se cruzaba con gran consideración. Saludó por igual a nobles y a empleados de la fábrica. A estos últimos incluso les dedicó unas palabras de agradecimiento por la cálida bienvenida. Don Carlos hizo una reverencia y aplaudió sus buenos modales, igual que los de su consorte, María Victoria, a quien besó la mano con gran solicitud. Invitó a la pareja real a acercarse a los recipientes de loza con fruta fresca recién cortada. La reina se excusó al momento, su ostentoso traje oscuro de pedrería le estaba causando un calor sofocante y deseaba refugiarse bajo la sombra. El señor Pickman accedió encantado y le ofreció sentarse junto a su esposa Josefa y sus hijas Susana, María Adelaida, Enriqueta y Adelaida Victoria en el cenador de los jazmines de cielo, al que acudió rauda la reina con sus damas de compañía.

—Le ruego que disculpe a mi esposa, señor Pickman —intervino el rey—. Ya sabe, como dice Verdi, *«la donna è mobile».*

—Estoy de acuerdo con su paisano italiano, majestad —comentó don Carlos mientras avanzaban hacia la mesa principal, como si se encontrasen solos y no les siguieran unas treinta personas, ni les observasen el cuádruple de ojos—. Mis hijos varones, especialmente Ricardo, aquí presente, se han implicado en el negocio desde bien jóvenes, pero tanto mi mujer como mis hijas prefieren dedicarse a la vida contemplativa y permanecer ajenas a mi trabajo. Rezo por que Dios me bendiga con nietas más comprometidas.

—Iba a decirle que las señoras suelen ser más proclives a la vida contemplativa. Sin embargo, caballero, desde que he accedido a los terrenos de su fábrica, he visto mucho personal femenino. Incluso —continuó el monarca mientras se acercaba a observar las piezas de loza en su honor— la colección que me obsequia tiene rostro de mujer. La dama de La Cartuja, ha dicho que se llamaba, ¿no?

Carlos Pickman asintió y se irguió orgulloso, llevándose las manos a la espalda, lo que aumentó la envergadura de su panza.

—En La Cartuja hemos apostado por la mano de obra femenina desde nuestros comienzos, especialmente por las trabajadoras sevillanas, con excelentes resultados. Debe saber, además, que, en este caso, no solo propusimos la efigie de una mujer para nuestro presente en su honor, sino que, en su confección, han intervenido otras muy particulares. Permita que le presente a la señora Brígida Urquijo, directora de la Escuela Roberts y Urquijo, colaboradora nuestra y reconocida en toda España. Ella ha supervisado los trabajos de bosquejo.

—Un honor, majestad —saludó ella, haciendo una reverencia.

—El placer es mío, señora. Piezas como estas son extraordinarias incluso para un rey. La felicito por su labor de dirección y supervisión.

—La supervisión, puede —dijo ella, solícita—, pero la dirección ha recaído por completo en mi sobrino, Esteban Urquijo.

—Majestad —saludó él con máximo respeto. Amadeo de Saboya lo observó de arriba abajo.

—Así que usted es el artífice de toda esta maravilla.

—No, señor, eso sería mentir —repuso Esteban para molestia de Brígida, que aún se irritó más cuando el joven señaló a su lado—. Yo me he encargado de la dirección y el diseño de los filos, pero la ilustración central de la vajilla es obra de la señorita Macarena Montalván.

La chica abrió mucho los ojos al oír su nombre. Juan Luis tuvo que darle un toque con el codo para que correspondiera a la mirada del rey.

—A sus pies, su alteza.

Don Carlos se rio enternecido de sus nervios y su reverencia exagerada, en cambio a Brígida la consumía la indignación. Don Amadeo tomó la mano de la trianera a modo de saludo cortés.

—¿De verdad estos dedos tan jóvenes han creado una ilustración tan compleja y bella?

—Los dedos de Macarena son jóvenes, alteza —intervino Juan Luis en calidad de padrino—, y también trabajadores. Esta muchacha nació en el barrio alfarero más antiguo de Sevilla y durante el último año se ha formado en la escuela de doña Brígida, lo cual le ha permitido realizar con éxito este proyecto.

La maestra resopló por la nariz; Esteban estaba incluso más orgulloso que Macarena.

—Espero que sigan colaborando, caballero, señorita. Me siento afortunado de que hayan creado esta noble vajilla expresamente para mí, los animo a llevar a cabo muchos más proyectos juntos. —Entonces el rey se volvió a centrar en el anfitrión del evento—: Y usted me tiene realmente impresionado, don Carlos. Ahora comprendo por qué su fábrica sorprendió tanto en la exposición de Londres hace una década, tiene más que merecido ser la proveedora oficial de la Casa Real. Estoy contemplando la posibilidad de hacerle marqués a cambio de algunos de sus secretos.

Ni Esteban ni Macarena se esperaban que el rey se dirigiera a ellos en semejantes términos. Por su parte, don Carlos, inflando sus carrillos sonrosados en una gran sonrisa, aceptó encantado la propuesta del soberano. Luego les dio permiso con la cabeza a sus jóvenes diseñadores para que se retiraran. Macarena se lo tomó como un regalo del cielo.

Brígida se percató de la frustración de Esteban al verla marchar, rehuyéndolo. Sí, aquello podía estar tomando un color interesante. Mejor dejarlo secar un poco para terminar de apreciar su verdadera tonalidad. Juan Luis decidió distraerla una vez más. Ahora que la conversación de don Carlos con el rey requería de intimidad para explicarle los detalles de la vajilla y de todo el trabajo que se realizaba en La Cartuja, algunos asistentes aprovecharon la música para improvisar un pequeño baile distendido. El máximo responsable artístico de la fábrica tomó la mano de la directora de la escuela y la animó a acompañarlo. Sin embargo, ella se burló abiertamente de él, pues no dejaba de sorprenderla que siguiera tratándola con normalidad después de su incómodo encontronazo en la biblioteca.

—A usted solo se la puede desear u odiar, ¿no? —preguntó el caballero con una expresión ácida en el rostro.

—¿Debo entender entonces que le soy indiferente, Juan Luis? Eso es peor que el desprecio.

—Dudo mucho que usted le sea indiferente a nadie, Brígida. Aunque no lo crea, me inspira una gran admiración.

—Y eso que nos hemos conocido en el ocaso de mi vida. Le habría causado tal impacto en mi juventud que a lo mejor no me hubiese rechazado. —Escurrió los dedos por la solapa de su chaqueta—. Quizá incluso le habría incitado a traspasar sus propios límites.

Juan Luis resopló con una sonrisa al comprender que era absurdo tratar de moderar a una pantera cuando tiene sujeta a su presa. Por fortuna, él no era comestible.

—Yo no la rechacé, Brígida; sencillamente, no puedo corresponderla como desea, que es muy distinto. Para un hombre como yo, que valora profundamente a las personas tenaces y virtuosas, es hasta doloroso ser testigo de que viva tan supeditada a lo que piense el mundo de usted, teniendo uno propio tan grande dentro de sí misma.

La maestra le dedicó una mirada profunda que habría cautivado hasta al más frío de los caballeros. Pero dedujo que en Juan Luis carecería de efecto. Al menos, como ella hubiese querido.

Macarena continuó huyendo despavorida, temerosa de que Esteban fuera corriendo detrás para pedirle un baile. Como, de hecho, quería hacer. En su persecución se cruzó con Genoveva, que le solicitó que la sacara a bailar con extrema educación, y al joven no le quedó más remedio que aceptar. Macarena rechinó los dientes. «¡Pero bueno! ¡¿No estaba pretendiéndome a mí?!». Los celos la cegaron de forma injustificada, porque cualquiera desde fuera podía darse cuenta de que Esteban estaba a disgusto con la heredera del marquesado de Corbones. Genoveva carecía de coordinación y ritmo, así que lo hizo pasar por torpe a él también. Hugo y Mucio se hallaban cerca de la pareja y estallaron en carcajadas a costa del Clérigo. Esteban trató de encauzar los giros de Genoveva, pero al final la joven se descontroló tanto que metió el pie en una de las profundas zanjas que bordeaban el camino de los limoneros. Empezó a balar como una oveja mientras se aferraba a su tobillo, pero enseguida se calmó al ver que el muchacho la auxiliaba. Macarena, que no perdía detalle de la patética escena, se clavó las uñas de tanto apretar los puños.

—¿Molesta por haber perdido a tu pareja de baile?

José Antonio había aparecido a su vera, a la sombra de uno de los limoneros, con las manos metidas en los bolsillos. Macarena lo notó raro, pero estaba tan enfadada que no le dio importancia.

—O quizá ya no te interesa tanto la jarana como antes —añadió con malicia Toño.

—¿Qué insinúas tú ahora, malasangre?

—Rodearte de finos te ha cambiado, Macarena. Si ni se te reconoce de lejos con tanto vestido pomposo.

—Te recuerdo que fuiste tú el que me animó a pedir trabajo aquí.

—Para que estuvieras todo el santo día conmigo. —Toño se volvió de repente para mirarla a la cara. Sus ojos verdes rezumaban rabia—. Y en cambio tú te has encaprichado de un burgués que seguro te cambia por otra rica pánfila como él en cuanto tenga oportunidad.

—Eso lo dirás tú, que te corroen los celos de que un hombre como Esteban quiera comprometerse conmigo, a diferencia de ti, que solo lo hiciste cuando él apareció —contestó de mala manera Macarena, que seguía irritada por las atenciones de Esteban con Genoveva.

La trianera no reparó en que sus palabras cubrieron el rostro de José Antonio de un velo muy turbio. Las aletas de la nariz dilatadas, las manos ocultas, conteniéndose las ganas de sacarlas hacia ella.

—Macarena —los interrumpió Esteban.

El joven había dejado a Genoveva con sus padres y había seguido buscándola. Cuando la descubrió con José Antonio, se apuró todo lo que pudo, preso de la angustia. Ahora le ofrecía la mano para sacarla a bailar. La muchacha, que había querido evitar ese momento a toda costa, prefirió ir a bailar con Esteban que quedarse con Toño. Se despidió de este con bastante frialdad y se dirigió con su compañero hacia la zona de baile del evento. Esteban lanzó una mirada desafiante al carpintero, que no apartó la vista de ellos con las manos caladas en los bolsillos.

En cuanto Macarena se vio en los brazos de Esteban, se arrepintió de haber aceptado. La postura distante de aquel baile y que el joven la mantuviese sujeta de la mano y la cintura todo el tiempo le resultaba tenso. También la incomodaba que los viesen tan cerca. Se fijó en que Justa, Sagrario y el padre Valentín intercambiaban comentarios y sonrisas desde lejos. Carmela y Paco daban codazos a Pilar, Rocío y Galisteo para que no se perdieran la escena. Hugo se echó a reír a carcajadas con Federico y Mucio por la osadía del Clérigo. Cuando Esteban comenzó a bailar con Macarena todos se quedaron perplejos. También Juan Luis y Brígida, que eran quienes más cerca estaban.

Entonces se aproximó una pareja que Macarena no había visto antes. Primero se fijó en ella, por el desdén que exudaba a pesar de lucir una enorme sonrisa, afilada y angulosa, que, junto con sus ojos rasgados, le daba un aspecto de zorro. Llevaba un vestido verde y un peinado exuberante que no dejaba duda ni de su clase ni de su poderío. Sin embargo, no tenía nada que hacer al lado de su acompañante. Era un hombre extremadamente apuesto, alto e imponente, aunque desmerecía su porte con un traje lleno de detalles excéntricos como bordados y tachuelas. Su rictus aterrador afeaba su belleza digna de un adonis. Al fijarse un poco mejor en la forma de sus labios, el mentón y las cejas, Macarena se volvió impulsivamente a Esteban para constatar que no se lo estaba imaginando. Aquel caballero era idéntico a él, solo que con los ojos verdes y unos treinta años más. La mirada de su compañero de escuela confirmó todas sus suposiciones. Ese hombre era don Álvaro Urquijo. Él y su esposa habían llegado tarde a la reunión y ni se habían dignado a saludar a Esteban. Macarena lo compadeció. El chico no se amilanó por la presencia de su padre; en su lugar, tomó a Macarena con decisión y la instó a bailar con mayor destreza conducida por él. Más de uno profirió una exclamación de perplejidad. La familia Urquijo, no.

—No sabía que también enseñabas a tus discípulos a moverse como ramplones verbeneros, cuñada —le dijo doña Amparo a Brígida, riendo por lo bajo.

Esta hizo caso omiso al comentario, entre otras razones porque su cuñada acostumbraba a hablar por hablar. Juan Luis, de hecho, alzó una ceja genuinamente asombrado. Nadie que estuviese viendo a Esteban y a Macarena podía hacer otra cosa que no fuera admirar su maestría. Don Álvaro los observó incómodo, le transportaron a la época en la que su primera esposa vivía. Aquellas sensaciones parecieron devolver el fulgor a sus ojos verdes y tiró de su actual mujer para que se alejaran de aquella zona del jardín.

—Puesto que padre lleva lustros enterrado, toda desgracia que caiga ahora sobre nuestra familia será únicamente responsabilidad tuya, Brígida —le dijo don Álvaro con rabia a su hermana—. Aunque eso no sea nuevo para ti.

Ella resopló altiva. «Como si me importara tu opinión», pensó. Ya fuese por admiración o incredulidad, nadie más apartó la vista de Macarena y Esteban. Nadie había imaginado ni por asomo que un joven tan serio como él pudiera desenvolverse con tanta gracia en un baile con pareja. Hasta Macarena estaba deslumbrada por su sentido del ritmo y su elegancia. Cuando la melodía de la orquesta sonó más suave, los movimientos de Esteban se ralentizaron y ella volvió a mirarlo a los ojos.

—Dime que sí —le rogó él.

Macarena sintió un escalofrío. Decidió recuperar su tono bromista por temor a que aquellas emociones la traicionaran y acabara por responderle con una afirmación.

—Querías marcharte de la ciudad después del evento del rey, ¿no? ¿Eso era al acabar la velada o tras hablar con él? Porque, si este era el caso, ya estás tardando.

—Deja de huir, Macarena.

—Ah, disculpa, te entretuvieron. Parece que le has caído simpático a la rancia de Genoveva, ¿por qué no te la llevas a ella contigo?

Justo entonces se detuvo la música.

—No pienso irme de Sevilla con ninguna mujer que no seas tú.

—Pues entonces te vas a quedar soltero y sevillano de por vida.

Macarena aprovechó la pausa de la música para alejarse de nuevo. Logró hacerlo con naturalidad ante los testigos más directos. En cuanto estuvo a salvo de las miradas, corrió a refugiarse en el templete de Justa y Rufina. Aprovechó el cobijo de sus esquinas en penumbra para rezarles a las santas que aquel evento concluyera lo antes posible. No esperaba que la sorprendiesen, y menos que la agarraran de ambos brazos para que no volviera a escapar.

—¡¿Por qué eres tan testaruda, mujer?! —le espetó Esteban, furioso—. Está claro que me amas, deberías casarte conmigo y seguirme a donde haga falta. ¡Yo lo haría por ti!

Tal vez porque le asustaron sus maneras, o porque le indignó que le mintiese y fuera evidente que estaba decidido a marcharse de Sevilla independientemente de su respuesta, Macarena se revolvió contra él igual de iracunda:

—¡¿Quién te crees que eres para dar por sentado mis emociones, decidir que te quiero sin escucharlo de mis labios o determinar que mi forma de amar implicaría entregarme ciegamente a ti?!

Esteban la miró con el fuego ambarino de sus ojos prendido, tanto que Macarena se refugió entre sus brazos, abrumada.

—Puedes negarlo cuanto quieras, amor mío, pero cada

parte de ti me dice que no me equivoco —le dijo y la besó con ardor.

A Macarena le dolió aquel beso porque le hizo tomar conciencia de que Esteban tenía razón. Le bastaba sentir sus labios para que las piernas le flaquearan, el tacto de sus manos estremecía cada poro de su piel. No soportaba que él estuviese tratando de obligarla a nada. Al final lo alejó de sí con todas sus fuerzas. Ver cómo se le saltaban las lágrimas le devolvió la cordura a Esteban. Fue a disculparse, pero Macarena le apartó la mano de un tortazo.

—Te detesto —le espetó, consumida por la rabia de que él se comportara así.

Al momento alzó la mirada, preocupada de lo que había dicho, y se encontró a Esteban avergonzado por lo que acababa de hacer y dolido por sus palabras. Macarena sencillamente no pudo soportarlo y volvió a salir corriendo. En ese caso, desapareció por la fuente de los granados hacia las instalaciones desiertas de la fábrica. Todos los asistentes del evento estaban pendientes del rey Amadeo y de don Carlos, de modo que no se percataron de lo sucedido.

Esteban permaneció inmóvil en el templete de las santas Justa y Rufina, viéndola marchar. Terminó bajando la cabeza. Tal vez sí estaba equivocado. Tal vez su impresión de que Macarena le quería era errónea y la complicidad que había nacido entre ellos unos meses atrás no era más que un deseo puntual por parte de la joven. Si en realidad había jugado con él, si en verdad no significaba nada para ella, no podía forzarla a amarle. Por mucho empeño que pusiera. Al cabo de un rato, alzó sus ojos dorados y asumió lo que ello significaba. Sin Macarena, su vida carecía de sentido.

La trianera accedió a las entrañas de la fábrica por los talleres de estampado, cruzó el patio de los hornos de bizcocho y bordeó la casa de la familia Pickman, sorteando los pasillos hasta alcanzar el taller de pintado. La Cartuja, sin la presencia de los operarios, el trasiego del trabajo o el sonido de las maquinarias y las chimeneas, tenía un aire fantasmagórico, de palacio encantado. Se refugió en la sala de diseño por instinto.

A esas horas, la caída de la tarde impregnó toda la loza y el azulejo de una luz cálida, anaranjada, algo asfixiante para Macarena. No solo porque su respiración se hubiera alterado. Todavía sentía el ardor de los dedos de Esteban en su cuerpo. Se llevó las manos a los labios. No entendía por qué había ocurrido todo aquello. El temor a las maneras de Esteban le impedía atender a sus verdaderos sentimientos, entender si quería corresponderle o no. Se negaba a que ocurriera por la fuerza. Tuvo que secarse las lágrimas. Al alzar la mirada, reparó en las decenas de bocetos que habían realizado juntos para dar origen a la colección de loza que tanto enorgullecía a Carlos Pickman. La dama de La Cartuja observaba a Macarena desde infinidad de ángulos. Todas ellas le dedicaron su expresión de siempre, divertida por sus continuos altibajos emocionales, incoherentes y absurdos. La muchacha se apoyó en la mesa de azulejo para mirar a una de ellas desde abajo. Acto seguido, recorrió con la mirada el resto de la superficie. Primero tranquila, luego con ansiedad. En su desesperación, no sintió aquella presencia imponente. Se volvió temerosa, valorando qué debía decirle a Esteban esta vez. Pero no fue él a quien encontró.

—Tu madre poseía un talento extraordinario —manifestó, impasible—. Supongo que se me escapó porque no era más que una obrera. Y porque coincidimos en aquel momento que, por supuesto, eran otros tiempos. De haberla descubierto Juan Luis, quizá hubiera sido a ella y no a ti a la que habría acogido bajo mi tutela.

Brígida se había colado con sigilo en la sala. Había entrado mucho después que la joven, pero le había dado tiempo a coger la primera versión de loza de La dama de La Cartuja, reluciente y olvidada, que descansaba colgada en una pared. Macarena se lamentó de haber dejado el recuerdo más valioso de su madre en aquella sala de la fábrica. Su maestra, inexpresiva como siempre, sostenía el plato de loza. Miró a la muchacha con desdén y separó los dedos. La frágil dama cayó al suelo y se fracturó en tres grandes trozos.

—Uy, se me ha resbalado.

Macarena ahogó un grito de espanto y corrió a arrodillarse a los pies de Brígida. Incrédula, la joven alargó la mano para recoger uno de los pedazos. Medio rostro de su madre mirándola desamparada. La firma quedó resquebrajada, separando para siempre a la artista de su obra.

—¡No tenía ningún derecho a romperla! —Macarena imprimió su rabia en cada sílaba. Era incapaz de apartar la mirada del plato roto.

—Te equivocas, niña, tengo infinidad de derechos sobre ti: primero, porque me debes todo tu éxito, y segundo, porque hay que ser descarada para marear la perdiz con mi sobrino de semejante manera, delante de todo el mundo. Lograste meterte en mi casa, en mis proyectos, y tienes el cuajo de seguir comportándote como una fresca. Confío en que hayas disfrutado de la velada, porque mañana pienso expulsarte formalmente de la escuela, del mismo modo que espero que mi sobrino lo haga también de su vida al darse cuenta de que solo estabas jugando con él. ¿O vas a decirme que no has venido hasta aquí huyendo despavorida de sus atenciones?

Macarena aguardó, dolida en lo más profundo por aquellas palabras. Si Brígida había sido testigo de su arrebato y había llegado a aquella conclusión, cómo no iba a hacerlo también Esteban. Quizá su maestra estaba en lo cierto y aquel último desplante a su sobrino había terminado por hartarlo. Aun así, Macarena alzó la vista y fulminó con sus ojos, oscuros y cristalinos, a aquella mujer despiadada.

—Usted podrá decir lo que quiera. Su desdén hacia mí procede del hecho de que soy la hija que su marido tuvo con su amante.

La mirada de Brígida se transformó en una selva oscura, peligrosa e indomable. Antes de responder, sonrió con toda la malicia que albergaba su ser:

—Vaya. Así que sabes quién eres, malnacida. Mocosa, no tienes ni idea: yo y solo yo fui siempre la única amante de tu padre, y tu madre, otra pobre tonta de las decenas a las que sedujo y rompió el corazón. ¡Sí, en el fondo lo sabes! Él se desentendió de vosotras dos como de un sucio trapo.

—No —susurró Macarena, con la vista borrosa—. Él no nos dejó, usted lo alejó de nosotras.

Brígida liberó una risotada, producto de la indignación, lo que enervó aún más a la trianera.

—Usted lo empujó desde el tejado de la fábrica, todo el mundo lo sabe.

—Aquí nadie sabe nada. Yo no empujé a tu padre, niña. Yo soy una mujer cristiana y cada vez que me casé ante los ojos de Dios juré mantener ese compromiso en la salud y en la enfermedad, hasta que la muerte nos separase, y no porque yo lo propiciara. Fue ese infeliz quien decidió abandonarme a mí.

—Miente.

—Yo nunca miento.

Macarena frunció el ceño, incrédula, sin querer creer. Brígida apretó los labios, la cólera de aquel día le asaltó las entrañas.

Lo recordaba como si hubiese sucedido ayer. Aquella tarde, quince años atrás, Brígida se encontraba en la parte más alta de La Cartuja, revisando las tejas blancas, azules, verdes y naranjas de cuya restauración se había encargado su escuela. Su segundo marido apareció entonces hecho un basilisco, nada que ver con el primer encuentro que compartieron allí, y con otros tantos en ese mismo espacio. Habló de indignación, de vergüenza. Al parecer, había encontrado las cartas y los documentos que Brígida guardaba en la biblioteca.

—¿Cómo te atreves a falsificar mi firma? —bramó él—. No solo has desfalcado las arcas de la fábrica bajo mi supuesta supervisión, ¡además nos has conducido a una recesión irremediable! Aunque ese dinero está intacto en los fondos de la escuela, ¡cualquiera que se entere podría denunciarme a las autoridades, desgraciada!

Brígida puso los ojos en blanco.

—Exageras, querido —dijo, quitándole importancia a la acusación de su esposo—. Para eso mantengo al día las cuentas de esos traspasos, digamos que «pícaros», para no descuidar ningún detalle.

—No me tuviste en cuenta a mí —replicó con rabia él—. Llevaba tiempo tratando de comprender el porqué de la caída de las finanzas de la fábrica y la respuesta estaba en mi maldita cama.

—Suele estarlo en tu caso. —Viendo que el caballero le daba la espalda, Brígida lo retuvo—. ¿A dónde se supone que vas?

—A contárselo todo al señor Pickman.

—Acabas de decir que eso te condenará. Y a mí, dicho sea de paso.

—Al menos la fábrica no se hundirá con nosotros. Tampoco sus empleados. Debido a que llevas años cometiendo estas fechorías, me he preocupado de que esos papeles demuestren la necesidad de compensar económicamente a todo trabajador que se vea perjudicado por las decisiones económicas que, supuestamente, yo tomé. Me niego a cargar con eso en mi conciencia.

Ahí Brígida cambió de expresión, se volvió más fría, y lo atravesó con la mirada.

—Tú dices que obras por conciencia, pero no es cierto. Echar tu vida por la borda no se la devuelve a los muertos. —El silencio de su marido la obligó a continuar—: Me he enterado de que una artesana de la calle Alfarería y su retoño se ahogaron en el Guadalquivir hace unos días. ¿Melisa, se llamaba? No he atado cabos hasta que te he visto llegar como un energúmeno.

Brígida tuvo que interrumpirse porque él fue hacia ella y la agarró por el cuello, empujándola peligrosamente al filo de la cornisa.

—¡Lo sabías, maldita! —gritó sin poder contener el llanto—. ¡Lo sabías todo desde el principio!

—Por supuesto, idiota. —Brígida se desprendió de sus manos—. ¡Mírate!, estás irreconocible. ¿Qué fue de ese hombre independiente que no se alteraba por nada? Tienes pinta de haber perdido lo único que te importaba de este mundo. Si me dices que es esa mujer, es que verdaderamente te has vuelto penoso. Para ir así por la vida, mejor que desaparezcas de mi vista.

Él apretó la mandíbula, las lágrimas rodando por sus

mejillas. Terminó por asentir, compulsivamente. Se giró y dio la espalda a aquel terrible vacío que hubiese cortado la respiración a cualquiera que padeciese de vértigo.

—Tienes razón, Brígida. Y, al mismo tiempo, te equivocas. Prefiero pasar a otra vida sin saber si ella estará allí esperándome que seguir en esta contigo.

—Bien —bufó—, pues muérete si quieres, ¿qué me importa?

Su marido le dedicó su sonrisa arrogante y se dejó caer de espaldas por la cornisa del tejado ante la mirada perpleja de Brígida. Mientras caía, se sintió reconfortado. Quizá tendría una segunda oportunidad de llegar hasta ella antes que ningún otro hombre. Brígida lo supo en su mirada cristalina. Aquel caballero pasó por la vida sin aceptar e incluso sin ser realmente consciente de que amó a aquella mujer que pereció en el río. Lo último que vio antes de morir fue su rostro el día que le abrió la puerta la primera vez que lo visitó en su casa.

Pero eso Brígida lo ignoró. Su orgullo le impidió asumir que su segundo marido se había quitado la vida por otra mujer. Él, que siempre se había antepuesto a los demás.

La maestra contempló con repugnancia el fruto del amor indigno de su difundo marido. Macarena sintió su desprecio, pero se mantuvo firme. Su arrogancia terminó por exasperar a Brígida:

—¡Si es que eres igualita a tu padre, andrajosa! ¿Te crees

que iba a permitir que enredases con mi sobrino? Le ahorraré un disgusto a tu vanidad de bastarda. Lo rehúyes porque crees que le interesas de verdad. ¡Ja!, pues para nada. Si él fuese como tu padre, que vivía dominado por sus bajas pasiones, te podría durar la ilusión un poco más, pero mi sobrino es un caballero, y los caballeros al final siempre terminan con mujeres distinguidas, de buena familia, como la señorita Genoveva. Si te promete algo será por arrebato y mala conciencia. Si lo sabré yo, que llevo años tratando de destruir ese acérrimo sentido de la ética que le inculcaron en el dichoso seminario.

Macarena mantuvo el rostro tan sereno como se lo permitía su temperamento afrentado.

—Él jamás será como usted —musitó con el labio inferior tembloroso.

—Te equivocas, querida, ya es como yo, solo que todavía no se ha dado cuenta. ¿Y sabes por qué estoy tan convencida? Porque él se ha convertido en mi mayor y más perfecta creación.

La joven no pudo soportarlo más. Dolida y ultrajada, decidió emplear sus últimas fuerzas en recoger los pedazos de la obra de su madre y salir del taller de diseño. El corazón amenazaba con rompérsele igualmente solo de imaginar que Brígida tuviese razón. Y rezó con toda su alma para que Esteban de verdad estuviese decidido a abandonar Sevilla para alejarse de esa horrible mujer. Por primera vez desde que se lo había dicho, comprendió la razón que le empujaba a irse. Doña Brígida era un completo monstruo, igual que el resto de los Urquijo. Ahora lo entendía. Macarena se compadeció también de que su propia madre y su padre se vieran en la tesitura de compartir los últimos años de su vida bajo la amenaza de aquella terrible señora.

Brígida observó satisfecha cómo la trianera se marchaba corriendo hacia la zona de los hornos de barniz; todo apuntaba a que quería abandonar los terrenos de La Cartuja. Ella, en cambio, decidió regresar a la fiesta en honor al rey. Nadie notó en su rostro impasible el encuentro tan desafortunado que acababa de mantener, tampoco sus sensaciones indudables de victoria. Juan Luis incluso la vio regresar al patio de los limoneros con naturalidad, se acercó a ella y le preguntó más por curiosidad que por inquietud:

—¿Ha visto a su sobrino o a Macarena, doña Brígida?

—Habrán ido a por un poco de tarta, he oído que es exquisita.

Macarena no dejó de correr hasta que salió de la fábrica. Continuó hasta que alcanzó la orilla del río Guadalquivir. El cielo comenzaba a teñirse de naranja y la temperatura descendió con la caída del sol. Quiso cubrirse los hombros y se dio cuenta de que le temblaban las manos, que portaban los tres fragmentos de La dama. Todavía podía apreciarse el rostro de cerámica fracturado a pesar de la tenue luz del crepúsculo. De pronto sintió que la oscuridad que la envolvía no tenía nada que ver con la ausencia de luz. Sus sentidos se encontraban aletargados por la tristeza, tanto que no notó que la rodeaban por detrás hasta que dos enormes brazos se cerraron con fuerza alrededor de su cuerpo. Una mano le tapó la boca y la otra presionó contra su cuello una fría hoja de metal. Cuando la tiraron sobre la hierba y vio el rostro de su atacante, sus ojos chillaron por sus labios. Era José Antonio, amenazándola con su navaja y con la expresión trastornada.

—¿Hasta dónde habéis llegado ese clérigo desgraciado y tú, eh? ¡Toda la vida persiguiéndote para que terminaras entregándote a otro, maldita buscona! Te ha tocado aquí, ¿verdad? Y aquí, y aquí. ¡Ese infeliz se ha atrevido a mancillar lo que es mío!

—Toño, no, ¡no! ¡Por favor…!

—Ahora me suplicas, ¿verdad? Ahora me miras, ¿cierto? Debería rajarte la cara mientras te tomo, ¡para que entiendas de una condenada vez que soy el único que podrá amarte de verdad!

José Antonio se separó al momento de Macarena. Un tremendo golpe en el pómulo lo dejó tendido en el suelo. Esteban lo miraba desde arriba dominado por la cólera, interponiéndose entre él y la joven. Los ojos ambarinos desatados, los labios apretados, a duras penas contenía el bramido que crecía desde sus entrañas. Cualquiera lo habría tomado por un demonio. El carpintero no le tenía miedo y se lanzó hacia él navaja en mano. Macarena volvió en sí, solo por el horror de lo que presenciaba. Gritó sin poder remediarlo al ver cómo la navaja de José Antonio se hundía en la espalda de Esteban y se cubría de su sangre.

Cuando se separaron en el templete de las santas Justa y Rufina, después de que Macarena saliera huyendo de Esteban, este sintió la imperiosa necesidad de huir de sí mismo, de los pensamientos egoístas y oscuros que se agolpaban en su cabeza. Vivir sin ella carecería de sentido, tendría que aprender a existir así. Si Macarena no le amaba, lo único que podía hacer era respetar su decisión. Le desgarraba renunciar a ella más que nada en el mundo, pero había tomado la determinación de marcharse de Sevilla mucho antes de que la trianera apareciera en su vida. Aunque la ciudad no tuviera la culpa, aunque jamás consiguiera alejarse del todo del sufrimiento. Ya no podía más. Por gratitud hacia su tía Brígida aguantó varios años a su lado, procurando aportar logros que compensasen lo que hizo por él al sacarlo del seminario, para que no se sintiera afrentada al dejarla. Cuando surgió el encargo del rey, supo que era la oportunidad que había estado aguardando para saldar sus deudas con ella. Con todos los malditos Urquijo. Quizá el rechazo de Macarena solo era una señal más de que aquel y no otro era de verdad el momento idóneo.

Había salido de La Cartuja sumido en sus reflexiones con la intención de pasear por la orilla del Guadalquivir, que estaba tan gris como su alma dividida. Fue entonces cuando oyó el chillido ahogado de una mujer, al que le siguieron gemidos y los gritos coléricos de un hombre. Corrió al lugar de donde provenían las voces, un rincón apartado casi a la altura del escarpado margen del río. Al distinguir el traje rojo de Macarena, Esteban creyó que perdía la razón. Se lanzó decidido con el puño en alto y descargó un golpe con todas sus fuerzas en la cara del agresor. José Antonio cayó derrumbado. Esteban miró preocupado a Macarena, el malnacido le había destrozado parte del corsé y de la falda. Por suerte, parecía que había llegado a tiempo de evitar una desgracia. No obstante, Esteban fulminó al carpintero con su mirada más asesina. Sentía una furia tal que ni siquiera se movió cuando José Antonio arremetió contra él navaja en mano. De hecho, permitió que se la tratara de clavar en el abdomen para atrapar aquella mano con su brazo izquierdo y darle un fuerte codazo descendente con el derecho. Aquel movimiento fue lo que Macarena tomó por puñalada mortal, pero al momento se percató de que la hoja de la navaja tan solo había abierto una herida no muy profunda en el costado de Esteban, aunque tiñó de rojo su camisa en segundos. De la impresión, José Antonio soltó el arma.

—¡¿Otra vez metiendo las narices, Clérigo?! —bramó, rabioso.

Toño consiguió partirle la ceja y el labio a Esteban, que ni se inmutó; se limitaba a mantenerle la mirada en cada arremetida. José Antonio, tembloroso, tenía la respiración alterada por el cansancio y la perplejidad. «¡¿Es que este desgraciao no siente dolor?!», se preguntó. No era la primera reyerta en la que se metía, y sus contrincantes siempre habían salido bien escaldados. La ira de la soberbia no tiene nada que hacer contra la ira nacida de la impotencia, mucho más resistente y honesta.

Los años de palizas en casa de los Urquijo y en el seminario habían preparado a Esteban para aquel momento. Solo para aquel momento. Agarró al carpintero por el cuello y le propinó un tremendo cabezazo. A continuación, aprovechó el aturdimiento de José Antonio para quitarse la chaqueta y remangarse, ignorando la sangre que salía de su herida en el costado. Fue decidido hacia él. La mirada de fuego auguraba el peor de los ensañamientos.

Macarena lo vio venir y le suplicó que lo dejase estar, que ya había sido suficiente. Le pareció significativo que Esteban se desprendiera de su chaqueta, el buril de oro tintineando al caer contra el suelo empedrado. Estaba dejando de lado todo lo que le importaba solo por saciar su cólera. La muchacha recogió la posesión más preciada de su compañero y trató de usarlo como excusa para retenerlo.

—¡Basta! ¡Tú no eres así, Esteban! Esto es lo que eres, esto es lo único que eres. ¡Tus manos sirven para crear arte, no para hacer daño!

Él estaba enajenado, no veía a nadie que no fuese José Antonio. Macarena se negó a rendirse, a soltarlo, estaba empeñada en que cogiera el buril. El carpintero los oyó discutir, impotente y frustrado. Se encogió sobre sí mismo en el suelo por el dolor en la frente y al mirar un poco más lejos vio su navaja. La recogió con los dientes apretados y sin pensárselo dos veces fue directo hacia Esteban, aunque en realidad buscaba a Macarena.

Si él no podía tenerla, ese Clérigo canalla, tampoco.

Ninguno de los tres esperaba que Esteban reaccionara como lo hizo: cogió lo primero que encontró a mano, que en ese caso fue el buril dorado, y en un gesto instintivo se lo clavó a José Antonio entre la yugular y la clavícula. Los ojos del carpintero estaban desorbitados, sin comprender lo que acababa de ocurrir, sin comprender por qué se ahogaba, sin comprender por qué sentía tanto dolor. Esteban y Macarena, con la misma expresión de desconcierto, presenciándolo. Tampoco pudieron reaccionar para evitar que el cuerpo de Toño cayera al Guadalquivir.

19

Enero de 1902

Trinidad escuchaba. Los recuerdos de la familia Pickman.
Estaba tan desconcertada que tuvo que sentarse. Don Guillermo empezó en un tono moderado. Narró cómo se habían desarrollado los hechos mientras tuvo trato con los
progenitores de la joven británica. El año que pasaron trabajando para La Cartuja, concretamente, preparando aquella vajilla extraordinaria que estaba destinada al rey de España de entonces. El día de la recepción. Cómo transcurrió sin que él ni ningún otro Pickman o asistente al evento se enterase de nada de lo que sucedió después. Ahí don Guillermo se detuvo un instante. A todos les pareció un poco extraño que los padres de Trinidad desaparecieran, pero no le dieron tanta importancia, su relación no había pasado inadvertida y supusieron que debían andar acaramelados por ahí. Despidieron al monarca y cayó la noche.

Fue al día siguiente cuando aquella jornada de ensueño

se convirtió en una pesadilla. Una lavandera de Triana dio la voz de alarma. Al principio creyó que aquel bulto que flotaba entre los juncos de la orilla del Guadalquivir era uno de los fardos que caían a veces de las barcas. Se llevó un susto terrible al comprobar que era el cuerpo de un hombre. Un hombre muerto. Estalló un gran revuelo entre los vecinos de las casas próximas, nadie quería tocar el cadáver hasta que llegaran las autoridades. En cuanto identificaron al fallecido y la causa de su muerte, se pusieron en contacto con Carlos Pickman. No tanto porque el difunto trabajase como carpintero en su fábrica, sino porque habían encontrado una especie de punzón de oro macizo con el sello de su empresa clavado en el cuello del cadáver. También estaba grabado el nombre de un hombre. Los agentes del orden público trataron de localizar al susodicho para hablar con él, pero había desaparecido de Sevilla. Y no lo hizo solo.

Trinidad escuchó a don Guillermo con atención. No le hizo falta confirmar nada, todo había quedado absolutamente claro. Se llevó las manos al rostro. Sus propias palabras se volvieron contra ella. «Yo jamás les juzgaré», llegó a decirle a su madre. Qué necia. Qué osada. Las lágrimas corriendo por fuera y por dentro. Recordó entonces más que nunca el anhelo de sus padres por olvidar. A su hermano Fernando exigiéndoselo también. Cómo imaginar que la verdad podía resultar tan terrible. Hacer tanta justicia a un silencio que parecía infundado. Al ver su malestar, doña María de las Cuevas fue a tomar la mano de Trinidad, pero su tío Guillermo se adelantó:

—Le ruego que escuche la historia hasta el final, señorita Laredo, de la misma forma que la vivimos nosotros.

La joven levantó la mirada. Se sentía sin fuerzas, pero accedió.

—Mi padre también se llevó un profundo disgusto, como usted. ¿Sus dos jóvenes diseñadores fugándose juntos después de que uno de los dos asesinara a un hombre? ¿Podía ser más grave el asunto? Por fortuna —prosiguió don Guillermo—, los agentes de la autoridad no tardaron en entender lo que había sucedido. Preguntando a los compañeros de aquel carpintero, se enteraron de que su amigo llevaba días muy alterado. Tenía fama de bebedor y de pendenciero. Sostenían que sufría de mal de amores por una moza que no le correspondía, una trianera que estaba trabajando en la fábrica como diseñadora. —Trinidad frunció el ceño—. Varios asistentes al evento que hablaron con él aquella fatídica tarde testificaron que el joven portaba una navaja. Algunos no le dieron importancia, pues, como carpintero, no era tan extraño que llevase una herramienta como esa encima. Otros pensaron que parecía peligroso. La navaja apareció, señorita Laredo, junto con otros detalles muy importantes.

Don Guillermo explicó que dieron con el lugar exacto donde el fallecido cayó al río herido de muerte. Allí, además, encontraron la chaqueta del padre de Trinidad, impregnada en sangre, señal de que había sido apuñalado. En el suelo hallaron huellas de un forcejeo, y los restos de lo que parecían jirones de un vestido de mujer terminaron por confirmar la única teoría posible. Don Guillermo le dedicó a Trinidad una sonrisa comedida:

—Su padre defendió a su madre de una agresión, señorita Laredo. Sí nos decepcionó que huyeran de la ciudad en lugar de encarar sus problemas. Hasta tal punto que mi padre interrumpió la producción de La dama de La Cartuja como colección en serie de nuestra fábrica. El cruento incidente no trascendió lo suficiente como para que debiera avergonzarnos públicamente, pero sí nos pesó en la conciencia. La violencia y la muerte no pueden traer suerte a ningún proyecto, ¿no cree?

Trinidad sacudió la cabeza. Tal vez se sintió aliviada, no estaba segura. Le dolió comprender que sus padres no tendrían por qué haberse marchado de Sevilla ni haber vivido el resto de sus vidas con aquella pesada carga sobre los hombros. Enseguida lo desestimó. Independientemente de tener o no un buen motivo que les exculpase, dudaba que llegar a saberlo les hubiera liberado. Aquello debió de marcarlos a ambos para siempre. Igual que a los Pickman. Trinidad observó la reacción de doña María de las Cuevas. La marquesa estaba sobrepasada. Por un momento había creído que aquella colección podía significar la oportunidad que estaba buscando para remontar la empresa familiar. Se sintió una irresponsable por haber albergado esperanzas sin conocer los motivos de su abuelo para retirarla. Trinidad la compadeció y don Guillermo la consoló.

—Lo siento, sobrina. A menudo la verdad no es lo que necesitamos que sea.

El caballero intercambió una expresión de entendimiento con Trinidad, quien le dio la razón.

—Fue una colección magnífica —dijo la marquesa, resignada—. Sería estupendo disponer de algo similar en esta época.

Trinidad reflexionó. Dirigió un breve vistazo a su plato de loza, el mismo que mostraba a aquella dama tan especial. Después se levantó con intención de salir de la estancia. Los Pickman la observaron en silencio.

—Me alegro por usted, señorita Laredo —dijo honestamente doña María de las Cuevas—. Ha conseguido responder a las incógnitas de su familia.

—Todavía no, señora marquesa —repuso, dándoles la espalda—. Mis padres no me han conducido hasta ustedes solo para que descubriera lo que les pasó, puede que también me estén mostrando la forma de salvar su fábrica.

20

Abril de 1872

Macarena no reaccionaba. Esteban, tampoco. No obstante, sí percibieron que alguien a lo lejos había oído aquel alboroto. En concreto, un guardés de los terrenos externos de la fábrica. Esteban tenía la mirada perdida en las aguas del río, catatónico y tembloroso. Macarena también, pero sus pensamientos eran muy distintos.

Una vez más, el Guadalquivir era el único testigo. La luna que empezaba a mostrarse en el cielo del atardecer se reflejó sobre uno de los fragmentos de La dama de La Cartuja original, que captó su atención.

Macarena por fin reaccionó. Sacó fuerzas para recoger los pedazos y animar a Esteban a moverse. Tiró de su mano para que huyeran hacia el sur por las huertas, en dirección a Triana. Al llegar al cementerio de San José, se detuvieron a recobrar el aliento. Se cobijaron en un mausoleo de piedra. La cruz que lo coronaba proyectó su sombra sobre el rostro de Esteban, que se quedó contemplándola hipnotizado. Macarena tenía la vista fija en su dama rota. Al final no pudo más y se echó a llorar, tapándose la boca, susurrando el nombre de Toño. Pensando en él no cuando la mantenía sujeta a punta de navaja para agraviarla, sino de niño, cogiéndola de la mano para buscar chicharras. Un gemido agónico emergió desde el fondo de su alma, pero tuvo que dejarlo de lado al notar que Esteban se separaba de ella de improviso, corriendo, para arrodillarse a los pies de un ciprés. Vomitó su angustia, descarnado. La joven volvió a remangarse el vestido borgoña y acudió hacia él. Se lo encontró con un aspecto lamentable. El rostro enrojecido por la postura y el sufrimiento. Sus lágrimas caían directamente de sus ojos sobre el camposanto.

—Dios misericordioso —susurraba—, cómo podría osar rogarte perdón. Me has mandado tantas señales que me advertían de que esto podía llegar a pasar —repetía una y otra vez Esteban, atormentado porque su temperamento visceral había terminado por dominarlo—. Lo he matado… He matado a un hombre. Soy un asesino. Tengo… tengo que entregarme. Tengo que entregarme a las autoridades.

—No —reaccionó ella deprisa, tragándose su propio dolor en favor del de su compañero, tomándole el rostro—. No, Esteban. Mírame, ¡mírame! José Antonio era el único asesino aquí, lo que ha sucedido ha sido en defensa propia.

—Tú intentaste detenerme —afirmó, aún con la mirada perdida—. Intentaste detenerme para que no arremetiera contra él. Y yo… yo no te escuché.

—No ha ocurrido así.

—Y si no ha sido así, ¿por qué no dejas que me entregue, maldita sea? —Cuando por fin la miró, sus ojos eran pura agonía—. ¡He matado a un hombre, Macarena! Jamás podré escapar de esto, ¡jamás!

La trianera se mordió la lengua y sorbió por la nariz. Aun así, no apartó el rostro y lo obligó a que él sostuviese también la mirada.

—Sí lo harás, Esteban, porque huiremos juntos.

—¿Qué estás diciendo, mujer? No tardarán en encontrar su cuerpo con el buril que el señor Pickman encargó especialmente para mí. No me queda más remedio que entregarme y asumir la responsabilidad.

—¡Ni hablar! —replicó, exaltada—. Es a mí a quien han intentado asesinar, soy yo la que casi muere. Tú solo lo has evitado. Además —añadió tras una pausa—, yo te di el buril. Lo que ha pasado es tanto responsabilidad mía como tuya. Y no permitiré que cargues con ello tú solo. —Macarena pensó un instante. Esteban la observó sin entender—. Tanto que querías que me fuera contigo de Sevilla y ahora parece que te espante.

Esteban negó una vez lentamente. Luego, tres más deprisa. Al final, de forma compulsiva.

—No… no, Macarena, ¡no! ¡Así no! ¡Así no, te lo ruego! La situación ha cambiado por completo, no podemos marcharnos de Sevilla como vulgares fugitivos.

Ella se limitó a abrazarlo en el silencio de aquel cementerio.

—Si en algo tienes razón es que todo ha cambiado, Esteban.

Él se dejó estrechar por ella y terminó abandonándose al llanto. Cuando calmó su angustia y pareció recuperar la entereza, Macarena lo animó a levantarse. Debían moverse cuanto antes. Puesto que no disponían de dinero suficiente como para huir y tampoco podían regresar a La Cartuja en esas condiciones, la trianera le propuso que parasen en el taller Montalván. Allí se proveerían de lo que necesitaran para el viaje. También se cambiarían y curarían las heridas de Esteban.

Montaron una improvisada sala de curas en el patio pequeño que daba a la cocina principal. No quisieron encender las luces para no alertar a los vecinos de su presencia antes de que regresaran Justa y Sagrario de la fábrica, así que tuvieron que apañarse con la iluminación de una discreta vela. Esteban quedó completamente fascinado por el taller y lamentó descubrirlo en aquellas circunstancias.

Macarena le curó los cortes de su rostro, aplicó alcohol de romero en las heridas abiertas y en los moratones más aparatosos, y también le untó un poco de miel de flores en los nudillos estriados, para calmarlos y para que cicatrizaran. Mientras ella desinfectaba el tajo más grande del costado con un paño húmedo y se lo vendaba, él la miró en silencio. Los ojos enrojecidos por la culpa, ya para siempre.

—¿Qué estás haciendo, Macarena? —murmuró.

—Taponarte esto, ¿qué si no? Por muy espartano que seas, acabarás por desplomarte si sigues perdiendo sangre. Puede que parezca superficial, pero un corte en las costillas no es para tomárselo a risa.

—No me refería a eso, y lo sabes. —Ambos callaron un momento, hasta que él terminó por cogerle la mano—. ¿Qué... estás... haciendo, Macarena? Dijiste que amabas Sevilla con toda tu alma, ¿de verdad vas a dejarla de esta manera? ¿Conmigo?

Ella apretó los labios y después dejó escapar un suspiro.

—Sí, precisamente porque lo haré contigo. Y antes de que me digas que el motivo es la desgracia que ha ocurrido, pues por supuesto que sí, Esteban, por supuesto que nos vamos por eso, no hace falta que lo recalques más. También comprendes que, cuando tomo una decisión, ya resulta imposible que me eche atrás. Esto es lo correcto, aunque escueza.

—Es porque escuece que no deberías cegarte —insistió él—. ¿Qué pasará cuando las heridas sanen? ¿Qué ocurrirá cuando el temor desaparezca y la vida siga su curso? ¿De verdad no te arrepentirás de esta decisión? Cuando te veas en un sitio al que no perteneces, cuando te dediques a algo que no te agrada, cuando sientas... que has dejado escapar tu preciosa libertad, con todo lo que el destino podía haberte deparado aquí, en la felicidad o en el amor.

Macarena le sostuvo la mirada y, un segundo después, le dio con el paño en el brazo.

—Ya está bien, Esteban. Yo y solo yo decido mi destino,

porque, incluso condicionada, sigo siendo libre para escoger qué hacer, y siempre lo seré. Mientras eso se mantenga, me sentiré feliz allí a donde vaya, trabaje de lo que trabaje, viva donde viva. En cuanto al amor —dijo y, sin que él lo esperase, se inclinó hacia delante, le dio un suave beso en los labios, dejándolo mudo, y apoyó frente con frente—, yo ya he encontrado al hombre de mi vida, que lo sepas.

Esteban se rindió, cerró los ojos y se dejó consolar por Macarena. Aquella confesión le habría llenado de dicha días atrás, no había imaginado que pudiese existir una realidad en la que le resultara doloroso que ella lo acompañase.

La trianera dedicó una mirada a aquel hermoso patio cubierto de azulejos. El taller Montalván había sido su hogar. Era su hogar. Pero sí, había surgido algo más importante. Así era la vida a veces.

Cuando acabó de hacer las curas a Esteban, fueron a su habitación. Él se ocuparía de sacar su maleta y coger algunas mudas mientras ella buscaba algo de comida y dinero. Debían darse prisa, sus tías podrían volver en cualquier momento. Le dolió su propio comentario. Se sintió como si les estuviera robando, por eso se limitó a coger lo imprescindible, una cantidad que ellas mismas le habrían prestado de necesitarlo. Hurgó en los cajones de Sagrario. Su tía Justa llevaba las cuentas del negocio, pero Sagrario administraba las de la casa, por eso Macarena decidió sacar el dinero de ahí. Al remover los distintos casilleros de su tía, descubrió una abultada carpeta de bocetos y facturas que no había visto nunca. Arrugó el ceño. Miró en su interior y vio que el primer boceto era sin ninguna duda el dibujo del paisaje que servía de fondo a La dama de La Cartuja de su madre. Lo sostuvo en alto y sonrió al comprobar que estaba firmado por ella. Luego sacó el resto y descubrió muchos más bocetos de su progenitora, cada uno de ellos más increíble que el anterior. También vio algo más: unos documentos llenos de números escritos a mano. No se detuvo a leerlos, pero sí que vio que eran de él. No entendió cómo era posible que estuvieran ocultos allí; sin embargo, sabía que su mera presencia en su casa contradecía las palabras de Brígida. Macarena sonrió y besó la rúbrica de aquel hombre. Por fin había encontrado a su padre. Esteban la llamó entonces desde su alcoba, pidiéndole ayuda. Macarena le respondió que enseguida iba, devolvió la carpeta a su sitio y cerró el cajón. Jamás volvería a abrirlo y rezó por que algún día lo hiciese alguien de confianza que sacara a la luz lo que debía saberse. Antes, la joven volteó el paisaje de La dama de su madre y usó el dorso para escribir una carta de despedida a Justa y a Sagrario. No podía contarles lo sucedido, eso las destrozaría más que el hecho de marcharse. Se limitó a decirles que debía dejar Sevilla porque allí ya no podía ser feliz y que esperaba que lo entendieran. Más tarde, cuando las Moiras encontraron aquel mensaje, decidieron enmarcar el dibujo y colgarlo en un lugar donde lo vieran siempre. Era su último recuerdo de Macarena y de su madre. Durante años, lo miraron con la esperanza de que su niña regresara algún día.

En cuanto Macarena y Esteban tuvieron todo lo necesario, se marcharon. La joven trianera se detuvo un instante en la puerta del taller antiguo. Sobre la mesa de bosquejos de Justa descansaban los tres fragmentos de La dama de La Cartuja de su madre que Brígida había destrozado. Sin pensárselo, Macarena cogió aquel plato roto y lo guardó en la maleta con cuidado. La pieza nunca volvería a ser la misma, pero siempre sería una obra magnífica, y se la llevaba consigo para no olvidar.

Salieron con sigilo, cuidándose de que ningún viandante de la calle Alfarería los viese. Esteban se asomó primero para comprobar que estaba desierta. Cuando fue a avisar a Macarena de que podían salir, se detuvo al ver que la joven miraba con lágrimas en los ojos cada esquina de aquel hermoso taller. Él lo entendía y esperó en silencio tanto como fue posible, respetando aquella despedida. Al final tuvo que rogarle premura. Desde fuera, Macarena echó un último vistazo al taller Montalván, concretamente al rincón donde siempre vio trabajar a su madre, el rincón que ella había heredado y el que pensó que siempre ocuparía. Esteban la urgió con delicadeza tomando su mano. Él también estaba desolado. Así dejaron Sevilla para no volver a pisarla nunca más.

21

Enero de 1902

Trinidad rogaba. A doña Milagros en la puerta del taller Montalván. El nombre de la actual maestra no podía ser más apropiado, porque, de estar en lo cierto, necesitaba toda la intervención divina posible. Baldomero se sorprendió por lo alterada que estaba la joven cuando fue a buscarlo a la zona de servicio de la casa de los marqueses de Pickman para pedirle que volviesen a la calle Alfarería tan rápido como le fuera posible.

En cuanto llegaron a la altura de la calle San Jacinto, que conectaba con Alfarería, Trinidad bajó del carruaje de un salto y salió corriendo, ignorando los ruegos de mesura del cochero. Sin embargo, ella ya estaba haciendo sus propios ruegos. Muchos ceramistas de la calle se asomaron a sus balcones, alterados por el alboroto que hacían los tacones de los botines de la joven contra los adoquines. La chica apretó el paso por el empedrado, destrozándose los pies.

Pronto llegó al taller Montalván y tuvo la suerte de encontrar dentro a Milagros Campos, aprovechando la última luz de la tarde. La maestra la miró desconcertada, tanto por volver a verla como por descubrirla en aquel estado, con la respiración entrecortada y el recogido deshecho.

—Doña Milagros, disculpe que vuelva a molestarla, y las horas intempestivas de mi visita. —Todavía jadeando, le señaló el paisaje enmarcado que descansaba sobre la pared del fondo—. ¿Podría ayudarme a encontrar el resto de los bocetos de aquella artesana joven de la que me habló?

Trinidad se lo rogó con sus palabras y con su mirada. De una alfarera de Cheshire a otra de Sevilla, en la vía más apropiada del mundo para conseguir lo que se había propuesto. La que sin duda iba a ser la verdadera razón de aquel viaje. Solo cuando se llega al destino se comprende el camino.

Cuando por fin tuvo las láminas de bocetos en las manos, Trinidad no daba crédito a lo que sus ojos veían y lo trascendental que había sido ir hasta allí. Tuvo que secarse las lágrimas con el dorso de la mano mientras miraba una y otra vez aquellos dibujos, al tiempo que sonreía plena de dicha.

Milagros se mostraba igual de maravillada. De eso les sonaba a ella y a su marido la descripción que la joven británica les hizo del plato de loza. Tardaron un buen rato en localizar el cajón donde guardaban aquella carpeta con bosquejos entre otros documentos, facturas y misivas antiguas. Doña Justa estaba muy tranquila meciéndose en su butaca, impávida ante la urgencia de las otras dos. Eleuterio había salido, pero regresó a tiempo de sumarse a la búsqueda. Cayó la noche, aunque la encontraron. La dama de La Cartuja original, a lápiz y a acuarela, de muchas formas distintas, sola o con su paisaje sevillano de fondo, acompañada por marcos florales, filigranas mudéjares y grabados geométricos. A Trinidad no se le escapó que en casi todas las láminas había alguna que otra gota reseca que la conmovió. De haberlas descubierto en los dibujos a pincel, las habría tomado por agua para diluir o difuminar, pero en los bocetos a carboncillo debían de ser huellas de llanto. «Demasiado», pensó Trinidad. Aun así, le parecieron los dibujos más hermosos que había visto nunca. La dama no era el único diseño. Había muchos más, decenas, llenos de ideas y conceptos igual de extraordinarios, incluso mejores. Justo lo que ella quería. Debía enseñárselos cuanto antes a los Pickman. Fue entonces cuando pasó la última lámina pintada de la carpeta y descubrió unos documentos llenos de números. Trinidad se quedó de piedra. Milagros la imitó. No sabía leer, pero intuyó que debían decir algo importante para que a la muchacha le hubiera cambiado la cara de aquella manera.

—Sabía que regresarías a por ellos, mi pequeña —murmuró Justa con la vista perdida, mientras las otras dos observaban aquellos papeles. Luego la anciana miró directamente a la muchacha—. Tú nunca olvidaste a tu madre ni a tu padre.

Trinidad volvió a concentrarse en aquellas facturas. Examinándolas con mayor atención, se le descompuso el rostro. Apenas les dio explicaciones a Milagros y a Eleuterio; sin embargo, ambos comprendieron y le concedieron permiso para que se los llevara. Ahora la joven rogaba por estar equivocada.

—¿Miss Laredo?

Winston, el mayordomo de la marquesa de Pickman, volvió a abrirle la puerta, asombrado por el ímpetu con el que la aporreó y por la hora, porque los marqueses debían de estar cenando. Baldomero intentó convencer a la muchacha de que esperasen al día siguiente, pero se negó en redondo, y tampoco le hizo caso cuando pidió que no fuese tan vehemente para que la atendieran. Los ruidos de los porrazos no parecieron sentar muy bien a todos los residentes del palacio Pickman.

—Pero bueno, Winston, ¿qué es este escándalo? —exclamó don Lorenzo, realmente indignado, apareciendo del brazo de una señora distinguida, su esposa Susana de la Viesca y Pickman, marquesa de Santo Domingo de Guzmán—. Semejante algarabía solo puede ser obra de los bomberos o de un demente.

—Sin duda lo segundo, señor —se excusó Trinidad, dando un paso al frente para dejarse ver en la entrada de la casa. El matrimonio observó a la joven, contrariado—. Disculpen que haya importunado la paz de su hogar a unas horas tan inapropiadas. Pienso que el asunto lo merece.

Se presentaron otras dos mujeres en la estancia. Ambas iban bien vestidas, ataviadas para una cena familiar en casa.

La mayor, doña Enriqueta, la quinta hija de Carlos Pickman, llevaba un vestido azul de perlas y cristales engarzados que tintineaban por el ajetreo del susto de la señora, que se había alterado al oír la palabra «bomberos». La otra mujer sonrió entusiasmada al descubrir a Trinidad. Doña María de las Cuevas se veía imponente con su atuendo ocre de encajes grises a juego con sus guantes de seda. Sus ojos brillaron más que sus pendientes de diamantes.

—Mi tío y yo sabíamos que volvería pronto, señorita Laredo, pero no esperaba que tanto.

Lo dijo en inglés, por una mezcla de cortesía y nerviosismo. La marquesa de Pickman supuso que la muchacha no se habría presentado tan tarde en su casa si no tuviera algo vital que comunicarle. Don Guillermo descendió por las escaleras presuroso, también alertado por los golpes, e igualmente se alegró de verla. Trinidad pidió permiso para pasar al salón, solo porque había visto que disponía de una amplia mesa. La marquesa accedió a su petición con premura, pese a las quejas de don Lorenzo. Doña Susana hizo lo que pudo por aplacar los nervios de su marido, que se negaba a dar su brazo a torcer: «¡Qué desfachatez! ¡Qué contrariedad! ¡Interrumpir la cena de una casa respetable de esas maneras!». Doña Enriqueta también expresó por lo bajo su desagrado y le comentó a María de las Cuevas que estaba de acuerdo con su sobrino político. Si aquella jovencita deseaba hablar con ellos, podían invitarla al comedor y que charlasen tranquilamente sentados, como la gente civilizada. También podrían ofrecerle a la muchacha un baño y una muda, tenía el aspecto de alguien que se hubiese pasado todo el día recorriendo Sevilla de arriba abajo.

Los criados que se encontraban apostados en la pared intercambiaban miradas silenciosas, todos igual de confusos por la presencia de Trinidad por segunda vez esa misma jornada. Winston le ofreció a Baldomero una tisana en la zona del servicio y, esta vez sí, el cochero agradeció la infusión. Por cómo el hombre se secaba el sudor de la frente con un pañuelo, doña Enriqueta no iba desencaminada. La mujer y su sobrina Susana abrieron sus abanicos, mientras don Lorenzo dejaba los gritos y se sumía en la más absoluta perplejidad.

Trinidad había dispuesto sobre la mesa de ébano una serie de papeles con transacciones e información confidencial de la fábrica. María de las Cuevas los escudriñó hasta que, al final, terminó por sonreír dándole un toquecito en el codo a la dama de mayor edad.

—¿Todavía quiere que nos traslademos al comedor, tía Enriqueta? Puede que se quede usted sin probar el suflé.

—¡Oh, en eso eres clavada a tu abuelo, María de las Cuevas! —dijo la señora, cerrando de un golpe su opulento abanico de marfil calado, con seda y pinturas cortesanas—. Menos mal que accedió a que adquiriésemos una vivienda lejos de la fábrica, ¡me ponía de los nervios que no fuese capaz de desconectar del trabajo ni un momento!

—Tampoco sabemos qué ha venido a contarnos esta joven —dijo don Lorenzo, paseando la vista de un documento a otro sin centrarse en ninguno—. ¿Qué son todos estos papeles?

Trinidad dudó una vez más. Se había debatido durante el trayecto en coche de caballos, pero, una vez allí, creyó que lo justo sería responder con sinceridad:

—Antiguas facturas y cuentas de su fábrica, señor. Cuentas falsificadas.

Las tres señoras Pickman y el futuro marqués de Salobral la miraron alarmados. Don Guillermo estaba, en cambio, muy sereno. Ante el mutismo general, Trinidad se explicó. Contó que había regresado a la calle Alfarería para buscar un material que creía que podía ser de utilidad para doña María de las Cuevas, pero terminó dando también con aquellos documentos. Ignoraba por qué y cómo habían ido a parar a Triana. A fin de cuentas, estaban fechados casi medio siglo atrás. Lo importante era que albergaban una información muy valiosa. El cuarto hijo de Carlos Pickman estaba atento a las reflexiones de la joven de Cheshire.

—Fíjense. —Trinidad cogió una hoja en particular para mostrársela directamente a la marquesa de Pickman—. Al principio me parecieron los documentos normales y corrientes de un pagador, pero hay detalles que carecen de sentido. Por ejemplo, estos de aquí, los más antiguos, de mayo de 1851, dicen que su abuelo, don Carlos Pickman, deseaba realizar un pago a veinte empleadas de la fábrica que habían sido despedidas por una supuesta «irresponsabilidad en su trabajo», y el concepto es: «Compensación por desamparo de la familia». Dos mil reales de los de entonces. —La joven fulminó con la mirada a los cinco—. Como si esas mujeres, todas ellas, tuviesen niños pequeños de los que ocuparse y el señor Pickman quisiera compensarlas por un despido que no terminara de convencerle. Sin embargo, vemos esta otra misiva, firmada por el pagador a nombre, aparentemente, del mismo Carlos Pickman, para que esos dos mil reales fuesen a parar a otro destino. Una escuela. —Trinidad dejó esos dos documentos sobre la mesa y se inclinó para señalar otros—. Ese es el caso más singular, no solo por su naturaleza, sino también por la antigüedad. El siguiente resguardo es de casi tres años después, y el resto se repiten con una frecuencia de unos dos o tres meses entre ellos. Los hipotéticos pagarés de otras empresas de loza de España coinciden con el descenso de las arcas de la empresa Pickman y Compañía. Y siempre por las mismas cantidades. Miren este. El veinticuatro de marzo de 1855, esta empresa abona trescientos reales por un supuesto trabajo de diseño y asesoramiento artístico; justo el mismo día, esa cantidad desaparece de los fondos de Pickman y Compañía en favor de lo que aquí se denomina «Mantenimiento y soporte de los hornos». Desconozco la equivalencia exacta de los reales a libras, señores, pero me dedico a la cerámica en Cheshire y les garantizo que cuidar de nuestros hornos no nos supone más que lo que el humilde sueldo del deshollinador. Quizá sus hornos sean más delicados. En cualquier caso, este patrón se repite constantemente. Y, por último —dijo Trinidad, extendiendo el brazo para coger un documento fundamental, el único con una letra distinta—, está esta carta redactada el trece de enero de 1856 por el entonces responsable artístico de la empresa que hoy es su mayor competidora, dirigida a una dama concreta, en la que le reprocha que ha llegado a sus oídos que dicha señora supuestamente afirmaba que había estado varios años proporcionando servicios a su producción, algo que, si acaso, fue puntual en origen y desestimado al final, pues el orgullo y el honor del caballero le llevaron a no volver a entablar relaciones contractuales con ella por ser la señora una de las principales asesoras de Pickman. Les diré que la señora en cuestión y el destino de todos estos ingresos ficticios comparten el mismo nombre. Esta carta demuestra que el dinero que esa mujer recibió jamás salió de su trabajo, sino de Pickman y Compañía, y todo sin que don Carlos Pickman ni nadie de su círculo lo sospechase.

Trinidad se quedó en silencio tras concluir su exposición. Don Lorenzo fue el primero en moverse, e instintivamente se dirigió a los documentos para constatar aquella infamia con sus propios ojos. Su esposa Susana, tapándose la boca, observaba por encima de su hombro. Doña Enriqueta dejó el abanico y se adelantó para mirar el texto más antiguo. Cerró los ojos, pensando en el disgusto tan grande que se habría llevado su padre de haber descubierto todo aquello. Trinidad agachó la vista, consciente de que había dejado caer una bomba en aquel salón. Quizá los bomberos habrían causado menos alboroto. La joven británica no se esperaba que don Lorenzo cogiera algunos papeles más y se dirigiera hacia la puerta principal, decidido a salir. Doña María de las Cuevas seguía sin moverse ni gesticular; aun así, lo frenó.

—¿Qué pretendes, Lorenzo?

—Pedir explicaciones al otro lado de la acera, prima, ¿qué si no?

Trinidad parpadeó confusa.

—¿Se ha fijado en la gran vivienda que hay en el centro de la plaza de la Santa Cruz? —le preguntó la marquesa—. Pertenece a los Urquijo de Robleda.

Trinidad se puso pálida como la cal. Aquel apellido era el que figuraba en todos los documentos. Recordó de golpe la sensación que se había apoderado de ella cuando vio aquella mansión por primera vez.

—No tiene sentido que vayas a hablar con nuestros inversores, Lorenzo. —María de las Cuevas se había levantado para agarrar del brazo al marido de su prima, que no parecía dispuesto a quedarse en casa—. Hace años que allí no vive un Urquijo de Sevilla. Los que quedaban se marcharon todos a Barcelona.

—Pues ya me dirás qué hacemos —se quejó don Lorenzo, señalando a Trinidad con la cabeza—. Si esta información ha estado circulando por ahí, vendrá más gente a pedirnos cuentas.

—Yo... yo no pretendía... —balbuceó la joven, angustiada—. Precisamente se lo he mostrado para advertirles, para que lo sepan. Sé por lo que están pasando, me pareció injusto que pudiera suponer otro mazazo a su empresa, sobre todo porque en cuanto los leí no me cupo duda de que los Pickman no estaban involucrados. Considero que deberían reclamar el dinero que terminó en las arcas de la escuela. Les pertenece, a ustedes y a sus empleados. Quizá…

Al momento la marquesa apoyó su mano sobre el hombro de Trinidad y le dedicó una sonrisa enternecida.

—Esa escuela se disolvió antes de que yo me casara —dijo doña Enriqueta. Su actitud cambió radicalmente. Se abanicó con dignidad y pasó de señora apurada a mujer de negocios—. Aquellas ganancias se debieron de repartir entre los miembros de la familia Urquijo. De existir delito, ocurrió hace tanto que sin duda ha prescrito. Qué más da ya.

Aquello apaciguó al instante la inquietud de don Lorenzo y doña Susana. En cambio, don Guillermo y Trinidad parecían seguir angustiados y sumidos en otras reflexiones. Ella trataba de entender más allá del contenido de aquellos documentos. La marquesa de Pickman observó a la muchacha conmovida por su consideración.

—Querida señorita Laredo —le dijo, tomando su mano—, le agradecemos profundamente que haya venido hasta aquí con el propósito de compartir esta información tan importante, pues ciertamente lo es. Y, además, tiene un gran valor para nosotros y para la memoria de mi abuelo, que debió de morir con muchas dudas que estos papeles le habrían resuelto. Para su tranquilidad, sepa que no hubiese sido determinante para la fábrica, ya lo ha escuchado. Si La Cartuja cierra será por otras vicisitudes. Tras la pérdida de Cuba, nos dejamos llevar por el temor a una posible guerra y después no supimos reivindicar la dignidad creativa y luchadora que siempre nos había caracterizado como empresa. Por desgracia, además, contagiamos esa inseguridad a nuestros trabajadores. De un modo irreparable. —Ahí su voz se quebró—. Como le dije, esto es un problema de confianza. De esperanza.

Trinidad le sostuvo la mirada. Observó al resto de los miembros de la familia Pickman, que estaban igual de afectados. La británica estuvo a punto de desfallecer. Entonces apretó los puños y se dirigió decidida a su maleta. «Un problema de esperanza». Ante la expectación de los presentes, Trinidad apoyó el fardo de cuero sobre la mesa y extrajo los papeles que en realidad había ido a buscar al taller Montalván.

—Ahora que sabemos que nada de lo que he averiguado les perjudica, supongo que podrán disfrutar de esto.

Cuando vio los dibujos, a doña Enriqueta se le cayó el abanico de la mano; don Lorenzo y doña Susana parpadearon incrédulos, y doña María de las Cuevas esbozó una enorme sonrisa de asombro que su tío Guillermo imitó. La marquesa se aproximó para apreciar de cerca aquellas magníficas ilustraciones, las de La dama de La Cartuja y de tantos otros diseños, y se mostró encantada. Doña Enriqueta le preguntó inquieta a su hermano si aquello no era la vajilla que su señor padre había obsequiado al rey Amadeo I de Saboya. Guillermo captó el tono de la mujer. Aunque sus hermanas no se interesaron mucho por la empresa familiar, ninguna pasó por alto en su día que tanto don Carlos como don Ricardo prefirieron ocultar aquella colección y no volver a hablar de ella. Don Guillermo se encogió de hombros; allí había muchos más diseños, justo lo que su sobrina María de las Cuevas deseaba. Tanta belleza, tanta finura. Se los tendió a doña Susana y a don Lorenzo para que ellos también los viesen. Esos bocetos nacieron para ser inmortalizados en cerámica, ¿no lo creían ellos también? Si alguna vez llegaron a desarrollar algo así en sus instalaciones, les parecía un desperdicio que no lo aprovechasen para resurgir. La marquesa preguntó a Trinidad si daría su permiso en nombre de sus padres. La joven sonrió con dulzura.

—Ellos no realizaron estos diseños, doña María de las Cuevas.

Su respuesta generó aún más desconcierto.

—¿Y quién es el autor?

—Autora —corrigió Trinidad la pregunta de doña Susana—. Me temo que falleció hace mucho, señora. No sabría decirle cuánto. Solo sé que fue una alfarera de Triana que murió muy joven.

—Supongo que trabajaría en nuestra fábrica —dijo don Lorenzo—. En una propuesta de estas características intervienen muchas manos.

—Los artesanos de la calle Alfarería que conservaban los bocetos me han asegurado que estos dibujos en concreto fueron obra de esa joven —les informó.

—No es posible —insistió el caballero, admirando cada detalle.

—Tal vez fue idea suya —reflexionó su esposa—, y nuestros diseñadores la adaptaron a la loza.

Trinidad estuvo de acuerdo con aquella teoría, al menos en lo que respectaba a La dama de La Cartuja y a sus padres, ya que desconocía las circunstancias.

—La autora de estos diseños murió sin que nadie supiera de su talento —dijo mientras observaba a don Guillermo, que se había quedado aparte. Lo repitió por si el caballero reaccionaba, pero fueron los demás los que se mostraron más dispuestos a intervenir en la conversación.

—Qué tragedia —se lamentó doña Enriqueta, que recuperó su abanico para agitarlo todavía con más garbo—. Antiguamente, no era nada frecuente que una mujer hiciera un diseño para nuestras vajillas. Menos aún, joven o de origen humilde. Y para colmo murió pronto y su obra igualmente cayó en el olvido. ¡Una auténtica tragedia!

—Son los diseños más hermosos y originales que he visto nunca —reconoció don Lorenzo a regañadientes, rendido a la evidencia—. Y he contemplado muchos. Nuestros operarios se motivarían tratando de darles vida.

Siendo el más escéptico de los directivos, le costaba reconocer que incluso él estaba ilusionado con esas láminas. No obstante, su esposa lo hizo por él; aquella era una oportunidad con la que ni siquiera habían soñado, y le rogó a su prima que ignorase la opinión de cualquiera de sus socios empeñado en cerrar la fábrica. Su marido estuvo de acuerdo. Días atrás, la marquesa se negaba a hablar en las reuniones porque carecía de argumentos para mantener la empresa a flote. Pero nunca se había rendido del todo y ahora tenía ante sí la tabla de salvación que tanto había anhelado. Doña Enriqueta le dijo que su abuelo se hubiese sentido muy feliz de haber sido testigo de aquellos esfuerzos. Una tímida lágrima rodó por la mejilla de doña María de las Cuevas, que apartó con discreción. La marquesa les dijo que no podían emplear esos diseños sin autorización. Debían localizar a algún descendiente o familiar.

—No hará falta que busques, sobrina —habló por fin don Guillermo—. La tienes delante.

Todos los presentes lo miraron sorprendidos. Sobre todo Trinidad, porque el caballero se estaba refiriendo a ella. La conciencia del hijo de don Carlos no pudo más y compartió lo que sabía: la única relación posible entre aquellos bocetos del taller Montalván y La dama de La Cartuja que habían desarrollado en Pickman y Compañía.

—Su madre me habló muchas veces de su abuela, señorita Laredo —dijo don Guillermo—; en verdad, lo hacía con todo el mundo. Se sentía muy orgullosa y nunca ocultó que se había inspirado en sus diseños para elaborar su propia versión de La dama. Supongo que le debió de costar la misma vida no hablarle de ella cuando le entregó este plato, pero no dude que lo hizo para protegerla. Cuando la loza se rompe, aunque los pedazos se peguen, siempre queda la huella por donde se fracturó. Como sucede en la vida. Su madre no debía querer que usted heredera sus cicatrices.

Trinidad estaba sobrecogida. Bajó la vista a aquellos bocetos, como si los contemplase por primera vez. La revelación era de tal magnitud que todos los Pickman se retiraron cuando don Guillermo les rogó intimidad para seguir conversando con la joven. En cuanto se quedaron solos, Trinidad observó al caballero con gran ofuscación. Él no se demoró más y se explayó en los detalles que concernían a sus orígenes y, precisamente por ello, al final terminó revelándole lo que tenía derecho a saber:

—Señorita Laredo, esta mañana no se lo conté todo respecto a la decisión de mi padre y de mi hermano de no reproducir La dama porque estaba mi sobrina delante. El incidente en el río no fue lo único que se asoció a aquel diseño. Le siguió otro asunto igualmente terrible. Cuando sus padres desaparecieron de Sevilla, a quien más afectó fue a la tía de su señor padre. Ella gestionaba la escuela que figura en los documentos que usted ha encontrado y se encargó de la instrucción de sus dos progenitores, además de supervisar el desarrollo de La dama de La Cartuja.

Trinidad entendió lo que trataba de decirle: sus padres se habían cambiado de apellido para que no les localizaran. En cuanto vio aquellas facturas, una duda la carcomió al instante. Le parecía demasiada casualidad, aunque también era cierto que un nombre podía repetirse mil veces en una misma ciudad, así que se había ceñido a mostrar el contenido de esos documentos a quien debía sin darle importancia. Pero la chica se trasladó a cuando tenía trece años, a aquel instante en que todo cambió de verdad, cuando encontró el pasaje de barco de su padre de Cádiz a Liverpool en el que figuraba el apellido Urquijo. Su madre se lo quitó inmediatamente de las manos; sin embargo, ella nunca lo olvidó. Cuando descubrió los documentos en el taller Montalván, le dio un vuelco el corazón leer aquel mismo apellido en el nombre de la escuela y en el resto de las cartas y las facturas. No podían tener nada que ver, se dijo. Demasiada casualidad, se repitió. El verdadero apellido de Trinidad, por herencia de padre, era Urquijo. Siendo de la misma línea de la familia Urquijo que la que figuraba en todas aquellas transacciones ilegales.

—Su padre se crio en una familia complicada, señorita Laredo —vio necesario aclarar don Guillermo—. Esa señora, su tía, dirigía una de las escuelas más importantes relacionadas con nuestra empresa.

—Antes —lo interrumpió Trinidad—, su hermana ha mencionado que la escuela se disolvió y que los Urquijo que quedaban se marcharon. ¿Esa mujer también se fue?

La joven permaneció muy atenta a la siguiente historia que le contó Guillermo Pickman. Cuando la señora Urquijo supo que su sobrino, el orgullo de la Escuela Roberts y Urquijo, se había fugado con la madre de Trinidad y, además, se había visto envuelto en un suceso tan grave, entró en cólera, pero la situación empeoró en el momento en el que Carlos Pickman decidió retirar la vajilla del rey, su mayor triunfo.

Al parecer, la mujer perdió los papeles. No podía creer que su sobrino hubiera matado a un hombre. Sin embargo, cuando don Carlos le dijo el nombre del fallecido, tuvo que sostenerla para que no se desmayara. Nadie supo por qué.

Quizá lo conocía, jamás lo confirmó. Los días siguientes, la señora se obsesionó con desmentir aquella versión de los hechos, en la que su sobrino quedaba como un vulgar duelista. Algunos la vieron discutir en público con su hermano, el padre del joven fugado, que había empezado a acudir él solo a los eventos sociales porque su esposa se negaba a que la salpicara aquel escándalo. Los dos Urquijo se peleaban por un tercero desaparecido. El caballero la culpaba a ella, que había acogido a un monstruo y lo había convertido en otro peor. Ella lo tildaba de cobarde y miserable, le acusaba de que no fuera marido, ni padre, ni hombre, ¡ni nada!, y que eso era lo único que explicaba que un artista tan grande como su hijo se hubiera malogrado.

Luego se esclarecieron los hechos, y se supo la versión real, en la que el más joven de los Urquijo dejaba de ser el responsable de un asesinato y se convertía en la persona que evitó el de la mujer que amaba. Por alguna razón, ahí su padre reaccionó de otra manera: fue a la pared donde siempre estuvo el piano de su primera esposa y lloró desconsolado durante horas. La señora Urquijo no derramó lágrima alguna ni sintió alivio ante las nuevas circunstancias. Al contrario, la furia terminó consumiéndola. Se pasó varios días clamando el nombre de su sobrino y destrozando todo lo que encontraba por la escuela. Sus alumnos se sentían verdaderamente asustados al verla así, acostumbrados como estaban a su hieratismo. «¡Desagradecido! ¡Maldito! ¡Después de todo lo que hice por ti, y te largaste sin más con esa fresca! ¡Precisamente con su hija, desgraciado!», se la escuchaba gritar. Al final decidió encerrarse en sus aposentos a pintar y no volvió a salir. Hasta que al final ocurrió lo inevitable.

—La encontramos muerta una tarde, ella misma se había quitado la vida —dijo con tacto y tristeza don Guillermo para espanto de Trinidad—. Dio la casualidad de que acompañé a la escuela a nuestro responsable artístico de entonces, que era quien más la trataba. Él decidió echar la puerta abajo al comprobar que la señora no respondía. La halló sin vida en el suelo con un aspecto terrible. Al parecer, se había bebido un tarro de trementina. —Trinidad cerró los ojos, imaginando la agónica muerte de aquella mujer—. El director artístico de La Cartuja la lloró en silencio mientras la sostuvo en brazos, todos sabíamos que la tenía en alta estima. Pese a sus faltas, fue una señora prodigiosa, señorita Laredo; supongo que su sangre tiene algo especial. Yo pude contemplar las magníficas obras que pintó esa mujer en aquella habitación durante sus últimos días. En concreto, un enorme retrato de sí misma, prácticamente acabado, salvo por el rostro, que había sido emborronado con aguarrás; jamás lo olvidaré. Lo cubrió con una frase pintada en color rojo: «La vida es frágil».

Epílogo

Trinidad se despedía. De la familia Pickman. De Sevilla. Sin saber a dónde iría a continuación. Los marqueses creyeron que la joven británica regresaría a Cheshire y les sorprendió que no fuese ese su propósito. Al menos, no de inmediato. Ella les confesó que extrañaba mucho a su hermano, pero primero necesitaba pensar, procesar todo aquello. Don Guillermo y su sobrina la invitaron a pasar la noche en su hogar. La muchacha lo agradeció, pero tenía una posada de Triana maravillosa a la que regresar y una mesonera que la esperaba preocupada. Igual que su cochero.

Doña María de las Cuevas no pretendía acapararla, aunque ella también deseaba cuidar de Trinidad. Que la británica se quedase a cenar le parecía insignificante. Les había cedido los bocetos de su abuela sin pedir nada a cambio, a pesar del incalculable valor sentimental que tenían. Ella, en cambio, le restó importancia; quería pensar que aquellos bocetos habían sido concebidos para ilustrar las vajillas de La Cartuja, o que su destino eran las alacenas que guardaban los tesoros más preciados de la fábrica de loza sevillana. Le alegraba haber contribuido a que aquellos diseños se mostraran al mundo.

Parecía salir el sol de nuevo por el horizonte del monasterio de La Cartuja. Doña María de las Cuevas y su tío le desearon lo mejor y le agradecieron una vez más que hubiese devuelto la esperanza a sus vidas. Allí tendría siempre su casa.

Antes de que se marchara, la marquesa de Pickman le rogó que se llevara como recuerdo alguno de los papeles que les había cedido. Trinidad los miró con cariño. Don Guillermo compartió con ella otra de sus teorías, la que podía explicar por qué encontró aquellas cuentas desaparecidas del director financiero que precedió a su hermano Ricardo. El caballero falleció en terribles circunstancias, tan abruptas que don Carlos ordenó investigar qué había estado haciendo durante los últimos años de su vida. Nunca llegó a saber de la existencia de esas transacciones, pero sí intuyó sus consecuencias. Don Guillermo lo había hablado con su hermano mayor más de una vez, pues este admiraba mucho a su predecesor y lamentaba que el caballero se hubiera malogrado. Se enteraron de que acudía con frecuencia a Triana por razones desconocidas. Algunos testigos terminaron aclarándolas: al parecer, aquel hombre rondaba y visitaba un taller de la calle Alfarería y preguntaba mucho por una joven concreta. También lo hacía en la fábrica, ya que la alfarera en cuestión trabajó como operaria un tiempo en sus instalaciones y se marchó justo cuando iba a ser madre. Trinidad se fijó, al igual que don Guillermo, en que entre las mujeres que debían haber sido compensadas por el despido masivo de 1851 se encontraba el nombre de la autora de los dibujos. Trinidad deseó que su madre hubiese llegado a saber también de aquellos papeles antes de dejar Sevilla. A ella ya no le hacían falta, por fin sabía cuanto necesitaba saber. Le dijo a doña María de las Cuevas que les confiaba a los Pickman todos aquellos documentos y las láminas, y que no deseaba marcharse con nada salvo su plato de loza con La dama rota. Aquella que la había llevado hasta allí. Y ellos se mostraron conformes.

Baldomero la estaba esperando en la plaza de la Santa Cruz. Trinidad le había pedido al cochero que no se entretuviese más por su causa y que regresara a su hogar. Pero él se negó, ya le darían de cenar en casa de los Pickman y disfrutaría de la noche de Sevilla hasta que su mejor y más testaruda clienta lo creyese oportuno. Ella le sonrió cuando se reencontraron y agradeció que la ayudara a montar en su coche de caballos. Una vez sentada en la cabina, dedicó un último vistazo a aquella casa imponente y hermosa que admiró embelesada en su momento. Ahora solo podía hacerlo con tristeza. La mansión de los Urquijo. Siempre había creído que a su padre le debió suponer un gran dolor vivir y ser enterrado con su segundo apellido, pero en ese viaje había comprendido que fue lo que más descanso proporcionó a su alma. «Somos los Laredo», llegó a decirle. «No importa lo que llegues a saber o descubrir de nosotros, siempre seremos los Laredo. Ojalá algún día lo entiendas».

Sus padres sufrieron mucho por las cosas que dejaron atrás, pero la familia Urquijo no fue una de ellas.

La noche de aquella jornada tan intensa cayó con peso, su manto le colmaba ahora de sosiego el alma. Tuvo claro que sus padres la estarían observando desde el cielo igual de dichosos.

A la mañana del día siguiente, Baldomero fue a recoger a Trinidad a la posada de Lola, después de que esta la despidiera con gran afecto. La estrujó como si hubiesen convivido bajo el mismo techo varias décadas. El cochero le rogó a su amiga que dejase de atosigar a la muchacha y espoleó a Rubia.

—¿A dónde nos dirigimos, señorita Trinidad?

—¿Cuál es la estación de ferrocarril más próxima, don Baldomero?

—La de Córdoba.

—¿Está cerca?

—Nada más cruzar el puente de Triana, un poco más adelante a la izquierda.

—Lléveme allí entonces, por favor.

Cuando llegaron, Trinidad descendió del coche y contempló la estación, sorprendida. Aquel enorme edificio de ladrillo y metal esmeralda tenía cientos de hierros entrelazados a modo de cúpula sobre una estructura de arcos, cual castillo musulmán. Trinidad se preguntó si habría algo en Sevilla que no fuese hermoso. El cochero la observó incómodo desde el carruaje. Baldomero no se decidía a arrancar porque la joven no se movía de donde estaba. Después de todo lo que habían compartido, presumió que podía tomarse ciertas confianzas y preguntarle:

—¿Seguro que era aquí donde quería terminar, señorita Trinidad?

La joven se concedió un momento más de reflexión, todavía dándole la espalda al cochero. Sintió un murmullo en sus oídos, una caricia en el hombro. Al final se giró, dedicándole esa mirada tan enigmática y perspicaz que la caracterizaba.

—Me parece, Baldomero, que tenemos que volver a Triana. Debo regresar a la calle Alfarería y hacer una visita como es debido a Justa. Y luego quiero conocer hasta el último rincón de Sevilla.

El cochero sonrió feliz. Le dijo que se dejase de tonterías y que tomase asiento de nuevo en su carruaje. ¡Iba a tener que quedarse muchos días más en la ciudad!, exclamó radiante mientras la animaba a subir. Y Trinidad se dejó llevar por las calles de Sevilla, esta vez en paz, para disfrutarla como no se había permitido hasta entonces, deseando reencontrarse con sus padres de nuevo en algún recodo insospechado.

En el fondo sabía que nunca se habían separado de ella. En el asiento del coche de caballos, Trinidad sacó su cuaderno de dibujo y un lapicero para inmortalizar desde allí aquella ciudad a su manera. La mano izquierda cerrada en el aire, punto de apoyo de la derecha. Acudió a Sevilla para recomponer la historia de su familia. Su historia. Y lo había conseguido. Así se lo transmitiría a su hermano cuando volvieran a verse. Pronto, tampoco había prisa. Sabía bien lo que pensaba contarle.

Que una sevillana y un sevillano abandonaron Sevilla para trasladarse a Cheshire por una razón que creyeron de peso. Que se preguntaron muchas veces por la ciudad que los vio nacer y por las personas que dejaron allí, eternamente condenados a la distancia, sin saber nada ni poder enviar ni una mísera carta. Que se juzgaron perseguidos y recriminados, y nunca supieron que en Sevilla nadie les reprochaba nada, solo los extrañaban. Aun así, fueron inmensamente felices. Eso lo presenciaron Trinidad y Fernando.

Justo cuando el coche de caballos pasaba por el puente de Triana por segunda vez, la joven volvió a guardar su cuaderno y recordó el plato de La dama de La Cartuja. Lo sacó y comparó su paisaje bucólico con el que le mostraba el río Guadalquivir. Pensó en su abuela. Como el resto de su vida en Sevilla, su madre la guardó en su corazón. Seguro que la tuvo presente a diario, cada vez que hacía un nuevo plato, una nueva pintura. Cualquier obra. Quizá ese fuera el motivo de que sonriese de aquella forma que tanto conmovía a Trinidad mientras trabajaba o tarareaba. Unidas las tres para siempre por la loza.

Gracias a aquel plato, pensó Trinidad. Del mismo modo que Macarena lo hizo en su día cuando lo contemplaba en su rincón del taller Montalván. E imaginó a Felisa dibujando en la soledad de su mesilla de La Cartuja, sin sospechar que aquellos humildes garabatos se convertirían en objetos valiosos que conectarían también a muchas otras familias, más allá de la distancia y del tiempo.

Agradecimientos

A la entrada del Centro Andaluz de Arte Contemporáneo de Sevilla, ubicado actualmente en el monasterio de Santa María de las Cuevas, hay una escultura interesante. La obra de Curro González representa a un hombre orquesta que pretende realizar simultáneamente todas las tareas posibles, desde tocar varios instrumentos a pintar o escribir en un portátil. *Como un monumento al artista* retrata el afán del ser creativo por transcender, y considero que no podría encontrarse en mejor lugar. El monasterio de la Cartuja ha sido durante siglos refugio del arte, y todavía hoy sigue siéndolo.

Mi primer agradecimiento está destinado a todas aquellas personas dedicadas a conservar dicho patrimonio. En soporte físico y en papel. La tesis doctoral de Beatriz Maestre sobre la fábrica de La Cartuja, dirigida por Alfonso Pleguezuelo, fue mi principal guía, y los libros que encontré en librerías y monumentos, o en la Feria del Libro Antiguo de Sevilla, me ayudaron a completar las lagunas que solo un sevillano del siglo XIX, como Manuel Chaves Rey, podría llenar.

Como es lógico, también querría dedicar unas palabras de admiración a la familia Pickman y a su bello legado de loza, que derivó en el sello de La Cartuja. Esta novela es de ficción, pero muchos datos y personajes que aparecen en ella son reales, como don Carlos Pickman o sus hijos y nietas. He querido tratarlos con el respeto y el mimo que merecen. Gracias a don Juan Ignacio por mostrarme la fábrica actual y a todos los artesanos y artesanas que me enseñaron en directo lo hermoso que es su oficio.

Mi gratitud incondicional a la ciudad de Sevilla y a sus gentes. Gracias a don Antonio y a su yegua Rubia por inspirarme el personaje de Baldomero. Mención especial a Casa Montalván, siempre con las puertas abiertas para mostrarme cada uno de sus recovecos. Gracias también a cada historiador y guía turístico que encontré por los puntos icónicos, las iglesias y las calles sevillanas; solo así pude recomponer esta historia y enriquecerla con datos curiosos sobre la ciudad. En la Peña Juan Breva de Málaga despertó mi respeto incondicional por el flamenco; he tratado de recrear la pasión de sus promotores como así me la hicieron sentir en su tablao, del mismo modo que me conmovió la de don Segundo, del Instituto Flamenco de Sevilla, al compartir conmigo sus inabarcables conocimientos sobre este fascinante universo mientras me obsequiaba con algún que otro cante.

También quiero dedicar un agradecimiento más personal

a toda la gente que me ha apoyado en el proceso de culminar esta novela. Desde mucho antes. Primero a mi familia, a mis abuelos, mis padres, mis tíos y primos; de seguro que no ha sido fácil lidiar conmigo hasta el día de hoy. Me considero afortunada de haber nacido como nieta, hija, sobrina y prima vuestra. Gracias a Alejandro, por acompañarme en el camino, y a Isa, por estar siempre ahí. A mis amigos de la tertulia literaria, porque hacéis que cada encuentro sea especial, gracias por enseñarme tanto entre tazas de café y porciones de tarta, y por esperar mis obras con la misma alegría que yo. A Vero y a Noe, mis primeras betas, por pasar tantas horas leyendo y escuchando mis trastornyas, gracias por esa sinceridad ácida de terciopelo sin la cual yo habría seguido perdida. Gracias de corazón a todo el equipo de Ediciones B, por cuidar de mí y de mi obra como si fuera un tesoro, desde su preciosa portada hasta la más minúscula frase, incluyendo toda su promoción. Me siento tan privilegiada como orgullosa de haber podido trabajar en este proyecto tan bonito. Gracias especialmente a Ana, mi editora sagaz de ilusión desbordante, por amar tanto esta historia sin escatimar en tiempo ni en esfuerzos para que fuese como debía ser; a Toni, por ejercer como mi maestro Yoda de la literatura; a Gaby, mi revisora de tesón espartano, por no perecer en el intento de tratar de darle sentido a todo mi caos creativo; a Marta y a Marcel, por soportar con tanta capacidad resolutiva mi obsesión por los sinónimos y las reiteraciones, y a Jimena y a las Nurias, por encargarse del marketing y de la comunicación, imprescindibles para que todo el trabajo previo llegue como se merece. Gracias a Alicia, mi agente llena de paciencia y sabiduría, por apostar por mí, y por lo que hago, aunque sea muy loco. Espero estar a la altura de vuestra confianza. A Juan Miguel, porque todo empezó un día de la Feria del Libro de Málaga, cuando a dos escritores modestos con mucho que contar les dio por conversar entre ellos. Y a Antonio, porque realmente todo empezó cuando escuché a un señor ilustre con alma de niño hablar de Gloria Fuertes y la generación del 27 en una pequeña aula de universidad, y eso de ser escritora me pareció una fantasía tan bella e intrépida como pisar la luna.

Si he conseguido llegar hasta aquí ha sido porque todas estas personas me enseñaron a creer que lo imposible era posible, entre las que ahora te incluyo a ti, por darme la oportunidad de compartir contigo estas páginas. Gracias.